捕风的人

陈融 ◎ 著

中国出版集团

现代出版社

图书在版编目（CIP）数据

捕风的人/陈融著. --北京：现代出版社，2016.7
ISBN 978-7-5143-5076-0

Ⅰ. ①捕… Ⅱ. ①陈… Ⅲ. ①中篇小说－小说集－中
国－当代②短篇小说－小说集－中国－当代 Ⅳ. ①I247.7

中国版本图书馆CIP数据核字（2016）第129941号

捕风的人

作　　者	陈　融
责任编辑	李　鹏　陈世忠
出版发行	现代出版社
地　　址	北京市安定门外安华里504号
邮政编码	100011
电　　话	010-64267325　010-64245264（兼传真）
网　　址	www.1980xd.com
电子邮箱	xiandai@vip.sina.com
印　　刷	北京一鑫印务有限责任公司
开　　本	787×1092　1/16
印　　张	16
版　　次	2016年7月第1版　2022年7月第2次印刷
书　　号	ISBN 978-7-5143-5076-0
定　　价	49.80元

我的环形跑道

——从非虚构到虚构的身份转换

一

人过四十，越来越感觉人生其实是一个转圈的过程。有时自以为走得很远了，仔细一看，其实却是离自己的初始越来越近。想想也很好理解，地球本就是一个不规则的球体，将人的轨迹缩小来看，也当是一个环形跑道了。

写作的过程亦然。

2014年，个人结束了十多年的非虚构写作，进入虚构跑道。几个中篇发表后，许多人表示诧异：从非虚构到虚构，你是怎么做到快速转换的？我哑然失笑，个中周折当然只有自己明了。回想起来，十岁时看到的第一本大书是长篇小说《鸦片战争演义》，那是家里仅有的几部长篇小说之一，现在连作者是谁都记不得了，唯记得开本很大，页数很多。在这之后才是几大名著，国内作家的盛名之作。五年级时，我雄心勃勃地对父亲说，我想写小说。父亲那时还很年轻，他不屑一顾于我的一时心血来潮。少年时也的确信手写过几个短篇，不成样子，不像小说，大概自己看了也没信心就丢掉了。适逢很不情愿上了一所中专学校，几年中青涩的心塞满了无人可道的沮丧、悲观，大概那时的心情最适合以诗歌来表达，于是一塌糊涂地写了七八年。直到有天感觉这个文体再也写不下去时，才正儿八经把散文写作当作一件事继续下去。散文集《薄暮微凉》是父亲去世后献给他的，现在，我当然可以认为那其实是本终结之书，对很多事物的终结。一位省内文学前辈曾对我放弃散文写作流露出极大惋惜，我说放弃也是为了开始，没什么好惋惜的。想起幼时的宏愿，而父亲直到去世，也没看过我的一篇小说，这在一定程度上又加剧了我的羞惭感。

人到中年又回到初始开端，回到对小说叙事的热忱中，我在一个环形跑道上重新开始了慢跑，这种把自己归零后在新的疆域再度出发的感觉，一度挽救了我。借用鸡汤君的一句话，太阳每天都是新的。

二

《捕风的人》是我的第一部中短篇小说集，也是最近几年转型后小说创作的集中体现。书中的绝大多数小说在全国大型文学期刊如《小说月报·原创版》《星火》《黄河文学》等刊登过。就像每一个作家都在自己的文学体系中构建起一个地理坐标，这本集子里的中短篇也有自己的地理坐标——莲城。莲城，很显然是个虚化的城市名，聪明的读者不难揣测它隐含的指向。当然，用这么一个虚化的城市，还是为了方便作家肆无忌惮地叙事，作家的唯一任务不就是讲述吗？关于莲城的小说预计还会持续写几年，直到觉得可以离开它为止。

尽管在读者看来，这本小说集页数不薄了，而二十余万字的涵盖量事实也是很有限的。对书名《捕风的人》的来历，有必要说上两句。因集中的任何一篇篇名都不适合作为小说集名，而我个人对"风"字感觉颇多，风意味着各种可能各种变数，风中有一切。从狭义上说，小说家就是一个以文字捕捉这世上各种可能各种变数的人，捕捉风中一切的人。于是产生了《捕风的人》。

三

2014年发表在《星火中短篇小说》上的《云水缥缈书》缘起于数年前。对这个题材，曾经想象酝酿了许久，原本计划写作一部长篇，结果是兴致勃发开始，却因缺乏较为充分的准备，或者说缺乏驾驭一部长篇的能力，在进行了几万字后不了了之地停滞下来，一停就是几年。但我对这个几乎就要成为废品的海边倾诉故事，始终没有忘怀，其实我一直等待和它有个好的姻缘。

那年春天的四月，我又翻出原先写作的几万字，重新进行了架构，于是变成了现在的《云水缥缈书》。这个中篇仍残留着散文的痕迹。虽然对什么样的小说是好小说，心里一片明镜，但对自己写成的这样一篇两万字中篇仍心存疑惑：它究竟会有怎样的命运？因为这种写法在有些小说家看来是吃力不讨好的，被打碎了的模糊故事情节，通过散文的叙述语言缓慢坦露冰山一角，却很快又在模糊中结束了，就连标题都氤氲着模糊之气和无边界的意味。当然，还因为大家早已看惯了熟悉的小说模式，对小说在N种写法之外究竟还能有NN种写法渐渐失去了耐心和宽宏之心。

《云水缥缈书》里，故事发生与结束都在海边，水和云对我产生了什么样的教育，就对小说男女产生什么样的教育。在一个许多人以精明之道忙生存的时代，男女主人最终在大海的真相面前，选择回到自己的生活中坦承各自的命运，命运的好与坏不是最重要，而对真相的承担与敬畏则是当代都市人最需要修习的。

我在等待了不算多长的时间后，迎来了这篇小说的好姻缘。它能通过《星火中短篇小说》出现在读者面前，让我相信对小说文本的多元评价毕竟是存在的，甚至反衬出自己过去的疑虑多少有些矫情。另外值得一书的是，该篇小说的责编杨剑敏先生，在《百花洲》杂志社担任编辑部主任、副主编期间，对我多有欣赏之心，寄给他的每篇散文都刊发在《百花洲》上。

《史蓝玉是谁》和《迷村》先后刊发在《小说月报·原创版》上。责编徐福伟先生在无以数计的投稿小说中发现了它们，既是小说的幸运，也是我个人的幸运。贯穿在《史蓝玉是谁》里，是一个现代女性出于职业习惯，对另一个被时间遮蔽了半个世纪的历史传奇人物的探寻、追索，而追寻者在费尽周折、生活因史蓝玉而一再改变后终于等到的结果，却是家国记忆与个人记忆的悲情交响，真实与虚无的相互交叠覆盖。不得不说，写作这个中篇动用了我许多情感，写作过程中数次泪流满面。

《迷村》先上来设置了一个悬念，为写小说而辞职的晚报记者，离奇失踪后在一个偏远村庄被发现，从重度烧伤昏迷中醒来就失去了记忆，他的前女友和亲朋纷纷探寻事件真相。事隔多年，记忆修复后的男主人公再次前往当初误入的美丽小山村，一个曾被制造假酒弄得声名狼藉、光辉无存的瘾君山庄，最终发现了山村原有的淳朴和美丽。《迷村》四万多字，有悬疑意味，故事在逐步推进中逼近事件真相，又在真相到来时迎来尾声。写作的过程中，我自始至终享受着叙述的快感。

《伍月的渡船》在写作之初就定位为好看的小说，有谍战内容，有传奇性，但又不仅限于谍战，它讲的是一个女子短暂一生被梦境吸引、又为梦境殉道献身的故事，读者尽管可以感叹唏嘘，但这样的人和这样的事确实是存在的。现在看来，《伍月的渡船》还有许多不尽人意之处，我计划在不远的将来在这个中篇基础上重写，新的文本将会是一部长篇。

《带上佛经去罗马》应该是集中的另类，也是一篇很容易引起争议的小说。虽然通篇写了一个"虚"故事，我最后要表达的是东方精神的胜利与回归，本我的回归。不管得到怎样的评价，类似的系列短篇还会继续写下去。

《你欠我一场葬礼》是一篇不足万言的短篇，这次我将视角投向一个在世人眼里非常失败的小人物，为了一只被汽车撞死的怀孕母狗追讨肇事责任、追讨生命尊严的故事，而在这事件背后却是主人公痛彻心扉的过往命运。

而《草色岁月》这个中篇，是写得最用力、修改次数最多的一篇，写作动机来源于一次乡村采访。男主人公草孩的母亲是一个腿有残疾的被拐卖女子，小说没有将更多笔墨指向母亲的痛苦被拐经历，而是重点写草孩在特殊成长环境里的特殊心路历程，他的忏悔与救赎，当然，写作这样的题材，心情无疑是沉重的。我将这个中篇给了《黄河文学》的闻玉霞女士，令我没想到的是，仅过了两个月小说就刊发了出来。

四

无论《捕风的人》这本中短篇小说集有着怎样的缺憾，至少现在对我而言，它已经成了过去式。一部书出版后就基本和作者脱离了关系，它属于读者，在读者挑剔的眼中或存在下去或瞬息湮灭。唯一让人欣慰的是，新的小说和写作还会继续进行下去。

短篇、中篇、长篇都为我所喜爱，虽然到目前为止，自己还未交出一部成功的长篇。始终觉得短篇小说像一道闪电，于刹那间击中存在于日常生活及人性中的疮痂或神奇或不可思议。中篇则有了相对完整的时代背景，小说家的笔触也因此可以更加开阔舒展，文本的肌理更加繁复曲折。而长篇不啻为一次长途历险跋涉，众多有来路无来路的人物长着和小说中人物一模一样的面孔纷纷登场，推动小说情节向着应该去的方向发展，数不清的场景变幻如谜如雾如梦，而无论它们多么善变，却都是现实之一种。也许是小说结尾对前文的反戈一击，也许从第一段就暗藏隐喻玄机。

我喜爱的小说家，从短篇到长篇，有几十人之多，在这里我稍稍提一下名字，以表达我对他们的敬意：博尔赫斯、马塞尔·埃梅、辛格、马尔克斯、卡尔维诺、曹雪芹、蒲松龄、帕斯捷尔纳克、帕慕克、萨拉马戈、多丽丝·莱辛、莫迪亚诺、保罗·奥斯特、伊恩·麦瑟尤恩……

作为一部练笔之作的序言，写到这儿，它已长得超出我预想。与此相比，我还是更愿意回到自己的环形跑道上，站在那儿对你们说，现在，不是结束就是开始。

2016年5月春光中

目录
CONTENTS

带上佛经去罗马

1

我走在去罗马的路上。

我走得很慢。所有的事物对我来说都是人生初见，因而所有的事物都新奇，街头杂耍，手艺人，字画店，绸缎店，酒楼，青楼，落拓而自以为满脑预言的占卜师，全身被厚重铠甲组装起来的守城兵士，都能让我花费不少时间。这是白日，我总嫌它太短。

夜晚是个例外。当我仰望着城镇的星空，发现它们远不能给我满足感，星星和月亮都不如我从前在山上见到的明亮皎洁；各条街巷都被人丢满垃圾，流浪的狗和猫像醉汉一样四处乱窜。我更大的发现是，在白日走过的城镇到了夜晚就忘记，所以很难记得清自己都走过什么地方，这些地方说起来大致差不多。当有一天连白日的新奇也变得平淡时，娘的嘱咐又在心中清晰起来。

一路所到之处，民风尚淳朴。走到任何一个吃食摊前，只要我往前一站，就有人给我递上一个热饼或一碗粥。几次之后，我知道原来是身上这套僧衣的缘故。但当我问道，你知道去罗马怎么走吗？我立即就在他们眼里变成一个头脑有问题的疯子。所有的人都摇头避开我。这样，我一直走了两个月都没转出本省。所以，虽然我不停地走着，很多时候却并不知道脚下的路能否通向罗马。

起是我在一个繁华都市遇见的。他向我迎面走来，看上去比我还小，但是脸上的聪明却不比我少。我拦住他问道，你知道去罗马的路吗？

他愣住了，肯定是这辈子还没人问过他这句话。他盯着我看了一会说，你问这句话是认真的吗？

我说，除非我是疯子，可我不是。

他说，那你跟我走，虽然我不知道，可我的老师一定知道。

就这样，我被领到了起的老师坚家里。坚的书房豪华之至，许多我在山上也没见过的植物花卉和数万册典籍，构筑起一个植物芳香与书香互相缭绕氤氲的庞大空间。

坚从一本线装书上抬起头，他的眼睛深处射出来无数条光柱，我猜那就是智慧之光吧。他问，你为何要去罗马？

我说，是受母亲临终嘱托。我也不知为何，她说你去了就知道了。

他略微沉思一会，起身走到一面书壁前，一本本看过去很久，才从密麻麻书山里挑出一本递给我说，这上面有地图，你自己看吧。

我和起相视一笑。

这时我才知道除了我国这样的东方世界还有一个西方世界。我简单画了一张图，记下一些地名。谢别了坚，我站在街上准备也和起告别。

起的眼神怪怪的，他说你一个小和尚当真要去那个地方？

我并不是和尚，但寺院里除了僧衣没别的衣服了。无论走一年还是两年，我总会走到。我语气坚决地说。

那就带上我吧，我也想去看看你说的罗马。

我惊讶地望着他，这一路上我能想到无数可能，唯独想不到有人会跟着我去罗马。

起无所谓地说，我现在也是毫无牵挂之人，娘亲早就死了，父亲有七八个妻妾，二十多个儿子，反正少一两个他也觉察不到。你就在这里等着我，我去家里多拿些银两出来。

我慌忙说，就是乞讨我们也能到罗马。

那可不成，如果我们白白饿死在荒郊野岭，这辈子就到不了罗马了。说完他转身就跑开了。

约莫半个时辰光景，从远处驶来一辆马车，在我身边停下。起在车里伸出头喊我，喂，快上车。

　　我承认，坐马车的感觉比走路可美多了。起指了指他身边的一个包让我摸摸，里面全是一锭锭的银子，马车也是起雇来专门送我们的。突如其来的情境转换令我如坠梦中，好几天后我才渐渐适应。起比我小一岁，虽然生在豪门生活优越，内心却是孤独薄凉的。而我虽生长在孤绝清贫的山中寺庙，却同母亲十八年相依相伴并且在山上留下不羁青春，内心恰恰丰盈自足。无论怎样，起是个好兄弟好旅伴，或许是我们的反差都让对方看到了自己不曾经验的那部分，很快我们就像一对真兄弟了。

　　坐在马车上，时间过于丰盛，我要好好去想母亲留给我的问题。为什么是罗马而不是别的地方？为什么她最后还提到了我父亲？在那之前她可从没给我透露过半个字。难道我的父亲和罗马有关？或者我的父亲在罗马？再或者他是罗马人？可我想了无数遍想得头疼欲裂也弄不出名堂，便把这些迷惑讲给起听。他盯着我的脸看了许久才说，我不知道罗马人长什么样，但只要见到他们我就知道你父亲是不是罗马人了。

　　在这个朝代，有几个中国人知道罗马人的长相呢，我猜就连皇帝也未必见过。

2

　　如果能早点知道，那天在山中撒欢了大半天是多么罪恶时，我绝不会那么干了。

　　可惜，我对事情毫无预料。我来说说那大半天自己是如何让它变成罪恶的吧。

　　早上用过膳，诵了一遍《金刚经》。虽然母亲对我的顽劣相对包容，唯在诵经一事上不许我偷懒，每天早晚各诵一个时辰，雷打不动。母亲吩咐我去山上采些药材，顺便剜上一篮子野菜，她要给我们做素菜饼吃。我们，不仅包括我和她，还包括这座寺里二十多个比丘。但寺院里的比丘却不包括我们，我和娘是寺院编制外的人员，说我们是被寺院收留的也行，说我们是给寺院帮工的也行。

　　我爽快地答应了一声，挎上两只篮子出了院门。这在我是一件非常乐意的事，趁母亲转身的空，我在篮子底偷偷放了一只弹弓、一包盐巴。我偷放弹弓当然不是第一次了，我猜想母亲不可能不知道，她只是装作不知罢了。她对自己儿子有种慵懒适度的放纵。记得上次上山采药是一个月前的事，我回来后她盯着我的嘴围着我转了两圈，吸了口气说，小子，你嘴里有异味了。我给她装傻：什么异味？

你过会再闻闻还有吗？她微微一笑不再理我，就到厨房做饭去了。

　　我一路小跑着把自己撒到山间，放着一条羊肠似的小路我不走，偏喜欢在山林里跳跃、追逐。山林里有多种野果赐我甜美汁液，更有我最爱的漂亮山鸡。这些长有美丽羽毛的山鸡行动并不灵敏，主要原因应该是这里几乎无人探访，因而它们就没机会练出对人的躲避防御能力。我带的两只篮子，一只用来装药材，一只放野菜。这座山，植被茂密，常年翠绿，我只知道是中国南方著名山脉武夷山的一条支脉，至于它的名字叫什么就不晓得了。这是四月，山中桃花灿烂，野花缤纷，我反正每年都看也就觉不着美了。药材和野菜遍地都是，再说这些活儿我都干了十年了，不到两个时辰两只篮子就快装满。

　　接下来的事你们中有人也想到了，我带的弹弓要发挥作用了。我看中了一只丰满些的山鸡，追着它玩了一会才决定打它，这时早晨吃的一晚糙米饭一晚稀粥早就消化没了。如果说捡药材和野菜只需两个时辰，那么做这件事起码需要五六个时辰，我不仅要打中它，还要忍住一阵阵饥饿感等待它烤出扑鼻香气等待它烤熟，等我把它咽下肚子后还得把骨头和羽毛都埋起来，然后在树下再睡上一觉，这样算算一天的时间也不算多。我基本不用担心这时有人突然来抢我的美味，除了这座叫"清源寺"的寺庙，这一带山上几乎无人居住。这几年，山下来寺里上香的人渐渐多起来，那些人从来都规规矩矩走唯一的那条石阶山路。即使碰上个把人我也不害怕，虽然是在寺院出生长大，我又不是寺里的和尚，那些佛门清规约束不住我。不过，这样的话我可以自己说着玩却不敢对母亲说。

　　就这样，等我回到寺院时，天已近黄昏了。院门的飞檐映衬在群山的重峦叠嶂和绵绵雾霭中，我感到有种说不出的寂静。

　　我把篮子提到厨房，却没发现母亲，只有一个姓姜的老年比丘在熬粥。他转了一下头，对我说，你娘病了，回房去了。你快去看看。

　　我赶紧快步跑向我们住的房屋。母亲躺在床上，听见我的脚步她的身体动了几下。在我印象中，她咳嗽很多年了，是肺不好，平日除了熬些草药喝，她从不愿看医生，当然这里也无医可看。比丘们都是自制草药给人给己看病，常年如此，谁都不觉得奇怪和不妥，实在熬不过去了，就由众比丘一起诵经到最后一刻，为他超度。

　　由于长期茹素和肺病侵袭，母亲的脸苍白如纸，但仍是好看的女子。我趴在她身边，小声说，娘啊，你又犯病了吗。我去给你熬药喝。

母亲伸手拉住了我说，不用了，姜师傅在厨房熬着呢，你哪也别去，就陪在娘身边说说话。

说完剧烈咳嗽起来，她慌忙用一块白手绢捂住嘴，即使在傍晚昏黄的光线里，我也清晰看到了手绢上的斑斑血迹。心瞬间沉落，一把利剑的寒光在向我逼近，我突然害怕起来了。现在我刚满十八岁，而在过去我从未有过这样害怕的感觉。

咳嗽暂时停歇后，母亲轻轻握住了我的手指，嗓子里大口大口喘着气说，娘有些话想要对你说，我这病是好不了了，娘早晚要走，你答应我，娘在或者不在，你都要快活地过下去。像你白天在山上一样。

我的眼泪冲了出来，一串串落在母亲的枕头边，想到白天的放纵我觉得自己真是个混蛋。我连声说，娘不会走的，我不能没有娘。

母亲用手指梳理着我凌乱的头发，她说，儿子，以前我从没要求过你，现在对你有一个最后的要求。

我抬起头，看着她，她继续说：我走了后你收拾下行装去罗马吧，记得要带上几本佛经。

我满眼迷茫地问，罗马在哪里，我不知道啊。

我也不知道在哪里，是在我们国家之外很远很远的一个地方。

为什么要去罗马呢，为什么还要带佛经？

你去了以后就知道了。

那我怎么能找到呢？

你只要想找就一定能找到。你一定要去，你父亲。

她说了半截就停下了。我点上一盏煤油灯，看到她闭着眼，就低低呼唤了几声，她不理我，又唤了一阵，她还是不理。我吓得没了主意，赶紧往厨房跑去找姜师傅。姜师傅把手放在母亲鼻子下试了试，又把了把脉，说气息非常微弱了，看来你娘是过不多久了，得准备后事了。

刚才心里虽然也害怕，还不至绝望，但这话从姜师傅这样的老僧人嘴里说出来，我觉得天地瞬间就黑了。

我一直在母亲身边坐着，她却没再给我说过半句话——我最想知道的那后半句。她的脸看上去美丽又安详，她一定是全天下最美的女子，反正我从来就是这么认为的。但是我若说出来从出生到现在十八岁，我从没下过山，只偶尔见过几个来上香的上年纪女香客，有人不知要怎么窃笑不已了，但我还是不打算收回我的审美判断。一群年龄不等的僧人，每天吃着她做的饭菜已经长大或正在老去的僧人，集体为母亲诵着《地藏经》。

我把母亲安葬在以前在山上转悠时喜欢的一个半山腰处，幽静隐秘，这样她永远停留在了三十七岁。在她坟前我移植过去一棵细小的桃树，希望这棵桃树像我一样年年长大日日陪伴她，等来日结出果实。

第二天傍晚，寺里的宏济方丈派一个小比丘把我引到他的经堂。

他先安慰了我几句，然后问我有何打算。

我知道他想说什么，在这之前，他几次劝说母亲给我举行皈依受戒仪式，被母亲婉言拒绝，说一定等到我自愿那一天。我也知道自小我的种种顽劣给他们留下强烈印象，他们自然能盼着早点收服这匹小野马。

现在，我看出来了，我脸上的悲伤令他也大为动容。我说，方丈，承蒙贵寺容留我们母子这么多年，按理，我应该早点受戒以报佛门恩德，只是眼下我还有很多疑惑缠绕凡身，想问问方丈我母亲是怎么来到清源寺的，我父亲又是谁？

宏济宽宽的脸向来都呈现出自然的红润，我猜这是他长年修炼太极所致。听到我问话，他脸上透出一股渺远的神思，说，十九年前我那时还不是方丈，一天尊师嘱拉车去山下买粮食，快到山脚时，在路边的树林中看见一件女人的绿衣裳。我顿时觉得纳闷，这荒野哪来的女人衣服呢。走到跟前一看，衣裳旁边躺着一个昏迷的女子，试试鼻息尚均匀。我想走，又担心女子被野兽侵食，犹豫再三后将她放到车上拉回了寺里。虽然老方丈训斥了我一顿，终究还是慈悲为怀把女子安顿下来。半年后，女子产下一个男婴，就是你。我和方丈也想知道她因何坠崖，孩子的父亲在哪里，但你母亲什么也不肯说。她生下你后，脸上天天有喜悦，愿意终生在寺里给比丘们做饭、补衣，她每天也诵经打坐。虽然你比较顽劣，我们也都习惯了，只是你天资甚高，若随意浪费就太可惜了。

母亲临终前对我提了个要求，让我去罗马，她最后说的三个字是：你父亲。只是话没说话，给我留下一个大谜。我皱着眉头对他说，这是十八年中她对我的唯一要求，看来我很快就要离开寺院了，方丈知道罗马在哪吗？

宏济摇摇头，说，我也不知道。不过心诚则灵，为了母亲你也会找到的。

几天后，我收拾了一个布包，里面放了几卷经，两双布鞋，一套冬衣两套夏衣，一些干饼，若干银两。我辞别了方丈和众比丘，辞别了清源寺，辞别了这座我不知跑过多少遍的山野，同时辞别了母亲的新坟。梵音袅袅似在为我送行，可我的脚步再也回不到以前的奔腾跳跃，十八岁的心中第一次涌出沧桑感。

3

后来，我们改乘一艘大船。不知道船究竟在海上漂了多少日夜，一天，一座怪异的城邦在视线里越来越清晰。起瞪大了眼睛说，或许罗马就要到了。果真如此。

我和起这一对东方少年的出现，让罗马城的人们惊奇不已。走到哪我们身边都围着一群人，当听说我们来自遥远的中国时，他们脸上才露出一丝渺远的表情。的确，罗马人和我们完全不同，看见他们蓝色眼珠的第一时间我马上想到小时候玩过的彩色玻璃球。晚上我们在一家客栈住下后，起一脸戏谑地对我说，我敢打赌，你父亲绝对不是罗马人。那时我正站在镜子前洗脸，抬起头，镜子里的少年头发乌黑茂密，眼睛狭长，黄色的脸，黑色的眼珠。我没转头对着镜子嘿嘿笑了几声。

罗马城出现两个东方少年的消息，很快就传到了国王耳朵里，因为有人来我们客房传旨，第二天一早国王要亲自召见我们。

第二天，一队卫兵来引着我们向国王的大殿走去。起专门换了一身长袍，我仍旧穿着洗过的僧衣，这样看，我就像是他的仆人。从外面看上去巍峨壮观的宫殿内部金碧辉煌，我从没想到世上竟会有如此豪华的地方。国王坐在高高的用黄金打造的座椅上，一直看着我们一步步向他走去。在卫兵指定的一个地方我们停住，起刚做了一个要下跪的姿势，我赶紧拉住他的手，小声说，我们不是他的臣民无需跪拜，鞠几个躬就行了。

国王开口说话了，欢迎两位年轻贵宾从遥远中国来到罗马。不知两位到我罗马有何要事，需要我帮助吗？

他的声音很洪亮，不过看上去年纪不轻了。我回答道，回陛下，我是受母亲临终嘱托来罗马。虽然心中纳闷，但我们中国人信奉百善孝为先，所以无论多难，我一定要来到罗马。身边这位是我的朋友起，有了他的倾囊相助我才能顺利到达罗马。

国王脸上露出笑容，他说，百善孝为先这句话好，倾囊相助这个词也好，我又学到了两句中国古语。那么，既然来了你有何打算呢？

我还没回答，起抢先替我说，他来罗马其实和他父亲有关，他曾怀疑父亲是罗马人。

国王诧异地向前倾了倾身子，问我，你真以为父亲是罗马人？这还不容易，来人哪，下一道告示，有中国少年来罗马寻亲，请少年生父或知情者三日后来此殿认亲，若属实本王有重赏。

我看了一眼起，心里有些怪他多事，这种事在这个场所当着这么多人面提起来实在让人脸红。但国王既然话已出口就无法更改。我们向他告辞后走回客栈。

客栈老板告诉我们，国王已经在位三十年，最近几年越发迷恋东方古国中国的文化，想尽办法让人收集来不少中国的神秘宝贝供他把玩。

联想到早晨在大殿里同国王的对话，我也有这样的感觉。

我们在罗马这里蹓蹓那里看看，三天时间很快就过去了。起看出我的郁闷和不安，宽慰道，其实用不着紧张。如果你父亲真在罗马，明天他就会与你相认，不失为一件大好事，如果无人来认，证明你和父亲无缘，也从此断了这个念想。我点了点头说，有道理，就听你的。

那天国王大殿里的情形远超我和起的预料，一下来了七八个高矮胖瘦丑俊不等的人，都说是来认儿子的，我气得咬紧了牙。起在一边看看我看看他们偷着乐。我狠狠瞪了他一眼。

国王说，既然你们都说是这年轻人的父亲，有一个最简单的方法可以证明你们谁真谁假。来人，准备验血。这国王真圣明，他竟然学会用中国古法的验血一招。看侍官靠近他们真要抽血试验，八个人同时跪下了，都裹紧了自己的衣袖。

国王压抑着怒气对他们说，你们怎么不敢验了？一个胆大的说，陛下，我原来以为是，今天看到他才知道不是我儿子。其他的也争着如此辩解。还有两个吓得不敢抬头浑身哆嗦。国王又问，你们两个怎么不说话？是想欺骗本王还是欺骗东方贵宾？侍官上去要他们抬头，没想到两人瘫软一团晕倒在地。

我给起递个眼色，要他赶紧制止结束这场闹剧。

起说，陛下，看来这些人都是想冒名顶替的，既然都不是就让他们快快散了吧。

国王余怒未消，他的声音又响亮了几分：虽然计谋失败，但这些人还是犯了欺君罪，况且损毁我罗马国声誉。侍官，把他们带下去各打五十大棒，从此不得重用。

我们也要告辞，国王说，你们留下来陪我吃午餐，我正要找人了解神秘的中国文化呢，你们来得正好。

盛大的招待宴会上，我把中国的采茶制茶泡茶，道家养生，佛家打坐诵经以及中国武术的妙处一点点讲给国王，而起生在官宦人家，见多识广，对国王细讲丝绸，瓷器的华美曼妙。

国王听得极入神，他说我的王妃们都喜欢中国丝绸，我母亲最爱收集中国瓷器。他指着餐桌上的一套瓷器说，这就是从中国买来的。

起端起一个茶杯说，陛下，这种瓷器的成色在我们中国是很一般的，普通百姓家里都有。如果是王室用一定要去中国的景德镇买最好的瓷器。

国王点点头，赞许地说，从此你们在我大罗马国享受上宾礼遇，我要让罗马的普通百姓都能用上精美的中国丝绸和瓷器。

第二天，我和起就离开客栈搬到了一处带花园的漂亮房子。后来回忆起来，那之后的两年是我和起在罗马最快乐无忧、青春飞扬的日子。所到之处我们极尽尊贵，当然，我们还拥有特权随时出入国王的大殿和内院。许多人以结识我们为荣，许多达官贵人纷纷邀请我们去他们家做客，许多妙龄女郎向我们暗送秋波，只是我对此比较麻木，起则比我兴奋得多。

与此同时，无以数计的罗马纸钞被换成一锭锭雪白银子装上船运往中国，回来的船上则装满了茶叶、丝绸、瓷器、中国字画。果真如国王许诺的，仅仅三年时间，罗马的普通百姓家里都用上了中国瓷器，街上穿中国丝绸的男女比比皆是。几乎全罗马人都知道，这一切的根源是我和起这两个东方少年。

4

我发觉，蓝希国王对佛学与中国养生术的兴趣远在对瓷器和丝绸的兴趣之上，因此，他常常单独召见我，与我相谈甚欢，有时甚至彻夜长谈，而把起撇在一边。体重200磅的国王甚至在我的建议下，尝试吃素减少体重和油脂，打太极练习身体的灵敏性，打坐诵经让自己静心。有几次，我回到住所后，看见起一个人坐在房间里发呆、无精打采，遂明白他是感到自己受到了冷落。后来国王再召见我，我总要想办法带上起一同去，我不希望自己的兄弟因为这点事而郁郁不乐。

又到了一年春天，罗马城到处鲜花盛开，像一座大花园般美丽。国王在这个春天亲自给我提亲，他说要把罗马最美丽的女郎给我做妻子，这个女郎是国王的一个表妹，真正的贵族出身。我推辞了两次，理由是还没有娶亲的心理准备。国王说，那好，给你半年时间准备，到秋天我再提。我开始愁眉不展，一来因为自己从未见过国王的表妹，二是从未想过要娶一个罗马女子。

起对待这事的态度比我达观得多，他说，既来之则安之，如果你在罗马待上一辈子难道一辈子不娶妻吗？说不定是个倾国倾城的大美人呢。

起就是这点好，总能在最关键时刻令我顺从他的心意。在一个盛夏的早晨，我和起在国王表妹家的花园里见到了芬达。她正在草地上漫步，脸上及手臂上的皮肤像牛奶一样白嫩丝滑，小嘴粉润饱满得像花瓣，眼睛很大是淡绿色的，里面贮了一面湖水。她的栗色卷发上戴了一顶用鲜花做的花环，雪白的长裙裾飘拂在碧绿的草地上。看见我俩，她害羞地一笑。

起张着嘴，呆呆地看着芬达，一句话说不出来。我拽了拽起的衣袖，向芬达浅浅行了一礼，说，峻奉国王之命请芬达小姐去大殿观看歌舞表演。

芬达对我还了一礼后，开启了她黄莺般的嗓音：谢谢峻公子，我回房去换件衣服，请在前厅喝茶稍等。

我对女人的美没有概念，以前我总觉得自己的娘亲就是最美的，现在心里也这么认为。只是娘亲的美和芬达的美没有可比性，这是两种完全不同的美感。

起望着芬达飘远的身影喃喃自语，我今天见到了仙女，见到了仙女。我用胳膊肘捣了他一下说，我看你迷得不轻，要不我给国王说说把芬达嫁给你吧。起的脸红了，嗫嚅着说，那怎么行呢，国王是在给你提亲啊。我坦荡地说，我没你这么强烈的感觉，你要不放心，咱俩哪天一起去见国王，我当面跟他说清楚总可以了吧。起不置可否。其实我知道他心里万分乐意。

趁一天国王不忙，我让侍卫禀报了一声后带着起来到国王的后花园，国王正在练我教给他的太极拳。起看上去很不自在，装作看植物来掩饰自己的局促。等国王练完一阵休息时，我诚恳地对他说，陛下，我有一事向您禀报。我暂时没有娶妻之意，而起对芬达小姐一见倾心，神魂颠倒，为不辜负您的美意，我愿隆重向您介绍让芬达做起的妻子怎样？

国王瞪大了眼睛，脸色一沉说，峻，我实话告诉你，只因见过你一次，芬达就茶饭不思，害上了你们中国人说的相思病。她父亲没办法才找到我，让我向你提亲，并且我亲口答应了芬达，要让她如愿嫁你为妻，你难道要抗旨不尊吗？

我一听慌忙回答：峻不敢，只是看起对芬达用情过深实不忍心，才想要成全他。

国王的脸色缓和了不少，他说，这的确不能怪你，你是太重兄弟情义了。一个月后我为你举办盛大婚礼。他瞥了一眼低头侍弄花草的起说，不过你放心，起的婚事我也会留心的，一定给他找个美丽的贵族女子为妻。

回去的路上，起一声不吭，脸上红了又青，青了又白，比哭还难看。我心里也非常不舒服，但是不知怎样安慰他。起的性格和我不同，他表面猖狂不拘小节，其实内心自尊极强并很脆弱，这时或许我说什么都是错的。后来的事实证明我的猜测没错，起把这次我同国王的会话视作对他的羞辱，从此萎靡不振，刻意与我保持着距离。

一个月后，国王为我和芬达举办了一场震惊罗马的盛大婚礼。王命难违，虽然他待我亲如家人，但他毕竟是一国之尊，我还是有这点自知之明的。婚礼上我有点心不在焉，偷偷瞄着起在哪里，他的表情如何。后来开宴时就不见了起的身影，我猜他是一人躲起来喝酒去了。因为起，这场婚礼的喜悦被冲淡了许多，而个中况味只有我一人明白吞咽。

芬达是个好妻子，娇柔体贴，她不明白起为何在我们婚后就搬离了这栋房子，我没办法向她解释，只说他习惯了原来的生活，随他吧。

我一直试图让起明白我和他的情感始终没变，起淡然一笑说，我知道，其实现在我也很好。两年后，儿子许礼降生，我亲自教孩子中国汉字和文化礼仪，生活忙碌了很多，和起在一块的时间越来越少了。

一天晚上，我去起的住所看他。他正拥着两个艳丽的罗马美女喝酒，见我来，他一挥手让两美女退下，拉着我让陪他喝醉。他那时已醉了，我想既然如此就让他大醉一场也好，那晚我也喝了很多。醉得一塌糊涂的起哭了起来，他说，峻，你知道吗，我父亲的儿子多得他自己都数不过来。母亲当年只是一个丫鬟，并没因生下我而有荣耀。她缺乏在官宦大家庭里的生存争斗能力，我很小时她就郁郁而终了，我其实是继承了她的性格，这是没办法改变的。那天你在街上遇见我说的第一句话，就令我感到我们此生有缘，所以我什么也没想就跟你来罗马。回家带出来的那些银子都是我从异母兄弟处骗来的。

我心疼地流下眼泪，紧紧抱住了起。我说，起，我知道，是我不好。

这几年罗马的国运持续强盛，我也成了罗马家喻户晓、极受尊崇的人物，我的生活被鲜花富贵荣耀美人娇儿围绕，成了无数人艳羡的对象。我已经很久没想过为何要来罗马了，但在儿子过完三岁生日之后，望着一头黑色卷发皮肤如鲜奶的幼儿，我时常会想起母亲，时常疑惑于她让我来罗马的用意，难道这就是她希望看到的？

我时不时就会陷入忧愁之中。那一个寒冬，不仅是我，许多人也都发现了，罗马城里城外的乌鸦和猫头鹰特别多。

5

就在我以为和起的关系逐渐恢复亲密时，罗马发生了一起我做梦都预料不到的血灾。

而这起血灾事件的主角就是国王和他的法定继承人——王子森嘉，森嘉是国王唯一的儿子。他们被人刺死在各自的床上，芬达哭泣着向我描述他们受害的惨状。我抱住了芬达安抚她，同时在内心震惊之余，思考着这件宫廷谋杀案的缘起。谋害国王及王位继承者的人或许预谋已久了，用意非常明显，直冲王位而去。国王本性善良，对臣民宽松，支持信仰自由，这是他的人性优点，但作为一个国王，这些优点恰恰构成了他的缺点。那么，想篡位的究竟是谁呢？我脑海里相继出现几个国王的亲属，感觉他们不太像杀手。当转到国王的弟弟亲王黑带时，我全身的毛孔竖起，此人的骄横与戾气迅速渗透进来，就像他此刻手握凶器就站在我眼前。另外，我还隐隐预感到，国王蓝希时代开创的多元文化也许很快就要消亡了。

第二天，芬达从王宫带回来一个消息，王后因悲伤过度一病不起。大臣们说国不可一日无主，联合推举老国王唯一的弟弟黑带为新一任国王。不几日就要举办继位大典。

预感成真，我的忧虑也成真。以前我是以国王蓝希朋友的身份与他相处，从未参与过他的政事，而今他惨遭祸手，身边却无人能为他查出真凶，昭告世人。我内心万分沉痛，偶尔出门，罗马人皆远远避开我，好像我是罪犯，是瘟疫源。于是我闭门不出，每日用大量时间为蓝希诵经。

新王继位后没多久，颁布了他的新政，禁止罗马政府再进口中国茶叶、瓷器、丝绸等，如有发现私自交易者，一律斩首示众；罗马臣民不得信奉除基督教之外的任何教派，违者，杀无赦。仆人们私下议论，新王开始在罗马的任何地方安插自己的眼线，那么我的府邸里也不可能没有吧。听说已砍了一个私自出售中国字画的商人，罗马城已是风声鹤唳，人人自危。从此，即使在自己家里诵经我也不能发出一丝声音。

芬达感受到我逐日加深的忧愁和憔悴，对我极尽温柔宽慰，但我知道她是徒劳的。我开始每日思念母亲，现在的一切距离我当初来罗马的初衷越来越远，而我也远没有完成母亲的嘱托。有时独自发呆时，我会突然掉下泪，自己却没发觉。

那夜，我在园子里散步，抬起头，一弯桂花黄的新月斜挂在深蓝天穹，新月旁边缥缈着丝丝缕缕的云絮。这情景霎时将我拉回遥远中国的山中清源寺，一股久违的感觉注入内心，那一刻，我清晰意识到，自己在罗马停留的最后期限就要临近了。

芬达又给我带回来一个消息，起做了新王黑带的重臣。我这才想到，自己已很久没见过起了。但对这个消息我并不感到太意外，在这个世界上，有什么事是意外的呢，所有的事都是意料之中的事。

一天下午，我在带孩子看医生回来的路上遇见了起。他坐在一辆用黄金做装饰的豪华马车上，满脸高冷、目空一切的样子。看见我，他被车夫扶着走下马车。

我微笑着问他，起，你现在快乐吗？

起僵硬地一笑说，的确，我从没像现在这样高兴过。那么，你呢，我看你是越来越憔悴了。

是，最近发生的事情太突然。

为什么？因为老国王死了不再享有尊崇？你还可以亲近新王嘛。

我的心顿时被悲凉的潮水淹没。

我把视线从他脸上移开，似乎是自言自语道：我想家了。

说完，我领着孩子往家的方向走去。我并不恨起，只是什么话也不想说了。对起我保留了最后一个念想：为黑带而谋害蓝希国王的帮凶里没有他。

6

我选择在一个雾气蒙蒙的凌晨离开罗马。

当初从清源寺出来时，我带了五本经——《金刚经》《妙法莲华经》《维摩经》《地藏经》《华严经》，我把《地藏经》和《华严经》送给了蓝希国王，他如获至宝。现在我将《金刚经》和《维摩经》留给儿子，希望两部经书日后能参与他的灵性成长。这样我身边只剩下了一部《妙法莲华经》。我重新装好来时的僧衣，一张地理草图。芬达和孩子还在熟睡中，我轻轻吻吻他们的额头。等他们醒来，我就已行进在向着东方的路途中了。我曾经揣测过他们的将来，有一条是可令我放心的，即使没有我他们也能够生存下去。

我带着一个贴身侍从，驾上马车向城门驶去。我对侍从说，打猎要趁早才能打到好猎物。他兴奋地赶快了马车。城门卫兵例行问了两句，我向他们扬了扬手中的弓箭，说打猎回来请他们分享猎物，就顺利出了城门。

一个多时辰后，天色熹微，当马车拐到一条大路上时，我让侍从停下车。我从钱袋里掏出一把金币放到他手上说，从现在起，你是自由人了。用这钱回家娶妻生子过日子吧。

侍从惶恐地问我：主人，你为何不要我了，是我不好？

我拍拍他肩膀说，不是你不好，是我要走了。

主人要去哪里？

我说，去我该去的地方，去东方。说完，我一扬马鞭，绝尘而去。

来时我和起在海上漂了一个多月，因此当我坐上回去的船时，暗自庆幸这段行程的顺利。天气晴朗时，我常常坐在人群稀少处打坐，面对茫茫海水和海水冲击出的一个个浪峰，感觉罗马的一切，无论是荣华富贵还是血灾变故都正在渐渐离我远去。

船漂了十天左右。一天夜里，船舱所有人几乎都在熟睡中。我刚刚睡着，被舱里一阵急促的脚步声惊醒。有先醒过来的显然明白发生了什么，有人大声喊着，海盗，海盗来了。我心里一惊，以前只是听说过海盗的嚣张残暴，而现在的现实却是海盗真的来了。我坐起身，在一盏昏暗马灯的光照下，看见舱里顿时乱作一团。这时几个蒙面人跑到船舱中间，一个声音大喝着：都站起来，排成队下船，我手里的刀可不是用来玩的。

嘈杂声静下来，人群排起一条长队下了这条船，再上海盗的船。我抱着自己的布包，天地之黑浓稠得让人透不过气，脚下稍慢一步，后背就被海盗的拳头用力砸下来。在我前面不远大概有人试图逃走，一个海盗挥起刀，随着一道白光，寂静空气里响起一声惨叫，然后扑通一声被丢进海里。

人群被勒令挤进一个大船舱。被恐惧吓坏了胆的人们，大气不敢出，瑟缩着紧紧挤在一起，好像这样就能多得到一丝安全。外面太黑，根本看不清方位，只有哗哗的水声冲击着耳膜。我猜测海盗是要把我们劫持到他们的大本营去。漫长的几个时辰挨过去后，天稍微亮了些，果然，窗外现出一座岛的朦胧轮廓。

我们被赶下船，依次上岛。搜身时，我包里的一袋金币被一个强盗抓走，经书他看了一眼又扔给我。这群人大概二百多人，除了几个年轻漂亮些的女人被他们挑走供其享乐外，其余的都被撵进一个封闭的简陋建筑。我进去后发觉里面其实就是个监牢，二百人分别被推进八间牢房。把铁门一锁，海盗走开了，留下这一群人面面相觑，失魂丧魄。

我问一个相貌不俗的中年人：他们把我们关在这里要干什么？

中年人打量了我几眼说，看来你真不了解海盗的行事特点。我们这些人绝大多数要被卖给奴隶主然后运到非洲出苦力，极少一部分人会捎信家里拿来大量赎金把自己赎回去。你呢，是要去非洲出苦力还是让家人把你赎回去？我摇摇头，苦笑两下，没做声。望着铜墙铁壁似的牢房，我想，不知以前关在这里的人有没有成功逃出去的。

除了如厕方便，我们整日整夜被关在牢房里，唯一的优待是吃饭管饱，因为这些人若被饿得面黄肌瘦，奴隶主来买人时就要压低价格，海盗觉得不划算。也许只要大难尚未真正临头，人的心情就可以是轻松的。有几个善谈的人开始天南海北聊起来，我偶尔说上一两句。

不想听他们说话时，我就挨到最不起眼的角落里盘腿打坐。《妙法莲华经》以前不知诵过多少遍了，但我发誓，以前我对它所悟的总和都不如这二十天多，当我对佛法的理解参悟一天天精进时，我发觉，自己对鸠摩罗什的崇敬丝毫不亚于对释迦佛陀的崇敬。

身边开始陆续有人离开，据他们临走时说，为了赎他们回去，家人几乎散尽财富。我想想自己，若是捎信给芬达赎我回去，即便是献出全部家产她都乐意，可我的出走就成了全罗马的笑谈，何况我自己也不想再回罗马。这条路不行，那么唯一的可能就是去非洲做苦力了，我从亚洲转到欧洲，再从欧洲转到非洲，说起来像环游世界，只有我知道个中周折是多么荒诞。我只得一次次祈求母亲原谅，她的不孝儿看来再也回不去了。

我并不知道，在我诵经打坐时，牢房外面有人已注意我多天了。一天我要求出去如厕时，一个年轻的守门海盗紧紧跟了上来。本来这是他的职责，只是他神态很慌张，弄得我心里纳闷发毛，难道他想提前结束我？我从茅厕出来时，他企图离我再近点。我往一边躲去。

没想到他说的第一句话就把我说愣了：师父，你每天读的是什么书？你是出家人吗？

我低头看看自己的衣服，的确，上船之前我换上了来时穿的僧衣。我说，看样子你对僧人有了解？

他不好意思地笑了，然后扭头警觉地看看四周后，对我说，不瞒你说，我注意你好多天了，不明白你一个出家人怎会沦落到被海盗抓来的份上？

我说，一言难尽，几句话说不清。我只告诉你我是中国人，自幼在山间寺庙里长大。奉母命去罗马，在从罗马回国的客船上被强盗抓来。听说我们会被奴隶主卖到非洲出苦力。

他点点头说，等到你们家里实在拿不来赎金救你们的时候，海盗头子再通知奴隶主过来，现在暂时安全。他停顿了一下，有些迟疑地问，师父，你就没有办法离开吗？

我淡然一笑：没人把我赎出去，看来我只能去非洲了。

他低下头，似乎在想什么，然后抬起头对我说，也未必没办法。

我心里满团疑惑，他看出我的表情，正要说话，牢房里有人喊着闹肚子要如厕。海盗头子对此定的规矩是，去如厕只能一个个出去，不得同时出去两人。他急忙对我说了句，明天这时还是我当班，记得叫我开门。

这个小海盗挺奇怪的，大概他看我僧人模样也感到好奇吧。第二天下午，我打坐了很久，抬头看看铁门外的光线，突然想起昨天他说的话，于是朝门外喊了两声：开门，我闹肚子，我要如厕。

看门海盗将我引到茅厕后面的一块隐蔽高墙前，对我说，师父，我是两年前从附近渔村被海盗抓过来当差的。除了当看守我没做过杀人伤人的坏事。我以我娘的名义向你起誓，绝无半句谎言。

你娘？我犹疑地问道。

看我没明白，他急切地说，是我娘。我娘信佛，因为小时候我被一个从渔村经过的云游僧救过一命，我娘让我这辈子至少要帮一个落难的僧人。我注意你许多天了，现在还有时间，我一定会想出办法救你出去的，请你放心。

本来已经不抱任何希望了，而眼前这个小海盗，不，小看守，竟突然带给我转机，令我不由的一阵心神恍惚。我对他说，我愿意相信你，却不想因此连累你。况且我身上的金币都被强盗抢走了，现在身无分文，又以什么回报你的恩德？

他腼腆一笑说，我不要你的金币，如果师父实在想回报什么，就请把你看的那部经书送给我母亲好吗？她做梦都想有部佛经。

那一刻，我内心受到的震撼无以复加，难以描述。我对他说，这部《妙法莲华经》，简称《法华经》，是中国一个高僧鸠摩罗什翻译的，你母亲诵读它定会非常欢喜。

他掩饰不住脸上的兴奋，说，师父，你从现在开始吃好睡好，剩下的一切就交给我了。

尽管这个叫莱帕的青年看守热诚许诺，我对这件事的成功几率仍没抱什么希望。我并不怀疑他的善意，只是这事若有一点纰漏岂不无端连累了他，反倒让我为他担忧起来。除此之外，我一切如旧，该吃就吃该睡则睡，打坐入定毫不影响。

几十天又过去了，算起来我被关进海盗岛已两个多月。莱帕告诉我，海盗头子对迟迟不到的赎金失去耐性，最近就要捎信让奴隶主过来。他在寻找时机，让我准备好，或许随时都有出逃的可能。

三天后的中午，莱帕悄悄通知我说：晚上海盗头子有宴饮，估计他们会喝不少酒。下午我谎称有事给另外一个看守调换一下，让他也去喝酒。这次不行动，以后就很难再找到机会了。

当晚，莱帕将难得的喝酒机会让给了另一个看守。在夜色的掩护下，莱帕引着我快速穿过一条石头小路，这条路在海盗岛的后山，地势险峻，或者说，也许所有被关进牢房来的人，多年中没一个逃得出去的，所以这个地方也疏于看守。不远处一只小帆船泊在岸边，莱帕简单教了我几句使用帆船的技巧，看看风向说，师父，连上天都在帮你，看，西风刮起来了。一直向东驶去，你会有好运的。

我将一直放在怀里的《妙法莲华经》交给他说，谢谢你和你母亲。他把一袋干粮塞到我手上，摆摆手说，我终于做好了一件母亲交给我的事情，别说话了，快上船。

直到帆船载着我顺风向东漂去，我才相信了这一切不是梦。莱帕完成了母亲的心愿，但是明天他如何向海盗头子交代，能不能逃过大海盗的惩罚，是我在之后多年中唯一顾虑牵挂的事情。

帆船在海上漂了七个日夜，我感受到大海最温柔缱绻的一面，也领受了暴风雨和惊涛骇浪的无情冲击，好几次差点要与死神撞怀，所幸我的帆船没倾覆。第八天上午，一艘大船在我视线里出现。等到目力能及时，我激动地发现，这是一艘中国大商船。

我站起身向船上的人摇臂呼喊，船员抛出绳索，将我拉到了大船上。

靠乞讨，我终于一步步走到了清源寺山下。

重回中国南方的青山环抱中，我发觉这里一切都没变。在山下的溪涧边，我仔细地洗干净脸，沿着上山的台阶，一步步向上走去。每一步都很沉稳，每当一步踏上去时，我都听见了山脉的应和与自己心脏的回响，这是过去二十六年中从未有过的感觉。仅仅八年时间，当初那个顽劣的少年已消失得无影无踪。

到了娘的坟前，当年移过来的那棵小桃树已长成大树，翠绿的枝叶间，毛茸茸的小桃密集地探出头来。我双腿跪在松软的土地上，挥泪如雨。

叩开了寺门，开门的竟是宏济住持。我们俩在最初都愣了几秒种后，相视而笑。

他说，还好，你只让我等了八年。

宏济给我斟上这山中产的最好春茶，我连喝几杯后直呼过瘾。他一直微笑地看着我。

我擦擦嘴巴，想要给他说说这八年的经历，他说，这个不急，以后我们有的是时间慢慢谈。有件事情你娘让我一定等到你回清源寺再告诉你，你父亲其实在你出生前就死了，你娘怀着你伤心欲绝跳崖自尽，被我正巧碰见救回寺庙。她以前在佛前许过的愿，现在终于圆满还上了。

我诧异地问宏济，我娘怎么知道我一定会回到清源寺？

宏济缓缓地说，还能有什么原因？只因为她是你娘。

那一瞬，我明了了一切：从我离开清源寺的那一天，直到现在，八年中我遇到的所有人、物、事，都是母亲让我去罗马的原因。所带的几本佛经，在恰当的时间遇到了恰当的人，与其说它们是为渡别人，不如说是为渡我的。

而我那永远停留在三十七岁的母亲，我敢说，她才是世上最有智慧的母亲。

三天后，宏济住持为我举办了受戒仪式，剃除须发，披上袈裟，从此我一心研习佛法。六年后宏济圆寂，我接替他成为清源寺新一代住持。又过了六年，我的弟子超过五百众。

伍月的渡船

1

轮船的汽笛声回荡在暗沉的江面，黄浦江岸的上空，黑云滚滚。伍月望着巨浪似的黑云，心里也有巨浪翻滚。适逢钟楼上爆出钟声，她想，这就是丧钟了。这不仅是她一个人的丧钟，也可能是很多人的丧钟。明天她就听不到上海的钟声了，但是从现在开始她要为一个人一个名字而活。等泪水在她脸上被江风吹干并凝结了时，伍月整了整风衣的领子，快步离开。黑色的长风衣像一滴墨水散进上海滩浓重的夜色中。

在伍月的回望中，二十岁生日之前的那个梦，永远是个谜。

那时她还叫伍沁儿，是县城藏香阁里一个不当红的歌女。伍月是后来改的名字。

那晚是五月二十日，她记得很清楚，距离自己生日还有两天时间。

伍沁儿的房间在二楼西首，是所有房中最小的一间，临睡前她感到有些憋闷，就把窗户打开了。平日伍沁儿很少开窗睡觉，因为藏香阁除她之外的房间里断少不了客人。那些调笑声、猜拳喝酒声蛇一般穿梭扭动在不大的院落里，扭向她近前的空气，让伍沁儿腻烦不已。不知怎么，那晚院子里静得出奇，这种静一年中难得有几回。窗户打开的瞬间，一枝晚春桐花几乎伸到窗里，丝丝香甜乖巧讨好地溜进她鼻孔，伍沁儿的心被香气猛地撞了一下。她在妆台前呆坐了一会，昏暗镜子里浮出一个清灵女童，似在歪头望向她。她伸长脖子猛地哈了一口气，镜面上瞬间模糊，女童被一小片混沌暗流淹没。

伍沁儿转身的同时就已清醒，尽管预测不到眼前的静谧会酝酿出什么，她还是很快在桐花的香甜气息中睡着了。

她不知道那是条什么河，什么码头，只知道自己要过河。黄昏的河岸一片苍茫，有雾涌上来，河水在人的眺望中更加汹涌。岸边聚集了许多等渡船的人，有些早来的明显神色焦虑。她心里当然也焦急，已经枯等快两个时辰了，还迟迟不见渡船过来，眼看天将黑，难不成要在这等一夜？想到这，她的身体瑟缩得更厉害了。

约莫又半个时辰过去，有人突然叫喊起来：船来了，船真的来了。人群顿时喧躁起来，潮水一样涌向岸。她被挤得脚下悬了空，随后又被甩了下来。接连发出几声"别挤"，可是没人理她，一转眼工夫，人群越过她，她狼狈地跌坐在地。一股风这时靠近了她，有人从她身边跑过，随即她被一只有力的手臂抓住站了起来，她侧脸抬头，一个青年学生模样的男子低声问她，你的脚走路没问题吧。她摇摇头。那好，走快点，船上快坐满了。男子的声音低沉温柔，她有被催眠的感觉，脚下却快了起来。

到了渡船前，她才发现这船原来并不大，坐满也仅能容纳几十个人，而需要过河的人还源源不断地从其他方向涌过来。男子双臂把她推上船，他的一只脚刚要迈上，却被一个船员拦住：满了，你不能上来。一个也不能再上，剩下的等下一班船。她对船员说，我们是一块的，让他上来吧。船员面无表情地说，不行。她无奈望向男子，男子对她微笑了一下说，没事的，我乘下一班，他的眼睛如深潭般幽深发亮。看着周围焦虑不安如逃命似的人群，她惊异自己突然在恐惧中生出巨大勇气，大声问他：我还不知道你叫什么？已开始后退面容越来越模糊的男子朝她挥挥手臂，回应道，我叫阮秋。

凌晨三点，伍沁儿被一阵急促的心跳惊醒。

2

伍沁儿悄悄迎来她的二十岁生日，是在两天后。

这是她在藏香阁度过的第五个生日，每次都是一个人过，所以也总是悄悄的。

几年中，除了生日这天更令她伤感些，她觉不出这里的日子每天有什么不同。作为一个歌女，她从来没红过，而这也正是她想要的结果。当然，这些别人都不会明白，只有小江掌柜懂得她的几分心思。身边的姐妹们每日忙着争宠抢头牌，她表情平淡，都看在眼里，却也从未鄙夷过她们，毕竟都是被烂命贱命逼到了这地方。虽然她以前也是爹娘面前读着风雅颂长大的娇小姐，现在不和她们一样没有人身自由？

但在这个生日，伍沁儿却并未生起身世悲凉之感。自从那个梦出现，她就一门心思陷入了对梦的回味之中，平庸乏味的生活顿时有了意义。她觉得自己再也忘不掉那双眼睛、那个名字，事实也是如此，在后来十几年的时间流沙中，它们从未在她心中消失过。除此之外，她每天都在温习中揣摩这个梦对于自己的意味。——河岸，渡船，摆渡人，十天后，当她大脑里固执地浮现出这几个词时，伍沁儿终于明白，那个梦是专门来渡她的。得到这个发现，她犹如重生般激动不安，在房间里走来走去，脸上热泪肆意流淌。刚刚推门进来一脸笑意的小江掌柜，被她的样子吓了一跳。

藏香阁无人不晓，开照相馆的小江掌柜来这里只为伍沁儿，伍沁儿清楚，她和小江是朋友。

伍沁儿和小江的关系始于两年前。说起来永德照相馆距离藏香阁并不算远，其实整个县城也就方圆几里这么点儿地。小江来藏香阁只听伍沁儿唱歌、唱小曲，连顾妈妈都觉着奇怪：以前从没见过这人，莫不是专门寻伍沁儿来的？因为经营着县城里唯一一家照相馆，小江常常去上海、南京等地进照相器材、胶卷、冲洗相片的药液，见多识广、开朗爽利。听会儿歌，喝喝茶，他有时和伍沁儿聊一会儿，聊的却都是无关男女的话题，这令伍沁儿心里踏实喜悦。

很多年中，伍沁儿第一次有了"朋友"的概念，她把这感觉说给小江，小江毫不奇怪地说，我们本来就是朋友。

小江并不小，比伍沁儿大十四岁。他从没跟伍沁儿提过他的家室婚姻，伍沁儿还是听芍药说，小江有两个儿子，和妻子是从小定的娃娃亲，其他不详。

伍沁儿对小江说，咱俩既然是朋友，你不妨直说，当初你是怎么跑到藏香阁来的，又为何来到只听曲子。小江说，其实非常简单，那天在家里生了闷气，就跑了出来，路过藏香阁，心想这么香艳的地方我还从没来过，何不进去找找乐子宣泄解气。正好看到你下楼，再听到你唱歌，婉转清越，毫无风尘气，我的心突然就静下来了。我觉得甚是奇怪，这种地方竟还有这样的女子。出于好奇，从那我就经常过来听你唱歌。结果越听越迷。

那年快到春节的一天，顾妈妈笑眯眯地对伍沁儿说，这会正好咱俩都没事，说说话吧。我看这个江掌柜对你真不错，家境殷实，人也正道。如果你有意却不好意思说，哪天我给小江明说，让他把你赎回去。

伍沁儿一听，赶紧摇头。不行，千万不能说，你说了我就恼你。

顾妈妈疑惑地问，为什么？你不喜欢他？

伍沁儿把头一低，说，总之，你不能说便是了。再说，我走了，谁给你唱歌？

顾妈妈放下手中的一盘糕点，那好，你休息吧。

顾妈妈叫顾春英，四十六岁的女人赚钱的心思比男人更细密。男人都不可靠，还是自己赚的钱更贴心贴肺，这是她的口头禅，藏香阁的姐妹哪个不会背。关于她的故事，伍沁儿知道比较真实的一个版本是从芍药嘴里听说的。顾春英很小时就跟着父亲哥哥跑江湖。后来认识了莲城县的万公子，一见倾心，人整个就陷进了万湘的温柔怀抱。她不知姓万的就是个专门勾引欺骗单纯少女的浮浪公子哥，直到赔了身体赔了钱，一转眼万湘逃之夭夭再无音信后，她才明白过来。

顾春英决定报复万湘，她报复的方式很奇特。利用长年跑江湖的人脉，她很快就打听清楚万家在县城的底细。万湘早已娶妻，还有一房姨娘，两房整天闹得不可开交。万家原先家境不错，耐不住败家子太多，到万湘手上也没多少了。几个月后，藏香阁在莲城县繁华地带声势浩大地开张了。浮浪之人皆闻风而至，这其中就有万湘。顾春英安排了最艳的小仙桃专门接待万湘，没出半年，他就撑不住了，身上瘦得皮包骨头，还欠下了巨额嫖资。当顾春英一身雍容华贵地出现在万湘面前时，这个男人吓得瘫倒在地。顾春英对跟班说，去，把万公子的太太和姨娘请来，让她们亲自来领万公子回家，最重要的别忘了把嫖资还上。他现在这样太晦气，我这儿就不留了。

经历了万湘事件后，顾春英对赚钱的兴致越来越高，盖因为她心里的安全度越来越低。不过，她对藏香阁的姐妹算是好的了。

伍沁儿曾问过小江，顾春英赚那么多钱能保自己一生平安、远离水火吗？

小江说，不能，因为太平盛世还没到来。一旦大的战争爆发，人的命都难保还能保住财富？

那什么能救自己？

小江指了指自己的脑袋，头脑。

应伍沁儿请求，小江每次去上海都带回一摞报纸刊物，《申报》《新闻报》《民报》《玲珑》……他不知道，伍沁儿看报刊是一个一个字看的，一篇不漏，有特别些的文章能看数遍。更不知道她连报纸边角上的寻人启事，都能研究很长时间。看过的报纸被她整齐地码在墙角，用布盖上。

那天晚饭时间，小江起身离去，当他半个身子探到门外时，伍沁儿突然对小江说，我想跟你学照相，你不会拒绝吧。

他扭过头来一愣，随即笑了，露出雪白的牙齿：好，我教你。

伍沁儿一次次抚触着手中这架漂亮利落的德国莱卡，见识了它的成像后，相信它令人痴迷的魅力绝非小江夸大之言。小江尽心教她，两人都有点心照不宣的感觉。一次在暗房里洗照片，伍沁儿问小江为什么不问问她为啥学照相。

小江语气淡然地说，你若想告诉我自然会说。

顿了一会他又说，你是个聪明清灵的女子，我觉得你不属于这里。你若愿把我当成亲近的朋友、兄长，我乐意随时倾听。

伍沁儿看不到他的表情，但是能感觉到自小江身上散发出来的缕缕暖意。她在黑暗中举起了莱卡相机，好像真已看到了一个通往外面的小小窗口，窗口外面的世界，她是那么急切地想去了解想去投入。

但她不会对小江说起自己做的那个梦。那个梦永远是她的秘密，只能属于她一个人。

辗转反侧睡不着的夜里，她的目光直直地穿向夜色，仿佛那里有条苍茫大河在等她靠岸。阮秋，你真的存在吗？你在哪里？

3

几年没见，戴大牙的出现，瞬间让伍沁儿陷落到黑暗冰冷的噩梦里。

他是来要钱的，说伍沁儿的姑妈病得厉害。顾春英也在场，冷眼瞥着猥琐的戴大牙。

伍沁儿看见他气得浑身哆嗦，她说是我姑妈真的病重，还是你把家里都赌光抽尽了？

戴大牙哈着腰说，当然是你姑妈病重，这次你一定要信我。

伍沁儿冷冷地"哼"了一声，你这样的人也配说相信。她回自己房间拿了钱，扔给戴大牙。我就这么多了，你赶紧给我姑妈看病去。

顾春英在一边也发了腔，拿了钱，还不赶紧走？

戴大牙看了眼手里的银票，小声嘀咕一声这么少，悻悻离开了藏香阁。

顾春英想安抚伍沁儿几句，一转头的工夫，伍沁儿红着眼跑向自己的房间。

五年前，十五岁的伍沁儿，怎么也没想到亲姑父会把自己送进妓院。长年病歪歪的姑妈管不住那个抽大烟赌博成瘾的男人，还真以为他把伍沁儿送到县城里的戏园子去学艺。伍沁儿在恨戴大牙的同时也恨自己，当初如果自己机警点，在跟戴大牙来县城的路上发现苗头伺机外逃，说不定真能逃出去。但逃出去能干什么，她也不知道。她从十二岁来到姑妈家，十五岁离开，姑妈是她唯一的亲人。可是姑妈保护不了她，她也无力治好姑妈的病，父母杳无音信生死未卜。想到此，万箭穿心，疼痛难忍。

初来藏香阁时的情形还在眼前。

我不知道这是妓院，如果知道，宁愿死在院门外。

你现在既然来了，就说现在该说的话。戴大牙说你十八了，不过看着这么单薄可不像十八。

我十五，戴大牙把你骗了。我不会接客的，如果你逼我，我就撞死在你面前。

顾春英笑了，小姑娘满倔强的。不让你接客也行，不过我总不能拿你当大小姐白养着，那你倒是说说你能干什么。

我会养花、烧菜、刺绣、读书念报写信、打算盘，还能弹琴唱歌。

听到弹琴唱歌，顾春英眼睛一亮，她说，你唱首我听听。

伍沁儿稍一思量，清唱了一支古调《清江谣》，又顺手拿起八仙桌上的毛笔写了一行诗。顾春英微笑着点点头，就这么定了，只要我在这里，就没人逼你接客，以后你就是藏香阁的歌女，不过，侍弄院子里的花草、替我写信这些活也得兼顾着。

闯江湖见多识广的顾春英的想法是，这藏香阁里总得有一两个高雅的姑娘，高雅也是一种招牌，男人对不能轻易得到的才会更上心。她了解男人，并自以为她的藏香阁不同于其他的风月场所。

顾春英差人送来的小馄饨还在桌上放着，伍沁儿一口未动。她一遍遍问自己，伍沁儿，除了被软禁在这里安逸地做只黄莺，你还能干什么？

夜里，父母弟弟再次进入她梦中。还是原先家里植满翠竹和花卉植物的四合院，院子里的石榴树下她领着顽皮的弟弟在读书。那年她十岁，弟弟五岁，还是个不懂事的小顽童，总没完没了缠着她讲神话故事、玩游戏。母亲和弟弟的奶娘坐在太阳下给他们做新衣。父亲从外面满面春风地走进来，远远对她和弟弟招呼着，沁儿，庆儿，看看爹给你们带什么好东西来了。父亲给他俩的惊喜是一对雪白的小兔，是他朋友从外地专门捎来的，本地没有这个品种。父亲经常给她惊喜，秋天，她得到了一架崭新的西洋乐器手风琴，并且还给她带来了一位手风琴老师。沉稳愉悦的琴声、她和弟弟的笑声读书声，父母脸上谦和默契的笑容，日常中温馨的生活细节，一次次闪现在她面前。她深深沉醉其中。每次都是在她最沉醉时，大脑开始出现一道干预的电波，理智来告诉她，这些美好已经消失了，不是真的，而情境对她说，我们一家不还好好的吗，什么都没发生……这是在梦与醒的边缘。一旦越过这个边缘，就是彻底的清醒，彻底的痛彻心扉。

　　伍沁儿感到奇怪，每次遇见父母的梦境都停留在她十二岁以前的生活中。

　　关于自己家庭出现的变故她只知道个大概。父亲伍树山是当地很有名望的绅士，经营着祖上传下来的木材生意。因不满商会会长勾结权贵和军界人物搜刮小商户，联络各商户集体上书政府，哪知政府一转眼就将上书商户名单转给了会长。一天夜里，木材厂那边的管事急匆匆敲开她家大门，她听见来人对父亲说，伍先生，不好了，木材厂突然起火，火势太大，消防营拒不出兵救火，说距离太远，去了也烧得差不多了。这可怎么办。父亲说，纵火的肯定是军队，那狗会长是来报复我们了，这招太阴毒，想不到祖上的家业竟毁在我手上了。第二天早晨，父亲脸色沉重，一言不发。母亲悄悄对她说，咱们的木材生意是完了，以后还要事事小心防人暗算。

　　没过半月，父亲的米店被突然查封，说有人举报伍家米店以次充好牟取暴利，政府要依法查办。父亲接连受到重挫，意志消沉，脸上久不见笑容。

　　一天傍晚，母亲把她叫到房中，父亲也在，背对着她。母亲把一个包袱和一只皮箱递到她手中，红着眼睛说，沁儿啊，家里出事你也知道。我给你收拾好了东西，里面还有些钱，你过会就跟管叔去莲城县你姑妈家。这地方我们不能待了，等你父亲找到安顿地方后就去接你。伍沁儿一听眼泪顿时涌上来，她倔强地说，我不去姑妈家，我要和你们在一起。

　　父亲转过身，走到她跟前，把自己身上的一块玉取下来戴到她脖子上：听话，分别只是暂时的，我们一家人总会相聚的，等我们相聚时你就长成大姑娘了。她流着泪再次相信了父亲。而这一次，他们都错了，父亲没像以往那样兑现他的诺言，她也一直没等来他。

从梦中惊醒过来的伍沁儿走到窗前，一轮硕大的圆月悬在中天，她觉得这圆月在嘲讽地看着她。

4

伍沁儿对照相越发痴迷，她掌握照相及冲洗技术的熟练程度令小江吃惊，她还让他帮着买了本照相技术书，没事就躲在自己房里看。从小江第一次见到伍沁儿，就发觉她眉头横着一片愁雾，最近愁雾好像更浓了。

伍沁儿身上到底有什么吸引着自己，小江也说不清楚。他觉得伍沁儿是个很特别的女子，同时他也隐约有种感觉，伍沁儿既不会属于他，也不属于这个县城。这两年无论藏香阁里的人怎么议论，两人一直以朋友相处。他很迷恋这种状态，也更想拂去她眉头的愁雾，为她实实在在做些什么。

八月份最近的一期《申报》上，一篇文章吸引了伍沁儿的注意。她看完后递给了小江，这篇你也看看。小江一边看一边皱眉。

这篇文章里说的是真的吗？

这类的文章我不是第一次读了。是真的。上次在上海照相馆见到两个从东北三省逃出来的人，说东北早已沦陷在日本人手中。他们把带出来的胶卷求照相馆冲洗出来，你无法想象有那么多的中国人像狗一样被日本人奴役。

文章里说日本人的野心很大，绝不满足于控制东北。战争会打到我们这里吗？

这不好说，也许会吧。听说前些日子你家里有人来过？

不是我家，我早就没家了，父母弟弟流亡多年毫无音信，也不知是生是死。是我姑妈病重，她丈夫来要钱。

对不起，触痛你心事了。需要我帮忙吗？

这是事实。江，你说人活着究竟有没有意义？

当然有，最大的意义是做自己命运的主人。

伍沁儿站起身走到窗前，背对着小江，好一会没说话。当她转过身时，小江看见她眼里散射出异乎寻常的光亮。江，我需要你帮我做件事，但这件事非同小可，我担心会牵连你。

你相信我才对我说，不是这样吗？

九月末的一天，微凉的秋风在夜晚乍起。一个矮个子青年好像踩着秋风来到藏香阁，把一封信交到顾春英手中，说是戴家叫送来的。

顾春英识不了几个字，又因为是戴家来信，就把伍沁儿叫下楼。伍沁儿颤巍巍地拆开信，看了一会儿，眼泪如珠子般滴落到信纸上。她几不成句，我姑妈，快不行了，想在临死前，见我一面，她有话要对我说。我就她一个亲人了，你说，我该怎么办？

顾春英慌忙给她递块毛巾擦眼，别急，现在天黑出门不安全。明天一早你就雇辆车去姑妈家，我给你准备点补品带上。

伍沁儿身子一软，跌在顾春英面前，我替姑妈谢谢顾妈妈，明日我早去早回。

第二日天刚亮，伍沁儿挽着一个小小的布包出了藏香阁。路左边停着一辆黄包车，一个一身黑衣的拉车人看见伍沁儿，便拉着车跑了过来。她上了车，对车夫说，去西关永德照相馆。伍沁儿不知，她刚走出藏香阁，顾春英就溜进了她房间，见屋内无任何异常，匣子里的首饰和碎银票都在，从幼时就跟着她的皮箱里装着满满的衣服立在墙角，才放心地离开。

永德照相馆门虚掩着，伍沁儿进去后把门关上直接进了里间暗室。小江手里拿着一把剪子，空气静得只有剪刀的咔嚓声，一缕缕长发从他手中坠落下来，几分钟就剪出一副齐刘海短发的女学生形象。快速换上一身格子套裙，再戴上一顶时兴的帽子，连伍沁儿都怀疑镜子里的女子是谁。

小江把一张火车票和一封信放到伍沁儿手上，说，这些放好，进站要检票，记住按照信上的地址去找耀华照相馆。一会儿出门还是刚才的车夫，他就在门口候着，从这到火车站只需要五分钟。有个一身灰长衫灰礼帽的中年男人在站门口等着你，他会把你送进站，一直看着火车驶出站台。不要害怕，你马上就自由了。

伍沁儿这时对小江生出强烈的歉疚，在以后的许多年里她都摆脱不掉这种感觉。她知道在自己离开后，顾春英肯定要把账算到小江头上，他很可能会损失一笔数目不小的钱财，在家族里背上难以洗脱的恶名。这份人情太重，她一辈子都无力偿还。当然，她感到歉疚的更大原因，却是昨天夜里紧张得难以入睡时，她脑子里还反复出现阮秋的名字，而现实中真正渡她的人却是小江。

小江说，像你这样的女孩子应该得到最好的前程。

她对小江说，多保重。

保重。

伍沁儿料到了多种可能，唯一没想到的是，她逃离后仅一年半时间，这个县城也被日本人用洋枪大炮炸开城门。中国守军支撑了几天几夜后，大部血战致死，余部仅有极少突围出城。县城死尸满地，血流成河。藏香阁小楼一大半被炸毁，阁里的女人不是被炮弹炸死，就是惨遭日本人强奸。顾春英在被三个日本兵强奸后从残楼上一头栽了下来。

小江在日本人攻城的前一天去乡下给一乡绅送寿辰照片，返回时双方已交上火，他被困城外，因此躲过一劫。等他心惊肉跳地潜回照相馆，发现妻子和小儿子躺在废墟上的身体已经又干又硬。大儿子失踪，小江在废墟里挖了多天，也没找到。那架他最钟爱的德国莱卡由于带在身上，也成了战争中的幸运儿。后来，他就是用这架相机拍下了日本兵的大量罪证，它们中的部分被传到了国外，部分出现在战后的县档案馆中。

5

诸圣堂一改往日宁静，突然多出来的难民和伤病者让伍月的心迅速下沉。舒缓沉稳的风琴声压不住难民的吵嚷和呻吟。近来，她在不少场所，看到来租界内寻求庇护的难民越来越多。

她想起自己第一次来诸圣堂的情景。那次她是跟着陆老师来的。陆老师叫陆乔，是耀华照相馆的老板，同时也是一个资深摄影师。几年前一个法国人开了这家照相馆，陆乔跟着做专职摄影师，后来法国人回国就把店转给了陆乔。虽然当上了老板，但陆乔依然每天坚持摄影工作，因为一些老顾客对相片要求很高点名要他亲自操作。陆乔是个基督徒，当他看到孤身一人来上海找他寻一份工作的伍月，就希望她也成为基督徒。他只知道伍月来自北方的一个小县城，是他的老主顾小江的表妹，少年时受过很好的家教，通晓照相技术，其他的不清楚。

伍月很快就熟悉了照相馆里的工作，她被陆乔安排住在照相馆三楼上的一个亭子间里。平时她少言少语，但每说一句话都简洁干脆，落在实处，这让陆乔觉得放心。

那天天气很好，教堂橙红色的建筑体映衬着深邃的蓝天，直到走进教堂内部，伍月才发觉这里的天地比她想象中更宏大庄严。熟悉的风琴声响起，她的眼睛瞬间泪湿，十岁那年父亲送给她的一架小巧风琴，从遥远岁月中流出音符，而如今它流落何处？还存不存在？她把目光投向高处，圣母和天使在高大的柱子上向她露出微笑，她的心渐渐静了下来。又想起以前在藏香阁和小江关于教堂的对话，她扭头对陆乔说，我喜欢这里。陆乔满意地点点头。

报纸上什么新闻都有，上海三个月前就沦为了孤岛。就因为还有几个租界相对安全，它们像一根救命稻草似的吸引着大批难民疯狂涌进，他们中有从家园被炸毁的上海南市过来的，也有从浙江江苏逃来的。伍月觉得此时的上海，看上去就像从一件华美的袍子里向外渗出脓血。

那个黄昏，伍月在亭子间里站了很久。夕阳从楼群中闪出通红的脸，但是很快，它就被楼群淹没了，天色暗淡下来。从窗户里刮进来的风带了明显的寒意，她嗅到了一股血腥气。她想到当初和小江一起密谋，小江问她要去哪里，她想也没想地脱口说出：上海。为什么是上海？应该还是小江带给她的那些报纸刊物起了决定作用。另外，她模模糊糊预感到，自己的生命必定要和那座东方巴黎产生某种联系。但在她还未来得及去揭开这城市的神秘面纱时，战争就打响了。而偌大的中国此时还有多少安全地？伍月突然想到，如果父母兄弟还在的话，他们会不会也逃到上海来了呢？

第二天，伍月给《申报》《大公报》《大美晚报》等几家报社打去电话，分别刊登了寻人启事。过一段时间，她再换几家报纸登，然而半年多过去，登出的启事石沉大海毫无音信，她几乎丧失了信心。陆老师告诉她，即使绝望也要坚持祷告，祷告是为了有一日不再绝望。

6

早春悄悄到来，无论如何，还是租界内的人最先感受到春意的萌动。

伍月换了件薄阴丹士林棉旗袍，准备去诸圣堂参加义工帮忙照顾病人。刚走出几步，陆乔叫住她说有照片要急着冲洗。这段时间，想要被教会庇护的难民增加了数倍，不仅场所拥塞匮乏，人手也严重短缺，教堂主事只得组织起一帮信众做义工服务。

她回到陆乔办公室，一个三十多岁的外国人正跟陆乔用英语交谈着。伍月对他点点头，接过陆乔手上的胶卷，转身走进暗房。

下午，照片洗出来了，伍月看着这些照片目瞪口呆，一阵强烈的恶心翻腾在胸，她抑制不住地捂着脸抽泣起来。陆乔和外国摄影师走进来，心情沉重地看着照片，半晌，陆乔拍了拍伍月的肩膀说，这就是一个真实的南京城遭屠杀的惨况。麦尔拍下的只是部分场景，他要把这些照片送给在上海的外国杂志，要让世界其他国家都看到日本的侵略真相。麦尔走过来，对伍月说，你的技术很好，谢谢你，伍小姐。他的汉语说得生涩但是表情郑重。

伍月并不知道，其实几个月前，上海英文报纸《大陆报》的中文版上就报道了侵华日军在南京的集体大屠杀："城内无辜居民的尸体铺满了街道。靠江边的城门口，尸体堆成山，高及一米。汽车和载重汽车来来往往在尸体上面走过。"不仅伍月不知道，很多上海人也都不知道，或者虽然也听说过，但只要不是亲眼所见，都可以装着不相信世界上真有这么残忍的一个民族。

陆乔的心情远比伍月沉痛，他的整个中学时代都在南京度过，那些青嫩欢快的日子和那座美丽古城早就一起融进他生命深处。自从大屠杀以来，世界的焦点都落在了南京。可是南京的人出不来，外面的人难进去，电话通信一度中断，他每天都在焦灼中度过。这些日子他一直打听还在南京的同学老师，听说他的杜老师和师母暂时没事，他略略有些放心。他就读的中学因是教会投资兴建的学校也幸以保存。

伍月在恍惚中过了几天。一天下午，店里只有她自己，陆乔办公室里的电话"铃铃"响起来，她接过来"喂"了一声，里面没声音，她又问，喂，您找哪位？

电话那端传来一个年轻得有些稚嫩的声音，却像隐藏着巨大的不安：请问，这里有位伍沁儿小姐吗？

伍月的心瞬间提到了喉咙，她不敢呼吸，不敢乱想，镇定了一下，她说，我就是，请问您？

她刚说完，顿时感觉电话线里冲进来一股激流：姐姐，真是你吗，我是庆儿啊，终于找到你了。

伍月被突如其来的惊喜击中，呆愣了几秒后对着电话大声说，庆儿，真的是我，我们终于相聚了。我现在在辣斐德路441号耀华照相馆，你现在就过来，快快的。

半个多小时后，瘦瘦的白净青年伍余庆出现在伍月面前。当年一家人被迫分离时，伍余庆年仅七岁，伍月望着这张带着淡淡孩童影子的面庞，童年生活的一幕幕电影似的浮现出来。她对伍余庆笑笑说，这个下午像一场幻觉。

伍余庆揽住她的肩膀，这不是幻觉，不是梦，是现实。昨天，我偶然间在《大美晚报》看到你刊登的寻人启事，把报纸带给了母亲，她高兴地抱着报纸过了一夜。早上一起来就催着我给你打电话。

伍月警觉地问道，只有母亲高兴？父亲呢，他没和你们在一起吗？

伍余庆神色黯然，拉她坐下，姐，坐下，慢慢说。

还没说话，伍余庆的眼圈就红了。他说，现在也不能再瞒你了。两年前，我们都还在济南讨生活。爸爸跟人做工不知怎么染上肺炎，后来肺部感染厉害，竟转化成肺结核。我们花完了最后一点钱也没治好他的病。把爸草草埋葬后，有朋友指点我来上海，说这里好混一点。妈妈刚开始不愿来，我劝说多遍后，她终于同意。这么多年我们一家人分的分，走的走，无论怎样我不能再和妈妈分开。

伍月呆呆地听着，半晌无话。她拿出一直戴在身上的玉佩，用手一遍遍摩挲着，脑子里浮现出父亲尚年轻的面容，她想，父亲的面容将永远定格在她十二岁时记住的样子了。

伍余庆知道姐姐这时心里肯定五味杂陈，他岔开话题，说说你怎么也到了上海呢，那些年在姑妈家过得还好吗？

伍月鼻子一酸，语气却是淡然地说，这又岂是几句话能说清的？我在莲城县遇到一个好人，跟他学过照相技术，被介绍到了这个耀华照相馆，老板人也很好。你和妈妈大可放心。我现在的名字叫伍月，这里没人认识伍沁儿。你呢，在哪里做事？

我在张先生的娱乐场里做事，在上海只要眼勤嘴勤脚勤，就饿不着肚子，你不用担心我们。

这时，店里相继来了几个顾客要求照相，伍余庆见状站起身。伍月说，现在得忙会儿了。得空去给妈妈挑点礼物，明天晚上我去你们住的公寓看你们。

直到送走了最后一名顾客，伍月才有余暇在暗室里坐下，回味刚才和弟弟短暂会面的悲喜交加。可是面对久别重逢的亲人，她却不知从何谈起，能谈些什么，自然，她这些年的经历是不值得提起也不能提起的，唯有小江。但她对小江更多的却是歉意，从离开县城至今未再见过他，更不知道他现在怎么样。还有二十岁生日之前做的那个梦，从潜意识里驱使她逃离藏香阁跨出小县城的那个梦，更不会告诉任何人。

伍月知道，自己之所以成为一个身怀秘密的人，是因为那个梦，而不是藏香阁里的舞女卖唱经历，那经历她努力在忘却遗弃。而秘密，是一条幽暗的河流，河流无论多么宽广浩渺，终究能循着方向找到河岸。秘密是可以开出花的枝干，给它一点水分，就能等到花开的那刻。伍月愿意等下去，无论等多久。

当陆乔外出回来拉开暗室的灯，发现伍月脸上挂着泪痕一人枯坐着，惊慌地问她怎么了。伍月对他笑笑说，陆老师，我找到母亲和弟弟了。

陆乔的眼睛也瞬间亮了，他说话的声调听上去比伍月还兴奋：明天上午放你假，你好好给家人选些礼品。

她给母亲精心挑选了两斤开司米羊毛线，两块绸缎，厚的做春装，薄的做夏天短袖旗袍。一只桂花鸭，四盒糕点。她想起庆儿在店里时点过一支烟，给他买了条哈德门。陆老师坚持让他的汽车司机把她送到会乐里东二弄34号，说如果她和亲人叙旧太晚就在那住下吧，明天一早马师傅会去接她回来。

7

对伍月来说，上海的这个早春因为与至亲团聚，增添了不少暖意。

一天晚上她去陪母亲吃饭，一直等到八点，伍余庆还没回来。母亲说，咱们先吃，菜都热两次了，不等他了。吃过饭，伍月去洗水果，母亲坐沙发上织羊毛衣，两人有一搭没一搭地说着话。

十点了，伍余庆还没回来。伍月有些焦急地问，庆儿以前也这么晚回来过吗？

母亲没抬头说，也有过，但从来没在外面待过一夜。应该也快了吧。

妈妈，现在上海其实乱得很，你要交代庆儿尽量早点回家，一定要多提防日本人。

知道了，你自己也要多加小心，以后晚上没汽车送你就不要过来。唉，这世道，把人过得心惊肉跳，听说山东也沦陷了。

伍月心里一阵黯然，她从报纸上怎不知道韩复榘不战而退，把山东算是拱手让给了日本人？听说多地已沦陷，不知莲城怎么样了。想到小江的永德照相馆，她心口突然传出针刺般的疼痛。几年之后，伍月彻底相信心灵感应一说，因为就在这晚之后的第三天，莲城沦陷。

伍月又想到了什么，突然问，庆儿只说他的大老板叫张先生，叫张什么？

母亲这次抬起了头，她想了一会，记得好像叫张啸林吧。

伍月只觉得这个名字有些眼熟，一时想不起在什么报上看过。

十一点多，伍余庆回到家，进门就栽倒在沙发上，满脸仓皇。伍月和母亲紧张地对视了一眼，她坐到伍余庆身边，抚摩着他的头发，庆儿，你在路上遇到日本兵了？

伍余庆摇摇头，没遇到日本兵，是赌场里发生枪击案了。

到底怎么回事？

十点多钟，有两个人来赌场说要找朋友一起玩玩，等到他俩看到一个角落时，冷不丁突然掏出枪分别朝角落里射击。然后众人还没明白咋回事两人就逃离赌场，上了等在门口的一辆轿车，身手快极了。

上海滩这样的枪击案每天不知发生多少，知道为什么吗？

我离得较远没看清，听其他服务生说，刺客嘴里喊着要替国家锄奸。

伍月吸了口冷气，你们赌场出现了汉奸，所以有人来讨他们命了，这也是咎由自取，不必同情。只是赌场里人太杂，难保类似事不再发生，要不你另寻一份工作吧。

伍余庆一听赶紧摇头，我以后机灵点就是了，赌场给的工钱毕竟多些，再说现在找份工作多难哪，总不能让你供养我和妈妈吧。

伍月看着弟弟，叹了口气。

第二天早上回到照相馆，伍月问陆乔，陆老师，张啸林这个名字我听着耳熟，可是不知道这人是干什么的。

陆乔脸上显出一种鄙夷的表情，这个人原来和杜、黄都是上海滩青帮的三大著名人物。不过，杜和黄不敢干的事他却敢干。

他先扭头小心地看看四周，才压低声音对一脸疑惑的伍月说，听说张啸林已经投靠了日本人，现在说不定有人天天想着怎么要他的命呢。

伍月似乎问他似乎自言自语，要了他的命就叫锄奸吧。

陆乔一愣，然后笑了，是，这就是锄奸，你懂的还真不少。

那么，究竟是什么人想要锄他呢？

军统的特工人员想要除掉这些投靠日本人的汉奸。

看着伍月姣好的容颜，陆乔叮嘱道，你出门要注意安全，不熟悉的地方不要随便去。

伍月点点头，我会的，您放心。

也许是受了那晚枪击案的刺激，伍月总觉得弟弟即使坐在家人身边也像掉了魂似的。她对他说张啸林是汉奸，要他远离张和赌场。没想到伍余庆不以为然地说，姐姐连这些都知道啊。张啸林是什么人我不管，可我知道自己需要挣钱让妈妈过得好一些。你知道吗，就是因为没钱，我眼睁睁看着父亲被病痛折磨却无能为力，最后还是朋友资助了点钱才潦草将父亲安葬。

伍余庆越说越激动，我也知道有人想要张啸林的命，不过想要他的命还真不容易，不知谁有那么大本事。

说着，他嘴角露出一丝不易觉察的冷笑。伍月不经意捕捉到了这个表情，心里掠过一片阴影，她从小疼爱的庆儿和她分别得太久，刹那间她心里浮上一层迷惑：她真的了解这个刚刚重逢没多久的弟弟吗？

但也仅仅是刹那间而已。伍余庆像个孩子似地抱着她肩膀说，姐，今天给我包顿饺子吃吧，我馋饺子了。

在短短几个月间，伍余庆目睹了军统三次暗杀行动。前两次军统顺利得手，枪法精准，被暗杀的目标据说都是汪伪线上的大人物。而昨天这次，发生在赌场门口，目标却是张啸林。当时张啸林要离开，伍余庆跟随在众人后面去送他，之所以如此，伍余庆是想近距离看看他的大老板到底有多威风。刚到门口，迎面几个穿便衣的人掏枪就向人群射击。几个保镖掩护住张啸林，快速还击，清脆的枪声密集地窜来窜去。伍余庆第一次感觉枪声就贴着自己耳边嚓响，他也恐惧，但不知从哪来的勇气，就在两个便衣中弹倒地另外几个撤退的同时，他用身体护住张啸林说，大帅赶紧回去。张啸林侧脸看了他一眼，什么也没说地退回自己的休息室。

今天一上班，伍余庆就得到通知他被提升为大堂助理，一步晋升为管理层，他为自己距离张大帅又近了些而兴奋，薪水当然也涨了很多。对于之前姐姐的劝说，伍余庆有自己的想法：端谁的饭碗听谁的，汉奸不汉奸的和他没多大关系，再说他又没为日本人做事，害怕什么？至于张啸林为日本人都做过什么，军统的人为什么要锄张，伍余庆也不愿深想。从年幼时就跟着父母流浪漂泊，他吃够了无权无钱被人欺凌歧视的苦。来到上海滩一年多，伍余庆的见识与日俱增，那些来赌场豪赌的，哪个不是有钱人，而大上海就是有钱人和有本事之人的天下。这样的人连日本人也会忌惮，比如他的张老板。他翘起二郎腿，点着了一颗白金龙，透过缥缈的烟雾，十八岁的伍余庆仿佛看到了自己不远将来的锦绣前程。

　　法租界里的难民越来越多，租界方眼看超出自己的承受力，就拉出铁丝网禁止难民继续涌入。看着外面一群群面黄肌瘦、用求生本能去撕扯铁丝网的男女老少，伍月心里难过极了。在教堂捐米活动中，难民一队队上前领米，她把给每人定量的一小碗米依次倒进难民的口袋中。轮到一个中年男人时，他说了声谢谢，伍月听着口音很熟。

　　她惊喜地问，大叔，听口音你是莲城人吧，莲城现在？

　　中年人面色沉重地说，你不知道吗，已经沦陷好几个月了。

　　你知道永德照相馆现在怎么样了吗？

　　永德的房子没被毁掉，但生意已经停了，江老板我是认识的，不知道他出来没。

　　伍月失望地摇摇头，那么藏香阁你听说过吗？

　　藏香阁被炸得很惨，里面的妓女不是被炸死，就是被日本人强奸了，现在早就没人了。

　　虽然已经是初夏，伍月的心里、身上还一阵阵打着寒战。

　　回到照相馆，陆乔正在打着电话，她等陆乔打完，对他说，莲城也沦陷了，陆老师知道小江哦我表哥的情况吗？

　　陆乔的手指敲打着桌面，这是他心里纠结时的习惯性动作。他说，上周你表哥给我打过一个电话，说电话线断了很长时间，最近才恢复通信，他让你好好待在上海，相比之下，还是上海安全些。

　　她并不知道，陆乔只跟她说了前半句话，后半句是小江的妻子和小儿子被日本人的机枪扫射身亡，大儿子下落不明。

　　第二天，陆乔坐火车去了南京，这段时间他天天看报纸听广播获取南京的最新消息。他在南京并没有亲属，但在南京读过六年书，现在那里还有他最尊敬的老师和师母。当年师母很疼爱他，甚至想把唯一的女儿许给陆乔，只因女儿在北京读大学时结识了一男友相恋才作罢。最近陆乔通过朋友从法国领事馆弄来两张通行证，这次去他就是要将老师和师母接到上海。

　　面对满目疮痍的南京城，陆乔心中再也唤不回当年的感觉。他一路心悸着找到了老师家，房子虽没被炸毁，却是座空房。陆乔问了问邻居，听说老师和师母已经被女儿接走了，他才放下悬着的心。

　　老师没见到，陆乔却意外重逢了当年的一个女同学曹云曲。曹云曲热情邀他一起共进午餐，西餐馆里人很少，安静的氛围里每说一句话都能入心。后来当他回忆当时情景时，才明白曹云曲选择西餐馆对他进行攻心的用意。

曹云曲虽然已四十岁，但因为是杭州人，身材娇小，皮肤白皙，看上去顶多三十岁。他们共同回忆了学生时代的趣事和理想，曹云曲当年就是学生运动的积极分子，而陆乔因痴迷摄影，更对南京的古建筑古文化感兴趣。

曹云曲说，当年我们都是热血青年，把尊严和理想看得高于生命，多年之后却选择了各自不同的道路，同学中也有沦为汉奸的。陆乔，你现在的理想就是安安稳稳做个照相馆老板吗，可是如果整个国家都被外族侵占了，上海这个孤岛还能独立多久？你个人又如何求得自由和安稳？

他点点头，没接着她的话说下去，心里却承认曹云曲说得对。

我下个月就要去上海，或许会在那待上几年，以后我们会经常见面的。

他低声问道，你是军统还是共产党？

曹云曲没直接回答他，而是笑着说，你的英文现在还不错吧，以后到了上海我们见面就练英文，记住我的身份是华侨，是你的远房亲戚。

8

九月三十日是伍月抵达上海的日子，三年后的这天，她头疼异常，疼得不可思议。下午，阴沉的天空飘起了小雨，直到晚饭时雨还没停，也没一个顾客来拍照取照片。正好陆乔的一个远房亲戚、归国华侨曹云曲来找陆乔聊天，伍月就推说自己不舒服回房间里躺下。这一躺下就不想再起来。

伍月承认自己不喜欢陆老师的这个亲戚，她虽然身材娇小，洋装在身，眼神却锐利得不像女人，上次她一进门看见伍月就问，这个女的是谁？会照相吗？直到陆老师正式地介绍了伍月并夸伍月摄影技术好，曹云曲才懒洋洋地走到摄影间里，摆出各种姿势让伍月给她拍照。当时伍月还不太友好地暗含了点讽刺说道，我一定拍出你最完美的风姿。曹云曲倒也不在意，说那再好不过了。伍月不喜欢她之处还有，明明只有他们两人，她还跟陆老师讲英语。虽然他们声音比较低，伍月也能听出一些熟悉的单词，国家，历史，中国，日本什么的。最近，她在诸圣堂一个信徒办的英语速成班里刚上了几节课，没想到马上派上了用场，虽然只是几个单词。

曹云曲的身影越来越模糊，伍月来不及再想点什么，睡眠已将她完全覆盖。

曹云曲和陆乔就点花雕吃过饭说了会儿话，就离开了。临出门时她对陆乔说，刚才见伍小姐脸色差可能感冒发烧了，一会儿你去看看让她吃点药。

陆乔到楼上一看，伍月果真发着烧睡着了。等他去找退烧药片端了开水再上来时，听见伍月迷睡中嘴里不时地喊着阮秋，阮秋。陆乔一阵疑惑，心想没见这姑娘跟什么男子来往呢，阮秋是谁，难道是以往的恋人？这样想时，陆乔的心里就充溢了怜惜。他轻轻扳起伍月的头，好一会才唤醒她，让她把药服下，喝了一大杯温开水。伍月躺倒后接着又睡，陆乔皱着浓眉咕哝了句，这孩子，随后带上房门。他在办公室沙发上躺了几个小时，却几乎一夜没睡着。睡不着的原因除了不放心伍月，还因为曹云曲。他脑子里一直回荡着他们刚才的对话。

他不知曹云曲为何这样信任他，他也开过玩笑，为什么信我，就不怕我出卖你？这年月出卖一个人太容易了。

曹云曲粲然一笑，当然不怕，怕就不来找你了。

陆乔说，抗日救国，人人有份，但我还不想介入任何党派。为国出力，不在于是什么党，你说呢？

这完全没问题，不过以后你会加入我们组织的。我相信。

你上学时就这么自信，现在依然。不过跟76号那帮没人性的打交道可没那么轻松，千万小心。

我知道。你这个联络点非常重要，因此只有我和你单线联系，这样即使有人变节泄密，也不会牵连到你。

看着曹云曲的娇小身影瞬间被暮色吞没，陆乔心里也浮上一层阴影。他最近听顾客说，76号的人又暗杀了几个军统特工和共产党，也有被抓住耐不住严刑拷打叛变投敌的。他倒不是担心自己而是担心曹云曲，一个已经四十岁的女人，本该一心扑在自己的小家庭，为自家的那点欢乐努力在乱世活下去，却一人承担起太多的凶险。

他觉得自己开始佩服起曹云曲了。

第二天中午，当伍月退了烧能扶着墙下楼时，看到陆乔通红的眼睛她吓了一跳。

虽然昨夜迷糊沉睡，但她也记得是陆乔给她喂了药。谢谢陆老师，折腾得您夜里没睡着吧。

陆乔想到她昨夜沉迷时还叫一个人名，就打趣说，你夜里不时喊阮秋，阮秋的，他是你恋人吗，现在哪里？

伍月的脸腾地红了，她没想到自己的秘密竟然被陆老师当她的面说了出来。

摄影间只剩下伍月一个人，她对自己说，你在哪里我也不知道，但是这段时间我的感觉告诉我，你已离我越来越近。是的，越来越近，或许你也来到了上海。像你那样的人怎么会不来上海呢？伍月端起黑色的康泰克斯单反相机，对着镜头长久地凝视着，好像阮秋就藏在景深中，现在正一步步向她走来。

9

伍余庆花钱越来越大手大脚，不仅姐姐伍月觉得可疑，连母亲白莲春都觉得这个儿子变了。她问伍余庆，现在是国家特殊时期，人人都过得不容易，你这些钱怎么来的，干净吗？每次伍余庆都信誓旦旦地对母亲说，我的职务提升了，薪水自然也涨高了。再说去赌场的都是有钱的爷，我给他们服务得好，他们挣了大钱肯定要给我点小钱打赏吧。

几次问话后，白莲春也说服了自己相信儿子，在十几年四处流浪时期，儿子跟着他们吃尽了穷苦和白眼，肚子都填不饱，哪还顾得上他的学业，说起来，儿子是被他们做父母的连累耽误了。现在他凭着自己的机灵聪明多赚些钱，还不是要让自己过得好些吗？当她这样想时，眼里立即蓄满了慈母泪。

几天后，白莲春在给醉酒的伍余庆倒水喝时，意外在他身上发现一把手枪。当她的手触摸到乌黑铮亮冰凉的枪把，吓了一大跳。这倒不是因为她没见过枪，白莲春也是大户人家出身的女子，家里有几杆土枪那都是看家护院用的，现在儿子身上突然多出来的手枪令她骤然紧张。气愤之下，她想立即把伍余庆喊醒问个明白，可还是忍住了。

她急切地盼着伍月回来，结果那些天照相馆里事情多，伍月脱不开身过来。等母女见面时，白莲春的愤怒也消失了大半，伍余庆对此的解释是配枪是为了自身安全，既然是乱世，当然要有所防备，这防备是针对任何人的。

伍月没发一言，等母亲说完一阵，伍月闷闷地说了句，只怕他是跟张啸林越来越近了。张是军统做梦都想除掉的大汉奸，跟着他能有好路走吗？

白莲春替儿子辩解道，张啸林是张啸林，你弟弟是你弟弟，他只是个小跟班，汉奸也轮不到他做吧。

　　妈妈，你也糊涂了吗，子弹能长眼睛吗？子弹能分清哪个是真汉奸，哪个是假汉奸？不行，我得跟他好好谈谈。

　　结果姐弟俩谈话的结果是，伍余庆拒不承认自己是张啸林的亲信，他张啸林是什么人，手下什么样的高手没有，我算什么？只是他一个赌场里的高级侍应生。我就想趁年轻多挣点钱，以后也好有资本扬眉吐气。没你想的那么严重。

　　伍月把到嘴边的苛责又咽了下去。在她内心深处，庆儿依然是个没长大的男孩。

　　但是伍月没想到的是，这次谈话过后没多久，弟弟伍余庆就被调到了张啸林的宅院里担任内勤，直到一年多后张啸林在自家楼上被他的保镖开枪击毙。

　　令伍月同样没想到的是，她等待几年的人终于距离她越来越近，却是以一种她完全没法理解的方式。后来，她曾一次次在深夜祈祷求主原谅。她把阮秋的命运归罪为自己几年中的无声呼唤，假如不是她那般热切地呼唤，阮秋会出现吗，假如他永不出现，是否就会躲过这一劫？她宁愿他永不出现，而只是完好地藏在她梦里。

　　那天早晨六点多，伍月从母亲家回来。已经进入深秋的上海街头，人影寥落。当马师傅开着车行驶到距离耀华照相馆不远时，突然响起一阵密集的枪响，惊得老马握方向盘的手猛地抖了起来。老马让伍月赶紧把身子趴低，伍月感觉汽车明显歪了几下。漫长的十几分钟过后，空气重新恢复了寂静，老马才将车慢慢向前开过去。一个穿着黑色西装的男人仰面躺在路中央，从他身上流出的血在地上汇聚成了暗红的一小汪，脸上倒是没有血痕，一片惨白。旁边还躺着一个车夫模样的中年男人，一辆染满血迹的黄包车失魂落魄地待在一边。路本来就不宽，这两个被枪杀的男人躺在路中间无疑挡住了他们的路。看看四周，竟没有一个人。即使内心惊恐，伍月也只好下车帮着老马把这两人抬到一边，顺便看看人是否还活着。老马上前试了试鼻息骂了一句，人已经没气了，真他妈晦气，大清早就得搬死人。

　　那天，在拖动黑西装男人时，伍月不知是出于什么心理，竟认认真真地将那人的脸看了几眼。看第一眼，她发觉这个人的面容虽惨白，却是平静的，看第二眼时，她脑子里突然跳出什么东西，呼吸顿时停住，她不相信，不敢看，浑身哆嗦。老马说，快了，再拖几步就行。老马停下动作，转过去脸直喘气。她蹲在那人身边，心里有个声音在命令她，你必须看清，不是他，不是他，不是他。但是看的结果却和她脑子里的声音正相反，曾在梦中出现过的一张脸，如今真真切切躺在她身边的水泥路上。她如遭雷击，呆呆地跪在他面前，脑中一片空白。

老马转过身，惊奇地看着她。怎么了，是吓的吗？咱赶紧回去吧。

伍月抬起头，眼神定定地盯着老马说，这个人我认识，我要亲自把他安葬。在这之后，老马曾多次回忆起伍月在这个清晨的眼神，凌厉，决绝，像黑海一样深不见底。

伍月把阮秋安葬在了联义山庄公墓，墓碑上仅四个魏碑大字：阮秋之墓，干净肃穆之极。之所以不刻立碑人的名字，是因为伍月实在说不上自己和他什么关系，并且也不知他有没有妻室。这些事都是她一个人做的，没让任何人插手，包括陆乔。

在度过了几个彻夜流泪的日子之后，伍月流成了空心人。她不清楚究竟是什么人将阮秋杀害，也不清楚阮秋到那条街上去干什么。当然，她也更不会知道，在她那天清晨把阮秋抬回照相馆，并将他安葬的过程中，有人曾一直在暗中跟踪观察着她。他们甚至也到过阮君的墓前，献上一束白花，点着一根香烟放在墓前的石阶上。他们想，这个女子是阮君的故知无疑了，且关系深厚，惭愧，两年来他们竟不知阮君本来的名字是阮秋。就像他们自己，身为特工人员，每人都有一个代号，长时间如此，对自己本来的名字反而淡漠了。他们最大的憾恨是又失去一个同伴，又减弱了一份力量。可是做他们这行的，哪天不是命悬一线？每一刻都不知下一刻身归何处。

10

当伍月一身黑衣、表情淡远地出现在陆乔面前时，这个中年男人心里已明白了一半。但他什么也没说，只是拍了拍伍月的肩膀。

伍月记得很清楚，在阮秋被害第八天的下午，店里来了两个顾客，一个穿长衫戴礼帽，另一个穿西装。两人照完相，并没离去。穿西装的男人，三十多岁，脸上有许多浅色麻坑。他从兜里掏出一块手绢，打开，露出一张照片。小心地捏着照片的边缘，他走到伍月面前说，伍小姐，照片上的这个人你也认识吧。

当伍月看清照片上的人，惊得后退两步，她又看看面前的两个人，是阮——

你们是谁？来干什么？

长衫男人摘下礼帽，这人年纪比西装男人略长，伍小姐，对阮君的遇难，我们和你一样痛心。可你知道吗，我们的队友不断有牺牲，这证明，敌人还很强大。

伍月想，这两个人显然误解了她和阮的关系，但她无法解释也解释不清。她问，你们说的敌人是谁？

是投靠日本人卖国求荣的汪伪政府，是极司菲尔路76号李士群一帮汉奸，是所有进犯中国国土、欺凌我兄弟姐妹的日本军人。只要他们还存在一天，我们的队友和国民就会有人遇害。停顿了一会他的眼光死死盯住伍月，你想为阮君报仇吗？那就加入我们军统，你现在可以不做决定，会给你几天时间考虑的。

伍月没出声，转过身，她的神思又回到了那天早晨的噩梦中，心瞬间开始抽动疼痛。过了半晌，她抬起头面向来人说，不用考虑了，我现在就答应你们。我想为阮报仇，请把这张照片送给我好吧。说这句话时，伍月其实丝毫不知这个决定意味着什么。

西装男说，好，一个星期后，我们来接你去一个地方接受几个月的严格培训。之后你的行动自有人安排。

去哪里培训？以后我还能不能回耀华照相馆继续工作？

到时候你就知道了，回照相馆的可能性几乎没有。

看到伍月瞬间变化的表情，长衫男人说，做我们这行的，命随时随地会丢，也随时随地会结束别人的命，所以别人都认为我们内心冷硬，以后你会习惯的。

晚上回到自己亭子间的住处，伍月把阮秋的照片放进一面小镜子的背面。这个镜子已跟随她多年，今后它将和阮秋一起继续跟随她。

从下午那两人走后到现在，伍月一直有种置身梦中的恍惚感，想想自己从山东莲城到上海，再到一周后一个未知的地方，所谓的命运转折都是在顷刻间由她自己一念决定的。又好像她的命并非附在自己身上，阮秋才是她的命，在暗中引她向前走，却不知最终走到哪里。

就在这个下午，伍月知道了杀害阮秋的那个汉奸叫刘贵钧。那天凌晨，刘贵钧从一家妓院出来后，坐上一辆黄包车回家，他哪里想到有人已盯他大半夜了，盯他的人就是阮秋。阮秋坐的黄包车紧随其后。行了一条街，警觉的刘贵钧发觉自己被跟踪了。他故意让车放慢速度，掏枪朝后面那辆黄包一阵射击。阮秋的车夫当即从车上栽下来。阮秋持枪还击，一颗子弹准确打中刘贵钧的右臂，刘贵钧疼得用左手捂住伤口。阮秋心里一阵兴奋，站起身大声喊道，狗汉奸，今天你跑不了了。他刚喊完，没料到老辣的刘贵钧左手抓过枪，朝阮秋连开数枪。当阮秋的一个队友赶到时，已经迟了。队友只顾着去追刘贵钧，等他再转回来，正好看到伍月和老马把阮秋往汽车上拖，赶紧躲到一边。他亲眼看着自己的队友被抬进了耀华照相馆。

虽然伍月也觉得如此之快就答应了那两人未免仓促，但是为阮秋复仇的念头却越发强烈。一遍遍抚摩着照片，当她确信自己是在为阮秋活着时，内心反而获得了力量。唯一令她纠结的是，自己该怎样跟母亲和陆乔说。这一夜她几乎没睡，想得头疼却还是没找到合适的借口。

到了第六天，伍月对母亲说，陆老师在天津新开了一家照相馆，乏人管理，我过去几个月带出几个徒弟就回来。

白莲春狐疑地问，没别人了吗，非要你去啊？

别人去陆老师不放心，谁叫你女儿的技术那么好呢？

这兵荒马乱的，唉，你可得给我好好地回来啊。

当然了，放心吧。对庆儿妈妈还要多留意点，万不可做汉奸，汉奸是不会有好下场的。

白莲春满脸忧戚地点点头。

把母亲这边安顿好了，伍月却无法面对陆乔。算起来，陆乔是除了小江之外她的另一个贵人，纵然身处乱世，她这几年在上海的日子还称得上安稳无忧。正因为如此，她不愿向陆乔撒一句谎，也因而内心备受摧折。眼看最后一天期限已到，还没想好说辞，伍月决定留下一封短信，不告而别。

即将离开上海的这个晚上，伍月去了黄浦江边。清冷江风吹彻，她把自己缩在黑风衣里，对着天空说，主啊，让风把阮秋送进你的窄门吧。

整了整风衣的领子，伍月快步离开，黑色的长风衣像一滴墨水散进上海滩浓重的夜色中。她不知道究竟有多少人迷恋过上海的夜色，就像不知道，她何时还能再回到这夜色中来。

11

伍月突然离去后，陆乔每当想起都觉得不可思议，即便她留下一张字条，但字条上根本看不出她离去的原因，更没提去了哪里。寄居在他照相馆里几年的伍月就像在他脑际掠过的一个梦，突然而来，倏忽离去，全无痕迹。她是轻灵单纯的一个女子，又似乎深不可测；容貌脱俗，眉宇间却有说不出的忧郁。陆乔直到现在才发觉自己对她其实毫不了解，但他不能否认，自己面对她时，内心是极柔软的，这份柔软是对一个女子的爱慕和依恋。但当他终于明白这点时，伍月已消失在他视线之外。

陆乔的怅然自然逃不过曹云曲的眼睛，她不无醋意地说，伍月突然消失，看来你也失恋了。

陆乔掩饰说，不要乱讲，我这丧妻的中年男人哪里还会失恋？

曹云曲撇着嘴笑了，还说没失恋？你去照照镜子看看自己的眼神，不都是落寞，失神，寡淡？说到这，她猛地又想起什么，赶紧闭上嘴。

陆乔没去照镜子，也好像没留意到曹云曲的尴尬。说点正事吧，他说。

我打听到了，埋葬在联义山庄公墓群的阮秋的确是军统的人。你怀疑伍月出走跟他遇难有关系，不是没道理。据你分析，他们是恋人关系？

陆乔没回答她，过了一会说，我觉得伍月不像是军统的人。

以前不是，以后未必不是吧。是不是军统和共产党，还刻在头上吗？

陆乔脸上抽搐了一下，他想到了前段时间枪杀日本汉奸不成反而惨死在汉奸手下的几个军统。曹云曲的话说出了他隐藏着的担忧。

而无论伍月现在是不是已加入军统，陆乔都觉得自己对不住小江掌柜的托付。他把脸转向曹云曲说，再探听一下，看有没有她的行踪，以后你行动也要多加小心。

几个月过去，曹云曲没打探到伍月的丝毫信息，而另一件棘手的事又摆在了陆乔面前。一天，伍月的弟弟带着母亲来照相馆，问天津那边的照相馆能正常运转了吗，伍月快回来了吧。他安抚母子俩说，不要着急，伍月就快回来了。陆乔说完心里暗暗叫苦：伍月啊，你对家人的谎言我能替你圆到何时呢。

陆乔不知道，此时伍月还在重庆接受着最严格的特工训练。射击、开车、英文、跳舞、收发电报、破译密码、心理探测、化装术。伍月长到二十四岁，第一次相信自己竟然可以在短短几个月里学到这么多种技能。当有一天被告知，她很快就要结束学习回上海执行任务时，心情一时复杂得不辨悲喜酸甜。

一天，短暂的午睡过后，陆乔随手翻阅近几天报纸。翻到《申报》，一张照片遽然引起他注意，因为他看到了一张与伍月非常相似的脸。当天，知名银行家周礼勤出席一个向教堂捐赠的慈善仪式，周礼勤旁边一位女子留着上海最时兴的卷发，一袭旗袍将她的腰身恰到好处地勾勒出来，曼妙无比。女子浅笑着望向神父。看着她，陆乔心里颤动良久，他不相信世上真有如此相像的两个人，排除这种可能，那么报纸上的这个女子定是伍月了。他叫司机老马看照片这个人是谁，老马仔细看了几眼，对他说，我看着就是伍月大小姐。陆乔心中一喜，又把报纸拿给曹云曲辨认。曹云曲捏着嗓子说，虽然发型变了，眉毛修成了弯月形，浑身散发出名媛的富贵气，可伍月只能是伍月啊，我就算定了她还会回上海嘛。陆乔笑眯眯地说，你还真神机妙算啊，那再算算她现在的身份，在哪能找到她。

上海的夏天又回来了，街上到处是穿单薄旗袍的女人，空气里闻着都是香的。最近几天当陆乔的目光从人群中扫过，他总在想，或许很快就能见到伍月了。这是他的预感，想到这预感即将变为现实，他心里涌动起久违的兴奋。

根据曹云曲的打探，伍月经常下午去百乐门跳舞，陆乔对司机说，老马，下午我们去百乐门。然而他接连去了几天，都没发现伍月的身影。他开始为此焦虑不安，难道出事了？问曹云曲，曹云曲也摇摇头说不明白。

与此同时，汪伪特工总部广布罗网，用金钱用武力拉拢更多巨商政要当汉奸，甚至不少贫民也沦为汉奸。上海的共产党地下小组屡遭破坏，军统虽暗杀成功不少汉奸，但特工人员也相继被捕，甚至变节。曹云曲上一次执行任务还是在数月前，她将需要传递的情报交给陆乔，由陆乔在指定时间指定地点投进邮筒。陆乔的下线是负责那一带的邮递员"鸽子"，情报再由鸽子传递出去。这么久未接到指示了，曹云曲一度以为她的上线已牺牲，或者陆乔的邮递员下线身份暴露，而自己也被组织遗忘在这个孤岛上。她冷眼看着无数人要么醉生梦死，要么蝇营狗苟。要论敏感度，曹云曲自然比陆乔强许多，根据她的判断，伍月已加入军统。而现在伍月多天没露面了，和陆乔的心思截然不同，她后悔当初没把伍月发展过来。

陆乔的担忧并非没道理。此时伍月正在她西摩路自在里一栋出租小公寓里疗伤。

一周前，她戴上一副假发和另外两名队友一起行动，在周礼勤住处附近对他发动了袭击。在此之前，她和周礼勤往来频繁，掌握了周投敌的大量证据和内幕消息。近六十岁的周礼勤被她迷得神魂颠倒，捧着一把金条请求她做第五房姨太太。伍月忍着极大的恶心，脸上却笑得无比绮丽，我以为你要做多大决定呢，原来做姨太太还要排在第五位，这我可是从没想过的呢。周礼勤挠了挠头发稀疏的脑袋，把脸凑向伍月，家里那几个加起来也比不上你一个，排次算什么，我说你是老大你就是老大。伍月轻轻一转挣脱掉他，一个人跳起了探戈。她边跳边说，我可是受过洗的基督徒，婚姻大事是要向神父祈祷的，并且婚礼只能在教堂里举行。周礼勤望着她美妙的身姿，笑道，你真是上天赐我的小精灵。

周礼勤当场毙命在他的汽车里，但他的保镖却是个神枪手。一名年纪较大的队友为掩护伍月和另一个队友逃脱，不幸倒在周礼勤保镖的枪下。伍月就在那晚脚部扭伤，虽无大碍，却导致行动不便。这几天她每天下午都坚持到住处附近犹太人开的小诊所，给脚祛瘀消肿，只想尽快恢复正常行动。

除此之外，伍月更大的焦虑还是来自她家里。其一，当初离开上海，她向母亲撒了大谎，却由陆老师背了这么久黑锅，时间长了，母亲和弟弟未必不到照相馆去找她，而陆老师不知能不能应付过来。本来对他就有愧疚，现在的愧疚就更深了。其二，她打探到一个可靠信息，弟弟伍余庆现在已是张啸林的亲信，庆儿再辩解自己不是汉奸恐怕也没人相信。军统锄张啸林虽然几次行动都没成功，但也只是时间早晚。她上次就听队友说，上海总部正在重金寻找合适的人暗杀张啸林。回到上海两个月了，自己最担心的事已近在眼前，而她却一直没办法回家。另外，即便庆儿现在不知她的身份，过段时间也未必不知。到时，一母同胞的亲姐弟该如何面对？是大义灭亲还是佯作不知各行其是？每当想到这些，伍月心里就不寒而栗。

回到上海后，与她单线联系的上线叫猫头鹰，刚到上海几天，她就向猫头鹰请愿锄刘贵钧。其实在她最初登上回上海的飞机那会，脑子里第一个出现的名字就是刘贵钧。猫头鹰回复：可以锄，但必须行动利落，保证不会失误。说着，他将刘的一张照片给了伍月。

刘贵钧是汪伪特工总部直属行动队里的一个小分队长，级别虽不高，但此人心狠手辣，且吃喝嫖赌抽全都占全，经他手暗杀的军统特工和共产党情报人员不下十人。

伍月一连去了两天丽都，都没看到刘贵钧。丽都在刘贵钧的地盘范围内，他经常以检查的名义去跳舞、喝酒。第三天，伍月正跟一个男士跳着舞，远远看见刘贵钧从门口走进来，他还没坐下，大班就端着葡萄酒殷勤迎了上去。刘贵钧一饮而尽，大班又给他倒上一杯。伍月跳着跳着故意转到了刘贵钧近前。果然，不多会，刘贵钧就注意到了风姿绰约的伍月，两眼死死地盯着，伍月转到哪，他的眼神就移到哪。他问大班，这个穿淡紫旗袍的美人是谁，看着面生。大班露出一脸讨好又骄傲的笑，她呀，是琦瑶小姐，听说刚从国外读书回来，姑妈没有孩子，叫她来继承家产。她一来到就喜欢上了上海，以后也不准备走了。刘队长好有眼力，你们俩今天可是英雄遇上美人啊。要不，一会我把她介绍给您认识？刘贵钧哈哈笑了两声，好，不急，我一边喝酒一边好好欣赏。不到半小时，一瓶葡萄酒被他喝得见了底。

舞曲结束，伍月找了个离刘贵钧不远的地方坐下来歇息。她用眼角瞥见刘贵钧端着两只酒杯向这边走来，佯作不知，微微转过脸去。

琦瑶小姐好舞姿，绝等人才。

伍月双目含情地抬起头，刘贵钧的脸已俯向了她。她慌忙站起身，羞涩一笑：先生过誉，还是在国外学的跳舞，原来还以为跳得可以了呢，回到上海一看，个个都比我跳得好呢，不愧是国际大都会。

刘贵钧哈哈一笑，琦瑶小姐的确是大家闺秀，秀外慧中，我刘某今天是见识了。来，咱们喝两杯。

伍月轻轻沾了一点放下杯子，刘贵钧感到奇怪，琦瑶小姐在国外生活多年，酒量应该很好吧。

伍月微微一笑，说，实不相瞒，我天生和酒无缘，以前不知道轻重，喝过一小杯，结果被送进医院，差点把命丢了。再好的酒，我闻几口就醉了，好没福气啊。今天和先生遇见是我的荣幸，琦瑶好好敬先生几杯。琦瑶初来乍到上海宝地，以后还全要仰仗先生保护呢。

你的安全包在我身上了，刘某求之不得。刘贵钧一杯杯将伍月敬的威士忌喝光。

伍月看刘贵钧的眼里已有了八分酒意，就用手向他做了一个摸牌的动作，先生可经常玩这个？我在国外也经常玩，回到上海天天忙，还没时间玩过呢。正好今天得些空闲，不如先生推荐个好地方，你陪我尽兴玩几把可否？

刘贵钧一听丽人约他打牌，正求之不得呢，兴奋得两眼放光。好好，我们现在就去，陪你玩个痛快。

伍月扶着身体有些摇晃的刘贵钧走出丽都，此时天色已黑，伍月叫了一辆出租汽车。路上，刘贵钧的手不老实地在伍月身上摩挲，伍月轻轻推开他，用手指了指车夫，悄声说，别让车夫笑你。

车子行了十来分钟，刘贵钧酒劲上头，眼半睁半闭。汽车一阵颠簸，伍月就势倒在他怀里，一边从小包里掏出枪，一边抬起脸对刘贵钧说，上海的夏天真热，让琦瑶给你擦擦汗吧。伍月左手给刘贵钧头上擦汗，右手把枪抵在了他腹部。砰砰砰三枪，刘贵钧两眼突然睁大随即头向后靠去，身子震了几下不动了。伍月又低声说道，你还没尝过用左手的滋味吧，来，再好好尝尝。说完她又用左手在他头部补了两枪。浓黑的血从枪眼中一股股流出来，伍月一阵晕眩，心头涌起一阵报复的快感。

听到枪声汽车慢下来，伍月递过去一张钞票，对一脸惊惶的司机说，冤有头债有主，不会伤及无辜。我现在下车，你赶快开到无人地方把这人推下去。

半个多小时后，伍月改乘另一辆车回到住处，她脱下染有血迹的旗袍扔进垃圾箱。然后洗手，点香，香前放着镶有阮秋照片的小镜子。看着冉冉升腾的烟雾，她在心里说，阮，今天晚上，我亲手为你报了仇。你不知道我等这一天等得多煎熬，现在你安息吧。今天是我第一次杀人，我会求主宽恕的。

12

一个月后，伍月进到了英租界捕房督察处长历武宁家里。历武宁年轻时拳脚功夫不错，后被巡捕房重用，据了解，此人暗中勾结日本人多年，与汪伪特工总部往来密切，为他们做了不少坏事。历武宁虽凶悍、武断，但对妻女却是出奇的温顺。他唯一的女儿历杰婴现年十三岁，最近迷上摄影，在家里专门收拾了一间暗房，非要母亲给她找个好摄影老师。

得到这个信息，情报组认为让伍月去最合适，她毕竟做过几年专职摄影师。此次伍月潜入历武宁家，是为了获取其暗中勾结日本人和汪伪特工的汉奸名单，并特意给她伪造了一份法国留学的学历。这次她的名字是吴安琪。

历杰婴刚上初中，有点娇气，喜欢艺术，和伍月见了一次就崇拜上伍月，这是个好相处无心机的孩子。历武宁妻子腿关节不好，很少外出，大部分时间待在自己房里。伍月想这样更好，虽然利用一个孩子未免令人羞耻。

第二天，历杰婴就带着伍月参观了她家洋房除父亲办公室之外的任何角落。

伍月好奇地问，你平时也不被许可进入父亲办公室吗？

也不总是这样。我经常偷偷去他办公室，他知道了也没什么。但外人不能随便进去，除非是他约的朋友。

几天后的一个下午，伍月教历杰婴在客厅练习拍摄角度，历武宁办公室的门打开了，跟着历武宁出来的还有两个中年男人。其中一个扭头盯着伍月问道，这年轻靓女是谁？历武宁随意说，杰婴的摄影老师。伍月朝那人莞尔一笑。

待他们出去，伍月问，这两人看来和你父亲很熟，是做什么的？

是，他们认识好多年了。个子高点的，是大兴商行的老板张耀武，个子矮些的是金太阳大饭店的老板宋达。

看来你父亲人缘很好啊，认识这么多老板。

父亲对他们的生意很关照，自然往来也多。

伍月从客厅的窗户望出去，历武宁三人和他的私人保镖同上了一辆汽车离开历府。

伍月对历杰婴说，每个房间的拍摄光线特点都是不一样的，客厅喜明亮，厨房喜暖，卧室喜温馨，书房喜肃穆，比如你父亲的办公室。

历杰婴说，是啊，我们把其他房间都拍遍了，唯独父亲办公室没拍过。正好他们走了，我带你去他办公室。

伍月一副为难的样子，这样不好吧。

有什么不好的。历杰婴拉着伍月的手去拧开了父亲办公室的房门。

伍月赞叹道，真气派，书真多。她边说边往办公桌走去。但她心里明白，历武宁绝不是个真读书的主。

她从各个角度教历杰婴拍了几张照片，历小姐，你渴不渴呢，我这会说话多渴死了，要不你去厨房弄两杯鲜榨果汁？

我也渴了，现在就去，你等着。

历杰婴出去后，伍月迅速翻看起历武宁办公桌上的东西，都是巡捕房的文件，几本关于象棋围棋的闲书。她拉开其中一个抽屉，有记录本几个大信封，她打开记录本，刚翻了几页，听见门口有脚步声，赶紧放进去关好抽屉。几秒钟后，当伍月把手伸进书橱正拿出一本书时，历太太的身影出现在房门口。

吴老师这么喜欢看书？历太太面无表情地看着伍月。

伍月心里一惊，拿着书走到她面前。是啊，杰婴想拍拍她父亲的办公室，就把我领进来了。历先生的书真多，让人眼馋。

正说着，历杰婴端着两杯果汁过来了。她惊奇地问，妈妈，你怎么下楼了，也不过告诉我一声。

历太太说，我这会心里闷得慌，下来走走。你带吴老师回你房间吧。说完，她又朝历武宁办公桌上瞥了几眼，带上房门，转身离去。

伍月想，真险，看来历太太也不是简单之人。她对历杰婴说，幸亏你母亲没怪罪，要不，我以后就不好教你了。

历杰婴一听她这口气，赶紧说，要怪也只能怪我，和老师没关系。

一连半个多月，伍月都没机会再去历武宁办公室。

在这期间，上海滩发生了一件大事。八月十五日的《申报》等报刊赫然刊登了十四日张啸林在自己家中被杀手击毙的消息，枪手不是别人，是张的一个林姓保镖。

伍月又喜又忧，喜的是张啸林这一死庆儿可能接受教训安分守己，忧的是，若庆儿一条路走到黑，难保不被人盯上。一连数天，她忧心忡忡。

伍月从历杰婴嘴里意外得知，历武宁夫妇下周五要去戏院听尚小云的戏，她蓦然意识到，机会来了。当时尚小云的名气早已名震江南江北，能亲临戏院听上一场他的京剧，于达官贵人也是一件极风雅的事情。伍月问，你母亲不是很少出门吗，这次是尚小云惊动了她？

是呀，母亲是京剧迷，更是尚小云迷。她平常不下楼，在自己房里听京剧唱片却是一天也不能漏的，高兴时就唱上两段。

换作是我痴迷京剧，也不会放过这样一个绝佳机会。你为何不去看尚小云？

不喜欢。吴老师也不喜欢京剧吗？

不喜欢，我喜欢摄影，和杰婴一样。

历杰婴高兴地一蹦，太好了，我们太有缘了。

那一刻，伍月心里涌起一股悲悯，这个天真的孩子，怎么会想到下周将要发生在她家的事情？那些天，她格外用心地教历杰婴。

距离尚小云来上海演出的时间越来越近，伍月将全部心思都放在了获取名单一事上，对每一个细节都推敲了许多遍。

尚小云来沪的前一天，伍月又听说历武宁夫妇听完戏后将去金太阳大饭店赴宴，宋达的太太力邀他们过去品新菜。

伍月问历杰婴，你去过金太阳饭店吗？

历杰婴说，金太阳饭店二楼有个"朝云"厅，是专门给特殊贵宾留的，我们以前都在那个厅吃饭。可我越来越不喜欢大人交际的场合了，才不要去呢。明天晚上你陪我一起吃饭吧。

好啊，明天我给你烤几款法国美食。

晚上，伍月将历武宁夫妇明晚听完戏去金太阳大饭店二楼"朝云"厅赴宴的信息，发给了行动小组。

父母都不在家，历杰婴显得格外快乐活泼。伍月将女佣赶回自己房间，一个人在厨房里忙活了一阵子，端出几种历杰婴从未见过的法国甜点，焦糖布丁，松露蛋糕，咸蛋三明治。历杰婴的眼神都直了。

倒上了两杯香槟，伍月想起女佣还没吃饭，就装了一盘甜点，端进女佣房间，对她说，这是历小姐赏给你的法国美食，叫你全部吃光，明白吗？今晚我们要喝酒谈艺术，你好好在自己房里歇着吧。女佣受宠若惊地端过盘子。

历杰婴吃了很多甜点，半小时后，她两眼困得难以睁开，对伍月说，我怎么这么困呢？

伍月过去扶住她说，我也醉了，看来我们酒喝得太多了。我扶你去房间躺会。

把历杰婴扶到床上，伍月到女佣房间一看，盘子里的甜点吃得一点没剩，女佣正在床上沉睡。她迅速进了历武宁办公室，把门反锁上，拉开抽屉，一样样翻检起来。在一个笔记本里她查到一份记录，顿时惊住了，原来历武宁几年来一直在私下替日本特务机构拉拢发展汉奸，每发展一个他都有一笔收入，按汉奸等级收入有高有低，高的几千元，低的上百元，并且有详细人名，社会职务。不仅发展汉奸有奖励，历武宁发展的汉奸每杀害一个军统特工或共产党员，他也有一笔酬金。伍月看完怒不可遏，这样的狗汉奸今日不除，更待何时。她把笔记本和另外几份有用的材料装进包里，转身离开空荡荡的历家。

伍月走上夏末的大街，上海的夜空此时看不到一颗星星，她脑子清醒得可怕，心里五味杂陈。刚才她在甜点里放了剂量不小的催眠药，历杰婴和女佣几个小时后就会药散醒来，不会有生命之虞。虽然没亲眼看到，她完全可以想象，在金太阳饭店二楼"朝云"厅，现在正发生着什么。

果然，第二天，伍月就得到消息，行动小组昨晚破门而入，将一桌聚餐的汉奸悉数歼灭。历太太是唯一幸存的，已被送进医院，可是一条腿却彻底残废了。只是，伍月这时已全然丧失了昨天的兴奋，陡增一份伤感，甚至生出对自己的嫌恶：为了除掉汉奸父亲，她轻松利用了天真的女儿。天闷得无一丝风刮过来，像她的大脑，此刻伍月只想尽快忘掉历杰婴，忘掉那张对她充满信任的笑脸。

13

这两年伍余庆总认为，谁给钱他就为谁服务再合理不过，对于张啸林是大汉奸一说他也从未深究过。直到张在家里被自己的保镖一枪击毙，听到下人们私下议论，说林怀部是受雇于军统之命来暗杀张啸林，伍余庆才真正惶恐起来。事实上，在张啸林丧事第二天，伍余庆就回到了赌场。度过了失魂落魄的一星期后，他的神经才渐渐恢复正常。伍余庆想得很费力，他的确曾经替张啸林送过几封信，给警察署长的，给财政局长的，给日本人的，但是信的内容他却从不知道，那么自己究竟算不算汉奸？

初秋的一天下午，伍余庆站在一桌熟识的客人身边服务，几个人曾和张啸林关系密切。从外面突然闯进来一群人，对着他们这桌一阵乱枪射过来，几个人全部中弹倒地。伍余庆是最后一个倒下的。倒地的最后一刻，他承认姐姐是对的，他从未这么强烈地想念过她，一声姐姐还没叫完，伍余庆就彻底闭上了眼睛。

伍月直到两天后才看到登有这个新闻照片的《大美晚报》。几个人以各种姿势倒在地上，其中一个面孔向外转过来，即使黑白报纸上一片血肉模糊，伍月也一眼认出，这个年轻男子就是伍余庆。她最担心的事情终究还是来了。是巧合还是命定？当初她就是在《大美晚报》刊登了寻人启事，被弟弟看到家人得以团聚，而这次，也是在这份报纸上，伍月看到的却是他惨死的一幕。

她来不及多想，跑到里弄口截了一辆出租汽车，直奔母亲住处。伍余庆的尸体已被人给送回家，母亲白莲春显然被儿子突然身亡刺激得神智痴呆，怀抱着伍余庆的一件衣服，看见伍月进门竟毫无反应。伍月心中大恸，奔过去抱住母亲的头：对不起，对不起，我来晚了。

她给伍余庆换新衣，决定也将他葬到联义山庄。伍余庆脸一片惨白，身体却是硬硬的，她的手总是哆嗦，用了很长时间也给弟弟穿不上衣服。她再也抑制不住，索性，大声哭了出来。

伍月一个人去了墓地，路过阮秋墓时，她在墓前放了一大把白花。不到一年时间，她就在这里亲手安葬了两个亲人（阮秋虽和她并无关系，但她在心里早已认定他为亲人），或许以后……她对以后不敢有任何想象。擦了擦眼角滑下的几滴泪，伍月转身离去。

当晚，伍月收拾了母亲的东西和弟弟的几件遗物，带母亲搬到了她的住处。但她隐约感到，最近好像有人盯上了她，所以自己的住处也不是安全之地，不可久留。第二天，伍月扮作郊区大嫂的装束，在苏州河岸一带民居处租了一个带院的房子，也方便母亲自己种点菜养养花，恢复精神。

两天后，果然有几个人堵到了她原先租住的公寓房前实施突袭，却懊恼地发现已人去房空。

在这同时，陆乔也在发疯似地寻找伍月，刚刚看到一点希望的陆乔不久就陷入灰心沮丧，只是这一切伍月并不知晓。

秋天逐渐加深，当法桐的叶子开始发黄之时，曹云曲终于等来了上级的指令。她要在今晚截获破译一封日本间谍的密令，这关乎上海多个地下小组的安全。这晚，就在伍月原来住过的亭子间里，曹云曲开始了从事地下工作以来最艰难的一次破译。她的手指灵巧地敲动，耳朵里灌满了呼呼的风声，她捕捉着风，不放过其中的任何一丝声音。经过长达十个小时的苦思冥想，曹云曲终于将密令破译成功，日本间谍和汪伪特工将在十八日也就是明天晚上，对上海所有地下小组进行剿杀。陆乔以最快的速度将破译出的密令投进邮箱，地下小组得到信息后全部迅速转移。汪伪特工总部第二大队在扑空之后，极为震怒，将之前关押在刑讯室的地下工作者全部执行枪决。

在成功破译此次密令之后，曹云曲被调往苏州组织地下工作。她来跟陆乔告别，让陆乔陪她跳了最后一支舞。眼角向上一挑，似有意又似无意，曹云曲对陆乔说，陆乔，下次再见的时候，也许你会真喜欢上我。

陆乔笑笑，故意忽略掉她话音里的几丝伤感，用力握住了她的手说，多保重，他日再见。

等到陆乔终于在大都会找到伍月时，又是初冬时节了，距离她突然离开照相馆已整整一年。

虽料到这一年她变化会较大，可等到面对面时陆乔还是暗自吃了一惊，她成熟了，眼神却不复当初简单清澈，而是凌厉，幽深。他率先打破沉默：当时走得那么匆忙也罢了，既然回来了为何不到照相馆打个照面？

对不起，陆老师，这一年发生的事情太多了，不知从何谈起。前段时间，我弟弟也死了，母亲至今神思恍惚。

知道什么人干的吗？

还不是军统锄奸队，可我弟弟未必就是汉奸。伍月的脸上又笼上了原先陆乔熟悉的愁雾。

陆乔说，还是回照相馆吧，你一个女孩子在外面太不安全，我不放心。

伍月嘴角露出凄然一笑，她并没直接回答他而是说：或许只有等战争结束了，我才能有自由。

战争总会有结束的一天，所以生命比自由更重要。

可是对我们这些人来说，恰恰生命是最不重要的。上这条船容易下船却难，我刚刚又接受了一项新任务。

陆乔也默然了，自始至终他没问她是军统还是共产党，虽然曹云曲一再告诉他伍月是军统的人。在陆乔心中，伍月是什么都不重要，重要的是他在等待那么久之后总算见到她了。那晚在他的坚持下，陆乔开车将伍月送到她的住处。她的话比过去更少，神情也黯然消沉。陆乔在心里想，怎样才能让她高兴一些呢？

14

曹云曲离开上海一年了。九月份的一天，陆乔刚送走一个拍完照的顾客，一个穿长衫戴礼帽的男子走进店来。此时店里无其他顾客，男子在陆乔身边低声说道，你是陆老板吧，我是代替曹云曲同志来与你联系的。陆乔把客人引到他的办公室。男子脱下帽子，在陆乔对面坐下，陆乔这才看清来人非常年轻清秀，尤其是一双眼睛黑亮幽深，单凭这双眼睛，就让陆乔印象深刻。

云曲现在哪里，还好吗？

男子面露沉郁之色，对陆乔说，我来正是要告诉你这件事，很不幸，半个月前，云曲同志牺牲在苏州汪伪警备大队监牢里，敌人对她用尽刑罚，他们没料到一个身材娇小的女性会这么刚强。组织上想到上海还有你这条线索，派我来与你接头。

陆乔眼前出现了一片幻觉，他想起曹云曲最后和他跳舞时眉梢扬起的欢快神采，还有她说的那句话：陆乔，下次再见的时候，也许你会真喜欢上我。实在地说，那句话他丝毫没放在心上，因为他心里明白曹云曲的预言不会出现。一直以来他俩的关系就是明明朗朗的同窗情同志情，有时对她半开玩笑似的抱怨吃醋陆乔也装作不知。他喜欢的是伍月那种女子，其实曹云曲又怎能不明白？

但是这个时刻，陆乔觉得非常难过。他对男子说，说起来我对她关心太少，虽然中学时就是同学，在上海也相处了两年，但是我连她有没有丈夫、孩子几岁了竟完全不知。

曹云曲同志的丈夫1937年就牺牲在了吴淞会战中，有一个十岁男孩现在跟着爷爷奶奶，组织上已给孩子送去了抚养费，你也无须自责了。

陆乔沉默了片刻后对男子说，现在我正式向组织申请入党行吗？

太好了，我回去就向上级汇报。我的代码是"锦瑟"，你是"蓝田"。以后我们就在你照相馆西五百米处的莎蒂夫人咖啡馆见面，那个英国老板和我熟识，地方也安全。

随着军统暗杀汉奸行动频频得手，大快人心，日本间谍组织和汪伪特工总部也正酝酿一场灭绝性追捕。

陆乔上一次去伍月住处，她母亲正在给伍月腿上换药。左腿肚一大片瘀黑，还有血正从溃烂处向外渗出。待她母亲出去后，陆乔问，你的腿怎么伤的，伤口明显没处理好，会有后遗症的。

伍月说，伤好几天了。当时伏击一个汉奸，没想到车里不止一个，我的小腿中了一枪。幸亏队友开着车来救援，把我拖上车，找到一家偏远小医院挑出子弹，简单处理了一下，带回来这些药和纱布，隔天换一次。

当时是你的队友送你回来的吗？有几人？

三个人。怎么了？

陆乔的眉头紧紧拧了几下，糟糕，不行，你这里已经不安全了。这三人中任何一人被捕变节，就会有人来你这里抓捕。你想想军统中有多少叛变投敌的？

伍月说，是这样，还是陆老师想得周全，只是我腿这样子一时没办法外出租房子。

不用你出去租了。我一个朋友几年前全家去了香港，让我帮忙照看他的别墅，现在逢战乱豪华房子也租不出去，正好你们搬过去住。我回去就让人把房子收拾一下，你们也打点下行装，明天老马就来接你们。

第二天，老马开车把伍月母女送到亚尔培路一栋别墅里，一家法国医院的法籍护士当天就来给伍月重新处理了伤口。

事实证明陆乔是对的。76号总部从几个被抓的特工身上下手，严刑拷打加上威逼利诱，他们撑不住，把什么都交代了，很快，上海区上百个军统特工几乎全部被捕，军统战全线瘫痪。伍月因为受伤被陆乔转移住处，侥幸逃脱一劫，或许那些人以为她也死了。就像天空一颗骤然闪亮又被风云湮灭的星，在此后的相当一段时间里，伍月同时消失在两方的视线之外。

15

抗战胜利，上海各条大街都聚满了游行庆祝的人。

陆乔和伍月走在游行队伍中。伍月脸上荡漾着喜气，可是心中流淌着一条忧伤之河。这条河流虽不像以前湍急险峻，差一点将她掀翻窒息，但她知道，无论何时，它都会像血液一样隐藏在自己的全身中，她忘不掉死在这场战争中的阮秋和伍余庆。就在此刻，她再一次忆起他们。陆乔似乎窥见了她的心思，抓住了她的左手，陆乔的手温暖有力，她挣脱了一下，没挣脱掉。

就在刚才，陆乔还在人群中看到一张熟人微笑的脸，可仅仅在他低头看伍月的一眨眼工夫，人就找不着了。这个熟人是他几年来的联系人锦瑟。

一个星期后，锦瑟和陆乔又来到了莎蒂夫人咖啡馆。这几年他和陆乔见面从来只谈工作，话语少而简洁，因此虽然相处几年，他们对对方的家庭却毫不了解。这次因为心情都放松喜悦，两人像老朋友似的谈了很多。

锦瑟比陆乔小十岁，祖籍是浙江宁波，从四岁还懵懵懂懂时就跟着父母去了南洋。父亲在南洋从事橡胶生意，有自己的工厂。

"9·18"事变震惊了海内外华人世界，锦瑟忘不了十九岁那年，偶然被同学拉着去参加一个集会的情形。那是一个由爱国华侨联合会举办的集会，几个演说的积极分子在台上痛陈日本劣迹和狼子野心，鼓动大家要高度警惕，振奋民族精神。台下数百个青年学生振臂响应。那一天锦瑟的热血激情被瞬间点燃激活，他想，这天或许就预示着自己要和过去的安逸生活画上句号，从此开始新的人生吧。后来，他的确把这一天当作过去和未来的分水岭、界碑。父母都是原先在宁波过不下苦日子的本分人，无奈才逃到南洋，所以并不支持他靠近政治。他给父母做工作，自己选择的是一条光明而崎岖的道路，正因为选择的人太少，所以在这条路上要到达真正的光明还需要很久，好在父母都通情达理并且深爱儿子。他四方游说当地华人捐款，购买了枪支弹药，偷偷运输到中国，支援前线与日本军队拼杀的将士。

1938年，他通过南洋的共产党小组正式入党，1939年从南洋回到浙江宁波一带从事地下工作。1941年秋，党的地下工作形势更加严峻，他被组织派到了上海，那是他平生第一次来上海，同时他也给陆乔带来了曹云曲牺牲的消息。

陆乔向锦瑟讲述了自己在南京巧遇曹云曲，并跟随她开展地下工作的经过，而后叹息道，假如云曲能看到抗战胜利这天有多好。

锦瑟说，只有胜利，才是对死去同胞和战友们的最大安慰。

陆乔问他，抗战胜利，是否我们的工作也结束了？

锦瑟说，还没到最后的胜利。这次约你过来是想告诉你，我要离开上海一段时间。若有任务自会有人来和你接头。

你何时离开上海？

三天后。

还回来吗？

应该会吧，我喜欢上海这座城市。

陆乔本来还想对锦瑟说，我过段时间要结婚了，想请你参加婚礼。现在听他说马上要离开上海，有点不合时宜，于是把快到嘴边的话咽了下去。

两人在咖啡馆门口就此别过，锦瑟向北，陆乔向南。看着锦瑟颀长的背影渐行渐远，陆乔想到两人几年间在腥风血雨中建立的情谊，心里有些许怅惘，他太想让锦瑟参加他的婚礼了。快到诸圣堂时，陆乔看见路那边伍月正向诸圣堂这边走来，突然想起今天是做礼拜的时间。他站住，远远看着即将成为自己新娘的姑娘，心里的喜悦抑制不住地向外流溢。他不想抑制它们，他觉得路上的行人、甚至高大的法桐好像都听到、嗅到了他的幸福，于是刚才的那点怅惘被他迅速抛到了脑后。伍月也看到了他，朝他挥挥手，加快了步履。这时，陆乔确切地发现，几年前伍月受过伤的小腿还是留下了毛病，尽管平时不仔细看是看不出的。他的心顿时疼了几下，他对自己说，陆乔，你一定要保护好自己心爱的女子，再不让她过那种命悬一线的日子了。

沉浸在即将新婚的幸福中，陆乔又哪里会知道，锦瑟在离开上海前的两夜辗转反侧长夜难眠。

在上海这几年，锦瑟为不引起敌人注意，频繁搬住处。从北吉祥弄到衡山路再到现在住的步高里78弄189号，某些地方连陆乔都没来过。夜已很深，整座城市褪掉喧嚷也进入沉睡中，他又点着一支万宝路，在卧室里长久徘徊着。来到上海除了开展地下工作，宣传鼓动更多群众坚持抗日路线，他还有一个从未对陆乔说起过的私人任务，寻找同胞哥哥。从南洋回国的前一晚，父母给他讲了许多他不曾知道的家族故事。当初夫妇俩离开宁波实在是迫不得已，乡下的日子太难熬，正好有一个和他父亲相熟的村人去南洋做生意，愿意带着他们同去。夫妇俩把心一横，不顾老人的反对带上小儿子离开了家，将大儿子留给了爷爷奶奶。好在两人都勤俭能干，锦瑟父亲头脑也灵活。手头有了一些积蓄后，父亲开起一个小厂，雇佣了几个当地的工人，规模一点点做大了起来。母亲流着泪对他说，儿子，革命的事我不管你，但你一定要先回宁波看你爷奶和哥哥。他郑重地对母亲许诺，请母亲放心，我会及时给你们写信告知。

当他回到宁波时，老家却只剩下祖父一人了。祖母因病过世，他的哥哥也离家多年，祖父只听人说是去了上海，除此之外就没有哥哥的任何信息。他给父母写信，哥哥可能是去了上海，我会想办法申请去上海工作，无论怎样也要找到他。

可是几年过去，连抗战都胜利了，锦瑟仍旧没找到哥哥。他曾通过地下党在上海的各个网络寻找，那些人却从没听过哥哥的名字。有时他也怀疑哥哥根本没在上海，或许曾经来过又去了其他地方。当他这样想的时候，感到心里稍微有了点安慰。眼下祖父病重，他得到组织批准，将回去照顾老人在世的最后日子，而这也是令他感到最无法面对祖父的事情。不仅如此，在给父母的信中，他几次语焉不详，终究不能令双亲释然。

在黄浦江边锦瑟登上了南下的客轮。站在甲板上他回望着这座城市，虽然几年中穿梭不停，对它却根本无暇了解，此时某种难言的情愫就涌动在胸中，如同他视线下方的滔滔江水。或许是因为未寻找到哥哥留下的遗憾，或许是因为这城市的神秘，或许还有别的，他一时分辨不清。当上海滩在他视线中越来越远越来越模糊时，他对自己说，我一定会再来的。

一个月之后，锦瑟的祖父在自家的老宅里安详阖上了眼睛。不用说，在他的"谎言"中，哥哥因军务缠身无法前来，委托他这个弟弟在老人面前代为尽孝。他代替父母办了一个简单的丧事，把老人安葬到祖坟林地。

几乎与此同时，陆乔和伍月在诸圣堂举办了简单庄严的婚礼。当牧师让新人宣誓时，陆乔激动得流下热泪，在别人看来倒是新娘伍月平静多了。

16

安葬好祖父的第二周，锦瑟接到上级让他去北平参加学习的指示。一年多后他再次来到上海。

伍月即将临盆，而陆乔近一段时间却日日与恐惧做着对抗。他的恐惧不是没有来由，十几年前，他在安徽老家结过一次婚，妻子直到生产才被发现胎位不正难产。一大一小两条命，小的死于母腹中，大人死于子宫破裂大出血。那是他心底的伤，从未对人提及过，哪怕是对老同学曹云曲。在那之后，陆乔就来到了上海，随着家中父母过世，他几乎没回过安徽。心有余悸之余，陆乔给伍月早早就联系好了法国在上海最好的医院和妇产科医师，定期带伍月去检查。直到伍月顺利产下他们的儿子，陆乔感觉喜悦才完全彻底地在心中着陆。中年得子，他抱着小小的婴儿，竟感动地对着婴儿说，谢谢你，儿子，谢谢主让你来到我身边。伍月看着他痴痴的样子，脸上露出一抹疲累的笑。

所以当锦瑟约他在莎蒂夫人咖啡馆包间见面时，刚叙几句旧，陆乔就诚恳地对锦瑟说，我看你也该成家了，要不我帮你介绍个上海姑娘吧。

锦瑟一笑，说，这个不急着考虑，现在说正事，随即他表情严肃起来。国共和谈失败后，蒋介石对共产党加紧了打击力度，其他地方有不少同志被他们抓捕，形势严峻，从现在开始不能放松了。我现在住在蒲石里681弄75号，有事你可以去那里找我。

和锦瑟从咖啡馆分头出来后，陆乔刚才在他面前生出的羞惭感还没散尽。因为他发现，在对待革命一事上，自己既没有曹云曲孤注一掷的巨大热情，也缺乏锦瑟的严谨缜密。这一年他的确过得太安逸了。冷风一阵阵刮过，每一次大风过后，他脚下就会多出一地落叶。陆乔抬头看看距离自己最近的一棵法桐，一些树叶挣扎着不愿脱离树身枝干，终究还是在空中荡了几荡最后掉下来。他在心里说，上海的冬天又来了。

孩子满百天那日，早春天气已有明显暖旭。伍月一早起来多烧了几盆热水，说是给孩子洗完澡照百日相。陆乔一边交代着可别着凉了啊，一边按伍月吩咐去卧室找她的一个箱子，箱子里有她母亲给孩子买的金锁片。

陆乔认得那只小黑皮箱，它曾经跟了伍月数年，最近几年派不上用场被放在了一个不起眼的墙角。箱子里有伍月过去穿过的几身旗袍，一套村妇的衣服，一套西装，几件假发。还有一个装首饰的小木头匣子古色古香，陆乔想，应该就是在这里了。果然，打开首饰匣子的第一眼他就看到了躺在透明礼包中的金锁，做工非常精制。陆乔以前从没打开看过箱子，这时他的好奇心不知怎么突然冒了出来。匣子里其实没几样首饰，一条珍珠项链，几副耳环，一只小圆镜，一看就是很多年前的样式了，镜子下有一个木托，可以活动，女孩子常常把自己喜欢的照片放在镜子背面。陆乔非常想看看伍月来上海之前的样子，当他把镜子转到背面，全身却触电似地抖动起来。照片上是个男子，并且该男子陆乔还认识。

他嘴里轻轻念叨着，锦瑟？这么说锦瑟就是阮秋？可阮秋不是已经遇难了吗？并且是伍月亲自安葬了他，陆乔曾一个人去山庄看过阮秋的墓。但照片上的人分明就是锦瑟，世上怎么可能会有长得一模一样的两个人呢。或者就是上次遇难的那个人并不是阮秋，而是伍月看错了。直到这时陆乔才想起，几年中因有组织纪律，自己只知道锦瑟代号，从不知晓其真名。陆乔的脑子越想越乱，全无头绪。

等他来到伍月和儿子身边时，脸上的表情已恢复了正常。刚刚洗完澡的小人白胖粉嫩，已经会向他笑了，陆乔的心顿时柔软得一塌糊涂。当初给孩子起名时，他煞费苦心，最后取名陆念伍。他在儿子的名字上其实是寄托了对伍月的深情，伍月怎能不知，她在家庭里一向依着他。只是到了后来，陆乔才觉得这并不是个吉利的名字。

几天后，陆乔带着儿子的照片去了蒲石里681弄75号，他的心思很明白就是去核实锦瑟是不是阮秋。锦瑟正好在家，他看到陆乔有些奇怪，问，今天什么风把你吹来了？有情况？

陆乔说，也没什么事，来看看你。聊了一会他把儿子的照片掏出来说，满百日照的，让你也看看。

锦瑟笑眯眯地接过照片，小声念出照片下的小字：陆乔伍月之子百日留念。呵呵，这小子真可爱，给我当干儿子吧。

见他的表情没有任何反常，陆乔接着说下去：认你当干爸当然好，只是你干儿子也得知道他干爸的真姓大名啊。

锦瑟稍微一愣又笑了：怎么，我从没给你说过自己真实姓名吗，我叫阮秋。

陆乔没料到他这么直接就说了出来，心里猛的一惊，脸色有些变化，却还是继续说下去，我太太叫伍月。

很好的名字，想来人也是很端庄大方的吧，改日去登门拜访。锦瑟话说得非常干脆利落，根本不像认识伍月的样子，陆乔略略安心，只是想到伍月高烧那夜曾叫过阮秋的名字，他脑子里仍被谜团塞得满满的。

转眼又到了清明，按照北方的习俗，给逝者上坟要烧纸、上点心水果等祭品，讲究些的还会供上一束鲜花。伍月每次去公墓，这些一概都备齐，今年更不会例外。陆乔开车将伍月送到联义山庄，伍月对他说，你就别进去了，在门口等我一会吧。说完，她拎起一个竹篮转身朝里走去，三三两两来扫墓的人有进有出，墓园里的松柏已长得高大茂密，绿荫森森。阮秋的墓和伍余庆的大致在一个方向，但相隔有一段距离，每次伍月都是先去阮秋墓再去伍余庆墓。伍月到了阮秋墓前，用湿毛巾仔细擦干净墓碑，拂去落叶，摆上祭品和白花。她在做这一切时无比熟稔自然，像曾相处多年的默契老友，又似自家的骨肉亲人。陆乔远远地在门外看着，伍月的身影起先还模糊可见，后来就被树影全部遮蔽了。他说不清心里到底是怎样一种感觉，但有一点是明确的，他为伍月感到疼惜。

在这以后没过多久，徐家汇和虹口区域就相继传出两起中共地下党被保密局抓捕暗杀的消息。锦瑟让报童捎给陆乔一封信，要陆乔尽量别去他住处，改去沙逊大厦五楼西餐馆接头，莎蒂那近来老有可疑之人在门口徘徊。他让陆乔同时要小心照相馆里往来的人，不到万不得已不能暴露身份。

17

伍月一点也没想到，以前军统的人何时又盯上了她。

自从孩子出生，母亲白莲春就搬来跟伍月同住，方便照看孩子。伍月平日不太常去照相馆，除非陆乔有事太忙以及另外一个照相师傅秦孟请假，她才去替换半天。她一直毫无察觉，直到有天在店里给顾客照完相，送顾客出门，一抬头，一个高个子戴礼帽的男人不知何时已进到店中。男人摘下礼帽说，伍小姐，别来无恙吧。伍月听到来人声音心瞬间沉到底，一张数年前就在此处见过的面孔，再一次幽灵般出现在她眼前。

来人毫不客气地坐下，伍月声调冷淡地说，我受了伤，总算没死，你们不都好好活着吗？说，来干什么？

他并没在意伍月的态度，我当时是临时去了外地才侥幸逃脱。被抓住的人有不少叛变，还有一部分死在刑讯室的。我几个月前刚回到上海，不管怎么说，咱们也算是故人吧。

为什么跟踪我？

你我行动都自由，何谈跟踪，只是碰巧看见过你。恭喜成为陆太太。

我现在是有家室之人，只想过我的小日子。别的不愿多想。

戴局长虽然遇难走了，可保密局还在。你是宣过誓的人，可别忘了。回来吧。

我不太明白，你们怎么把那些汉奸都忘了？听说，他们中有人归到你们麾下。

他露出一副无所谓的表情，这并不意外啊，此一时彼一时。现在我们的敌人是共产党。

伍月的愤怒顿时被激出来：好一个此一时彼一时，当初我们那些拼死去杀汉奸的队友都白死了吗？

伍小姐，不，陆太太，你这话跟我说我能理解，可千万不要对别人说。说着，他站起身环顾了几眼照相馆，你家这照相馆也是上海老招牌了吧，要懂得珍惜。

你在威胁我？

我没威胁，只是说了实话。你好好想想吧。

说完，他戴上礼帽离开了。

伍月一个人坐着生闷气，连陆乔在她身后站了多久都没发觉。当初加入军统，她只是刻不容缓地想给阮秋报仇，从没考虑过自己的安危，并且明白那实非出于个人的热爱，事实上后来她已经厌倦了。心里浊浪一阵阵翻滚，什么样的船似乎都能被掀翻，她叹道，阮秋啊，你这是究竟要渡我到何方呢，如果我支撑不住了怎么办？

陆乔悄无声息去倒了杯水放到伍月手中，他虽不能明确知道伍月为何如此魂不守舍，也隐约能猜到几分。刚才他从外面来的时候，远远看到一个戴礼帽的男人好像从自己照相馆里出来，联想到最近越来越紧张的时局，他脑中骤然闪出一个念头：莫非以前跟伍月联络过的人又找上门来了？随后全身打了一个寒战。但是他不敢问伍月，伍月若是不想说，他自然什么也问不出。

一筹莫展的陆乔这时想起了阮秋，原先他并不计划急于解开阮秋、墓中之人跟伍月的谜团，但现在保密局的人突然出现，令他感到了近在身边的危机即将爆发，这危机远大于那个谜团带来的危机。他决定马上去找阮秋，或许阮秋有好的解决办法呢。

而陆乔并没告诉阮秋太多，他只是说，我最近去联义公墓，竟然发现了一座墓碑上刻着阮秋之墓几个字，其他并无记载。我感到惶恐与不解，特来告知。

阮秋也当头被罩上一头雾水，他说世上竟有如此奇特之事，我在上海除了认识组织内部的人，再无其他熟人，会有什么人为我立碑？何况我活得好好的。太荒唐了吧。

刚说完荒唐两字，阮秋的眼睛里有亮光瞬间闪过，难道是因为有人长得与我几乎一模一样的缘故？除非那人是我的孪生哥哥。怪不得我几年都没找到他。但是立碑之人又是谁？和哥哥有什么关系？为何碑上写的不是哥哥的名字而是我的名字？刚刚琢磨出一点名堂，阮秋又跌进迷雾中。

他问陆乔还知道什么，怎么去找那个立碑之人，陆乔摇摇头，又想起了什么，赶紧说，你还是先去联义山庄看看，也许能查出点线索来，或者想办法等到那个去扫墓的人，说不定那个人还经常去公墓看看呢。

阮秋说，有道理，明天我就去联义山庄。

陆乔脑子里乱极了，他承认直到现在自己也没真正走进伍月心里，因为伍月心里有扇门始终没向他敞开。他从无怨怼，娶到她已很满足。目前他无法解决的事情太多，只好从能先入手的事情做起。

不到半岁的念伍眉眼间已有了陆乔的影子。他躺在床上咬着自己的指头，咿咿呀呀，自得其乐。也许是饿了，他突然爆出一阵响亮的啼哭。正在发呆的伍月赶紧起身，把儿子抱在怀里，吃饱了的婴儿不一会就满足地安静下来。

前军统特工的突然出现，令伍月的心情降到了几年来的最低点。她早已将个人生死置之度外，但是对年幼的念伍、母亲、陆乔，却怀着深深的疼惜。她当然不是因为爱情和陆乔结婚，她对他只有感恩。教堂婚礼现场，当她闭上眼宣誓时，脑子里却全都晃动着阮秋那张惨白的脸，以至于她不得不睁开眼睛，驱赶掉脑子里致命的幻觉。直到现在她都称呼陆乔为老师或先生，陆乔看她实在改不过口就随她怎么叫了。而对弟弟伍余庆的死，她经常自责，如果不是她这个当姐姐的突然离去，放松了对他的约束与引导，庆儿也不至于糊里糊涂死在乱枪之下。现在，有人却要让她重新举起枪，不是对准汉奸，不是对准日本人，而是像陆乔那样的好人。虽然陆乔并没告诉她自己的身份，她也能观察个大致，只是从没说破。最近，她也在一些进步报刊上得知时局的变化，她非常清醒，此时的保密局远非原来的军统局了。

伍月在人前越来越沉默，她感觉自己沉默得像联义山庄的松和柏，只有夜深人静时她才在心里和自己做着无尽的对话——

你是谁？

我是伍月。

不，你不是。无论伍沁儿还是伍月，甚至伍瑶琦什么的，都只是一个代号。

你为什么来上海？

为了一个梦，一艘渡船，一个声音，一副面容，一个名字。

那么你抓住了什么？

什么也没有。原来以为，即使他死了，我依然离他很近。可是现在，我感觉距离当初梦中的意味与光亮却越来越远。

所以你现在觉得痛苦纠结？

是，因为我失去了方向感，不知道怎样走才是对的。

你还需要渡船吗？

需要，我像需要生命一样需要渡船。可是它在哪里？

是啊，它在哪里呢。

……

伍月不知道，不仅是前军统的人，还有一个人正在焦急地等待她出现，就像等待埋进深厚土壤中很久的幼小种子突然伸出头，就像等待一阵能吹破所有秘密的天风。

18

阮秋在联义山庄登记处找到了"阮秋"七年前安葬的信息，只有简单一行字。据当年负责登记的人回忆，来联系办理手续的是个年轻秀丽的女子，但没透露姓名。等到他终于站在自己墓前不远处，看着一个女子苗条的背影伫立许久，已是两个多月之后了。在这一天的早晨，伍月要去公墓的信息通过一个报童告诉了阮秋。

其实那天并不是个应该扫墓的日子，什么节都不是。伍月只是想去公墓站一会，跟庆儿和阮秋说说话，并且她没告诉陆乔，只让马师傅开车送她。

伍月站在墓前都喃喃自语了些什么，阮秋一句都没听清。但是当伍月转过身时，他只看了一眼就记住了面前这个端庄忧郁的女人。

伍月惊得身体摇晃起来，一度以为自己眼睛出现了幻觉。她不由提高了声音问道，你是谁，怎么和阮秋长得一模一样？

阮秋向前靠近了一步，他的眼睛幽深发亮，脸上是温和的表情，声音也是温和的：我不是谁，我就是阮秋。以前你也认识一个叫阮秋的吗？我想知道这一切，告诉我好吗。

怎么会有两个阮秋，阮秋只有一个。他躺在墓中七年了，我亲自将他安葬的。

或许，姑娘认错人了吧，我有一个孪生哥哥叫阮君。

听到阮君这个名字，伍月的脑子里一道电光骤然闪现，她记起来，在照相馆里好像听到那两个军统提过阮君的名字，只是那时她丝毫没在意。

阮秋继续说，据我父母讲，我们小时候几乎长得一模一样，外人是根本分不出来的。五岁时我跟随父母去了南洋，哥哥留在宁波祖父母身边。后来我回国参加爱国运动，祖父听人说哥哥来到了上海，要我一定找到他。可我找了好几年也没打探到他的消息，原来是已经故去多年了，多谢姑娘安葬纪念家兄之恩。只是，我有一事不明白，既然姑娘跟我哥哥熟识，为何墓碑上刻的不是他的名字却是我的名字呢？

听到这一番话，伍月五内若焚，她呆呆地站在那里看着阮秋的眼睛。她想不通，自己刻骨思念的人渡她的人为何是以这种方式在这个地方和她相见。为了那个梦，她逃出了藏香阁，来到上海。而看到长得和阮秋一模一样的阮君遇难，她毫不犹豫加入军统成为杀手。又因而，回到上海后她杀的第一个人，就是杀害阮君的人。她说不出一句话，任由眼泪一次次冲刷下来，像海浪冲击着海滩，它们根本停不下来。

阮秋也看呆了，他长到三十多岁也是第一次看到一个人的眼泪可以不停地往下流。他的心突然被一些东西揪得很痛很痛，对一个陌生女人。那是他从没有过的感觉。

那天他们在墓地站了很久才离开。

陆乔原本担心伍月和阮秋在公墓遇见以后，各自的生活会发生重大改变，但是出乎他意料，伍月看上去比以往还平静，依然是他的妻子孩子的母亲，阮秋也看不出任何异常。只是他们两人都对那次在公墓相遇的细节只字未提，未免让陆乔暗自猜测。

当前军统特工许昌再次找到伍月时，伍月表示可以考虑，但是明确提出，杀人的事不会再干，她还得给儿子多积点福。

许昌说，这没问题，你可以做情报工作。我就知道你会回来的。说完，他把一部便携式电台交给了伍月。

伍月在离自己福州路住处不太远一栋房的四楼租了一间公寓，当天下午，一个叫唐唐的十五六岁报童上门来给她送报纸，顺便塞给她一个纸条。她打开纸条：他人对你或许要试探一段时间。你如实破译，先传给我即可。另外对唐唐尽可放心。她取过一张纸，写上：一切照你所办，然后交给唐唐说，以后这窗台上如果放了一盆棕榈，即意味着有信要你来取。唐唐点点头，转身离去。

伍月开始越来越频繁地离开家，面对陆乔的疑问，她不做任何解释，只是郑重对陆乔说，我做的事情不会对不起你和儿子。

陆乔习惯性皱了皱浓眉说，我不是怀疑你是在担心你。

伍月对他微微一笑，放心，我不会有事的。

19

许昌来伍月出租公寓的次数明显增加，伍月半笑半怒地对他说，怎么，对我不放心啊，还要监视我工作。

许昌尴尬一笑说，哪里啊，我是看你这里什么东西都缺，不是给你送东西来了吗。果然，他手上拎着一提红酒一篮水果。

伍月说，我又不喝酒，喝醉了怎么把活干好呢。水果留下，你把酒拿回去吧。

许昌说，那好，你这楼西边七八百米处有家万国珠宝店，有事你去那里找我。

自从伍月说过之后，许昌就不再轻易上楼来了。一封封电报经她之手传了出去。

几个月之后，许昌间接带来保密局上海站对伍月的褒奖，伍月知道他们已经信任她了。她伸出手：那好，奖励呢？

许昌笑笑从怀里取出一个小袋，说，这是给你的，五根小黄鱼。

伍月把袋子打开放到鼻子下嗅嗅，满意地说，嗯，我最喜欢这个了。

许昌说，没人不喜欢这个。放心，以后会越来越多的。

第二天，唐唐上门来送报纸。伍月把放黄鱼的袋子装进唐唐兜里，并附上一张纸条：组织经费紧张，这几根金条你们用于周转。没想到，十天后，一个被警察署羁押的民主人士就是靠这几根金条被保释出来。直到事情过后，伍月才知道，那个民主人士其实是中共派到南京工作的重要人物，在上海中转时被几个警察抓住。

通过内线情报，伍月获知保密局在上海一些共产党领导人身边都安插了他们的眼线，她感到不寒而栗。

有一天，许昌给她布置一项新任务，破译中共的一份秘密电文，她弄了一天也没弄出头绪。

许昌焦急地说，怎么，这次难度这么大？

伍月说，是的，越来越难了，远超我预料。

突然，她两眼紧紧地盯住了许昌，然后一字一字地说，我最近琢磨着不对劲，为什么共产党的情报工作反而比我们做得还好，而我们却越来越难做了。

许昌紧张地问，快说，你发现了什么？

你想想，我们的密电经常被他们截获破译，这说明什么？

许昌光亮的脑门上渗出了细细的汗，那你说这说明了什么？

其实也不难想明白，这至少能证明共产党的策反能力超强，我们派过去的人十之八九被他们所用了。只有自己人才对自己的密码系统了如指掌。他们不仅没有价值了，反而会被对方利用对我们造成破坏。那么，这些人留他们何用？保密局不愁招不到人，与其让他们在共产党那里邀功，不如由我们来把他们除了。

许昌低着脑袋想了好一会，然后抬起头对伍月说，我真服你了，你是天生的特工。我把这情况向上汇报，不行就把他们撤回来或者除了。

伍月用手做了一个杀的动作，狠狠地说，这是必须的。

许昌离去后，伍月发觉自己出了一身冷汗，她也不能确定自己这样说能不能起作用，但至少他们会对在共产党领导人身边安插内线有所忌惮。伍月的手指灵巧地敲击着，一封密电内容很快就传送给了阮秋。

过了一段时间，许昌告诉伍月，上次那个建议被采纳了，还真撤掉了一些原先安插的内线，那些没用的东西。

唐唐送来纸条：做得太好了。对待他们就要用智用谋去瓦解，相信最后的胜利是我们的。

伍月对着纸条会心一笑。

　　阮秋被捕两天后，陆乔才从报童唐唐嘴里得知，心情沉痛，大受打击。

　　这是上海最冷的十二月底。唐唐发了一天高烧，头疼脚软在床上昏睡了一天。第二天醒来好些了他就赶紧跑上街。赶到阮秋楼下，发现窗户卷帘竟全部落下了。唐唐心里顿时一灰，绝望地想，坏了，阮秋出事了。原先阮秋和他定过暗号，如果卷帘全部拉下，就意味着自己遭到不测，唐唐要用最快的时间通知小组的其他人。唐唐有些不甘心，看看周围没有可疑之人，就抱着一摞报纸上了楼，路过阮秋的房间，只见房门大敞，屋里一片狼藉，东西被翻的到处都是。唐唐彻底绝望，他什么也顾不上了，忘记了阮秋跟他定好的，如果卷帘拉下他扭头就走，千万不要上楼。唐唐一边流着泪一边向外跑，他是个孤儿，父母都死在日本兵的大扫荡之中。他跟随亲戚流亡到了上海，靠卖报讨活路。自从认识了阮秋，阮秋把他当作自己的小弟弟一般对待，可现在他的亲人被抓走了。泪水被北风一吹一条条凝结在唐唐脸上，他也不去擦，直到快到陆乔照相馆时，他才从怀里摸出一条皱巴巴的手绢擦脸上的泪痕和汗水。

　　唐唐给陆乔说完后又去找伍月，伍月开始还不相信地摇头。唐唐说他上楼看到阮秋房里到处乱七八糟，阮秋肯定出事了。伍月颓然地跌坐到椅子上，双手捂住了脸。唐唐第一次感受到时间是这么漫长。

　　几分钟后，伍月放下手，唐唐看到她脸上湿湿的一片。伍月对唐唐说，现在还不是哭的时候，你赶紧先想办法打听清楚阮秋是怎么被捕的。唐唐说，我会尽快给你消息。伍月向他摆摆手，你去吧。注意，别让人跟上了。

　　伍月不记得自己是怎么回到家的了，这短短一段路，她感觉走了很久。陆乔的脸色很难看，伍月不敢抬头看他。阮秋对她说过陆乔的身份，关键时刻可以找他帮助，但阮秋却没把伍月的身份告诉陆乔。

　　入夜，两人躺在床上各怀心思，谁都无法睡着。念伍在自己的小床上哼哼唧唧，伍月过去一看，是尿了。她给孩子换上干净尿布，趁势在念伍的身边躺了下来。

　　自从和阮秋在公墓真实相遇，在度过了两年平静日子后伍月的生活再一次发生重大变化。她自认为是个冷静理智之人，唯独对阮秋没有抵抗能力。当初她毫不犹豫就加入军统，后来当真正的阮秋出现在面前，她百感交集哭得一塌糊涂。但在哭过之后，当她抬起头看着阮秋深潭般的眼睛，听见他说话的音调，感觉自己的心魂和意志随时都可以接受他的塑造。那天，阮秋反复说了好几遍对不起，我真没想到。后来他给她分析了当下时局和共产党必胜的理由，大胆提出可借保密局特工又来找她之机打入对方内部。他紧接着又说，当然，这件事充满凶险，随时都可能暴露身份甚至牺牲，你如果选择不做也在情理之中。

她低头沉默了一会，抬起头对阮秋说，此事在我无须纠结，我同意。她看到阮秋眼里瞬间流露出兴奋的光亮。阮秋说，太好了，你一个文弱女子如此爽快，实在令人敬佩。伍月心里泛出一缕酸涩，她想：我过去承受过的你阮秋又何曾明白呢？

这一年半来，伍月在保密局内部应付得还算自如。与阮秋在工作中建立起来的真实情感代替了以往虚拟的情感，虽然他们很少见面，只靠收发电报维持联络，但她很满足于这种方式，因为她确认自己和阮秋一起做着同一份有意义的事情。而今天唐唐带来的消息令她的心瞬间跌进黑暗中，她一夜未眠。

第二天，唐唐就打探清楚了，阮秋是被一个叫何山的叛徒出卖被捕的。当天的情形是这样的。地下党组织在警备司令部安插的一个内线获悉何山被捕叛变，赶紧把信息传了出去，阮秋刚接到信息有人叛变让他马上转移，没料到保密局行动组三个人已经开车直奔阮秋住处来了。阮秋发出了最后一封译电，迅速将一些重要文件点火烧掉，又将窗户卷帘拉下，正要离开，稽查处特工已跑上了楼。除了屋里一股浓重的烟味，他们没找到任何想找的东西，就把来不及撤退的阮秋带走了。

等再见许昌时，伍月主动提到了刑讯室新抓到的地下共产党。

许昌说，你也知道了？

像我们这种人什么事能不知道？何况是我们内部的事情。

许昌说，这个刚抓到的叫阮秋的地下党什么都不说。你说他是用什么材料做成的呢？

伍月忍住心里的疼痛，一副非常感兴趣的样子说，他能是什么材料做成，你倒是说说他怎么让你都敬佩了呢？

只是让他说出共产党打到我们内部的眼线以及他知道的地下党交通员，许给他黄金不要，把他安全送到香港他不去，你说他到底要什么呢？

伍月在心里哼了一声，心想你怎么会懂得呢？

她又问，还没对他用刑吗？

暂时还没用刑，也快了，上面的耐心是有限的。

对那个叛徒何山呢？他还有多少价值可用？我就从不相信叛徒。

许昌眯着眼看看伍月问，今天怎么了？

伍月说，我几年没摸枪了，手有点痒痒。

许昌嘿嘿笑了两声，这还不好办，下次我就给你送来。

三天后，伍月听许昌说刑讯室给阮秋用刑了。伍月不忍细问，轻描淡写说，他如果识相点就会招了，如果打死都不招，绝对是特殊材料做成的。我们保密局就缺这样的人。

许昌讪讪笑两声没说什么，他心里明白，1941年秋76号对军统大抓捕，如果不是他恰好离开上海，自己最后什么结局真是说不准。他把一支小巧铮亮的勃朗宁和一盒子弹放在了伍月面前。

伍月在跟踪了何山几天后，在何山回家的路上将他一枪击毙。在酝酿做这件事时，伍月将阮秋之前对她说过不可动用武力暴露身份的劝告，完全抛到了脑后，只想早一天杀死出卖阮秋的叛徒。虽然事后想起来，伍月也承认这一次自己犯了和上次几乎相同的毛病——贸然行事，但她别无选择，如果还有下一次，她相信自己会做出同样的选择。

对此事，许昌倒没怎么在意，伍月对他谎称，我是给弟弟报仇的，我等这个人等好几年了。许昌说，这个人死了也不足惜，不过以后不可再这么冲动了。

只是那天伍月击毙何山时，却被保密局另外一个小组正蹲点的特工郑川看到，引起他的警觉和怀疑。他认识伍月，伍月却不认识他。郑川和许昌素来不和，正想找点碴呢，那天的事让他决定盯梢伍月一段时间，说不定能盯出什么，盯不出来也没什么损失。而伍月对这些毫无觉察。

21

郑川一连半个多月没看出伍月的破绽，就在他快要放弃时，他在伍月租用的公寓房对面楼下发现了急匆匆的唐唐。唐唐抬头看到伍月窗前的棕榈，又四下看看没有可疑之人，就朝楼里走去。郑川站在红房子西点房门内，目光一点点扫视着对面大楼。他知道伍月在四楼东边第二个房间，当然，他不可能看到房子里面，只看到伍月窗台前的一盆棕榈。二十分钟后，唐唐走出大楼，向西面走去。过了一会，当郑川的目光又扫到伍月房间时，突然发现窗前的棕榈没有了。

郑川有种发现什么的隐隐快感，但他还不能确定，准备再盯几天。果然，两天后，他再次看到这个报童走进大楼，而一盆棕榈摆在伍月窗台上，报童离去后没多久，窗台上的棕榈就被搬走了。于是他明白，原来这棕榈就是他们的暗号。他把这情况向上司汇报了，一切在许昌不知情中暗中进行着。

几天后，伍月拎着一只包走出家门，念伍这段时间特别黏人，抱着她的腿不让妈妈走。她把儿子抱起来哄了一会，说回来给他买好多糖果和玩具，才把念伍哄得松了手。她接到一份秘密指令，稽查处要在车站、机场、码头对上海中共地下交通员进行清缴。伍月想，这个信息得赶紧传出去。她像往常一样把棕榈搬到窗台，等待唐唐前来。郑川和另外两名特工，在报童上楼几分钟后跟上去围住了伍月的房门。

唐唐在开门的瞬间，看见几个黑衣人守在门口，迅速把一张纸条塞进嘴里咽下去。郑川去撬唐唐的嘴，反被唐唐咬了一下。郑川气急败坏地朝唐唐的膝盖用力踢了一下，唐唐身子一歪即将倒下被郑川一把抓住。他把枪抵在唐唐头上，对伍月说，放下枪，不然我先一枪把他打死。这时两个特工持枪上前拷住了伍月的手。

淞沪警备司令部里的一个内线传信给陆乔，伍月也被捕入狱了。直到这时，陆乔才明白，原来妻子已加入共产党地下组织。他仔细回忆一番，推断伍月应该是在墓地和阮秋遇见后不久加入的，他恨自己，如果早点知道，他无论如何也要阻止伍月去枪杀何山。

伍月不知道阮秋也是被郑川抓进来的，郑川前段时间在稽查处里被伍月比得矮了一截，心里非常不舒服。何山就是在他手里成了叛徒的，他把何山放出去是想靠此人多抓些地下党，在上面也好多捞点功劳，没想到被伍月一枪给崩了。他想从阮秋嘴里获得一大串地下党名单，可是大刑也用了，没想到阮秋还是什么也不说。正懊恼呢，伍月和唐唐成了他的意外收获，他倒要让他的上司看看，这个被他们褒奖的优秀特工是如何为共产党服务的。

伍月被关进淞沪警备司令部刑讯室，路过关押阮秋的地方时，阮秋垂着头坐在地上，十个指头血肉模糊。听见声音，他费力地抬起头，看见伍月和唐唐，脸上露出吃惊的表情。他嘴上的血凝固成一片紫黑色，早已失去平日的朗逸神采，只有一双眼睛像在寒夜中发出星光，伍月觉得它们明亮依然。伍月对他微微一笑，在心里说，阮秋，我来了，我不怕。

阮秋没想到这么快伍月也被抓进来了，他在脑子里猜测着伍月被捕的原因，思绪越来越复杂，当初自己轻松出口的一个建议没想到再一次给伍月带来杀身之祸。回想着刚才她对自己露出的微笑，他深深迷惑陷入自责：伍月，你为什么还要对我微笑，为什么不怪我？为什么要做一个那样的梦？

郑川坐在刑讯室的一把椅子上，在他对面是戴着手铐的伍月。

他阴阴地笑着说，伍小姐，没想到吧，你竟然到了这个地方。

伍月说，没想到的多了，你也没想到吧。

郑川说，那你说说，我没想到什么？

杀了我们几个，你们最后还是赢不了。

临死还这么嘴硬啊，这张让任何男人看了都动心的脸留在这里实在可惜了。你交代吧，交代完就把你送回去。

看样子我是回不去了。

那更好办了，先让你把所有的刑具都享受个遍，然后再用几颗子弹穿过你美丽的身体。

这就是你全部的本事了？你们注定完了。

郑川的脸变得煞白，他朝另一个特工吆喝了一声，拿家伙来。

这时从外面急匆匆进来一个人，趴在郑川耳朵边说了几句。郑川扭头瞪了一眼伍月，带着特工出去了。

来人走到伍月跟前，低声说，陆老板托人到大队长那里说情，暂时不会用刑，以后不好说。

伍月心里想，陆乔你真傻。

第二天，许昌来到刑讯室，他一言不发，连抽了两根烟后说，为什么欺骗我？

伍月说，我没欺骗你，是你没看出来。

许昌脸色越来越青，他说，算起来当初是我把你领到这条道上的，觉得自己有责任，所以今天来劝劝你。事情不是没有转机，看你怎么配合。

见伍月没回答，他接着说，我跟上边通融得差不多了，你只要说出来一个地下党，上边就既往不咎。这样总可以了吧。

我觉得不可以。我不会出卖任何人的。

那你再想想你的儿子、丈夫、母亲，难道他们在你心里丝毫不重要？

正因他们太重要，我才不能用卑劣的人格辱没了他们的情感。

你真是无可救药。许昌气得甩袖而去。

陆乔花很多钱疏通了关系去探视伍月。他惊奇地发现伍月脸上比任何时候都更冷静。

伍月说，你不该花那么大价钱，没用的。

陆乔的喉头动了动，他感觉喉咙里噎满了悲伤：念伍想你，天天晚上哭。

伍月伸出手指，理了理陆乔凌乱的头发，说，以后他会慢慢适应的，你将他好好养大。他会比我们都有福气。

陆乔说：都怪我没保护住你，是我的错。

伍月说，生逢乱世，连神都保佑不了我们，何况是人呢。联义山庄那个墓碑应该是"阮君之墓"，他是阮秋的双胞胎哥哥，胜利后你重新给立块碑吧。你不是一直想明白这是怎么回事吗，我告诉你，二十岁生日前，我在莲城藏香阁做了一个梦，梦见一艘船、一群包括我在内要渡河的人和一个叫阮秋的青年。从此我就坚信这艘船和这个叫阮秋的青年是来渡我的。我从临城来到上海，后来误入军统，都是因为那个梦。直到上次在墓地你安排阮秋与我相遇从而揭开谜底，阮秋劝我将计就计打入军统内部获取情报。原谅我，没有早些跟你解释。另外，我父亲当年草草在济南下葬，以后你和我母亲重新给他找个合适的地方安葬。

陆乔双臂抱住了伍月，他的眼泪流到伍月肩膀上，湿了一片。

几天后，马上就到农历新年了，阮秋、伍月、唐唐和另外两个地下党，被秘密运上一辆卡车。阮秋的牙齿被打掉很多，一条腿几乎断了。伍月扶着他，用手指把他的头发梳理顺，整了整他的衣领。十几年中，她第一次距离他这么近，她惊讶当初梦中的感觉现在才真实回到了心中。阮秋在黑暗中目不转睛地注视着伍月，这一年半中，他一直视她为一个奇异的女子，在从前他从未想过自己的生命会和这样一个女子产生奇妙联结。他低声说道，如果我从没出现在你梦里，你的命运怎会是这样呢，我有愧于你的太多。

伍月微笑着用一块手绢给他擦擦脸：我说过，我需要一艘好渡船。

你从不曾后悔？

是，永不后悔。

他们被运到一个废弃的修理厂。郑川和几个特工从车上跳下来，将他们推进一间库房，并排站着。郑川点着了一根烟，歪着头对他们说，现在交代也来得及。

没人理他。

他用枪指了指年龄最小的唐唐：再给你最后几分钟。

唐唐沉默着不去看他。

郑川走近他们，挨个看了他们一眼说，实话说，我对你们真是好奇。你们觉得这样死值得吗？

阮秋说，值不值得我们自己的心知道。这是上海最黑暗的时刻，过了这一刻，黎明就要到来了。上海的市民很快就将庆祝黎明的到来，也庆祝你们末路到头。

那好，我让你们死得很难看。郑川脸上露出狞笑。

伍月说，我们起码比你死得好。主会让你下地狱的。

郑川哈哈大笑几声，扭头对几个特工大声说，开枪。

伍月微笑地和阮秋对视着，一片枪声响起。在伍月最后残留的意识中，她感觉到自己的灵魂就像一缕风升腾而上。

22

仅仅几个月之后，这年的春末夏初，上海解放了。

伍月和阮秋的墓并排在一起。陆乔抱着三岁半的念伍站在墓前。

春风将墓园吹出了一大片绿色。念伍抬起头，看到一只小松鼠在自己头顶上的一棵大松树上瞬息跃过，有几条碎小松枝掉到了陆乔头上。念伍伸出细细的手指，将陆乔头上的松枝拈了下来。这时他感到脸上有凉凉的液体滑过，于是扭头看看父亲，原来凉凉的液体是从父亲眼角流出的。他将手放到父亲脸上，轻轻移动着。

云水缥缈书

A部 遇巧旅馆

下午临近黄昏时分，她从过长的午睡里醒来。单人床对过的小木窗里，天空呈现出迷幻般的蓝紫色，隐约有金光闪烁其中。这平常的黄昏景象，在她看来却是自然所独赐，心中不禁肃穆端然。潮声隐隐，晚霞绚烂。即使没有潮声，她也会将耳畔的所有生息幻化为大海的潮音。过于短暂的白天反衬出夜的漫长，而她将无比清醒。

多少年前，她就曾经幻想过这样的景象：一片少有人来过的海，窄小的私人旅馆，潮湿的空气里夹杂各种鱼类散出的混合腥味，那是它们根本不需要人类弄懂的信息密码；一个人，四周全是陌生面孔，没有人探寻你的过往，也无人关心你的将来，更无人干预你的现在，你因此获得了安全。由于抛弃了通信工具，使得一个人的出走有了更彻底更决然的意味。就像小时候，每当受到父母训斥，心胸憋闷得要撕裂开来时，她总会一个人跑向离家不远处的苇湖。岸边水草丰美，刺刺啦啦扯动她衣角，清新甘冽的植物气息裹拥着她小小的身体。强大的气流猛然间奔向喉头，肩头耸动，哭泣是最好的宣泄。等到哭够了，哭得自己终于平静下来时，天也完全黑了。她重新蹦蹦跳跳回到家，依然是个淘气的女童。女童离海很远，但她常常给脑子注满幻觉，让自己遗落到一片汪洋中的小岛上，岛上阳光明净，天空如洗，植物碧绿葱茏，鸟群此起彼落，她是奔跑在阳光下的一头快乐幼兽。从小她就尝到了出走的快意，直到现在，她三十六岁，人们眼里一个不再年轻的年龄，但衰老毕竟还没以过快的脚步追上来摧毁掉她的容颜。

房间里幽暗不明，墙上的壁纸自动隐藏起多年不变的单调花纹。尽管躺着不动，她还觉得床在晃动，在波涛之上，幅度不大，像船漂浮在风暴过后终于平静下来的海面上。她从中午一直睡到黄昏，脑子里还是传出阵阵晕眩，一种类似缺氧般的轻微晕眩，她熟悉这感觉。快到晚饭时间，房门外的脚步声、讲话声逐渐嘈杂起来，偶尔有她根本听不懂的外省方言。

庭院式旅馆，房间小得一眼就可了然，但还算干净，她已觉满足。与房间相反，庭院近乎奢侈般宽敞，两棵粗壮的栀子树挡住一半的阳光，花叶油绿，即使花期已过，夜晚海风穿过枝叶的空隙倾倒过来，仍夹杂有隐秘的花香。令她神经振奋。

下了火车，站在中午时分气派繁闹的都市街边，她茫然于不知该往何处去。有出租汽车朝她开过来，司机探头问她要去哪里。

不要热闹，清早和黄昏看海方便，住宿整洁即可。她的确没有具体可指的位置，但只要满足这三条，她就能做到随遇而安。

司机大概从没遇到过她这样简单到完全信任他的乘客，略微想了一会，说，有了，保你满意。汽车掉头向南开去。

对这座岛城她并不感到陌生。

岛城位于山东半岛南端、黄海之滨，三面环海，到处绿树浓荫，气候温和宜人，且以保存完好的三百多座红瓦德式建筑、二十多个国家的集中建筑群而闻名于世。她曾来过几次，每次都是别人给安排好了食宿，公事公办，座谈、采访，短暂停留不过二三日，然后活动主办方依依与她惜别，一副盛情挽留的样子。她总是及时从盛情中脱出身来，所谓挽留，不过是礼仪大省的一种待客方式。她明白他们之间的这种情分，完全是工作合作的需要，一旦合作结束，情分意味着该立即收回。彬彬有礼，那是对协约和规则的尊重，表明下次还有合作的可能。手上捏着主办方递过的车票及酬劳，她匆匆赶往车站。

她曾在笔记本上抄录下关于这座城市的一段话："虽然，被殖民在政治叙事上是屈辱，但在现实叙事，却是一个城市令人羡慕的资产。某君说，他以前住西部老城区，小时候出门时，环顾那些老房子老街区，怎么看怎么觉得美。我相信，一个拥有更多西洋老建筑的城市，当然会拥有更多的审美训练。"一次，汽车路过浙江路，当一座双顶的天主教堂兀然惊现在她视线里时，她以最快的速度将身子放低，以便看清教堂的全貌。车子急速掠过，来不及看清壁墙上繁复、典雅的纹饰，印象最深的是镶在双顶尖上的十字架，在晴空下映出耀目银光，令她心骤然间震动不已。

她喜欢这个岛城的建筑，却更留恋它的海岸线，"如若不是以得天独厚的海洋为广阔背景，这些建筑无论气势再怎么恢宏风格再怎么典雅，都会逊色许多。"她在笔记本上如此写道。

出租走走停停，大海在街道两旁时隐时现，后来她就完全不知去向了。一路上将近十个小时的火车颠簸，顿时化作困意，她在座位上竟沉沉睡着了。醒来时车已停在一座三层古朴小楼的庭院门口，镂空铁门上挂了块棕黄色木牌，上面写着"遇巧旅馆"。她觉得这旅馆名字有意思，四周安静，大大的庭院有两棵栀子树，树下有石桌石凳。房间虽然小了点，但在白天坐在栀子树下就能看见海，从此走出去不过一二百米就到海边。她当即决定住下来。窄小的楼梯甚至不能同时通过两个人，必须身体互相错开一点，她的房间在走廊的尽头。

这家旅馆位于岛城最南端的僻静地带。

在旅馆庭院外开小卖铺、海鲜大排档的当地生意人，近来几乎每天都能看到一个穿一身黑衣或一身白衣的神秘女人，于傍晚时分独自向海边走去。白色衣角似白鸟的翅膀，黑色衣角似黑鸟的翅膀，只是轻轻地一闪，她就飞出了他们的视线，这几乎是他们所有人的感觉。只有旅馆女老板知道她来自本省的一家纸媒，职业为文字记者，一个人来此度假十余天，喜欢吃咖喱海鲜饭，尖椒炒的花蛤，酸汤鱼。滞留的时间里，老板娘和服务员从未见她给谁打过电话，但是每次外出都一定带一只黑色的旧佳能相机。

九月的海边，喧闹沸腾的光景已不复存在，七八月份那些恨不得一天二十四小时都泡在海水中的游客，如风卷残云般被吞没掉了，其实他们是携着热情纷纷投向其他的风景名胜。他们习惯于被贴上标签，放置于被导游安排好了的旅行团行程中，住高级客房，吃千篇一律的旅行团体餐，行政干部还穿着锃亮的皮鞋，在到处人满为患的景点前大家排队等待拍照。只要数码相机"咔嚓"一声，留念就此完成。带着这种满足回到各自的城市，回到熟人圈中，他们日复一日乏味、缺乏变化的生活，也因此有了一时可供炫耀的资本。但若说他们"到此一游"没有实际价值也不对，给当地的旅游业贡献点财力倒是真的。

她见过太多这样的观光客。

大批的观光客退去了，他们也留下了成堆的啤酒罐、饮料瓶、咽不下的鱼骨及海鲜残渣。寂寥与开阔重归大海，凉风，宽广有力，呼呼作响，却是清冽的，从海中央迷茫处传来的气息总是令她深深呼吸，沉醉。在黄昏光线尚柔和时，她曾留心观察几个单身旅行者，虽然表情寥落，肢体与行动却是放松、随意的，自在的。或在沙滩上冥想，或长时间游在冷水中。

这大海不是她的梦境。那个旅馆，是她在一个著名岛城寄居了十余日的私人旅馆。她对数字本身缺乏敏感，但在每天来回踱步时，她的测量达到精准地步。

她在海边会一直逗留到深夜。无论是阴云密布还是繁星满天。她对自然界的奇迹向来持有敬畏心，比如大海，你想象不出它的怀抱里究竟有些什么。在白日，寂寥大海尚显蔚蓝缱绻，恢宏诗意，听到人类发出的抒情声无数，而夜海却是更具真实性的生命体，它混沌莽苍，如一个巨大的黑色梦魇，人在它面前，甚至无力发出"渺小"的感慨。它让人恐惧，战栗，因为人随时会丧失参照物。在海边待时间久了，晕眩感便像种子埋进人脑内。

涨潮的喧响一阵比一阵剧烈，她一步步退往高地。

返回旅馆时，十一时已过，公共小浴室里还有热水。凉透的身体在热水的刺激下，逐渐回复柔软。她倒了热茶，点着了烟，坐到栀子树下的石凳上等待湿头发被风吹干。

男子在大铁门外呼唤开门住宿，轻柔、迟疑的声音，唤不醒沉睡中的人。她起身去敲老板娘的房门，说有人要住宿。一阵慌乱的脚步声后，老板娘将来人仔细打量一番，然后将他领进房间登记。他从她身边经过，柔和的南方普通话声音再次响起，旋即在四下的空气里散开。她感到惊异：他是如何来到这片偏僻海域边上的小旅馆？在深夜。

B部　水云故人

她曾数次在那座岛城停留，只有那一次一直停留了一个月。

那些时间她都做了什么？若是在平常，每天的时间对她而言几乎没有区别，她甚至想不起它们是怎样一天天消失，被吸到一个肉眼看不见却完全能感觉到的黑洞里。

在岛城的那段时间是例外，除了寻访岛城一片一片的海水蓝、一个个陌生滩涂，除了看海上的日出和日落，她做得最多的一件事是写信。事隔多年之后，那些去过的滩涂，看过的蓝色和日出日落，都淡成了一些画面的背景，只有那些信，依然清晰。

那一晚她从外面海滩散步回来之后，回到小小的客房，拧亮桌上的台灯。从旅行包里抽出一个咖啡色布质封面的笔记本，她准备写在出走期间要写的数封长信中的第一封，给一位比她年长许多的异性朋友，虽然她并不能确定自己会不会真的将此信投寄出去。她写信的速度并不快，有时两三天才写完一封。

纸页质地绵密，吸墨性强，有着极淡的蓝色条纹和暗方格。碳素笔划过留下细微的唰唰声，像春雨洒进迫不及待需索水分的麦田，像小兔的嘴唇掠过新鲜的草叶，她的字迹舒展有力。她对一切纸张几乎都有留恋，小时候曾从家里偷拿出一条上海真丝围巾，只为换回同伴手中一个暗红封面的笔记本，被母亲骂了一个星期的"傻瓜"。喜欢收集各种各样的笔记本，有些做读书笔记，有些用于记下随时想到的只言片语，有些被做人物专访时用掉，还有些因过于华美不忍下笔而空了很长时间，而她的包里每时每刻都躺着一个笔记本，从来都没改变过的行囊。

事实上，这封信写得较冗长，开头几页仔细描述了她刚到遇巧旅馆的感官觉受，抑郁和失眠，直到第五页，信才开始了新的内容，使得这封信更像是一篇随心散记——

　　W兄，你知道吗，我之所以离开熟悉的环境，出走到这座岛城，还和一个人有关。他是现代文学史上的一个作家，1931年8月受聘于岛城的一所大学来此任教。我在十多年前，曾用整整一个夏天的时间读他在这里教课时写下的文字，以及日后回忆两年海边寄居生活的小说散文。

　　具体一点说，是他笔下和海有关的文字对我发生了作用。那些能让人泛起奇诡感、温柔感，同时具有疗治效力的景象，一旦植根于我大脑深处，就再没消失过。

　　一个总是自称为乡下人的青年，因为写作，生活环境得以完全改变，但那乡下人的敏感、孤僻、坦直、和普遍社会的不合，终其一生都未改变。他来了，一个新的世界，将使他可以好好休息一阵。青岛慷慨的阳光，同那种花钱也不容易从别处买到的海上空气，治疗到他那一颗倦于周旋人事思索爱憎的心。为了那一片大海，有秩序的荡动，可以调整到他的呼吸，他来了。

海那么宽泛，无涯无际，他对人生远景凝眸的机会便多了些。海边的寂寞，既培养了人的孤独心情，海也放大了他的感情和希望。那时，连他自己也尚未知道，这两年时间所得有多么丰富壮阔，即便放在整个人生中都具足分量。

课余时间，他经常徜徉在少有人处光洁柔软的沙滩上，或是躺在草木葱茏的山冈，仰视天上的白云缓缓地游动，近观海鸥在浪涛中无忧而飞。蓝色的天，蔚蓝色的海，温暖的阳光，带着海洋潮湿气味和草木香味的微风，把他带进了一个新的人生境界。他继续对我说着：当时年龄刚过三十，学习情绪格外旺盛。加之海边气候对我又特别相宜，每天都有机会到附近山上或距离不及一里的大海边去，看看远近云影天光的变化，接受一种对我生命具有重要启发性的教育。因此工作效率之高，也为一生所仅有。

十多年前，曾在他的《水云》一篇长文中摘录过两段话，在一本硬壳笔记本里。本以为被岁月消磨得淡漠近无了，临行前特意翻出来，语意新鲜如昔，海天云影顿时在我眼前不停幻化出无数意象，其间夹杂着湿润的海洋季风。这些意象刺激着我向它走去，走去，没有任何犹疑。

如今，那些字句就存在我脑子里，不用费力，我就能将它们一句句给你念出来：我坐的地方八尺以外，便是一道陡峭的悬崖，向下直插入深海中。若想自杀，只要稍稍用力向前一跃，就可坠崖而下，掉进海水里喂鱼吃。海水有时平静不波，如一片光滑的玻璃。有时可看到两三丈高的大浪头，载着皱折的白帽子，直向岩石下冲撞，结果这浪头却变成一片银白色的水沫，一阵带咸味的雾雨。我一面让和暖阳光烘炙肩背手足，取得生命所需要的热和力，一面却用面前这片大海教育我，淘深我的生命。时间长，次数多，天与树与海的形色气味，便静静地溶解到了我绝对单独的灵魂里。我虽寂寞却并不悲伤。因为从默会遐想中，感觉到生命智慧和力量。心脏跳跃节奏中，即俨然有形式完美韵律清新的诗歌，和调子柔软而充满青春纪念的音乐。

试看看面前的大海，海水明蓝而静寂，温厚而蕴藉。虽明知中途必有若干海岛，可供候鸟迁徙时栖息，且一直向前，终可到达一个绿芜无限的彼岸。但一个缺少航海经验的人，是无从用想象去证实的，这也正与一个人的生命相似。再试抬头看天空的云影，我便俨然有会于心。因为海上的云彩实在丰富异常。有时五色相渲，千变万化，天空如张开一张锦毯。有时又素净纯洁，天空但见一片绿玉，别无他物。这地方一年中有大半年天空中竟完全是一幅神奇的图画，有青春的嘘唏，触起人狂想和梦想，看来令人起轻快感、温柔感、音乐感、情欲感。海市蜃楼就在这种天空中显现，它虽不常在人眼底，却永远在人心中。

现在我明白，一本书之所以不会消失就是要等待被某些人打开的，就像某个城市之于某些人和事，总有细微之笔难以解释的机缘与巧合。

W兄，我曾经仔细探寻他在这个岛城里的行迹。福山路3号，一栋位于半山老街上、被花岗岩石围墙围起的老旧楼房，是他居住了两年多的地方。那栋楼即使现在看来也是极典雅的，具有德、日两种建筑风格。那里行人稀少，密密麻麻的爬山虎占据了半面围墙。唯其僻静，才符合作家故居的特点。

他在此先后创作了《从文自传》《记丁玲》《月下小景》《八骏图》《水云》等著作，《边城》也是在这期间酝酿而成的。当年，他倚着院墙远望，那随时变幻颜色的海面和天光云影赐给了他无穷的灵感，也让一个乡下人的孤独开出自由绚烂之花。我深信，所有真正沉陷写作之人，都有比常人多出许多的孤独。因为孤独，才会走向山，走向海，记取一片云变幻无常的形态，留恋海面七色光影交替的瞬间，但这还不够，最高的孤独是独与天地精神往来的恣意和决绝。从他身上我看到了，尤其是在他晚年，那时他早已搁弃了文学创作，一边在故宫博物院研究文物，一边被勒令去扫大街。有自己热爱的文物研究，即使去扫大街，他亦不觉得苦和委屈。这样的知识分子，我不知道当今时代还能有几人。

在他福山路3号的住所里，还发生了堪称佳话的一桩事：有一个彼时尚未成名的少年，曾以徐志摩弟子的身份来到青岛求助于他，希望能出版诗集。他在抽屉里还有当票的窘迫条件下，拿出三十元支持这位此前素未谋面的少年出版了首部诗集《三秋草》，令其一举成名。那位少年便是写出"你站在桥上看风景，看风景人在楼上看你"的卞之琳。大概他总也忘不了，早年他在北京落拓得几乎不能生存下去时，是徐志摩等人慷慨资助了他这个当时一文不名的初学写作者。

越来越觉得20世纪30年代的好，惺惺相惜，也许只会发生在那个时代。

W兄，虽然我不能确定，自己是否会在这个岛城将此信寄与你，但你终将会收到它，那时我也许已去了另一个地方，也许就坐在你对面，或者多年后你在一部书里发现它。这些并不重要，唯一重要的是我此时的心境，它独特且不能复制。正如这个岛城，它于沈从文是独一无二的，于我也是独一无二的。

C部　夜半来客

清晨醒来，耳畔传来"沙沙"声响，取代了往日惯常的"哗哗"海潮。又仔细凝神倾听片刻，她才敢确定：这持续饱满的"沙沙"声真的来自秋雨绵密的针尖。遇巧旅馆更显寂静，旅客一拨拨离去，渐至稀落，好像只剩下她和302室，以及一个前来寻亲的安徽农村女孩。这个302就是那夜半时分来投宿的南方男子，昨晚在旅馆的小餐厅里见到，长相俊美，有几分似张国荣，但眉目低垂，似有无限悲伤。

她对俊美的男子总是格外留意，其实更能让她好奇的，是在一张张美丽的皮囊下，支持他们肉躯运作、昌盛或衰朽的万千思维方式。

男子的美有所不同。她见过天使般羞怯的美男，他们是偶尔从上天遗落到世间的奇异种子。面对这样的男子，她甚至看不得他们成为俗世的情人。其实她只是想让他们仅仅成为一幅画，端正地挂在墙上；只是想让他们继续临水照花，开在必经的岸途。如果他们老了美被变了形呢？她甚至不能想象，其实她是担心从美到猥琐的失落感难以接受。另外一类男子，尽管拥有无可挑剔的外形、五官，却找不到为之迷狂、甘愿像一阵风般追随他们而去的理由。他们最好别张口，否则平庸、无聊与浅薄就将成为他们的代名词。如果美不能成就一桩可以值得庆贺的事，想想是多么沮丧。还有一类男人，美与邪如影随形，相伴相生，当然这只是一种说法，并非所有女人都这样认为，譬如她。关于男人是坏了才有人爱还是不坏有人爱的问题，就和许多探讨两性关系的话题一样乏善可陈。做了十年的女性周刊，写专栏上千篇，采访过的女性遍及十几个省市，听到的倾诉无以数计，她发现许多感情出了问题的女人都把自己放在一个被伤害者的位置，她们不停地抱怨自己的付出、哭诉男人的无情，但当你想帮她从这个位置上拉走时，她却拼死不干了，全力护卫这个曾令她感觉备受屈辱的位置，她将此总结为受虐上瘾症。她过去的专栏曾受过一些女人非议，说她有为坏男开脱辩护之嫌，甚至指责她立场不明、不同情女性同胞。因为写过《谁成就了美男的"邪恶"》一文，她被一个女人连续打了一周电话责难。不过这样的声音听多了，她反倒安心、镇定。好专栏一定不能偏激，不能一边倒，它需要作者站在中立位置，不带私己性别偏见，以理性思维探测横亘在两性情感历史中的原始坑洞。她不愿把自己的结论抛给读者，而是让女性自己去审时度势，走向真实的人生。

男子低头吃晚餐，她留意了一下他的桌面：一条酱焖黄鱼，一小碟炒青菜，一碗米，简单至极。他吃得很慢，没有一般北方男人在大口咀嚼时发出的夸张响声。他既像是在品尝每一粒米的醇香及它们间的和谐共生关系，又像沉溺于秘不可宣的往日个人电影中，因情节太过曲折，他无暇自拔。

她心里暗想：这究竟是怎样的一个男子？

举起一把旧雨伞她走到庭院中向外眺望。不远处的海面已变作一片朦胧灰色，与昏暗的天空连成一体。空气中凉意不断袭来，只有眼前这栀子树的叶子经雨水反复冲洗，愈发油绿透亮。

无处可去，回到房间的床上，她拉开被子，倚在床头，开始读克里希那穆提的《心灵自由之路》。这个印度的智者，他的空性言论属于全世界。

几年中，克里希那穆提的空性演讲著作对她的专栏写作助益颇多，更准确一点说克氏直指人心、比禅宗更直接透彻的言论，对她个人的思维意识产生了颠覆性的影响。随行时，她带了六本书，其中一本便是克里希那穆提的《心灵自由之路》，封面上，这个印度智者的头像占据了将近整页，一双大而黑亮的眼睛凝望着这个世界，仿佛要把世界看穿。无疑，他属于另外一种美，早已超越了对于普通俊美、智慧男性的概念认定。他的美属于全人类，并且令人震颤。

D部　夜海森严

雨，一直没停歇。

海边的房间潮湿暗淡，她继续写信，把一条羊毛披肩搭在腿上。只是这一封长得有些超出她预料，而且在写信之初，她根本没想到自己竟然会这样写——

　　W兄，今天是我在岛城寄居的第十八天。或许是下雨的缘故，使得午后的睡眠格外酣沉。梦里又回到了小时候，盛夏的一天，我和几个玩伴去戈壁滩深处探险。我们一直向南走，最高不过一米的灌木丛，即使在夏季，它的叶子仍是棕黄的。除了几个孩童，莽莽戈壁滩上再看不到一个人影，头顶热辣辣的太阳把所有的热力都倾洒给我们。走了很久，我又渴又累，想来他们也是如此吧，于是寻找水源就成了我们的第一要事。又走了一会，好像我们迷路了，正迷茫间，救星终于出现，一条东西走向的水渠突然横亘在眼前。大家一阵欢呼后，急不可耐地脱掉鞋子，将裤子一直卷到大腿上，蹚进渠中。好清凉啊，我们掬起一捧捧水，喝了一口又一口。水渠旁奇迹般出现一间小木屋，屋内空无一人，我们在木屋里稍事休息，又继续行走在戈壁滩上。探险可以说是毫无收获，除了偶尔发现的一两个洞穴外，我们没见到一只小动物，更别说传说中的吓人怪物了。但大家都听到过狼的嚎叫，这里的每个孩子都熟悉狼嚎，尤其在夜晚。眼看日头在西边就要坠下，我们赶紧朝家的方向赶去。而就在我往回扭头时，荒芜的土黄色戈壁滩，在刹那间变作波涛起伏滚滚不绝的深蓝水面，向我们涌来。

　　W兄，刚醒来时，我一时竟想不起自己身在何处，是在什么时间。每次深度睡眠后，都会出现短暂的酣畅沉迷现象，而这种沉迷却只出现于下午光线暗淡时分，早晨从来没有过，然后从黄昏开始，我的思维一刻比一刻清晰。但很多梦都是离奇到思维无法解释的，就如真实世界中的各种际遇，你可以给予它们想象的借口，却不能够凭借经验与聪明预设结局，正因如此，个人未知的一切才是值得期待的。

晚饭是到旅馆小餐厅去吃。我进去时，只有302室男子坐在那里，他同我打招呼，语气清淡自然，仿佛认识已久。我略微感到吃惊，在他对面坐下来。对人我向来有疏离感，很少主动与人搭讪，我告诉他，自己住在203室，在这里已待了近20天。他说，我知道，刚来到的那个夜里，见你坐在栀子树下吸烟，姿态极为悠闲，曾以为你是老板娘。

你怎么来到此处，纯粹度假吗？

我从未预想过在此逗留。原本的目的地是一个再往北的地方，离家越远越往北就越好，为了最近横在我脑子里的一件事，关系重大，说白了也就是一个决定。但当列车上报出这个城市的站名时，我心中陡然升起一种异样的感觉，新鲜，冲动，这时，洞开的车窗恰好把大片大片的潮润海风送进来，遥远的记忆终被唤起，这个岛城原是我小时异常向往过的。几乎没有什么考虑，我就下了车，因为强烈的预感还告诉我，如果不来这个地方，我会将后悔持续余生。当时天已很晚，然后听凭一个出租司机把我拉到这里。

他接着说，这应该不算度假，只算一次偶然的停留，也不知道会停几天，该走的时候自然会离开。我对生活极少有目的性。

也许，是同一个司机？这种想象令我觉得眼前的晚餐情趣盎然。饭菜一样样端上来，干烧海昌，大盆的紫菜汤，清香的米饭蒸腾着热气。他吃得依旧很慢，一小缕黑发一直垂到了左眼角处，他自己似乎未曾觉察，竟有说不出的妩媚。

我们约好晚饭后一起去海边，看雨中的夜海。

七点半，他从老板娘那里借来两件厚雨衣，两双雨靴，我们一人一套穿上。他左手握着把手电筒，走在我前面。

雨下了整整一天，路上存有大片大片的积水。近处的路灯和远处房子里透出的灯光，被雨幕轻而易举就挡了回去。眼镜片不断沾上雨滴，视线开始模糊。下台阶时，我谨慎挪动脚步，他在前面细心用手电的微弱灯光给我引路，却不知道沙滩早已是软烂如泥地在等着我们。

雨下得更大了，啪啪的大雨点节奏分明地砸在雨衣上、头顶。薄软的风帽禁不住狂风骤雨的抽打，歪向一边，头发瞬间湿透，眼镜片上全都是水，却无法用手去擦。眼前混沌漆黑一片，什么都看不清，雨掩盖了一切，世界隐遁，大海消失，只有脚下一次次冲刷过来的潮水，还在提醒我，这是在海边。

不知过了多久，雨点明显小了下来，终至纤若游丝。我从裤兜里掏出块手帕，擦干眼镜，又把他手里的电筒玻璃擦干净，光晕所到处，眼前的大海终于现出轮廓。雨中的夜海完全颠覆了以往我对海的印象，到处暗流涌动，随时掀起风暴，以及迷途、无以测量的沉陷。而人的肉眼却丝毫看不到这一切，更遑论言说。但就活着的本质而言，不论离开这座城市还是抵达另一个城市，不论身边的人群如何变化，不论你做过什么还是将做什么，人的雨夜大海始终存在，因为你同时就是那暗流，是那风暴，也是迷途与沉陷。

身边的男子，头发也湿成绺状，像折断了翅膀的鸟翼，无力地垂下来。脸上满是雨水，眼中似乎有泪意，也许那不过是我的错觉。他一动不动，凝视面前的黑暗海水，在呼呼的大风中，静默如一尊雕像。

寒冷侵入体内，我甚至听到自己牙齿发出的咯吱战栗声。这样的天气在海边不可久留，我们回去吧。他朝我走过来。

夜雨中的海岛，是一条扯下了温情浪漫面罩的孤独铁船，阴森中显露出威严。

W兄，这是我平生第一次冒雨站在狼藉的滩涂上，看夜晚的海，雨中的海，和一个陌生的南方男子。

E部　关于出走

雨后乍晴，岛城在她眼里如同换了个城市般新鲜、透明，这感觉强烈而急迫地敲击她心胸。太阳，这长有无形薄金翅膀的巨鸟，翅膀每轻扇一下，它的光明就铺展到更阔大的领域。而每一领域内都有无以数计的物种，或悄悄支起了耳朵，或睁开眼睛，抑或张开了嘴巴，倾听光里的愉悦，竞慑光中的异彩，吸吮光中的热能。天空刚被彻底洗过，幽蓝高远，似无边的蓝玉，少许的白云镶嵌其间。蓝玉紧连着更为深沉的蔚蓝海洋。太多的蓝，只因岛城把其他许多地方的蓝都吸纳到了自己这里。

　　站在二楼栏杆旁，她望向楼下的庭院。栀子树的油碧枝叶，只要在微风里轻轻摆动，便形成碎钻的光影耀人眼目。风里似乎还有栀子花的清香，她自小在家里闻惯的一种香花，这阳春般的景象，源自大自然的神出鬼没，在她脑子里泛起轻微晕眩，和幼年时的幸福点滴记忆有关。她眯起了眼睛，深深吸了口气。

　　端一杯热茶她下楼到栀子树下去晒太阳。坐在靠椅上，身体努力后仰，脸面向太阳，她能够长时间保持这个姿势不动。她似乎在用这种方式驱赶进入体内的过多湿冷之气。晒足了太阳，她转过身打开面前的一本书。

　　302室男子能感觉她和他以前见过的女子有所不同。他见惯了的那些成年女人，或者两耳不闻窗外事，眼前不见时尚过，被淹没在厨房的油盐酱醋，和丈夫孩子大到送礼是送茅台还是五粮液小到袜子放在第几层抽屉类的琐事中；或者操着和男人并无二致的话语方式，一年中总有开不完的会，讲不完的话，在公众中留下精力好思路清的女强人印象；又或者专以男人为事业，在精确的计算中，获得与自身的青春付出等值的利益，娼妓尚不包括其中。

　　男子轻轻的脚步还是惊动了她。她抬起头仰脸微笑看着他说，昨晚睡得可好？我睡了足足十二小时。说来你也许不信，刚才晒着太阳我竟又睡着了，梦见自己游走在南方一座山谷的林中空地上。草木茂密，清凉幽静，只有我一人，但无数只美丽异常的蝴蝶围着我飞舞。我被深深迷惑，不知那么多蝴蝶因何而来。景象万分奇瑰，语言难以形容，此生虽从未见过，却预感终有一日会与梦中景象真实会晤。她的脸上已晒出了红晕，看得出来，她还沉浸在几分钟前美不可言的梦境里。

　　他注意到她今天穿了黑色绣花针织开衫，浅棕色休闲长裤，因为睡足了觉，一张脸看起来清爽有神。

　　你对梦可有研究？

　　谈不上研究，只是觉得梦比现实生活更有意味，相比男人而言女人总是多梦的。做梦其实是一种艺术，我的许多写作灵感都是从梦中所得。这些年总以为自己的思维偏重于理性，因为不喜欢将过多的感性投在专栏写作上，所以觉得不应该是多梦之人，但我光怪陆离的梦却证明了它们是违反自己意志的产物，它们泄露了一个秘密：工作中的理性只是我多年来主动刻意的思维之旅。

你一直在写作？

她摇摇头，严格起来谈不上，我充其量算个专栏作家，在一份女性周刊工作十年，在外省的十几家报刊上开过专栏，专栏内容几乎都关乎男女个人成长、情感、家庭问题，工作重心无非就是接受倾诉、采访、写作稿件。对这一切并不感觉十分厌倦，但目前已几近枯竭。

是写作创意的枯竭还是生活的枯竭？

有那么一点，但都还不是。多年来，我习惯于将别人问题情感的肌体放置在我个人的放大镜下，分析它们的病理，探寻病灶所在，然后再将它们拿到我的手术刀下，企图在利落的几刀之中便将被病毒坏掉的组织清除。这样做有时并非没作用，我自以为对这一切已掌握得万分熟练，但病毒的发作却是反反复复的，它们很难被彻底根除，扩散更是常见的事，我总不能对着一个人的病灶反复开刀，而问题情感的主人你想象不出到底有多么多。

限制让我感到无力，尤其恐怖的是，她稍微顿了一下，好像发觉自己对一个刚认识的男子已说得太多，显然不太符合自己的本性，因而有一点羞怯，有一点对雨后初晴天气的美好激动——有一天，当我发现对自己那曾以为平淡就是真的婚姻其实并无深究，对结婚十年的丈夫也丝毫不了解时，我那惯常服务于别人的放大镜和手术刀也在顷刻间丧失了。突然成了个手无寸铁的人，而没有了武器让我感觉恐惧，时常有不好的猜测。

所以你来到了这里。

我向单位请了一个月假，出走是我通常用来解决内心问题的一种方式。这和一般的个人自助游又迥异，出走是全然地放下。从过去的生活中退出，把自己放在一个陌生的环境里，尝试一个人，不依赖任何外界助力，不管自己的生命里以前都发生过什么或还将发生什么，看看能否在生命的枝杈上重新长出清新可喜的幼芽。

在我的身边聪明人正越来越多，他们知道怎样巧妙将关系化作资源，把精算变成实利。他们不会出走，因为那样就会失去好不容易挣得的这一切。出走是像我这样的笨人的方式。

无论是哪种方式，最后都要交给死亡，死亡是唯一愿无偿说出真相的裁决师。活着时，卑微者惶恐不安于自己的卑微，所得丰盛者自夸放纵于自己的丰盛，很多人看不到自我和他人的真相，很少有人能安详地活在真相中，更遑论安详地面对自己的死亡。我想知道每个人在临终时对自己心爱之物、挚爱之人的不舍与留恋到底有多强烈，想知道他们对人世最真实无欺的感受，但从来都不得知。

我还想知道自我的真相。但获得真相之后会怎么样，这个问题我还没想。

她起身活动坐麻的双腿，顺便把面前的书合上。男子伸手拿过去，是一本黑白封面的《心灵自由之路》，一个智者的大幅照片给他留下强烈印象。扉页上有几句文字：自由的美在于不留痕迹。老鹰飞行的时候不会留下痕迹，可是科学家会。想探索自由的问题，不但需要科学的观察，而且还要像老鹰飞行，完全不留痕迹。他在心里将文字又默念了一遍。

读大学时他也曾喜欢哲学书籍，但有限的人生经历令他无法真正解读枯涩艰深的哲学命题。涉世多年后，日渐忙碌的工作又让他无暇再去靠近哲学，而眼前的这一本和他以前读过的任何哲学巨著都不一样，它更简洁，也更有力，直抵内心。

见他眼中露出痴迷，她对他说，如果想看可借给你。说完，她转身端起一个大木盆，去水池清洗两天前被雨水浸泡的衣服。

F部　隐形风暴

夏天的最后一季亮白阳光，一路追随着她。她去丈夫的公司，在遍寻丈夫不着的三天之后。上一次她来这栋楼还是两年前。

城市的繁华地段在白昼从来都是嘈杂的，穿过拥挤忙碌的人群，穿过层层喧嚣的市声，她终于气喘吁吁地出现在一座写字楼的15层，丈夫广告公司所在地。四间办公室有三间紧锁着，还好，有一间有人。她轻轻推开门，屋里一个小伙子正在电脑上玩游戏，看见来人，头抬了一下又继续玩他的。

她问，你们经理在吗？

不在。

知道去哪了吗？

不知道，可能去哪出差了吧，唉，谁知道呢。

有一个财务主管许小姐，她在吗？

不在，噢，她前些日子就辞职了，连手机都停了。

没来新的主管吗？

来什么主管呀，公司都欠我五个月薪水了。也许过不几天，这里就变成别的公司了。我在这里，是因为目前还有免费的网可上。

她还是要了财务主管的手机号，打过去，果然已停机。

丈夫的公司衰落至此，而她对这一切却毫无所知，更令她惶惑的是，他竟从来没向她透露过半句。

两年前，这里还是异常红火。主顾盈门，接下的订单业务自然数量可观。他比她尚小一岁，正当年富力强，常常加班至深夜并不以为然。

她努力做到不把焦灼放在脸上，放在人前，可独自一人时，她既然无法自圆其说，便再控制不住情绪。

她决定给他也给自己三天时间，如果三天后他再不出现，就去报警。

这一周里，她想尽了所有可能想到的结局：被人杀害藏匿，意外事故，与人私奔……她每刻都在等待一个电话，等着电话里一个熟悉的声音大声说，我这不是回来了嘛。

几乎与此同时，单位里的同事好像全都知道了她丈夫失踪一事，她们向她表达同情，但语气里明显更多是探寻，急于破解她家的惊天秘密。

报警后她向总编请了一个月假。

在儿子早上去学校之前，她郑重其事告诉七岁的儿子：爸爸有事暂时回不来，妈妈给你去找爸爸，你放学后直接去姥姥家，住在那里，直到妈妈回来，好吗？记住，不要向外面的任何人说起此事。

找回爸爸容易吗？幼小的孩子仰脸认真问道。

应该没问题吧，或者过几天，他自己就会突然出现在你面前呢。

孩子有了这个甜蜜的期待，高高兴兴去学校了。

临行前的一天，她再一次试图拨通他的手机，那拨打了无数遍的手机仍提示为空号。她小心翼翼询问他远在河南的父母，最近可曾与他有联系，可怜的一对老人说儿子将近一个月没给他们打过电话了。

她顿时坠入虚空之中。

在这之前，她从未认真思索过自己的婚姻，也从不认为它有问题，丈夫的突然失踪，让她清楚看到人和人之间的隔膜有多深重，无法跨越的鸿沟。她一直以为两人都是理智型的，婚姻当然也是理智的。除了少女时期曾为一个男人痛哭过两次，后来她几乎没为情感问题掉过眼泪。而她也从未尝试去深入探索他的内心。现在看来，他们都是对方的盲区。

他们扑向对方的盲区，如同扑向深海之渊。

大海，是大海，在睡梦中都传出澎湃节奏，俨然调整呼吸的乐章，于是，大脑丝毫没经过滤她就选定了这个岛城。

302室男子有两日没在她视野里出现了，当她再次在小餐厅见到他时，他的神情更忧郁。她无意于探寻他的秘密，她的工作决定了她还得接受他人的倾诉。

她在晚上写下的信中，骤然多出一些突兀内容。

  W兄，我在这个岛城滞留已超过二十天。短短二十天间，过去种种竟如隔了层水云般恍惚、模糊，感觉只有这眼前的海天光影、云团变幻才是当下最真实的，可以感受的。说来也奇怪，刚开始我以为给我一个月假期也未必能走出记忆，事实上，这几天已很少回忆过往了。我也不再神经质的总盯着手机，一旦铃声响起心也跟着战栗不安。能够平静下来，是我在这些天中最大的获得。而海边天气湿润温热，除了唤醒人心中种种温柔感，还可令人直面人生孤独，接纳孤独，不再恐惧孤独，如果这也算得上灵感，便是大海给我的最大灵感了。

  302室男子说我沉静时就像平静的海洋，是的，可每个人内心的狂澜谁能轻易察觉？他说是我的沉静令他产生了想要倾诉些什么的念头。好吧，他是我的第多少个男性倾诉者，已记不清了。多年中，许多倾诉者的故事，繁杂得最后纠结在一起，让我分辨不清，常常混淆，甚至将众多人合而为一。

  前天黄昏时，他独自去了海边。沿着海岸线，他漫无目的向南走去。走了很远，一路绝少见到行人，这似乎更合乎他心意。在他的上方，晚霞灿烂，恣意在空中铺开五彩锦缎，此时的大海在晚霞辉映下，尽显温柔迷离一面，如若不是耳畔传来的"哗哗"涨潮声，谁会把眼前景象与那晚雨中的阴森一幕联系在一起？

  在一处地势较高的滩涂上他停住了，面朝东方。空茫的海潮滚滚而来，仿佛只为倾听他一人的心跳。在此之前，他说自己从未见过这样的景致，而在这之后，他也绝无可能站在这同一寸沙滩看同样的夕阳海景。如果在此时消失，与以前熟悉的人群、现在不熟悉的城市告别，与美好温情的黄昏以及即将到来的黑夜以及闪烁不定的空中星辰告别，与脚下无以数计的沙粒和身旁绿色依旧盎然的小树林告别，与一半纯美如同新生一半恶浊溃烂的世界告别，将是一件无比轻松、容易的事。只要把自己投进去，一任身体翻卷、下沉，明天一早，人的身体还会自动浮起来，只不过已被海水浸泡得肿胀变形，任何曾被夸耀过无数次的美貌都将无从辨别、验证。生之沉重终被过滤筛选为死之轻盈，只需向前走出几步。

昨天他用了一整天时间登一座山崖。那座山同样是这个岛城的知名文化地标，以长生、修炼、道家为核心内涵的名山，他爬了很久，登上一段危崖，却不是为了寻访传说中的神仙遗迹。

你知道站在危崖上向下眺望大海是什么感觉吗？男子突然问我。

这时我想起沈从文在《水云》中的描述，前几天我在信中曾经给你引述过，当然，他们登上的不可能是同一段危崖，但若真是同一处呢？这种可能性难道一丝都不存在？

我说十几天前，我也曾两次登上那座山，不是为了自杀，而是寻找一段沈从文描述过的危崖。我在山上长久盘桓，一任天上云影变幻，脚下海水翻涌。在我之前它们是这个样子，在我之后仍会无限时继续下去。有时间观念的只有人类，只因人类生命太有限，还想往不朽，想往圆满，想往没有痛苦与麻烦的人生。与此同时，人们再苦苦寻求各种解脱方法，自杀便是其中一种。人所受教育形式不拘，唯大自然的教育更生动，人若能默然会于心，就该明白自杀最是违反自然规律。如果把现实中的自己当作正在阅读的一部小说里的主人公，你边看自己演出，边玩味种种人生遭际种种况味，却不沉溺于自己的剧情中无力自拔，想想这岂不比自杀有趣得多。登越山顶我从不起悲伤感，只觉天地寥廓，山高水长，人世悠悠，无有不好。

在此之前，他说，他曾想过多种消失的方式，比如像一片树叶从高楼坠下，卧轨，或者吞食大量药物，但最终一一否定。他憎恨自己的懦弱，但有一次他在一篇谈自杀的文章中看到几句话，说一心赴死的人其实对死亡有很深的幻觉，幻觉就像一个巨大磁场，对某些人的吸引是无法抗拒的。而如果对自杀态度不够决绝，是因为来自另一个世界的幻觉太稀薄，还因为冥冥之中有个声音告诉你，有一些事情你必须要去做，假如不去做完，那么你连死亡的资格都不配拥有，更遑论解脱。

他说，我不确定自己来到岛城能做什么，只是潜意识里觉得应该来一趟。也许就像对待其他那些去过的地方一样，很快就忘了，也许会留下些什么。

你呢，难道你总是习惯别人向你倾诉，却从不向别人倾诉？他又问我。

是的，我从不向人倾诉，我的倾诉就是书写，面对电脑屏幕和纸张就如同面对大海。第一次有了自杀念头始于十岁，因为母亲说了一些不好听的话，觉得活着没意思。三十五岁对女人是个分水岭，我就是在那一年彻底弃绝了自杀的意念。我常对一些朋友说，如果你在三十五岁之前没叛逆过、迷狂爱过、自杀过，三十五岁之后就不要想这些事情了。现代人对一切事都迫不及待，等不及果实自然成熟，就想尽办法把它们催熟；听信教育骗子蛊惑"不要让孩子输在起跑线上"，父母们在婴儿还没开口说话时就费尽心思、大把花钱……既然死亡也是迟早会来的，人又何必太着急？让它在该来时到来吧。

男子低下头，好长时间没有作声，不知他的思绪又飘到了哪里。

W兄，我没想到，为何会和一个素昧平生的男子交谈自杀话题，也不知我们的谈话会对彼此产生什么影响。只是这时，我俨然忘记自己还在面对一个未知的宣判，晴天里的一声霹雳。

G部　倏忽飞遁

一天下午，她从外面散步回来，老板娘交给她一个大信封，说是302男房客让转交给她。

她有点诧异，打开信封，里面除了有她借给他的那本书，还有一封信，她小心打开，一行行清秀的黑色字迹出现在她眼前。

请原谅我以这种方式与你告别。清晨，我在你房间外徘徊了片刻，知你还在沉睡中，最终没敲你房门。

我无意间在这个岛城停下，无意间在这个小旅馆居留了十天。这十天于我很漫长，也很重要。当然，直到我离开它时，才知晓这十天究竟有多重要。海边的艳阳和暴雨我尽情领受过了，山上悬崖边也留下过我足迹，曾经有几次，只要我的脚步再向前迈出两步，就会和这个现实世界告辞了。这固然和胆怯有关系，但若说对世间还有留恋也是真的。海上的天光水影处处有奇幻有庄严然而不真实，但是你这个人和你借我的这本书却给了我强烈真实感，过去阅读过的书籍从未像它这样令我震撼。原来犹疑不定的一个心意仿佛在突然间确定了下来。承担自己应得的命运是不是本来就该是很自然的一件事情？我此次回到浙江老家一个小镇，就是为了去承担自己的命运。唯有承担才能让我余生安宁。

你与我认识的那些女子们也都不同，如果我说要感谢你的话，你很可能会笑我矫情，并且也不需要这份感谢，但如果我说同你说话很愉快，是不是你就可以接受了？那就请同时接受我的祝福和祈祷吧，哪怕我是在看守所或是监狱里。虽然我永无可能知道你生活里都发生了什么，来这个岛城停留近一个月的真实目的。

看到"哪怕我是在看守所或是监狱里"这句时，她的心猛地沉了下去。但这封信又实在跳荡着明朗清洁的调子，她对着没有透露更多故事的信纸露出一笑。

H部　无事发生

第26天，她第一次接到来自过去城市警方打来的电话，说她的丈夫已经找到，他失踪两个月余只是因为公司盲目投资失败，债务缠身，自知无颜面对她和家庭。并无其他法律牵绊，也无须担心其安全，这一两日他即能回城。

放下电话，她大脑一片空白。然后手脚木然地开始在网上订车票，仿佛一切都在预定计划之中，一切都未超出情理。

旅馆里的人越发稀落，302房男子走后，又住进来一对东北的小情侣，每天早出晚归，但只要一回来，他们标志性的方言便大声爽脆地震荡在走廊里。安徽的农村女孩接连被介绍了几份工作，然始终不对劲。女孩缺乏在岛城继续居留的信心，遂回自己那黄山脚下的小县城去了。其实她对徽派建筑一向欢喜，白墙黛瓦，一派清明气息。黄山周边的小城，晨起和黄昏时天边总是有山岚缭绕，她曾用心拍过那些山岚。可是生活对许多人来说都在别处，她的生活呢，又在哪里？是这个岛城吗？

天气渐渐转凉，尤其是夜晚的海边，身上衣服稍一单薄便要浑身起寒战。那一晚她在海边游荡了很久，有时很长一段路上，只有她一个人的身影，但亦不觉得孤独。她想起两人许多的往事，但若仔细寻觅细节，却很难完整复原踪迹。结婚十年，对他其实所知甚少，她想不起他最喜欢的一件衬衣的颜色，没见过他最好的朋友。想来他对她亦作如是观。

那一夜她开始写在岛城的最后一封信，只是这一封远不如以前顺畅，写写停停，停停写写，持续了相当时间。

W兄，世人喜欢夸耀夏天的海，但对我而言，更留恋秋天的海，冬天的海。它们有一种更凛然的气质，有一种常人发现不了的美。就像有人终生热爱冬泳，实在是一件需要远离众人的事情。

我看到了前无古人后无来者的海水。海并不总是那么喧嚣，有时它看起来更像一个不安分的孩子，睡在一个无边无际的黑色襁褓里。只有岸边卷起的白色浪花耀人眼目，它是沉睡中轻轻吐露的歌吟，是海随手撒在大地边缘上的洁白种子，一次次冲向大地，又一次次返回海的怀抱。夜海的平静常常给人错觉，它牵引着夜行盲者的脚步，一步步向它靠近，以为那就是传说中的通天坦途。

我即将离开岛城，后天的车票已订好。二十八天的停留时间不算太长也不算短了，我说这期间无事发生你相信吗？无事发生，一切不过按自己既定的方向发展罢了。对于将来，我不想太早下决断。既然他和我都得承担各自的命运，决断还重要吗？

还有302室那个男子，他回浙江小城，也说要去坦承一些什么。他的故事可能我再不会多知道一点，但这亦不重要。他在给我信里的最后一句话是：富春江在我家门前日夜流过，以后你若看到这条江，听到这三个字，或许还会记起我。

是的，我对他从无所知，甚至不知他的名字。多少年后，我终会忘记他，忘记他的美，就如忘记从我身边路过或我从他们身边路过的无数男人，女人，不管他们是笑靥如花，还是形容猥琐。有所不同的是，我对他的美将会是像海潮一样一层层退后了忘记的。一年，三年，五年，我在第三年里记得的他的容颜，绝不会是第一年记得的，而在十年之后，也许已彻底想不起在第五年里所记得的他的样子了，而那时我也全然不会再有悲伤了。

深夜零点，这个岛城东南方的夜空中，突然蹿起了一束束绚丽的烟花，红、黄、白、绿、紫。烟花快速绽放的那一刻，天空亮如白昼，让人顿起惊艳的感觉。在它下方的海，好像也微起喧哗，浪头明显大了些，喘息声加剧。烟花一束接一束蹿上高空，然后将它们的碎屑悉数落进海里。这是岛城为了迎接一个盛大的国际体育赛事而专门燃放的庆祝烟花。W兄，这海上烟花我还是第一次看到。

半小时之后，天空复归沉寂，而夜海把更大的黑魔伸向沙滩上的我。那一刻，所有的记忆沉入深渊，奇怪的是，我心里却并没升起要挣脱一些什么的欲望。什么都不必挣脱。

I部　告别之夏

从英国长途旅行回来，已是盛夏时分。这些年，每到一地，即便错过一些传说中的名胜，我也必须要去名人故居，特别是大师的故居。它们大都远离闹市区，幽僻而静默，像它们主人生前一样孤独。在那里，我和那些孤独的灵魂对话的欲念强烈而执拗，常常抛开同行者一去大半天。

我喜欢的勃朗特姐妹故居博物馆坐落在英国西约克郡霍沃斯镇的高处，一幢建于1778年乔治王朝时期的石头住宅，两层楼。房内复制再现了勃朗特一家人生活的全貌，展示的物品多为原物。此外还陈列有勃朗特三姐妹的手稿、笔记、书信、作品，当年报纸对他们的评议、缝纫工具、针线盒、手工、家具、她们围坐写作或缝纫的桌子等。为了减轻生活的悲苦，清贫的三姐妹从小就以写作相互安慰，把作品写在一张张一寸见方的小纸片上，装订成一本本小书，这些珍贵的手稿都保存完好。

如果勃朗特故居是一种清简之美,伍尔芙故居给予我的便是绿树浓荫繁茂之美。它叫作修道之屋,是一座17世纪风格的小木屋,坐落在英格兰西苏塞克斯,伍尔芙与丈夫曾长期生活在这里。1941年,伍尔芙忧郁症再次发作,于修道之屋附近的一条河中自尽。在宅院的花园里,有两株枝干交缠的高大榆树,伍尔芙夫妇把它们叫作伦纳德和弗吉尼亚,她的骨灰便埋在其中一棵的树根下。伍尔芙的一生就是两种对立的力量纠结决战的一生——一面澄明,一面黑暗;一面寒冷,一面温热;一面是创造,一面是毁灭;一面铺洒着天堂之光,一面燃烧着地狱之火;一面理智冷静,一面狂躁抑郁。最终,还是她的抑郁占据了上风。但是她说过:"'你'、'我'、'她'都随着岁月流逝而灰飞烟灭,什么也不会留存,一切都在不断变化之中;但是,文字和绘画却不是如此,它们可以长存。"如她所言,她的文字留存了下来。

内心尚未从旅行中抽离出来,转眼暑假已在眼前。这个暑假,儿子将迎来他的十三岁生日。最近几年,利用寒暑假时间,母子两人的旅行路线跨越了十几个省份,家里的中国地图上,被他密密麻麻地标注了各种符号,那些是他的行走足迹。国内的海滨城市他几乎都去过,唯独山东省内最大的一个海滨城市他没去过,原因很简单,只是因为他没提过,我也没想起来。

儿子终于没放过那个岛城,他说想去那写生一周。我并不觉得意外,点点头,丝毫不犹疑地说,完全可以,你会在那里玩得很愉快。唯独旅行一事上我对孩子有溺爱。

出了火车站台,我对一个出租司机脱口说出,去"遇巧"旅馆,司机茫然摇摇头:"不知道,没听说。"一连几辆出租车都风一样离去了,留下一脸茫然的我站在原地。儿子不解地问,为什么要去"遇巧"旅馆,哪有这样一个地方,看来应该我给你做导航。他给司机说出一家连锁快捷宾馆,车子很快疾驶起来。

快捷宾馆里全部都是统一的布置,躺倒在房间的床上,我突然有一种晕眩感,好像躺在船上,又似躺在波浪之上。我想起来,已经有六七年没感觉到这种晕眩了。

我们去了几个海滨浴场和极地海洋馆,到处人满为患。我给儿子提议,你若想写生,还是寻些老建筑比较好,应该去八大关和小鱼山福山路名人故居。我知道,这两处地方当是闹市中的幽静之所了。儿子果然很喜欢那里留下的各国老建筑,我们一连去了三天。在一座80年前的宅院大门上,我发现一个以前年代精致繁复饰有花纹的铜质信箱，和一个现代的标有"某某报社"的暗绿色塑料信箱，并排在一起，形成鲜明反差。我对儿子说，你看这两个信箱就知道何为品位和俗伧了。

福山路一带行人更少，偶尔遇见几个路人也几乎都是此处居民。上坡、下坡，简直像走山路。走到福山路3号，我停下来，对儿子说，把这栋两层小楼画下来吧，我想留个纪念。他嘴里自言自语道：哦，沈从文故居，可是我没读过他的书。然后一心画他的速写了。我也不再作声，四处走动看看其他故居，不时又踱回来看看他的速写进度。儿子当然不知道，这条街巷我曾经来过多次，甚至能看出哪栋房子院墙外面的爬山虎有没有增多，故居里的原主人曾经在这里接待过哪些文人雅士。

晚上回到宾馆，儿子疲惫不堪早早睡下了。他不知道，我曾在几天中反复打听寻找一个"遇巧"旅馆，可是没有任何线索。我从旅行包里掏出一本咖啡色封面的笔记本，距离上一次打开它有六七年时间了。笔记本里有几封长信，是写给一个叫"W兄"的，可是这个"W兄"到底是谁呢？是在写信之初，这个"W兄"就是一个来历不明的指代物？或者写信人写完后就随即忘却？这两种情况可能都存在。现在我打开它，那些曾经沉入海底的文字顺着海水漂浮了起来，一直漂到我眼前，我像读一些陌生来信一样一个个捡拾那些浪花和水滴。

不管"W兄"是谁，他以后不会再收到这些信了，当然他也永不会知道，当初写信的那个女人在离开岛城后，过了半年相当周折的日子，她卖掉了位于市中心的房子，又从朋友父母处借得一些，替丈夫还清了债务。那男人自知羞愧难当，越发没有底气。她对男人说，你也不必如此，可隔阂毕竟是越来越大，难以缝合。一无所有的男人怕继续拖累她，主动提出了分开。从女性周刊辞职后，她独自带着孩子去了南方的一个城市，每月有一些固定的专栏、专稿要写，一年有几次长途旅行，生活得相对自主独立。自从离开那个岛城后，她再也没去过。

至于那个家住富春江边的男子，"W兄"更不会知道，他的美怎样让人一见惊心，她说过对他的美是像海潮一样一层层退后了忘记的。某一年的初夏时节，她应邀去杭州监狱为在押犯做一场读书励志感恩报告会，有那么一瞬间，她猛然看到一张熟悉的英俊面孔，她几乎就要认出他，然转眼那人就消失不见了。后来有一次，她偶然看一档电视节目，一些文化企业代表在公益活动上做捐赠。在一个男子转身的刹那，她觉得男子就是他无疑，而镜头只一闪就过去了。对这两种"看见"，她曾暗自嗟叹，也许哪一种"看见"都是真实的，也许哪一种都不真实。但一个生命究竟有无可能真切影响另一个生命？她现在会说，是的，我相信，一直相信。

又过了几天，海边的湿热天气毕竟影响了儿子的身体和心情，其实何尝是他，我也感觉到多种不舒服。这年夏天的海滨被严重的蓝藻侵扰，站在海边，蓝藻散发出的恶臭无所不在，让人不想呼吸。记忆中的蔚蓝海水、温柔云天和栀子花香，如梦一般缥缈遥远。人在海边停留、游水的心情更是荡然无存。房间就在海边，地板上时时能渗出水来，床单和被子摸上去湿哒哒，腻乎乎。为了安慰儿子，我极力掩藏着自己的不适感。

我们最终比原计划提前一天订上了返程车票。赶往火车站的途中经过栈桥，岸上依然集聚了众多行人。这一带的海水污染得最厉害，远远望去，蓝藻已将海水染成了暗绿色，恶臭一阵阵飘来，但是依然还有人在水里游泳，有人在岸上相互拥挤着拍照。

我扭过头，朝着火车站的方向走去，心里想着：现在真的要和这个岛城告别了。

行囊如纸

夜里十一点十二分，她登上了去上海的列车。

幽暗的车厢里，人不太多。掩饰不住旅途的困倦，去掉伪装，他们中各种睡姿都有，即使火车靠站也无法惊动他们。

她找到靠窗属于自己的一个座位，放下不算小的一只黑色旅行包。没有人注意她，火车缓慢行进，灯光骤亮的月台渐渐后退，不一会，火车就隐藏在黑暗中了。

她不记得，这是自己第多少次在深夜坐火车去上海了，只知道这是最后一次。为了同他见最后一面。告别。然后再回到她现在生活的莲城清平小镇。

她和他是一对恋人，如果从高中时算起，该有九年了。他考上了上海一所高校，现在读研究生，即将毕业，读完研究生还要考博，他的最终理想是出国。而她呢，只读过两年师专，现在是一所普通乡镇中学里的语文教师。

她想起读师专时她第一次去上海的情景。他说好了在出站口等她。下了车，她拎着一个重重的包，跟着人流挤到出站口。包里全是他爱吃的食物。她东张西望，好一会还看不见他的人影。那是她第一次一个人去大城市。正焦急着，背后伸来的一双大手猛地蒙住了她的眼睛，随即，她被抱了起来，她知道那是他。她兴奋地不知说什么好，只是一个劲地笑，甚至笑出了眼泪。

星期天中午，他的学生宿舍没有人。他们接长长的吻，吻吻停停，一直持续了一个小时，直到有人进来，他们才分开。

他带她去巴黎春天。她知道那样一个地方永远不会属于她，她还是喜欢。它是那么高贵典雅，音乐低得不能再低，有神态悠闲的老外在给他们的漂亮宝贝试新衣，迷宫似的走廊让她有种要晕眩的感觉。结果，他们什么也没买，他们都没有钱，但她还是喜欢。

　　他们之间有个约定，将来不论到了何时，谁若先有了变数，他（她）就不能再持有两人多年来的来往信件，必须交给对方保管。九年间，她写给他的信至少要在三百封以上，加上他写给她的二百多封，五百多封信，要用一个什么样的箱子才能完好保存？

　　第九年，他的信简短并闪烁其词。她是个聪慧的女子。她在最后一封写给他的信上写道：你不必再写信了，亦什么也别说。找个时间，我上你那儿去索回我的旧信，你已不能再保管它们了。

　　火车抵达上海站时，将近中午十一点。她没让他去接，只让他在宿舍等着。她到的时候，他已把信捆扎好了，厚厚的两大摞。

　　见状，她开玩笑地说，你还真守信用呢。

　　他声音低低地说，不是我守信用，是你守信用。随后他又说，一封不少，都在这里了。

　　她把信塞进旅行包里，包顿时鼓囊起来。

　　他提出陪她去趟巴黎春天，她点点头。

　　在巴黎春天，她去了一趟洗手间。她惊叹，到底是不一样，连洗手间都装饰得如此气派。法国香水淡淡弥漫其间，陌生的香味让她猛然有种要呕吐的感觉。在她的家乡小镇，学校就建在田野边上，她最熟悉的香味，是一年四季田野里散发出的庄稼与青草气息。这清鲜的气息也曾令他迷恋。镜子里，她的脸白得有些不真实，黑色的长风衣倦怠、绝决地拥着她的身体。她呆呆地盯着镜子里的自己。

　　出来。她要去附近的地铁车站坐地铁，然后再坐火车回莲城的小镇。在等地铁时，他还是习惯性地将手搭在她肩上，她没有躲开，安静地靠在他身边。地铁哐哐开来了，他俯下脸，在她额头上轻轻吻了一下，她又闻到了那股从前让她熟悉的气息。有点晕眩。她还看见从他的眼睛里淌出一丝丝怜惜，她赶紧低下头，不想让他看见自己快要流出泪的眼睛。

　　最终，她还是冲他笑了笑，走进地铁。他还在挥手。然后他转身。消失。

　　她的一只手抓着黑旅行包，另一只手放在风衣的口袋里，无意间，摸到一只狭长的小纸盒。拿出来看，是一支CD牌子的口红。她知道他身边的上海女人都喜欢用CD口红，这一定是刚才他在巴黎春天买的。是的，这是个被称为东方巴黎的城市，她已来过数次，每一次都是越变越奢华，也越来越陌生。

她环顾了一下地铁车厢，这些表情淡漠的人们其实各怀心事，谁都不会注意身边的人。没人相信这只沉重的旅行包，竟会藏着几百封旧信。当然，他们更不会相信，她从一个千里外的小镇赶来，只是为了从一个人手上索回这些信件。

她在想一个问题：这些旧信要用一个怎样的箱子才能保管好呢？

她脑子里浮现出一幅画面：一天黄昏，她拎着一只疲倦的黑背包，朝一个陌生的男子走去。男子接过她手上的包，从里面取出一封封纸质发黄的旧信，把它们全都锁进一只精致的木箱里。然后当着她的面，他把钥匙从窗口扔出去，他笑着对她说，喏，这是你过去的行囊，你说这种结果对它是不是挺好的？

想到这里，她突然哑笑起来，一切怎么像在电影里似的呢。

她把头扭向窗外，然后在车窗上，她看见了一副模糊的面具。

鹦　鹉

在肖去世第一百零一天的上午，他养了几年的鹦鹉突然说话了。

林林最初发现"上午好"时，正闭着眼听一首忧伤的大提琴曲。那日天气很好，恰好她休班在家。暖旭纯净的阳光从她头发一路抚摸下来，撩拨到了她内心里的忧郁和幽深。这三个月，一个人辗转于这栋一百五十平方米的房子，是空旷了些。不过空旷有空旷的好处，林林发现自己的想像正在将它充满，充结实。她将遍布花草的阳台想象成她和肖常去散步的幽静园林；有吧台的厨房是他们最喜欢光顾的一家咖啡馆，那里的卡布奇诺肖很喜欢；书房是肖的流动书店，每到一地肖必去书店，也必得至少买两本新书充实他的书房；只有卧室，林林尚未想像出它是什么，尽管林林将卧室装点得极尽温馨。这唯一缺失的想像令林林除了忧伤之外，还平添了几许憾恨。

大提琴声中怎么会有"上午好"呢？第一声"上午好"并没让林林从琴声里走出来，第二声响起。这回林林站起身，环顾阳台上的各种植物、鱼缸，最后扫过鸟笼时，与她家虎皮鹦鹉的视线迎面碰上。她问鹦鹉："是你吗？"鹦鹉似乎在验证她的询问，再一次说："上午好。"林林惊喜地蹲在了鹦鹉面前，两手抓住鸟笼栏杆，眼睛涌上一阵湿热，"天啊，你会说话了。你是不是觉得我太孤独了，需要说话来陪伴我。如果肖能知道，他会比我还要高兴，因为这几年，都是他在照顾你。他说过当初去鹦鹉市场，在一群小鹦鹉中一眼就看中了清秀文静的你，那是你和他的缘分。现在他不在了，我们相互陪伴吧。"

昨天是肖离去一百天整。她穿了一身白衣捧着一大束白花去他墓前祭奠。在这一百天之中，她的眼泪几乎流干了，所以那天她只想多跟他说会话，没来得及说的、以前说过多遍的，不管是颠三倒四还是有头无尾。肖是一天凌晨心肌梗塞离世的，在那之前，林林并没怀疑过他心脏有问题。一次次呼唤他不应，林林从迷迷糊糊的睡眠中猛的被甩了出来，趴在肖脸上用手摸摸，肖已没有了呼吸。她打了120来架走肖，待赶到医院，被宣告无力回天。肖才四十岁，没给她留下一句话就走了。林林看看周围的墓碑，都是由子女给父母立的，而肖的碑上只有立碑人林林的名字，孤零、孤立，像她眼下在墓地里的处境。周边象征子女繁盛的墓碑纷纷来压迫林林的神经，她的头疼，是一种锯齿在脑子里撕拉的疼，直到今天才减轻。她想，如果有一个小孩儿该多好，哪怕他是个聋子是个跛子，肖的墓碑上也不至于这么荒凉了。

自从发现鹦鹉说话，林林对卧室想像缺失的憾恨就被冲散了很多。以前，她总是磨蹭到最后才离开办公室，现在却非常急切地想回家。以前，她从未照顾过鹦鹉的饮食，现在，在网上搜集了许多驯养鹦鹉的资料，专注研究。最重要的，是林林发现自从肖遽然离世后，她对生活消失了的关切与投入，因为一只鹦鹉，神奇地复苏了。心理医生、朋友、书籍没能唤醒的生命能量，被一只蓝色的虎皮鹦鹉唤醒了，说来没人会相信，林林想，管别人信不信干什么，反正我信就行了。

林林是莲城医院儿科的职业护士。从最初的护士到助理护士长，再到现在的护士长，她用了二十年时间。二十年中，经她手抱过的孩子、打过针的孩子、康复过的孩子，无计其数。她用一种职业素养造就的惯性关怀那些身体出现病症的孩童，但若说有太多母性在其中，她觉得未免虚假。她本身就不是一个母亲，她只信任自己的医者心。

林林今年四十六岁，在她这个年龄没有孩子的中年女人怕是十万分之一吧。林林曾想了无数次：这个一代表了一个会爆炸的地雷，作为基数中的十万个都是玩具雷，为什么偏偏是我踩到了那十万个之中的一个真地雷？想也想不通，想不通还要想，她在焦虑和抑郁之中过到了四十岁。

其实林林也不是从未怀过孩子，和肖结婚第二年，她惊喜发现自己有身孕了。她和肖算着孩子出生的季节，买了一大堆婴儿用品。孕期三个月，她被妇科医生告知胎像不稳，需要在家静养保胎。那时肖刚托人把她从一家小医院调到莲城医院，工作还没站稳脚，她哪好意思张口请假保胎？孕期四个月的一天，她在病房值班正忙的一会，腹部突然一阵急痛，她下意识地把手护住了自己尚未凸起的腹部，蹲了下来。一股热流从下体顺着大腿根往下流淌，她吓得不敢往地上看。那时她还没觉得事情太严重，让人扶了自己去妇科。检查结果让急速赶到的肖痛心疾首，林林欲哭无泪。四个月的女婴就这样没了。从那次流产后，林林再没怀上过。

肖对她的愧疚和对孩子的渴望是成正比的，虽然肖总说"顺其自然"，但林林能感觉到这种成正比的关系的后项对肖有多重要。肖在一所乡镇中学当校长，工作中有忙不完的会和验收和评比，尽管很忙他还是尽量抽出时间陪林林。林林十多年中吃遍药丸药片看遍西医中医，她在四十岁生日那天疲惫地向肖宣告再努力也是无效，决意不再想孩子，肖掩饰不住脸上的颓然，抱着她说，"无论怎样，你能想开就好，其它都不重要。"可是林林觉得肖的臂膀涣散无力，拥抱毫无温度。

这鹦鹉是肖三年半前买的，说是要给家里增添点生气，他给鹦鹉起了名字"海兰"，是雌性。记得当时他买了两只，一公一雌，公的叫"尔赤"，比海兰英武漂亮。或许它有自知便时常欺负海兰，一次它把海兰的腿啄破，海兰跛了两个多月，肖心疼不已。正好肖的一个朋友带了孩子来家中玩，男孩见了尔赤，顿时迷上了它的霸气。肖见状便做了顺水人情，将尔赤送给了男孩当礼物。自此，肖一心疼爱小公主海兰。林林从未养过猫啊狗啊的宠物，便由着他伺弄。只是她不记得了，肖说没说过海兰会说话。

海兰经过林林的悉心调教，很快就增加了词汇量，它通常在上午说："上午好，林林"，晚上说"晚安，肖"。特别是当她听到从海兰的嘴里说出"晚安，肖"时，内心百感交集，忧伤又满足。寂静的夜里，她怀抱忧伤又满足的心意睡去。和过去不同的是，她的睡眠渐渐安稳，她自由穿行在梦里和肖会合，继续以前的生活，而形形色色的梦又丰富了他们过去不曾有过的生活。

很快，林林的两个老闺密便知道了她家的鹦鹉说话了，并知道它有一个很好听的芳名。两人自然都是母亲，商定趁周末来看望林林，顺便看望一下这只可爱的鹦鹉。为了避免林林伤心，两人说好一定不要提到"丈夫和孩子"的字眼。

周末天气不错，林林的心情也不错，她赶早集买了两大兜新鲜鱼虾排骨蔬菜水果。两闺密很久没来林林家了，她们叙了很多旧事。闺密甲说，林林，你看你还这么年轻，比我要小十岁的样子。闺密乙说，是啊，我都进更年期了，除了自己心疼自己还能指望谁呢。林林手上给她俩削着水果，脸上笑着说："你们别在我面前卖苦了，你们谁能苦过我？不过我现在不也挺好吗？想开了，怎么过日子都是过。我就是再痛苦他又能知道吗，何况，他肯定也不希望我活得痛苦。"两闺密看林林如此便也心里放松下来，提出去见识见识她家的海兰。

林林脚步轻盈地搬了个小几到阳台，三人就围坐在小几旁，吃吃水果品品茶，晒着十月的淡金色阳光，纷纷逗弄海兰说话。"上午好，林林"，"上午好，朋友"，两闺密听着海兰发出清晰的音节，惊奇地瞪大了眼，盯着海兰的长钩嘴巴和圆圆的小眼睛看了又看。"上午好，朋友"是海兰这两天新学会的，林林坐在一旁笑着，脸上无所谓心里其实很有成就感。反复说了几遍后，闺密甲抚摸了几下海兰的亮滑羽毛，跟它说话："海兰，你可真厉害，还会说别的吗，能不能说出来让我们听听呢？"也许是闺密甲的语气真起到了鼓励作用，也许习惯了孤独的海兰其实也是个"人来欢"，稍微扭捏了一会它又张开嘴："你好，薇儿"，"薇儿过来，抱抱。"两闺密笑得更厉害了，没人留意到林林的脸上瞬间变了颜色。林林虽然愤怒当头也想知道海兰接下来会说什么，结果还是这两句。闺密乙说："林林，你家海兰真成精了，薇儿是谁？"林林及时反应过来，脸上恢复了平静说："是我侄女的孩子，经常来逗它玩，熟了。我看天不早了，大家都饿了，咱们去餐厅吃饭吧。"

漫长的午餐时间终于过去，送走闺密后林林径直折回阳台，对着海兰一番重新打量，然后几乎是怒不可遏地拍打着鸟笼说，"家里来人你很厉害了是吧，薇儿薇儿的，她是谁，这是谁教你的？是肖吗？你从什么时候会说话的？为什么我不知道？为什么我从来没听到过你说薇儿？为什么今天当着朋友的面才让我听到？你还知道肖的什么秘密？"说完，林林委屈的眼泪就流成了一条小长河。她刚刚平复下来的心境瞬间被破败，但现在的心境和原先完全不同：原先是怀念肖的忧伤击碎了她的心，现在是怀疑肖的怨恨烧坏了她的心。

林林开始行动，一分钟都不想推迟。她知道肖在繁忙工作之际喜欢看些文艺类图书，也写了些小文章。以前她从未认真读过一篇，现在，她逐一翻开家里所有的抽屉、柜子，包括肖的上千本书籍，找寻肖在一些小报上发表过的短文，每找到一篇，她就像得到一件宝贝，坐在地板上看起来，不放过文章中的任何一句。但肖发表过的小文基本都是教育类随笔和读书笔记，一目了然，都没有什么隐晦内容。她又想到肖的博客和微博，过去她同样未在意过，现在它们也都变得非常重要。她从肖的第一篇博文看起，那是2007年，每一篇博文后还有评论、留言、留下的脚印，微博里还有很多@，她一条条地翻看着，搜寻着"薇儿"或"微儿"，反正发"wei"音的，都在她的搜寻之列。

她用了七八天时间看完所有的内容，累得头晕眼花。这是一件相当耗费精力的事，林林很长时间都没这么专注地做一件事了，为了让自己的心明明白白她觉得值得如此。让她懊恼的是，肖的各种文字里都未出现"薇儿"疑点，这对她显然又构成了另一重打击。从海兰嘴里说出的话是一种事实，既然没找到证据，除了说明她下的功夫不够，还说明她对肖了解得不够，很不够。肖的"精神遗产"里从来没有家庭生活的印痕，从没有出现过她。肖的心，到底有多深多机密呢？海兰都能说出的话，可见肖不知在海兰面前重复过多少次，想象着肖呼喊"薇儿"时的一脸柔情，林林的心紧紧地抽搐起来，浑身颤抖。

现在唯一可能发现点什么的是肖的手机，可是发殡那天，跟随了肖好几年的三星手机就被作为贴己之物埋进了墓穴中，难道还能……记得多年前两人一起去看电影《手机》，影片中虽荒诞但更是社会真实的一幕幕情节，让肖笑了无数次，她也笑，后来两人谈起来影片还会笑一阵。她长叹一声，颓丧地倒在床上，身体扭缩成一小团黑影。

这些天，除了给植物浇水，给海兰提供必要的小米和水之外，她很少去阳台。在"上午好，林林""晚安，肖"之外，林林当然也会听到"你好，薇儿"，林林对它的厌烦如鲠在喉。

又一个周末，林林大哥一家和她母亲约定周日来她家看她。得知信息是在周六的下午，林林徘徊在阳台上许久，她看着海兰，又想到上次闺密来的那个周日，新忧旧恨立即从她心头窜出簇簇暗红的火苗。她有了一个主意，却没立刻实施，因为她怕自己会后悔。一个小时后，她给海兰重新换了新鲜的小米和纯净水，用一种尽量平静祥和的语气对海兰说，"海兰，你好好吃，吃饱点。这是你在这里的最后一顿晚餐，之后你就获得自由了。"她哽咽了一下，"你不知道我心里有多疼，看见你我只会疼得更厉害。你和肖和我的缘分都尽了，肖留给我的痛苦我自己慢慢消化，或许有一天我能真正平静，不再怨恨，但现在我还无法做到。不要恨我，我现在就放你走。"说完，她拉开阳台窗户，打开笼门，把海兰托在手上。海兰的脚爪扒着林林的手颤动着，林林轻轻靠近窗户，心一横，将手猛的扬出了窗外。海兰惊恐地吱吱叫着，扑棱着翅膀不愿离去。林林"砰"的一声拉上窗子，不敢向窗外再看一眼，快速逃离了阳台。

这以后连着几夜，林林都是辗转反侧到凌晨两三点，才总算睡着。又一个夜里她在梦中和肖会合了，肖的脸色很苍白，腿脚动作迟缓，她从未见过肖这么苍老过。肖扶着她的肩膀走上一条空寂的大街，他说刚刚亲眼目睹了一个小孩的意外死亡，他说自己哭了，他宁愿是自己死去而不是那小孩儿。她抚摸着肖的手安慰他说，没事的，那是你做的一个噩梦，不是真的……

蓦然惊醒时，她摸摸脸上都是水。她不明白自己怎么会做这样的梦。现在她什么也没有了，孤家寡人一个，肖或者孩子，还是她生活中永远绕不过去的中心？

她已经有多年没想过自己流产的女婴了，是不敢想，连肖也不敢轻易提及。在确定自己再怀不上孩子的那个生日之后，有一天，肖看她心情还不错，就跟她谈到了孩子问题。肖说，咱现在不认命也不行了，但总可以领养一个吧，趁着咱俩现在还不老，找个可靠的人领养个健康婴儿。女孩更好，女儿跟爸妈贴心。这孩子啊，谁疼她爱她她就跟谁有感情。你觉得行吗？

林林有一霎那真的动心了，但一霎那之后，她就想到了自己早夭的孩子。她对肖说，我们是该有个孩子，但我一想到连保护自己孩子生存的能力都没有，却要去领养一个别人的孩子，并且还要把最好的爱留给她我就受不了。肖，我现在还没这个心理准备，我不想勉强自己。

肖没再说什么，林林看到有一股失望的潮水从他眼里向外流淌。

后来某一年过春节时，肖开玩笑地说，这贴春联的活儿叫小孩子干才好。林林没做声。第二天，肖的弟弟带着女孩来拜年，肖满脸慈爱地往她手里衣兜里塞糖，塞压岁钱。但是直到临终前肖没再提过领养孩子的话题。

林林擦了擦眼角，心里想：肖啊，都怪你心眼太实太傻，如果你再多说几遍，或许我就同意领养了。

没有了海兰的家更空旷更寂寥，林林想习惯了就好了，任何一种生活习惯了就什么都无所谓了。与此同时，她已经想好了，她决定原谅肖，哪怕肖真有暧昧关系真做过对不起她的事，那也是因为他太孤独。

节气很快转到了初冬，稀薄的阳光积聚不起多少热度，林林在跑步机上跑了半小时身上才出汗。"扑棱棱"，"扑棱棱"的声音在她身后响起，一连响了几阵后，林林扭过头，看见有只鸟盘旋在她家西边的窗户外面，她突然回过神：那不是海兰吗？是海兰。林林心头猛然一热，走到窗前，稍一犹豫她还是拉开了窗户。海兰熟门熟路，一个闪身就飞到了它过去的鸟笼上。林林一时愣在那里，她脑子里冒出不记得在哪看到的一句话:所有的相遇都是久别重逢,这话虽然对一只鹦鹉不合时宜,但若仔细想想也没什么不合时宜。

林林感到心底有处地方越来越柔软,她不无愧疚地擦拭干净海兰的鸟窝,给她放好小米和纯水,看着它一阵猛吃之后才离开。自始至终林林没说一句话,海兰也没说一句话。但林林相信他们之间是有默契存在的。

海兰从回来后像一般鹦鹉那样吱吱地叫,绝大多数时间都很安静,反正林林从没听见它说过话。林林猜测着它在一个多月中可能遭遇到的饥饿、无家可归,以及被人追捕的凶险,对这个小生灵充满怜惜和敬意。她想,毕竟分开了这么久,它还能找回家就相当不易了,等过段时间重新熟悉起来或许就好了。

莲城医院又一座崭新的院系大楼落成建好了,林林和科室的同事,这几日天天忙着准备搬新楼办公。虽说许多资料都已存入电脑,可真到搬家时才发现,需要整理带走的东西也真不少。收拾到办公橱最底层的一个角落,林林掏出来一个朱红色硬封面的笔记本,她好奇地打开一看,竟然是她二十年前的日记本。这么多年,这个笔记本早被她忘得没了丝毫记忆。她兴奋地找来干净毛巾擦掉本子上的浮尘,放进包里,她要留待晚上好好地重读自己过去的日记。

终于等到了晚上在家的宁静时分,林林找了一个坐上去最舒服的沙发,把日记本从第一页开始看起。那是1994年2月14日,林林婚后过的第一个情人节。泛黄发皱的纸页上盈满新婚的甜蜜和幸福,几乎每一篇都出现了肖。林林读着不禁笑了。后来她怀孕了,心情一度紧张羞涩,不好意思去妇科检查,自己买了张试纸偷偷测试后才告诉肖,看得出肖比她还高兴。

林林继续翻下去,读到一篇的第二行,她的眼神凝滞了。林林不敢相信,又从第一行开始看起:从今天开始,胎儿进入第二个孕月。还没有孕期反应,更没感觉到胎动。嘻嘻,或许是我心太急了,哪能这么早呢?听肖口气他更喜欢女孩。肖说,如果是个女孩就取名"采薇",出自《诗经》,小名叫"薇儿"。我也觉得这名儿挺好⋯⋯

林林手上一松,笔记本"啪"的掉到了地板上,她呆呆地窝在沙发上没动。如果不是偶然间翻出这个日记本,里面的文字,不,主要是这段内容,她这辈子都不会知道了。

她曾费劲心机想要探测的真相,竟然以这种方式不请自来。林林觉得自己整个人荒诞极了。

她步履沉重地踱到阳台，在海兰的鸟笼面前蹲下来，以仰视的角度望着海兰。海兰"唧唧"叫着，那不是林林想要听到的东西。林林能够确定，自从海兰回来，就没再说过一句话。

　　"上午好，林林"，"晚安，肖"，"薇儿过来，抱抱。"林林听着自己的声音，一遍遍漂浮到空气中，那声音越来越像肖，而她缩着脖子的样子则越来越像现在的海兰。

史蓝玉是谁

1

直到离开莲城数年后，陈晓还坚持认为当年她和史蓝玉的相识，没有丝毫诡异。

诡异后来是从何时出现的呢？是从史蓝玉离世，还是从陈晓放弃了工作放弃了婚姻一门心思跑到京城，只为寻找史蓝玉这个离世之人的历史痕迹之时？

学校里的不少教师和学生都已知道，每当风雨晦暝之夜，陈晓孤独的身影准会出现在燕园未名湖畔一角，她紧蹙的眉头让人相信，她思考的内容大致和燕园有关。而当她拖着潮湿、疲沓的身躯回到研究生宿舍，准会翻出几年前的一本采访札记，前翻，后翻，如此几次三番。某夜，窗外的风实在太猛，刮得纸页翻飞，她起身去关窗，一道闪电骤然炸亮夜空。在闪电亮光的映照下，书桌上，陈晓的硕士毕业论文才刚刚写了几千字，另外一沓稿纸上，仅有一行黑色钢笔字迹，看上去用力挺重，似乎是一篇文章的标题《史蓝玉是谁》。这的确是陈晓的笔迹，只是即便是陈晓，在那时也不知道这篇文章何时才能完工，这愈加显出她之前的书写和寻找扑朔迷离。

因为一篇报道的开头部分，陈晓一下午都陷在苦思冥想中，却始终没找到理想的切入角度。在杂志社仅仅工作五年，陈晓有时已明显感到思维在僵化。

怎样才能打破思维的僵局呢？她心里一边嘀咕着，一边起身把玻璃窗拉开。幸亏办公室就剩她一人了，她可不想让同事看到自己眉头紧锁的样子。窗子拉开的瞬间，晚风忽的一声，溜出一个弧度，又迎面扑向她，她深深呼吸了几次，顿时觉得头脑一阵清朗。其时中秋节刚过去没多久，气候相当凉爽。陈晓看向窗外，除了蓝天上有流云有灿烂晚霞，还算动人之外，视线里剩下的就是越来越密集越来越高耸的楼房，几年前还不是这样子。楼房让人起敬意，但和风景和审美无关。她所在的莲城不过是个小城市，几年间，房地产商风起云涌，纷纷扑向这个小城的角角落落，二三十层的高层住宅楼随处可见，当然，房价也是和楼层的高度绝对成正比的。陈晓向往的是能看得见风景的书房和工作间，这一点始终没变，也始终没实现。

离下班时间还差十分钟，陈晓的手机响了，一看，是主编的电话。

手机那头的声音颇为兴奋，"陈晓，晚上你跟我参加一个饭局，有一个活动需要你参与策划。"

"能透露一下内容吗？"

"跟你说，本市最有实力的一家企业要向本市最有来历、历史最悠久的敬老院捐赠。你策划做一期专题，给这家企业董事长写篇人物专访，给敬老院写篇深度报道。"

"主编，这也不算独家新闻吧。电视台和报社不都要发新闻吗？"

"他们发他们的，我们做我们的，视角和深度肯定不会一样吧，这就要看你们记者的功力了。更重要的，"主编说到这停顿了一下，好像要让陈晓认识到饭局的重要性——"人家企业给咱杂志的赞助款都已经敲定了。今晚春晖的董事长和敬老院院长都在，你一定要去。"话音刚落，那边电话就挂了。陈晓刚舒展开的眉头重新皱了起来。

在陈晓看来，这个策划挺没劲的，既没新闻点也缺乏独特性，这也罢了，有什么必要非让她参加饭局不可？

她幽幽地才叹了一口气，手机又响了，是陈晓的男友任青松。

任青松的语气与主编有着相似的兴奋，"晓晓，我知道有一家新开的餐馆，口味很好，想带你去尝尝鲜。你等我一会，我去接你。"

陈晓连忙打断他，"不行啊，今晚去不了，刚才主编安排任务了，有一个工作饭局必须参加。"

　　任青松丝毫不掩饰他的失望和懊恼，陈晓说，"你以为我会喜欢赶这种饭局？行了，给你个机会，咱们明天去。"

　　陈晓所在的《生活》杂志，说起来也算得上一本老杂志了，创刊于20世纪80年代。当初学中文的她之所以选择了这家杂志，无非因为杂志社有编制，相比同城的日报，虽然收入低点，但时间较为宽松自由，这是陈晓最看重的。当然还因为陈晓从小就有杂志情结，所以尽管只有短短五年的记者职业经历，她已历练得让杂志社主编刮目相看了。

　　捐赠会几天后在众望敬老院举行。会上照例邀请来副市长、政协副主席、老龄委主任、慈善总会会长等等各界领导。发会议消息是报社和电视台的事，趁领导讲话的空儿，陈晓悄悄溜出了人多的前院，一个人走到老人们起居活动的后院。这是一个有来历的院子，如果陈晓不是亲眼所见，绝不会相信这座敬老院已有六十年历史了。院子东南角有一块石牌，碑上的文字显示众望敬老院建立于1947年，由莲城数十位商会慈善人士捐资出建，新中国成立后收归国有，20世纪80年代初，众望敬老院比较正规地使用起来，国有性质未变，名称也未变。院子里的老房屋几经修缮，还算整洁，有棋牌室、卫生室、图书室等，老人们的住所则是较新的平房，每个房间都由专人打扫得干净清洁。门前花圃里种满了花花草草，细细的微风吹得花草们轻轻摇曳，一种小小的白色蝴蝶在花草间翩翩起舞。习惯穿梭于高楼间的陈晓突然发觉自己有点喜欢上这里的安静。

　　等到陈晓返回捐赠会现场，春晖集团董事长正走向主席台，他把一块写有"捐赠20万元"的红牌子双手交到敬老院院长手中，台下顿时"咔嚓"拍照声响成一片，掌声雷动。除此之外，春晖集团董事长还为六十多位老人每人订做了一年四季四身新衣。因此，捐赠会的最后一个程序就是老人们身着新衣和领导们拍集体合影照。大约半小时后，换上新衣服的老人们排着队走上台，老太太们在前，老爷子们在后。在第一排的老人中间，陈晓突然看见一个穿藏青色条绒外套的老太太，花白头发在脑后挽了一个髻，除她之外所有老人都换上了红色新运动装。老太太的着装显然与整体环境不太协调，但看看敬老院的人对此却都没什么反应，让陈晓有点费解。随着摄影师一声"茄子"，照片拍摄完成，那个老太太居然也是一副微笑的表情。

中午聚餐时，陈晓向敬老院院长提到那个不穿新衣的老太太和她的疑惑，院长回答得倒是轻描淡写，"这也没什么，应该尊重她的个人选择。知识分子吗，不愿落俗套是可以理解的。"

"知识分子？"陈晓反问了一句。

院长还没待回答，桌上有人谈到了别的事，陈晓的话题就被绕了过去。

三天后，陈晓再一次进入众望敬老院深入采访。她在后院闲逛时，意外发现那个特别的老太太正一人坐在花圃前晒太阳。老人眯着眼，身体几乎一动不动，好像要把阳光里的热能全都吸到身体里。陈晓发现这次她换了一件灰白色的薄开衫，头发依旧挽着。陈晓在她不远处站了一会，见她始终闭着眼，就没打扰她，拐到活动室去找一些老人分别座谈，让他们谈谈来敬老院后的心理感受和对敬老院的认识评价。

陈晓采访了除这位老太太之外的所有老人，把老太太留到最后采访，在她既是无意也是有意。她承认对这个老太太产生了一丝好奇。在一个风雨之夜，陈晓坐在窗边的电脑前，思绪随寒凉的秋风四散，始终无法集中。一种混杂着寂寥、焦躁、激动、疑问的感觉搅动在她心中。她似乎想起了什么，先后拨通了现任敬老院院长和前任院长的电话，之后半夜无眠。

2

从远处看过去，如果身着同样的服装，她和一般的老太太就没什么区别。花白的头发在脑后盘成一个小网，被时间抽干了水分的头发日益稀薄，它们紧贴在头上的样子，好像唯恐什么人要将它们偷走，令人想起一场阴谋已进行多时——时间，除了时间，谁还能有这么持久的阴谋？对襟的藏蓝色中式上衣，里面裹着一副行动迟缓、甚至僵硬的身躯。走到近前，她的脸在日光里一点点呈现出来。皱纹，纵横交错地，顽强地，将她的脸占满。已经发黄的眼珠，不时泛起一片呆滞，里面空空的，好像什么都没有。的确，她只是一个普通的老太太。

一整个白天都无所事事，因此白天对她来说显得有些多余。玩最简单的扑克、晒太阳、打瞌睡，每天的生活大致如此，平淡而重复。

夜晚终于来临。屋里的同伴们都睡下后，并不很大的敬老院显得有些空旷。通常，她是敬老院里睡得最晚的一个人。她喜欢各种夜晚：细雨绵绵的秋夜，北风尖锐呼啸的冬夜，静谧恬淡的春天夜晚，以及雷声隐隐、闪电不断的夏夜。四个人的简单房间里，鼾声此起彼伏，像一座座传递回声的山谷。梦中的呓语时断时续，只要进入睡眠，白天的老人们就变成了同一个人。

坐在一张有些陈旧的桌子旁，她用钥匙打开抽屉，从里面拿出一副花镜，戴上，又取出一本用报纸包住的笔记本，小心翼翼地将它摊开。这个笔记本已被她写满了一大半。她有写日记的习惯，究竟有多少年了，恐怕连她都说不清楚。日记里记的大多是每天的生活琐事，有时简单得只有两三句话，有时能写上一页。这简单的劳动，带给她无穷无尽的乐趣，只有到了这时，她的眼神才会出现一丝光亮。骨节嶙峋的手颤抖着，每一个字都写得那么小心。写完后，她还要在桌子边坐一会儿，偶尔也会抽上几口烟，然后站起身，颤颤地走到自己的床前，躺下。铺着厚厚一层褥子的床，仍嫌硬，她扶着自己的腰，心想，不是床硬，而是自己浑身的骨头太突兀了。

下午时，有一个自称是《生活》杂志社记者的年轻女孩子找到她，说要采访一下她对敬老院的感受，她如实地对女孩说，敬老院对她们这些老人照顾得很好，她心满意足，没有什么额外要求。当女孩又问到她为什么不和别的老人一样，穿上慈善家赠送的红色运动装时，她几乎没停顿地回答女孩说，她从小就不喜欢红色衣服，穿不惯，再者，自己的衣服有好几套，实在穿不了那么多，怕浪费，不如留给更需要的人穿。她的回答理顺又自然，看上去还挺令女孩满意，女孩夸赞道，您的境界值得我们学习。女孩坐得离她很近，漆黑的头发用一根皮绳服服帖帖地扎在脑后，漆黑的眼眸晶晶发亮，面庞光滑润洁，女孩子身上特有的淡淡香味，还有那种青春的味道，一阵比一阵强烈地向她袭来。她眯起眼睛，心里想，自己有几十年没同年轻女孩如此近距离相视了。

正当她快要沉醉于女孩的青春气息里时，女孩把自己的采访本移到她面前，让她签下自己的名字，说其他老人都签过了。她略一迟疑，便签上自己的名字。女孩看到她的字迹，直夸娟秀、文气。

按说，到这时采访就该结束了，可女孩还没有离开的意思，看着她的签名，女孩冷不防冒出来一句："嗯，上过大学的老人就是不一般。"

她的脸色遽然一变，非常不礼貌地对女孩毫不客气下了逐客令："采访结束了，你可以回去了。"女孩对她的变色好像丝毫没在意，朝她粲然一笑，"好的，您休息吧，我会再来看您的。"

这一晚，她面对着笔记本坐了好长时间，却没写下一个字。她承认，当听到女孩"嗯，上过大学的老人就是不一般"时，的确表现出了几丝恼怒。也许只是年轻人说话直爽了点，没别的意思，这样想着时，她就不怪罪女孩了。

窗外，秋雨滴落起来，又总是下不大，绵绵的样子，不知明早会不会晴天。她在床上躺下，受过伤的膝盖隐隐发出疼痛，心头有一点点乱，她想快速入睡，却适得其反。雨滴落在院子里高大的梧桐树上，她能想象枝叶即便在吸饱了雨水后，也不会更丰润，因为这是秋天。她更喜欢春末初夏时分，桐花在一夜风雨后落了一院，空气里丝丝的甜味飘荡得人心里又甜又暖。左右不停翻身半小时后，她的意识逐渐模糊纷乱，感觉雨滴进了大脑深处，脑子里不时闪出一些既陌生又熟悉的影像，似梦非梦，似清醒又似昏沉。她努力伸手去抓，身体竟轻盈地飘了起来。应该是春天的一个傍晚，一个美丽的校园无处不荡漾着春的气息。由于白天刚刚下过一场雨，所有的林木都青翠欲滴。路过燕园，亭台水榭在黄昏的雾气里若隐若现，是一种有别于日光下的迷蒙景致。攀在墙上深深浅浅的一大片蔷薇花丛中，飘出阵阵浓香。这里有一条通往校外的小路，很少有人走。一个穿着布旗袍的女学生走了过来，她从墙上的蔷薇花丛中摘了最小的一朵，别在衣襟上。齐肩的黑发，闪烁着丝缎般的光泽，白皙的脸上，有一双黑亮、青春盎然的眼睛。她欢快地走着，由于想到了什么，不由得自己笑了起来，笑容甜美、骄傲。

女生的面容看不出来像谁。出了校门，她的步子迈得更轻快了。天色逐渐暗下来，但是西天上还挂着一抹红云，异常鲜艳瑰丽，血一般地飘在那里，她无心欣赏，径直朝一家西餐厅走去。到了门前，玻璃门自动退向两边，女生闪了进去，像一个梦，轻盈无比。在梦里，她不知道自己身处何方，却清晰知道那一年是1947年。

3

新一期杂志如期刊发了陈晓对春晖集团董事长和众望敬老院的采访稿，社里也顺利拿到了那笔赞助款。主编很高兴，向陈晓暗示近期社里要评选首席记者，她是最有实力的竞争者。陈晓自然不想领情，但又不好太明显拂他的面子，便嘴上应付着，脑子里却在想着别的事。在陈晓看来，类似这种采访送人情成分居多，实在算不上深度报道，她最后用上的素材不过十之二三，并且政治化倾向太重。

与此相比，她更喜欢挖掘一些民间题材、民间人物，因为越是来自民间的也是越原初的，里面有简单的深刻，动人的生命原色。为了寻找到这样的题材和人物，陈晓觉得费多大的周折都是值得的。

想到这，陈晓顺便向主编提了一句："众望敬老院里一位老太太以前可能上过燕京大学，几十年大家都把她当作失忆的精神病人，我凭直觉认为，这是一个有故事的老人，我想做期人物传奇。"

主编的眼睛一下瞪圆了："失忆的精神病人？你怎么采访？"

陈晓狡黠一笑："您别紧张，总会找到突破口的，请相信我。"

陈晓再一次回想起几天前一个风雨之夜，她先后给众望敬老院现任院长和前任院长打电话的情形。现任院长十年前开始在敬老院做负责人，据他回忆，他来到敬老院听到的第一件事就是史蓝玉的病症，至于以前上没上过什么大学，他不能确定，因为档案里除了标有原籍安徽、以前工作过的工厂之外，再没其他记录了。按照前任老院长的嘱咐，他一直尽力照顾史蓝玉，但这个老人实在太安静了，有时安静得让人感觉不到她的存在，如果从这个角度说，那么史蓝玉其实从没得到过特殊照顾。从现任院长嘴里，陈晓得到唯一一个有价值的线索，是同屋老人起夜时看见史蓝玉在小本子上记东西。

前任老院长八十多岁了，有点耳背，陈晓跟他打电话相当费劲。放下电话，她决定第二天去老院长家登门拜访。

老院长家住莲城东南部的一个独院。陈晓拎了一大袋水果，打车前去。出租车七拐八拐终于在一条小巷子口停下。老院长除了耳聋之外，身体还算健朗。为了交流更顺畅，陈晓把想问的问题写在纸上交给院长看。关于史蓝玉以前是否上过燕京大学，老院长说1976年史蓝玉被转到众望敬老院时，不过五十岁左右，听送她来的人说，她以前是在北京上过学，大概就是燕京大学吧，后来因精神问题辍学。至于失忆的原因，我们都不知道。苦命的人哪，无儿无女，也不知道她还有没有亲人，亲人在哪里。老院长说到这，脸上现出悲伤的表情，看得出是个善良的老人。陈晓又写了一条：有没有一种可能失忆是假呢？老院长吃惊地说，这，我倒从来没想过。随后，他叹了口气说，她也年过八十了吧，经不起折腾了。

辞别了老院长，陈晓心情一度非常矛盾。她从老院长的话里听出他可能有所隐瞒，并且不希望她去探寻史蓝玉的秘密。她几次想放下这个不知能不能寻出秘密的线索，但最终还是好奇占了上风。进杂志社五年以来，陈晓第一次对一个题材如此上心，当她把她以后要做的工作跟记者的社会责任、记者的职业素养联系起来时，心里竟升起一股神圣感，这在她也是从未有过的。

　　三天后，陈晓再次进入众望敬老院，给老人们去送杂志。当年轻女孩走进这个院子，淡蓝色的毛衣，淡蓝的牛仔裤，年轻挺拔的身体往那一站，像一棵亭亭玉立的小树，立即激起一团喧哗。老人们纷纷围上陈晓领杂志，唯独史蓝玉没去，她在自己的房间戴着一副花镜缝补衣服。

　　陈晓左手拿一本杂志，右手握着一把康乃馨走进史蓝玉的房间。

　　"请您看看新出的杂志。"陈晓的声音很低很温柔。

　　她没有任何表示，但陈晓并不在意。陈晓靠她很近，她似乎闻到了一股香气，不是化妆品香，而是一种由年轻女性身上散发出的天然香味，于是微眯起眼睛。陈晓的笑容始终挂在脸上，齐肩的黑发安静地贴在耳后。她又看了看这双眼睛，它们又黑又亮，正在亲切地注视着她。

　　她拿针的手轻微颤了一下，但仍旧一言不发。

　　陈晓指着手中粉红色的花束，问她："这是康乃馨，您喜欢吗？"不等她回答，陈晓就在窗台上找到一个空闲的玻璃杯，到院子里洗干净装了一杯清水，康乃馨就插在了玻璃杯里。当陈晓再次回到室内时，有了这束粉嫩的康乃馨，昏暗的房间顿然明媚了许多。

　　她始终没有说一句话，依旧低头缝补衣服，仿佛陈晓叫作"史蓝玉"的女人不是她，而是另外一个与她毫不相关的人。

　　陈晓只是稍微站了一会就告辞了，临走时对她说"如果您喜欢，我每次来都给您带上一束鲜花。"陈晓能感觉到，她不置可否、面无表情，其实却一直目送着自己的背影飘出敬老院的大门，直到消失。

　　陈晓这一次去敬老院，似乎没有任何收获，老人自始至终没说一句话。陈晓努力回忆着她脸上呈现出来的表情，好像记得她看到康乃馨时，眼睛猛然亮了一下，转瞬又归于暗淡。她为什么一句话不说？难道她对来访已有了戒备心理？她看人的眼神怎么有点怪怪的呢？她是想用缄默掩盖、包裹自己，还是真的已失忆？陈晓费力地想了好久，对她的故事做了多种推测想象，最后推测得连陈晓都觉得不可思议。

过了几天，陈晓又去敬老院。这一次是上午，天空晴朗得没有一丝云彩，晴朗得让人微微心疼，像一个人干干净净的内心。明媚动人的阳光把这个城市的任何一个角落都彻底镀亮了。

　　陈晓给老人选了一束花，粉嫩的石竹、洁白的百合、翠绿的竹草，并且专门买了一个造型奇特的陶罐当花瓶。

　　捧着一陶罐鲜花的陈晓一走进敬老院，立刻被一群老太太围住了。对她们来说，怀抱鲜花的陈晓简直就是一个天使。

　　陈晓柔声向她打招呼："今天天气真好。"也许是阳光的缘故，她觉得老人脸上的表情比上次柔和了一些。另外，她今天换了一件绛黄色的羊毛开衫，尽管已很陈旧了。这个细微的变化没逃过陈晓的眼睛，另外一个细节也引起陈晓注意，窗台上几天前灌过水的花瓶里，水量不仅没见减少，似乎比上次水位还要高，这说明，中间她给花换过水了。这真令人高兴。她本来就是一个极爱美的人，纵然老了，也定是个爱美的老太太。

　　"您今天的气色看上去非常不错。"

　　陈晓挽起她瘦成一把骨头的右臂，她显然很不适应，稍稍挣脱了一下但还是被陈晓挽扶着走进屋子。

　　房间里只有她们两人。走到她的床前，陈晓抢先一步坐了上去，她只好坐在床对面的一张椅子上。陈晓用一只手拍了拍她的床，夸道："您的床铺真干净、真整洁。"的确，床上的被褥叠得方方正正，床单除了有点旧外，确实很干净。坐在床上，陈晓觉得自己已经占据了主动权。

　　指着面前的一张桌子，陈晓问她："您每天就是坐在这张桌子前写日记吗？"她没有回答。

　　陈晓继续说："据我所知，您当年是燕京大学历史系的学生。您现在的思维依然清晰、敏捷，不是吗？"

　　她脸上的肌肉明显抽搐了一下，看得出来，她是有些愠怒了。她很不客气地朝陈晓嚷道："我是个失忆病人，现在我只记得我叫史蓝玉。"

　　陈晓站了起来，年轻的脸因为激动而愈发红润。"您终于说话了，我的话对您触动很大，您很在乎，是吧？这些年，人们只知道您丧失了记忆，但我凭直觉认为，您的精神一点问题都没有。之所以把自己封锁得这么严密，是害怕再受到伤害。告诉您吧，那早已成历史了，现在，您知道这是什么年代了吗？没有谁能伤害您了，别害怕。"

"你太无理了，你……我不懂你在讲什么。"她虽然还在顽强抵抗，口气却略微弱了下来。陈晓把手放在她的一只手上，那只手已变成青黑色，手背上的一层干皮只需轻轻一捏，就会粘在一起。她迅速抽回了自己的手，站起身来，僵硬地做出一个送客的姿势，"谢谢你的花，你走吧，以后也不要再来了。"

陈晓丝毫也没生气，想说什么，但没说，而是冲老人笑了笑，然后步履轻盈地飘了出去。

走在回杂志社的路上，陈晓如获得了一块秘宝似的兴奋不已。陈晓感觉自己正离真相越来越近，只是几个细微的小细节，就基本能证实自己的猜测，可是仅仅证实猜测又能怎样，如何让一个沉默了半个多世纪的老人开口那才是大难题。

4

晚上，她躺在床上很久进入不了睡眠。她承认今天上午自己的戒备心表现得过于明显了。她猜不出陈晓来找她到底要干什么，以她以往的经历，也偶尔曾有人试探性地想从她这儿知道点什么，却被她一挡就挡了回去，用她固执而冷静的沉默。陈晓也许只是他们中的一个罢了，仅仅是有点好奇。但她能感觉好像还不是这样，陈晓的职业是记者，她的目的肯定不同于以前那几个浅水边的试探者。

女孩送来的一罐鲜花就在离她不远的桌子上。黑暗中，花的新鲜和馥郁气息一阵阵准确地飘向她，飘向她寄身的这张小床，在这一刻，她相信自己对鲜花无比喜爱，满怀柔情，她骗不了自己。这几十年中，女孩是唯一给她送过花的人，唯一一个。下午房里没别人时，她在桌边望着陶罐里的鲜花坐了很长时间，甚至用她粗糙的手指摩挲柔嫩的花叶，感觉心里也柔软了许多。现在，月色从窗棂里俏皮地透进来，陶瓶和鲜花就像漂浮在一条朦胧的水流里。水流缓缓在房间里蔓延，女孩陈晓皎洁的面庞不时在水流中闪现，闪了一会，女孩又换作另一副面庞，依旧在朦胧水流中，向着她的方向一路飘过来。

"旗袍，好漂亮的旗袍啊！"她忍不住惊呼起来。他在一旁侧脸温柔地看着她。

在他的私人宅第，厚重的丝绒窗帘半掩。青花瓷的花瓶里，数种时令鲜花傲然盛放，红木衣橱大敞着，她缓缓移动脚步，旗袍一件件从她手中滑过。月白色的旗袍，胸前一簇浅红的蔷薇花。黑缎子旗袍，襟沿、袖口、领口处滚着富丽的金边。而淡紫色的那件，整个旗袍上印满了同色的暗花。旗袍的质地都是上等丝缎，在工艺繁复的吊灯下闪动着处女般的迷离光晕，并且做工精细，一看便知，它们均出自这座古老皇城里最高级的裁缝。

她一件件试穿给他看。他喜欢看她穿旗袍。旗袍开叉处，露出她修长纤细的小腿。他的眼里半是惊喜，半是爱恋。她羞涩地朝他笑着。

突然她有些不安起来。她对他说："子祥，你说我穿上这些旗袍还像研究历史的吗？我以后可是要做教授、做学者的啊。"

他像爱抚一个小女孩似的拍了拍她的头，安慰说："穿旗袍怎么会影响当学者呢，我的小玉一定会成为名震北平城的历史学专家。"

他揽过她的肩，在她耳边低声唤道："小玉，你真美，小玉小玉……"

他赤热的呼吸像一股气流将她托起，她顿时有了一种奇妙的晕眩感。她的脸颊飞上了两团红云，自己觉得滚烫，心一颤，随后整个身子就像一件旗袍滑进他怀里。

半年前，他还只是她的一个读者。

自从他在《新民报》上看到一篇题为《蔡琰：在得失荣辱间》的历史随笔，就悄悄注意起一个叫"蓝玉"的作者。在他理解中，所谓历史随笔是将史实考证与文学随笔结合起来的一种文体，这种文体的好处是一方面规避了纯考证文章的艰涩和枯燥，另一方面又赋予了文学散文一种历史叙事、时空概念。看惯了报章上尽是闲情慵懒的太太文章和凛然硬得能硌疼人骨头的大男人文章，乍见如此既清透又有理性的佳文，他如获至宝，甚至将作者引为知己。

他有些急切地等待作者的第二篇历史随笔，第三篇。但是"蓝玉"好像很不勤奋，他等了两个月才等来第二篇。这篇《秦淮河的艳、痒与痛》比上一篇更好，他一连读了好几遍，在报纸上圈圈点点，嘴里还不住地赞叹。

他不想再克制地等待第三篇了，他要尽快地见到作者，越快越好，一个能写出如此好文的作者究竟是个什么样的人呢？他拿起了桌上的电话，对着报纸上的电话号码摇起号来。电话那边告诉他，作者是燕京大学的学生，署名"蓝玉"，其他信息不详。既然知道是燕京大学的学生了，还有何难？他又把电话打到学校教务处，竟然真打听到一个叫"史蓝玉"的历史系大二女生。他把自己的电话留给教务处，说想慕名拜访讨教于"蓝玉"作者，让"蓝玉"务必给他电话回复。

第二天下午，一个怯怯柔软的小女生声音响在了他耳边，"蔺子祥先生吗？我是史蓝玉。"

他心里一阵狂喜，"啊，没想到这么快你就打来电话了。你的文章和他们的都不一样，是我喜欢的类型。不过没想到，作者这么年轻，还是个女大学生。"

当然，所有这些对她的渴慕都是后来见面时他亲口对她说的，但是坐在他对面的蓝玉比他想象得要娇柔年轻许多。一次，他开玩笑地说，"想不到一个娇柔妩媚的南国女子竟有如此学识和胸襟，我甘拜你为师，告诉我，你那天才小脑瓜里还藏着多少珠玉珍宝？"

她稍微一怔，说自己总共才写了三篇历史随笔，只是练笔之作。偶尔看到报纸上的地址便抄了寄给报社，没想到很快就发出来了。说完，她羞怯地看了看他。

"随便一写就这样了得，以后努力一下，不就把那些男学者全都盖下去了？"尽管他说得态度诚恳，她还是觉得这位先生是有意调侃。是呢，像他这样比她大十二岁成熟又有资历的先生，的确有调侃她们小女生的权利。

"才女为什么选择读历史系，而不是文学系、社会系或医学系之类的？"

"真巧哦，你的问题我母亲也问过，她也不喜欢我学历史。但是我从小就比较喜欢历史上寥寥可数的几个女史学家，难道你不觉得历史上的男性史学家太多了吗？"

他稍微一愣，然后笑道，"的确是太多了，所以你要横空出世，只是这样怕不知有多少男学者要改行了呢！"

她娇嗔道，"先生真会讲笑话。"

他恢复了一脸正色，声音低低地说，"我不是讲笑话，是真心赞赏，甚至自惭。"

她一时不知说什么好，低头啜饮面前的香浓咖啡，餐厅里轻轻流淌着一些她熟悉的怀旧英文歌，这样的环境她非常喜欢。

"蓝玉才女，你是学历史的，请问你如何看待历史各朝代的国家叙事和私人叙事、家国情怀和个人情怀？"

"我的看法是，当然不一定正确哦，个人情怀和私人叙事不一定是国家的，在国家面前，个人的情怀和叙事微不足道，但是国家叙事和国家情怀一定是个人的，每一个人的身上、心里都会留下国家的烙印，只是深浅程度不同罢了，这一点，没有任何人能逃得过去。"

“真的没人能逃过吗？”

“是的，无一能免。”她坚定地说。

她接着说，“从整个人类历史而言，无论东方西方，国家叙事都太宏大了，以至于个人的那点叙事和情怀常常因渺小卑微被忽略甚至湮灭，但恰恰是在这些被忽略被湮灭的个人叙事里，有我们女性史家最想探寻的生命史诗、悲歌。这也是我为什么想用历史随笔这种方式去写那些几千年前的女性。在写作的过程中，悲情与美好共存，心痛与心醉相互渗透。”

“那你认为，国家叙事能不能既关照协调个人叙事，双方又不起矛盾？”

“应该能吧，但实在又太难了。”她朝他羞涩地一笑。

他不再说什么，若有所思地端起自己的那杯咖啡。

他对她的渴慕，她起初只当是玩笑，却在和他的交往中一点点发现验证。不管怎样，她和这位懂她的子祥先生毕竟一天天亲近起来，直至后来发展成情侣关系。不过，她也从未觉得这有多么意外，或是不自在。

5

当选为首席记者的第三天，陈晓的脚在一次采访途中严重扭伤。在家休息了十天后，陈晓实在待不住了，主动要求上班，接送她上下班的事就全落在了任青松身上。陈晓的家距离杂志社并不远，本来她是想自己打车上班，任青松却不同意，他说放着自家的司机不用，难不成还要天天租司机用？陈晓拗不过他，只好由他接来接去。

陈晓和任青松恋爱接近两年，从开始认识到现在，从不属于浪漫和轰轰烈烈之型。

陈晓和任青松的妹妹任青霞是大学同学，暑假期间，她跟着任青霞去家里玩了几次，偶尔见到过任青松，却几乎没留下什么印象。

陈晓在大学期间谈了一个男友，浪漫和轰轰烈烈都有，数度分分合合。毕业后男友回到自己家乡，安稳后想让陈晓去他那里工作。陈晓在莲城自己的家乡也很快找到了工作，杂志社记者。陈晓的父母对这份职业很满意，无论她怎么做工作，父母就是不同意她去男友的城市，除了因为男友的家乡远了点穷了点之外，还因为父母就她一个女儿，除非她男友愿意来莲城就业，否则没有别的可能。忠孝难两全，陈晓痛苦地维系着两边的关系，心里渐渐对这段感情没有了信心。男友在那边的日子也非常难熬，他几次给陈晓写信：晓晓，你快来吧，不然我要撑不住了。陈晓知道，男友也是独子，他的父母也在对他逼婚。藕断丝连的两年中，陈晓和男友也曾约着在其他城市见了几次，每次都是在泪眼婆娑中分别，只是那时，陈晓还不能确知他们之间的最后结局。直到有一次，男友给她发来短信：晓晓，今天爸妈又逼着我去相亲，一个他们都很中意的人，回来后我说不喜欢那个女孩子，我爸爸竟扇了我一巴掌……看完短信，陈晓知道自己是该断然放手了，只有她放手，男友才能在短痛过后，重新开启一段新的恋爱，否则，他就只能在两难中继续痛苦。陈晓觉得"两情若是久长时，又岂在朝朝暮暮"，只能适用于极个别人，不具备普遍性。两个长时间不在一起的人，感情淡化是早晚的事，早放手的那一个，往往被认为狠心无情，其实这何尝不是一种理智、慈悲？第二天，陈晓咬着下唇，给男友写了一封分手信，由于用力过猛，嘴唇被咬得滴下血她还不知晓。

之后，是一段长长的疗伤期。陈晓的父母倒也不急着逼她去见这个见那个，毕竟是小城里的知识分子，他们心里很明白：人既然留下了，何必逼得太急，等女儿缓过神来了，自然就想谈恋爱了。

任青霞在毕业后继续攻读研究生、博士，现在博士即将毕业，正准备考托福出国。

在她刚考上博士那会儿，几个同学难得一起小聚，任青霞看着她身边懒洋洋的陈晓说，"陈晓，你知道吗，有一个人一直暗恋你，却不敢追求你，你知道他是谁吗？"

陈晓闷声说，"我怎么知道是谁呢？"

"实话给你说，是我哥任青松。"

陈晓依旧毫不经意，"哦，是他。我不知道。"

"现在好了，你已经知道了。我哥还落着单呢，说不定过几天他就会对你展开攻势。"

陈晓不置可否地笑笑，岔开了话题。

没想到过了四天后，任青松果真找到了陈晓的办公室。几年不见，陈晓发现她以前没怎么关注过的同学哥哥其实也是一表人才。任青松来给陈晓提供了一个很有价值的新闻线索，莲城档案局保存着几件珍贵的文件，涉及本城抗战时期从未向外披露过的一些史实，几个颇有争议的人物。陈晓一听就来了兴致，忙问他哪来的这些线索。任青松说他朋友是档案馆馆长，在一次喝酒闲聊时说起过，他觉得这线索如果报给陈晓，应该会很感兴趣。陈晓给领导汇报了一下选题，就着手联系档案馆准备采访，任青松当仁不让地充当起中介。但事实证明这个采访相当困难，几个当事人有的已去世，有的全家在外地，还有的无法联络。在这个过程中，任青松始终表现得很坚毅，他带着陈晓东奔西跑收集资料，帮着录音，最终成功地推出一篇重磅报道。

陈晓对任青松很感激，如果没有他，也就没有这篇报道的诞生，她那时还没料到，就是这篇报道促成了后来她和任青松的恋爱。经历过上次要折磨死人的爱情，陈晓觉得眼前平淡真实的感情自有平淡真实的好。她不是对爱情已经死心绝念，只是不想再折腾了。

对评选首席记者一事，陈晓从未放在心上，她对诸如此类别人眼里的大事向来漫不经心。据说，社里准备为当选的首席记者每月增加五百元补贴，两年一评。在办公室里，她几次隐约听到同室的几个记者窃窃私语，还有一些人悄悄跑到办公室外接听神秘电话。杂志社总共有六名记者，三男三女，三个70后，三个80后，陈晓是70年代末出生，年龄排在第三。有一次，陈晓去总编办公室汇报工作，听主编正气愤地给社长打着电话："一些记者真不得了，让他们写稿子吧，凑凑合合给你应付，看到有好处的事，钻窟窿打洞地使邪劲，人家外界都反馈到我这了，有些人到处拉选票，都拉到小学生身上了。此风断不可长……"

见陈晓进来，主编放下电话后问陈晓："陈晓，你听说那些记者都用了哪些手段给自己拉选票吗？"

陈晓连想也没想地回答："主编，我不清楚。"

主编叹了声气，没再说什么。

公布首席记者名单时，陈晓正在从众望敬老院回杂志社的路上，一个80后见习记者打电话恭喜她。陈晓的思维从史蓝玉那儿抽回来，一时没明白怎么回事："哦，纯属意外。谢谢你。"

回到办公室，几个记者正在激烈争论着什么，看陈晓进来便戛然而止，鸦雀无声。陈晓知道他们肯定在议论她的首席记者，便装作毫不知情地调侃道："你们谈什么呢，这么热烈，也让我听听啊。"

一个小个子男记者张甲走到陈晓桌子边，做出一个搞笑的姿势，"陈姐，我对你佩服至极，小生向你行礼以示祝贺。"

陈晓看他滑稽的样子，不禁也笑了，她大声对那几个人说，"明天我请大家吃饭带唱歌，你们定地方，可是，不能缺席噢。"

陈晓这么一说，办公室气氛总算恢复了正常。第二天陈晓做东时，结果还是缺了一个人，一个年龄比她略大比她入社还早半年的女记者。

6

天刚晴了几天又下雨了。她躺在床上也不知是夜里几点钟。雨点落在敬老院老式平房的屋檐上，"啪、啪"的声音在夜里显得格外清晰。

最近几天，她总在失眠。空气潮湿令她很不舒服，胸闷、心慌，她常常觉得喘不过气来，这是她的老毛病。再加上头疼、腰疼，甚至全身的骨节都在疼。现在她隐隐预感到自己剩下的日子不会太多了。这几年她的身体每况愈下，情形一天比一天坏，这一点她非常清醒。

阴雨绵绵加重了她的抑郁，相比之下，春光明媚的日子是多么让人留恋。白天时百无聊赖，她曾无数次端详窗台上的鲜花，它们依旧开得蓬蓬勃勃、一脸骄傲。白的纯洁无瑕、粉的娇媚动人。花的美好在这破旧的敬老院里不合时宜地绽放，生命是如此骄傲，也如此残酷。她是这么想的，尽管如此，她还是喜欢看。那个女孩子上敬老院来了好几次，奇怪的是无论她态度多么恶劣，女孩好像都不怎么在意。对了，女孩是记者，她了解记者的职业特点。女孩已两个多星期没来了，也许不会再来了，不知怎么，她竟然发觉自己有些想念女孩。这是一种奇特的感觉，连她自己都弄不明白究竟是怎么回事。最后，她不得不承认，她是喜欢那个女孩子的，尽管她对女孩表现出来的却全是冷漠。齐肩的黑发、明亮的眼睛、甜美的笑容、生机盎然的青春，这一切是多么熟悉，从那个女孩第一次走进门来她就意识到了这一点。她想起一个人来，她们两人多么相像，只是那个人总喜欢穿旗袍，而女孩却喜欢穿牛仔裤；那个人属于古典的婉约，而女孩则属于现代的率真。她甚至有点盼望那女孩再来，盼望那种可爱的鲁莽。可那女孩若来了后，她或许仍不能保证自己不再用冷漠示人。

盖了一床薄被，她还是觉得冷。面朝墙壁，她将身体蜷成一团，如一只猫，一只衰老又瘦弱的猫。有好几天没写日记了，她突然觉得她曾经视为珍宝的工作如今是多么意趣索然。对着日记本，她写了几十年，那是她打发寂寞的一种手段。只有她自己知道日记里都有些什么，那些文字仅仅记录了她的生活表象，简单明了，像她的吃饭、睡觉一样简单明了。它们无关内心，她的心是一个长时间密闭封锁的铁箱，箱子钥匙曾经在她手中短暂停留。后来她主动把钥匙丢弃了，从此铁箱成为完全锈化的死箱。

那个女孩来了，带来了青春的气息，带来了刺伤，也带来了清醒。她对女孩先是设防，后是沉默。她还不明白女孩来找她的真实动机。太年轻了，她想，以女孩那样的年轻，又怎能理解她残酷的青春？几十年了，她没掉过一滴眼泪，每年中的每一天，她的眼里总是干涩的。空心人，连她自己都不清楚到底做了多少年空心人。或许，她从来就未曾想过这个问题。而现在，她不得不小心地翻过身，嘴里轻轻地叹了口气。若有若无的气息，顺着门缝悄悄溜出门外，最后一股脑地被一阵夜风吞卷而去。

又是一年早春，校园里的各种树木还未绽出嫩生生毛茸茸的绿芽，除了中午时分阳光盛情晒得人身上出一层浅汗，早晚天气仍寒气凛冽。她喜欢这个校园里的一切，尤爱燕园，午后及傍晚，她常常一个人漫无目的地在园子里、碧绿湖水旁，边散步边思考一些学术问题和时局问题。作为燕京大学历史系女大学生，她的心情丝毫没受到天气和时局影响，几乎每天都沉浸在幸福和期待中。首先是她即将毕业，而毕业后她有望进入一所女子大学，开始她梦寐以求的教师生涯了。再是她的爱情已瓜熟蒂落，婚期也已提到议事日程中来。

这段时间，在对待学术和时局问题上，同学当中出现了很大的分歧。绝大多数人认为现在不是能诞生伟大学者的年代，很多人在想办法托熟人亲戚去香港或是美国，出去无望的，也在四处联络薪水高又安稳的工作。因为高速飞涨的物价，让大家普遍觉得心里不稳妥。

她依旧穿旗袍，棉的、丝的、缎的，他喜欢、她也喜欢。连她自己都觉得，处在青春妙龄期的这张脸，一天比一天生动、润泽。当然，他仍然是她的读者，只是从普通读者已进阶为第一读者，他甚为沾沾自喜。

虽然知道他在政府里某秘书处供职，家学功底甚好，却没想到他在知识阶层的交际也颇广。她跟他参加过几次北平城学术、文艺界高层沙龙，经他的极力推介，有两位在北平名气很响的历史系教授对她刮目相看，格外关注，笑说，真遗憾没有像她这样有才华的美女学生。参加了几次，她就不愿去了，因为她不喜欢沙龙里弥漫的那种不真实的浮夸气息，她宁愿自己一人漫步在燕园或读或思，遥想某个历史人物在一两千前的这一天都在经历着什么。见她不喜欢去，他也不再提，说自己也觉得读她历史随笔的感觉，远胜过听那些自命不凡的夸夸其谈。

这一年来，她写了十几篇自己比较满意的历史随笔，有些还是杂志社主动约稿，不仅北平，连上海和南京的学术杂志甚至大学都向她发出了邀请。约稿的稿费还算不菲，能令她身心安顿自是好事。她不想总是花他钱，一个普通秘书能有多少薪水？对上海和南京某些大学的邀请，她基本上不予考虑，这几年在北平求学，她已真正喜欢上了这座历史文化古城，虽然从生活习惯上看，她应该更适应南方，但从文化心理来论，她觉得自己就是属于这座古城。她想有更多的时间来探寻这座古城，也有写作系列古城历史文化随笔的想法。所以，她只能在这里。

一天傍晚，她在学生餐厅吃完饭，刚回到寝室坐下看了两页书，室友手里拿着一封信走进来说是她的。

她拆开信，字迹是她早已熟悉的，信很简短：

玉：

　　我因急事须外出一趟，也许半个月，也许时间会更长一些。来不及见你面，望汝好生保重。

爱汝的子祥

她有些诧异，他怎么走得如此仓促，难道连亲自和她道别的时间都没有？像他在秘书处工作的，一切服从长官安排也是自然的。但是他告诉过自己，他的长官只是一个中级官员，不是高官。

她也仅是有些诧异而已，回到寝室桌边，她决定暂时放下一切，开始专心筹备毕业论文的写作。

7

陈晓脚扭伤在家休养的十天里，虽然脚闲了下来，心和脑子却没停下来。

首席记者才公布三天她就要休假养伤，心里着实懊恼。那天唯一未去参加办公室聚餐的女同事叫范小坚，范小坚在杂志社以冷傲著名，她的性格就像她的名字一样坚韧。范小坚比陈晓早半年入社，此人才学比一般记者要高得多，但是对任何人包括主编都是冷冰冰的样子，据说编辑部主任以前曾想追求她，但被她的冷傲吓住了。陈晓同她交情一般，但对她并无恶感，因为知道她能力不低，陈晓向来敬重有能力的人。范小坚至今单身无男友，她对爱情对象的要求几年来始终不降，所以曲高和寡，倒让陈晓生出几分敬佩。

她是诚心想邀请范小坚参加聚会的，但范小坚坚持说家中有事去不了，陈晓只好作罢。她知道是范小坚不愿去。陈晓自认为她们两人旗鼓相当，不分上下，但首席记者也并非是她主动争取来的，她连一张社会选票也没拉过。现在既然已公布出来了，她只能担起更多责任，力求做得更好。她能理解范小坚的心情，心想等两年后自己会主动退出竞争，让范小坚有机会当选。这样想着时，陈晓就觉得自己的心里轻松了不少。

除了读书、整理点文字，别的事陈晓什么也做不来。她翻看以前出差时买的一本一直没来得及看的纪实摄影，才发觉这画册她看得太晚了。有一个精神病院的专题纪实摄影给她很大触动，各种人性各种状态真实上演，记者既是一个真实记录者，也是一个策划者，最难得的是病人竟然都按他的要求去做了，画面中并无强迫和非自然痕迹。陈晓此时又想到史蓝玉，她不能确定史蓝玉这条线索有多大价值，也不知道史蓝玉何时才能或者有没有可能向她开口说话，打开记忆牢门。根据她的细微观察，史蓝玉对那天她说的一些话起了过激反应，虽然最后她极力掩饰，但这愈加显出她有心理防范，同时证明她是一个正常人。至于失忆症，陈晓查阅了一些精神病理学资料，失忆有暂时失忆和永久失忆之分。或许，史蓝玉在遭受什么重创时曾一度失忆，后来也未必不能恢复。但对史蓝玉为何在半个多世纪里始终以失忆症病人自居，陈晓却无法想明白。

陈晓决定给自己和史蓝玉都多留点时间。她想慢慢向史蓝玉靠近，而不是操之过急。史蓝玉看到鲜花时的瞬间表情令她心里一阵温柔悸动，那原本是怎样一个爱美的女子啊。她想去敬老院再次看望史蓝玉，又不好麻烦任青松上班期间带她去，想来想去，翻出一张名片，给杂志社附近一家花店老板打电话代为送花。

从这天晚上起，陈晓开始查阅收集燕京大学在北平解放前后几年的资料。

连续多日的阴雨天，使敬老院显得越发颓败。到处都是发霉的味道，院子里、屋子里，床上的被褥、身上穿的衣服。衣服潮乎乎地粘在身上，真让人难受。她觉得自己的身体也在发霉，从内到外，丝丝缕缕不绝，顽固任性、不可遏止。因为无所事事、百无聊赖，敬老院的老人们几天之内仿佛就衰老了许多。喧闹声停歇下来，他们大多数时候都躺在床上，偶尔发出一两声话，也是有气无力的。一股死一般的寂静传递在这些老迈的心灵之间。

天终于晴了，初来乍到的阳光，在敬老院里竟然激起一片不小的沸腾。适应了潮湿的眼睛，一时很难适应强烈的阳光，只好眯起眼睛。晒被子、晾衣服、清扫院落，不一会工夫，院里拉起的细麻绳上就挂满了衣物，地上的落叶也很快被清理干净，小院顿时整洁了许多。他们因为阳光而忙碌起来。

她坐在一把椅子上，一边晒太阳一边看一张当地的报纸，眼睛却不时地从报纸上抬起来，瞟一眼大门口。旁边一个老太太留心到了她的异常，扭过身子关切地问："是看那个女记者吧，唉，她找你到底干什么呢？"她没理会，继续看报纸，心想：这关你什么事啊。老太太知趣地闭上了嘴巴。只有她知道，她确实是在等那个女孩子。

一个上午过去了，敬老院的大门始终关着，没有一个人来。她竟然有一点失望。那么下午呢？她不敢断定。她对自己的这种变化深感惊讶，是啊，半个多世纪了，她从来没像现在这样心绪激烈过，原以为自己的内心已彻底死去，没想到竟然还会生出一种叫"盼望"的东西。

下午四点多钟时，敬老院的大门被一辆摩托车推开了，一个自称花店小老板的男青年捧着一束花走进院子，说是受一位女记者的委托来给史蓝玉老人送花。小伙子把花交到她手上，她的眼前顿时一亮，精神也随之一振。花束里有黄玫瑰、百合，嫩黄嫩粉的一大把，有的尚未全开，隐约有水珠沾在花梗上。除了花束，陈晓还让小伙子捎给她两个漂亮的大日记本，她一见就喜欢得不得了。小伙子说，陈记者这几天出差了，所以没能来，等到回来，立马来看你。她嘴上说着：我这老太婆还要什么花啊，却脚步轻快地在别的老太太羡慕的目光里，把花插进花瓶里。

夜晚在困倦中降临，同屋的老太太相继发出了轻微的鼾声。她没有丝毫困意，玫瑰和百合就放在她面前，她看着花，心里有一些微醉的意味。年轻真好，当想到那个让人喜欢的女孩子，她的嘴角浮上了一个不易觉察的微笑。几十年来，从来没有人给她送过花，更没有人对她说过那样的话，现在连她自己都承认女孩的话不是没有道理。

她从床头的一个小布包里掏出一把塑料梳子，又从包的夹层里找出一枚小圆镜。塑料镜边磨损得已看不出什么颜色，镜面上锈迹斑斑，只有她自己知道已有多长时间没照过镜子了。她开始梳头，一手举着镜子，一手拿梳子。花白的头发是冬天的草，稍微一拉，就断成两截。镜子里浮现出一张苍白的脸，纵横交错的皱纹像田地里犁出的沟垄，只是它不象征任何生机，它目标明确，直接通向死神的阡陌。拿梳子的手停在半空，停出一个苍凉的手势。

娇嫩的鲜花无所顾忌地开放，浓郁的香气竟使她呼吸有些短促起来。她眼前浮现出一张同样粉嫩的五十多年前的脸。那张脸距离她如此迫近，又如此遥远。风华正茂的燕京学人，所向无敌的青春，迷醉的爱情，华丽而高傲的旗袍，甜美的笑容，这些对她都曾是熟稔于心的，因为她就是这些美好事物的主人。如果不是一粒子弹追上了她，她将继续拥有它们，美好的事物将继续完美。一颗看不见的子弹改写了一切，从此她的人生走向了另一个极端，阴暗、狭窄、逼仄、窒息。嘈杂凌乱的精神病院，失忆病人，长期的教会医院疗养，制衣厂里近乎哑巴与聋子似的讨生计，挨过一次又一次荒唐的政治运动，以致连她都认为自己真的失忆了。

活着，仅仅是为了活着，麻木？不，她觉得用行尸走肉一词形容自己更恰当。为了保守住一个所谓的秘密，她活得俨然行尸走肉。

昏黄的灯光打在她的脸上，使她的脸色看上去更加灰暗。"唉"，她叹了一口气，换了一个坐姿。她突然想起她的日记本。已经好多天没在那上面记些什么了。她轻轻拉开抽屉，取出本子，是最普通的一种，但是里面的字迹娟秀、轻盈，像一条清澈见底的小溪里悄悄游动的尾尾小鱼。只有她知道日记里的内容是多么平淡无奇，甚至平淡得近乎无聊。她想她所剩的日子不会太多了，再写这样的日记还有什么意义呢？

陈晓捎来的日记本一直放在她面前，她用粗糙的手摩挲着日记本的封面，想起自己在少女时代也曾有过许多漂亮的本子，有些因过于精美一直竟不舍得用，天知道它们流落到了哪里。突然，母亲遥远的身影在她面前晃动起来，一个娟秀好看的乡村小学教师。在她尚年幼时，父亲就故去了，母亲一人独自抚养她和弟弟，一直未改嫁。母亲极为重视她和弟弟的学业，当她如愿考上燕京大学时，母亲高兴得几次落泪。母亲手作的笔记本她最喜欢，古旧泛黄的纸张，用粗线打孔装订起来，封面是母亲自己作的画，有一本记得封面上画有皎洁清香的栀子花，几片青翠的绿叶飘摇欲坠。而五十多年，生离硬化作死别，她竟然不知自己可怜的母亲是在哪年去世的，不知母亲怎样苦苦打探她的消息不着而终至绝望。当年，她考上燕京大学的消息曾令母亲在人群中多么骄傲、幸福。如果，那时她没有违逆母亲让她学医的心愿，如果她不是偏偏选择了历史系，她的命运、母亲的命运，甚至他的命运还会是这样的吗？想到这，她积蓄了几十年的泪水，终于如洪水般倾泻而出。她一直哭到凌晨，才在恍惚中疲惫不堪睡去。

9

她的梦近来多得惊人，这是她来到敬老院后从没有过的。除了少女时代和1948年的一些夜晚，但少女时代的梦和1948年那些夜晚的梦迥然不同，梦里她俨然经历了两种完全不同的人生。

1948年的清明节前两天，她捏着一张火车票登上了回老家安徽芜湖的火车。已经两年多没回家了，母亲在信里说很想念她，并提示她几年没给父亲上坟了。心头碾过一阵愧疚，她知道母亲腿关节一直不好，时常复发，却从来没在信里提过自己的病。她给母亲精心准备了一些礼物，迫不及待地买了回家的车票。

芜湖是个很美的鱼米之乡，也盛产蚕丝。在她离开家乡去省城读女子高中后，芜湖的水色天光和一些家乡记忆就常常出现在她的梦中。

父亲的墓葬在芜湖城郊，她和母亲在清明节一早起来将祭品收拾妥当。雇了一辆黄包车，母女俩并排同坐一车，已是好久没有过的情景了，她撒娇似把头靠在母亲肩上，同母亲不时细声说着话。母亲知道她正在爱恋之中，小心地问她何时把姑婿带回家一趟，何时举办婚礼。她的脸越发娇羞，对母亲说时间还不到，不过也应该快了。母亲爱抚地搂着她，好像她还是小时那个胆怯的小姑娘。

四月初的芜湖城郊，桃花刚褪了残红，梨花也掉了一地雪花，樱花却开得恰好，一簇簇，一蓬蓬，花团紧实、浓密，只显得绿叶甚少了。脚下的青草地绵软可亲，黄的紫的小草花夹杂在绿草间画毯般美丽，不远处的城河在阳光下似一条银练闪烁波动。母女俩静静沐浴在暖暖春阳里，时而相视一笑，感觉不像祭祀，倒像是一趟春游了。

那一次她在家陪母亲过了四天，虽然十分留恋和母亲在一起的时间，但她好像更怀念他的怀抱。她不无愧责，对母亲说学业很紧张得回去了。

无论是她还是母亲，在这之后，谁都想不明白，为何这次相见竟成了永诀。

他回寓所的时间越来越晚，脸色也越来越沉重，这时距离她回芜湖老家有半年时间，距离他们同居还不到两个月。建议同居还是她的主意，她觉得两人既然好了并且不想分开就要早点在一起。他起初没同意，怕耽误她的学业和学术研究。但见她异常坚定，就依了她把公寓稍稍拾掇了一番，她就从学生寝室搬了过来。

她隐约预感到将会有事情发生，问他，却只说近来工作太累而已。

香炉里的檀香悄无声息地燃烧。他在卧室里来回踱着步子，她沉默地看着他。果然，他在她面前停了下来，低首望着她，表情异乎寻常的凝重："玉，这段时间其实我就想跟你商量的。他们都去台湾了，现在只有极少人留下来。我想让你跟我一起去台湾。如果你母亲和弟弟同意的话，带上他们一起走。"

一向柔顺的她听到这几句话，连连摇头，"不，我不想离开北平，这里有我想要探寻的太多的文化脉络。再说，我的母亲和弟弟也不会去台湾。台湾是个什么地方？那早晚是一座孤岛。如果去了，我们就永远回不来了。不，我不会答应你的。如果，你真的那么想走，就自己去吧。其实，你只是一个行政秘书，不是高级官员，又有什么可害怕的呢？"

这是他们之间第一次谈论这个话题。她不知道，在她回芜湖之前他就想跟她谈谈了。他无奈地望着她，过了好一会，他的眼神柔和了一些，"好，我明白你的心思。既然你不愿意走，我也不走了。我哪里都不去，就在这陪着你，好吗？"

落地窗帘紧闭，几声尖锐刺耳的报警声过后，恐怖和紧张的气息久久地在空气里回旋荡漾。她像一只虚弱的小猫，无力地蜷在他怀里，许久不作声。他细心地抚摸着她每一寸丝绸般细滑的肌肤，脸上充满了无限温柔和悲戚，好像这将是他们的最后一次欢爱。他的两只手臂钳子一样有力，她一动不动地嵌在他怀里。

"玉，有一天，如果你发现你的生活不可能像以往想象中那样美好，你会后悔吗？"

"不后悔。你是我的男人，这一点永远不会改变。再说，你也算得上半个文人，能坏到哪里去！"

"那你要答应我一定好好活着，按照原来的方式，做你喜欢做应该做的事情。现在就答应我。"她"嗯"了一声，随即一阵悲哀涌上心头，"不，我不想听你说这些。不……"她的声音越来越低，最后低得只有自己知道在说什么。

他像是对她说，又像是对自己说，"我也希望永远没有那一天。"他的身体虽然滚烫如初，她却感觉到自己的心在无限度地下坠、下坠。他不再说什么，只是紧紧抱着她。

他偶尔还会夜不归来。

冬天了，北平的夜晚来得格外早，而她一个人度过的夜晚更是冷得彻骨。这段时间，她感觉身边的许多同学老师都处在极度焦虑中。不仅是同学老师，她又何尝不日日夜夜心惊胆战？平津战役已经打响，北平城外基本就是解放军的天下。有消息灵通的同学悄悄私下告诉她：听说，共产党方面已派高层人士劝降傅作义投诚，如果傅愿意投诚，那么意味着北平会不动一兵一卒和平解放，而如果傅坚决不同意，怕是一场血战不可避免。她听后，心里猛地打了一个冷战。联想到他一段时间的反应，她顿时呆愣住。

她的许多个夜晚都是在噩梦中度过。常常辗转反侧半夜，终于在不安中睡着。梦一个接一个，走马灯似的变换着一个个暧昧的片段。她一会儿在战场上穿梭，火光冲天，厮杀声不绝于耳，一会儿又钻进一片稀疏的丛林。她没命地奔跑，不知道追她的人是何方部队，也不知为何有人对她穷追不舍。眼看就要被人追上了，突然间她被一根枯木桩绊倒，她使尽了全身力气也没爬起来。追她的人离她越来越近，向她举起一把手枪，手枪黑洞洞的枪眼直对着她的眼睛，她感觉黑洞越来越大，轻飘飘的身体被黑洞毫不费力地吸了进去……一身汗水冰冷地贴在她背上，尽管她用牙使劲咬着被子，还是忍不住低声哭泣。她恐惧得再睡不着，只得躺在被子里一分一秒地等待天亮。

1949年1月29日是中国传统农历春节，他回寓所和她一起过了他们在一起后的第一个新年。他的脸色恢复了平常，并许诺以后要给她一个郑重的婚礼，她心情也大好起来。节前她听同学分析说，傅作义有可能接受解放军的劝降协议。所以大家尽管都在小心观望，却没有过度慌张。几天后，果然，解放军由西直门进入北平城，宣告和平解放北平。这一切的到来好像都是理所当然，北平城里的百姓个个喜笑颜开，因为这座历尽劫难的城市将再无战事。还有不到半年时间就毕业了，她的同学纷纷做起毕业后的打算，有的想继续攻读学位，有的计划先工作接济家庭。北平一所女子大学有意聘她历史学教职，这样可同时做学术研究，扶持弟弟上北平读书，也好把母亲接来同住。他觉得这想法不错，说自己有一段时间没去办公室了，以后也不可能去了。他要重新找份工作，如果可能，他也希望能去大学教书，或是去报馆做编辑。她听他如此说，立即笑道，"那我们岂不成了一对馊先生？"

"馊先生？嗯，并且是一对一心一意的馊先生。"他脸上也浮上了笑意。

两天后，北平宣告和平解放。在她周围，同学老师们普遍心情放松了很多。深夜里虽然偶尔还能响起几声寥落的枪响，但那些夜晚追随她的噩梦渐渐消失，她把精力都放在了撰写毕业论文上，论文的题目是《唐宋时期的仕女理想》。这篇论文也是应北平颇有影响的一份学术杂志约稿。和这个古老城市里的人们一样，她生活得平静知福，整个身心都在迎接着一个新天地。

3月中旬时节，北平城已感受到较浓春意了。她原想趁假日邀几个朋友去踏青，刚向他开口，他却神色有些慌张地说他这几天有点事要出去一趟，等他回来一定陪她一起踏青。

一个星期后，她永远记得那天，3月22日，碧空如洗，阳光明媚动人。昨夜她虽是一人在家，却是一夜无梦。早上她一如往常地到学校去，课间时分，她那博学慈祥的系主任导师将她叫到了自己单独的一间办公室。

导师先询问了一下她的论文写作情况，然后竟沉默下来。

她轻声问："老师，您找我是不是还有别的事？"

"嗯，就是想跟你聊聊天，说说事。"导师的眼睛一直盯着桌面，却并不抬头看她。

她心里窜出一阵怪异的感觉，对导师说，"老师，有事您就对我直说吧。"

当导师近乎语无伦次地对她说了一会后，终于提到了一个她熟悉得不能再熟悉的名字。其实刚开始她并没非常在意地听，直到听到那个名字，顿时感到身上的血突然凝固了。

她脑子里只木木地大概记住了几件事实：留下来继续潜伏的国民党特务，执行任务，被共产党公安局特工跟踪，败露后企图逃跑，被共产党特工当场击毙，其余的同伙被抓获收审。

看到她呆滞的目光、几分钟后僵硬的身体，导师用力摇晃着她的肩膀，也不管她听没听见，大声说，"蓝玉，你要支撑住，他走这条路早晚会有这种结局。你和这些无关，你是那么有才华，前途不可限量。你没有错，我们都会证明你的无辜……"

住在医院的前两天，她没说过一句话，没掉下一滴泪。第三天，眼泪开始不停地向外流，她第一次诧异人的眼泪竟可以像江河一样长流不止。最终，她没见到他的尸体，甚至不知道他去了哪里。那具再不能对她说话、亲吻、赞叹、渴慕的身体，从此已永远消匿。但是一闭上眼睛，他身上的枪眼就朝她张开黑洞，他身上究竟有多少黑洞不得而知，唯一能肯定的是，里面曾经鲜活、温热的血已全部流完了。

从此，看见红色的东西她都浑身发颤。

她的神经错乱得异常厉害，甚至出现了失忆，同学老师只好把她送进一所精神病院。在精神病院住了大半年后，她被送进一家教会医院疗养。她错过了毕业考试，学校肯定是回不去了，当时新中国刚成立不久，她自以为像她这种身份，没有地方敢要她。

她脑子里天天回放着几年中他们的谈话，回想他们关于国家叙事和个人叙事的话题，她才重新明白了他一些。而他几年间的惶恐、挣扎、矛盾、痛苦，竟从未向她透露过，是不想让她承担本不该她承担的，还是觉得她无须知道太多？是怜惜她保护她的才华名声，还是担惧她一旦知道实情就会从此离开他？这些永无答案的问题天天纠缠在她脑子里。

在听到他死讯的最初一年，她不是没恨过他，恨他为何不早点告诉她实情，如果那样他们的私人历史或许就能重新改写。一年后，她不再恨了，毕竟死去的是他，而她还活着。她一遍遍回忆他当时的艰难恐惧处境，为自己完全忽略了他的感受而不停地自责。然而，即使他有勇气道出实情，在当时，她又能给他指出一条光明之路吗？她能救得了他吗？

只有一点她一直心意坚定，她只相信他是为了能和她厮守才留下不走，而不是其他的什么原因。虽然，她没对任何人说过心底的这种相信，但事实上，她之所以能活下来，并过完半个多世纪的空心人日子，靠的也只是这种相信。

后来，她的病基本康复，也快出院了，那家教会医院的老院长坐在她床边，看着形销骨立、神情恍惚的她说："孩子，埋葬你的记忆，你的过去已经死了。从现在起，记住，你是一个失忆的病人，免于尘世的利刃，上帝会保佑你平安。"老院长有个朋友远在山东莲城一家集体制衣厂里担任厂长，他将她托付给朋友，隐瞒了身世，所以档案上只有原籍安徽和肄业于燕京大学，因病休学。

在这之后漫长的时间林莽里，她真的将自己当成一个失忆症患者，像草木一样没有思维地活着。她早已遍读历史，见过无数人的无数悲辛故事，知道自己的这点个人叙事实在算不上什么。几十年来，她也习惯于人们把她当成精神病人，没有解释，没有倾听，更没有交流。免于一种伤害，换来的结果是使她深陷于麻木之中，与世隔绝，但这也并非全无用处，她也因此躲过了一次次政治运动。一年到头，难得有人跟她说上几句话，没人时，她也会自言自语一阵，就这样，她喜欢上了写日记，哪怕只有几句话，也是一项有趣的工作吧。20世纪70年代后期，工厂停工，因她无儿无女，无任何亲属，厂里帮她联系了众望敬老院，在这家敬老院里，她一住就是三十年。

10

陈晓上班一周后，接到众望敬老院院长的电话，说史蓝玉老人有事情找她。陈晓感到很意外，老人这回主动找她到底是什么事呢？拐着脚下楼打了一辆出租，陈晓一路狐疑着直奔敬老院。

她坐在自己的床上，坐姿表明她已这样等了陈晓许久。陈晓在她对面的椅子上坐下，发现她的脸一段时间没见更显憔悴瘦削。陈晓的心被揪紧，揪出一阵痛感。

还是她先开口说了第一句话："我剩下的日子不多了。我琢磨你以前说的话有一些道理。"

陈晓没吱声，知道她停顿一会后会继续说下去。

果然，她的眼神在窗台花瓶上停留了片刻，语调依旧冷淡地说道："我想给你讲一个丝毫都不动听的私人故事，你不是那么迫切想听故事吗？故事的主人公是谁并不重要，但是你必须得遵从我的一些条件。"说完，她转身从枕头底下摸出一个日记本，交给陈晓。

陈晓慌忙站起来接过日记本，脑子里一阵呆愣，好像不相信似地用手摸了一会这个简单普通的本子。陈晓怎能不在震惊之余感到惊喜呢？这段时间她预计了很多方法准备让老人开口说话，却没料到这一天这么快就来到了，她原本打算用上几个月甚至半年时间呢。陈晓无从知道这半个多月里，史蓝玉的心念都经历了怎样的反复与摧折。事实上，史蓝玉跟陈晓的对话依然很有限，重要的内容都在那个薄薄的日记本里。

陈晓终于如愿以偿地完成了采访任务。这篇人物纪实稿，完稿后有一万五千字，用了一个多月的时间反复修改。文中的女主角史蓝玉，是一个颇具传奇性的人物。陈晓以自己多年喜爱文学创作练就的文字功底和一个记者的职业素养，饱含激情，写出了一个被湮没的传奇人物跌宕起伏的一生。在写作过程中，陈晓几次感情激动抽泣着伏在桌面上，以致很长时间难以下笔。陈晓把这篇人物纪实稿当作自己记者生涯中的一个里程碑，其中的用心良苦不难猜想。

在写作之初，老人就和陈晓有一个约定，这篇人物纪实必须等她去世后才能发表。陈晓严守诺言，写好后把文稿锁进了抽屉，对外守口如瓶，电脑上也不存一个字。

半年后，她走了，在一个春夏之交的夜里，死于心肌梗塞。第二天早上，同屋的老人见她老不起床就去她跟前喊她，怎么也喊不起来，才发现她已没有了呼吸。听说她的脸上一派安详，没有丝毫痛苦的表情，终年八十二岁。

得到这个消息后，陈晓心里涌过一阵阵悲伤和内疚的潜流。陈晓一遍遍地想：是我搅乱了她的生活，打破了她内心的平静，如果没有我的出现和一意孤行，她肯定可以多活上一年甚至几年，她这一生实在是太苦了……这样想着，陈晓的眼里不知不觉噙满了眼泪。

那个夜里，院子里的梧桐花被风吹打落了一地，陈晓后来总是在猜想：桐花香甜的气息有没有潜进她屋里缭绕她床前？在生命的最后一刻，她历尽沧桑的大脑都在想些什么？

陈晓的人物纪实专稿在《生活》杂志上一经发表，就在莲城引起了一片不小的轰动。各零售点的杂志几天之间全部卖光，仍有不少读者打电话想买。杂志社又连夜加印了三千册。人们不知道就在这个城市一家不起眼的敬老院里，竟然还隐藏着一个传奇人物。于是许多人纷纷跑到敬老院里去探望那个老人，得到的却是老人已去世的消息，他们一声声叹息着失望而归。

随后，几家在全国很有影响的杂志相继选载了这篇人物纪实，业内人士对陈晓赞赏有加，甚至有两家杂志社愿高薪请陈晓加盟，被陈晓婉言拒绝。

自从史蓝玉去世后，陈晓的心里就种下了深深的失落感，即使采访报道大获成功，也没法抵消陈晓心底的这份失落。

拿到第一本杂志时，陈晓跑到老人位于莲城相山公墓群的墓前待了一个小时，把杂志一页一页撕下来，然后一页页烧掉。以后的日子里，陈晓不断在想记者这个职业到底有多么残酷，有些被采访人在记者的多次诱导下，终于泄露出自己尘封多年的隐秘，她（他）的痛苦于是就变成双重的伤痛，而某些时候，记者的所谓成就就是建立在这些人的伤痛和隐私之上的。

经历过史蓝玉老人这件事之后，陈晓对记者这个行当看淡了许多，甚至产生了几丝厌倦。对于主编人前人后的一次次褒奖和同事的各种表情，陈晓无动于衷，视而不见。

11

就在陈晓的人物纪实轰动莲城的第二个月，读者的热潮渐渐低了下去。陈晓心想，这样更好，省得到了哪里都得解释一遍。

第一个月，莲城不知从哪些角落猛地冒出那么多读者，据社里统计很多都是第一次看《生活》杂志的。当然最让陈晓感到哭笑不得、糟糕透顶的是，她走到哪里，便有人询问到哪里，问史蓝玉的故事真是这样的吗？问为什么杂志还没印刷，她人就等不及走了？陈晓回答说，关于史蓝玉她已在人物纪实稿里讲得足够了，实在不想在生活中一遍遍重提。其实她这句话的潜台词是：因我好奇心太重缘故，已经导致一个垂暮生命不堪重负提前离去，现在因为你们，她的苦痛传到我身上并要我一次次经验。即便是这样，还是有很多看着聪明实际上一肚子愚蠢的人冷不丁在各种场合，以各种语气提起史蓝玉的故事，陈晓有几次都想在人群中放声大哭，再向着人群爆一声粗口："闭上你他妈的嘴！"然后甩下众人惊愕的目光，愤然离去。但最终还是忍住了，这样的结果是陈晓越来越抑郁，越来越沉默。

任青松最先觉察到了陈晓的反常情绪，他有些不解地问陈晓，"有如此轰动效应不正好证明你的文字功底在莲城无人能敌？这总不是一件坏事吧。"

陈晓把采访史蓝玉以来心理上起的变化告诉了任青松，他表示非常理解。然后不失时机地歪着脑袋提示陈晓："我看你最近脑力消耗太多太累，真该换换心情了，最好的方式呢，是赶快嫁给我吧。"

　　陈晓把他放在自己胳膊上的手"啪"地使劲拍了一下，"你这是乘人之危。"说完，自己竟不觉掉下泪来。任青松慌得赶紧来哄，却是话说得结结巴巴不成句。陈晓知道他是故意逗自己，不好意思地笑了。嘴上不说，她心里却在说：是该考虑一下两人的婚事了。

　　随着读者热潮的减退，陈晓的心也逐渐平静下来。一天，她去主编办公室汇报选题，办公室门敞着，主编不在。她在电脑桌前坐下，看见靠近她的一角有一封撕开封口的信，信封上只有"冯主编收"四个字，字迹看着似曾认识，却又想不起是谁的。她的好奇心一上来就控制不住自己，于是从信封里抽出信纸。信纸只有两页，陈晓快速看完后倒吸一口冷气，又抓紧看了一遍，这次她完全明白了。就在这时，主编一步走进来，手里拿着一沓文件。他瞥了一眼陈晓手里的信，陈晓的脸立即像做贼被现场抓住般红了起来。主编倒是丝毫不在意似的，对陈晓说："你来的正好，我正要喊你过来看看。"

　　陈晓在一瞬间就回到了上个月的抑郁状态，她的眉头紧紧攒在一起，眼睛扫过主编的脸随即移开，"这有什么好解释的，史蓝玉老人的整本日记，我的采访札记，还有众望敬老院的现任及前任院长难道不都可以成为证据？至于纪实报道等到老人去世后再发表，是之前她和我约定好了的，您想想，一个承受了半个多世纪哑口之痛的老人，她能做到开口说话已经是极限了。我们有什么理由不让人家保留这样一个条件？"

　　主编看陈晓的情绪越来越激动，笑了，他说，"我当然从来没觉得稿件存在真实性问题，你也不要反应过度。这事社里自会公正处理，也不是什么大事，抽空我跟她谈谈。"

　　陈晓自然明白这个"她"是指范小坚，范小坚的微博用户名是"坚硬的流水"，由此可窥见此人性格之一斑。与过去那些出于好奇向她打探询问的读者不同，写下这封信的范小坚显然十分用心，不仅言辞尖锐，而且隐含着更大的意图，她这是公然向"首席记者"叫板。原来范小坚一直对"首席记者"评选耿耿于怀，陈晓之前对她积下的好感和敬重顿时荡然无存，那所谓的冷傲不过是没达到目的前的自命不凡罢了。

　　第二天在办公室门口，陈晓遇到了范小坚。她原本想叫住范小坚，就史蓝玉这个话题和她说白说透，但范小坚还是一副冷傲拒人千里之外的表情，陈晓一看就泄了劲，一句话都不想说了。

一周后，陈晓被主编叫到了办公室。还没待陈晓坐下，主编又从抽屉里拿出一封信交给陈晓，"你看看，又写了一封，这个范小坚简直硬得像块石头。"

陈晓接过信纸，内容比上次简短，语言却比上次更尖锐，每一句都像一把剑直戳陈晓心上——"判定一部纪实作品的主要根据在于文中人物存在的真实痕迹，而不是仅凭一个人的日记记录和回忆，后者倒可以诞生情节离奇的小说，而不是严肃的人物纪实。更何况，回忆本身在经过大脑过滤之后或多或少会被主观的情感因素篡改，已被篡改了的记忆与真实之间到底有多大距离？那个叫蔺子祥的特务男人，据查证，根本就无此人，这又怎么解释？'首席记者'应把新闻真实和社会职责放在第一位，而不是哗众取宠，一味博取读者眼球吧。"

看完信，陈晓呆呆地站了一会，她的全部心思都停在了信的文字里，主编后来说了什么，她竟一句没记住，也不知自己是怎么离开办公室的。

闷热的夏夜，陈晓躺在床上辗转反侧，脑子里反复掂量范小坚的这几句话，最后承认范小坚也没错。如果范小坚是对的，那么我就是错的？我究竟错在哪里？在写作这篇稿件时，陈晓感觉自己和史蓝玉已经融为了一体，史蓝玉已经离世几个月了，陈晓感觉她还留在自己身边。是否因为主体和客体之间过于迫近没有距离，导致自己在写作时也缺乏必要的冷静与抽离？可是老人已经走了，还有多少有价值的证据？她老家芜湖？还是燕京大学？想到这里，陈晓感觉自己在黑暗中的眼睛蓦地亮了几下，闷了大半夜的大脑也被打开了一个小小的窍门。

12

陈晓把自己的计划最先告诉了任青松。任青松表示很支持，并自告奋勇要请假陪陈晓一起去。他这时已是大家眼里公认的陈晓的未婚夫了，最重要的是他自己早就以陈晓未婚夫名义自居，岂有不积极之理。不过陈晓还是坚持她一个人去，一则因为二人尚未订婚，二则她此番出行想悄无声息进行，对单位上下内外一律保密，只说是正常公休处理私事。

陈晓夜里十一点坐上了从莲城到南京的火车，到达南京时天已亮。没出车站，紧接着又买上从南京去芜湖的火车。没想到芜湖距离南京如此近，一个多小时就到了。第一次到芜湖的陈晓，一改过去到异地旅行时漫无目的、随性而行的风格，找了一家有些特色的早点铺，填饱肚子后，就开始了她的工作。

在路边报摊买了一张地图，研究一会交通路径，陈晓直接去往芜湖市公安局。到达公安局时已经快中午，陈晓拿出记者证，向户籍科民警说明来意。陈晓多了个心眼，她对民警说，我们山东莲城敬老院有位老人原籍是你们芜湖市，老人孤身一人现在病重，急需寻找她在芜湖的亲属，希望芜湖公安局提供方便为盼，尽快帮助联系上老人的家人。民警看了陈晓的证件倒也不敢怠慢，让户籍资料保管人员调出电脑档案按姓氏开始查询。档案资料查询最终显示叫"史蓝玉"这个名字的女性共有六位，陈晓坐在电脑旁一边记录，一边核实：第一个史蓝玉出生于1955年，现在务农。肯定不是，陈晓把这一行批掉。第二个史蓝玉出生于1982年，现在芜湖市艺术馆工作，陈晓又批去。第三个史蓝玉出生于1999年，现在读小学二年级。第四个史蓝玉生于1966年，现在芜湖一中学教学。第五个史蓝玉生于1949年，从机关退休两年。第六个史蓝玉出生于1925年，从年龄看倒是接近，但人家目前还健在。

陈晓掩饰不住满脸失望，问"都在这里，没有了？"工作人员很肯定地说"没有了。"

既然没有要找的史蓝玉，陈晓想到的第一种可能是史蓝玉或许以前不叫这个名字。她辞别了户籍科民警，决定中午吃过饭后赶赴合肥。

下午发往合肥的列车有两班，一班两点，一班两点五十八分，没买上两点的，陈晓只得等下一班，车到合肥时，已经是五点了。这时间去哪都办不成什么事，陈晓想着应该先找宾馆安顿下来，也好整理一下思路。由于不知道史蓝玉母亲和弟弟的名字，给陈晓的寻找又增加了很大难度，最终她在合肥一中附近找了一家连锁酒店住下来。之所以选择住在合肥一中附近，陈晓也是想碰碰运气。当年史蓝玉从省城合肥考上燕京大学，成绩一定很优异。她来之前也查过一些资料，合肥一中的前身是庐州中学，建于1902年，创始人为李鸿章之子李经方。按照这种推理，史蓝玉就读的中学最大可能性就是合肥一中，因为在其他学校能考到燕京大学的可能性微乎其微。

经过一夜休整，陈晓摆脱了昨天在芜湖公安局的失望情绪。走进合肥一中，陈晓不禁感慨毕竟是百年老校，的确不同一般，曾走出过如杨振宁等世界名人。找到学校政工科，没怎么费力，政工科一位领导把她领到了档案室。经查，1945年、1946年该校接连两年各有一名女生考上燕京大学，1945年考上的女生姓王，

1946年考上的女生叫方妍。工作人员对陈晓说，没有她说的史蓝玉。陈晓突然想起了什么，赶紧说，"等等，我看看方妍的资料。"陈晓拿过早已泛黄的资料册，看到方妍那页记录的原籍为芜湖县，入学时间1943年8月。母亲方虹，弟弟史青云，没有父亲名。仅仅这些就令陈晓如获至宝，喜出望外，她激动地连声感谢工作人员："谢谢你，谢谢，我找到了。她原来叫方妍，随母亲姓，史蓝玉应该是后来上大学后改的名字，恢复了父姓。老家芜湖，早年丧父，母亲是小学教师，只有一个弟弟。没错，就是她。"陈晓用相机拍下这一页，正准备要离开，工作人员喊她看另一页档案，原来史青云也毕业于合肥一中，1950年考入安徽医科大学。有了这两个意外发现，陈晓兴奋地真想拥抱拥抱档案员。

从合肥一中出来，陈晓继续前往安徽医科大学。走在盛夏炽白烈日下，不一会，身上就出了一身汗。即使这样，陈晓还在心里大声喊着：合肥，你真厚待我啊。好在是同一个城市，打上车，一个多小时后，陈晓就来到了安徽医科大学门口。

档案显示，史青云的确是于1950年考取该校，1954年毕业，同年留校任教，1959年下放到江西，1976年返校，1979年考取研究生，研究生之后的资料没有。在亲属关系中，虽写着姐姐方妍，但并未有燕京大学字样，他为什么不写？另外史青云读研之后呢？最关键的元素却没有了，陈晓不甘心地问档案员，怎样才能找到史青云？档案员出去跟她领导汇报了一会，回来后递给陈晓一个电话号码，说可以试一下给学校资格较老的这位教授联系看看，能否知道史青云的近况。陈晓打通了这位教授的电话，据教授回忆说，史青云1979年考取了南京一所大学的研究生院，1982年去了美国读博士，后定居加拿大，听说两年前在加拿大已经去世了。

原本想从史青云这儿找到突破口，如今看来这条线断了，放下电话，陈晓恍然若失。

从合肥到芜湖市再到芜湖县时，又是下午临近傍晚时分了。陈晓立在芜湖县街头，一拨拨下班回家的人群相继经过她身边，夕阳的余热减了不少白日的力度，从遥远地方透过各种建筑、街树倾洒给小城，唤起了陈晓对家舒适感觉的眷恋。T恤衫的后背几乎湿透紧贴着皮肤，疲惫和茫然一阵阵滚过她心头。

到宾馆洗过一个热水澡后，陈晓刚在床上躺下几分钟，任青松的电话打过来了。陈晓把情况从开始到现在给他详细讲了一遍，任青松心疼地说，他恨不得马上飞到她身边。陈晓告诉他，虽然史青云那条线索断了，但仔细想后觉得此行还是挺值得的，最起码证实史蓝玉（方妍）的确存在。明天或许还会有新的发现。任青松说，那样最好，如果没有线索，就尽快回来吧。

芜湖县县城不大，陈晓在县公安局并没查到史蓝玉（方妍）的记录，或许她过早就离家求学缘故吧，也没有史蓝玉母亲方虹的资料，陈晓知道对已经去世的人，公安局会及时注销户口，所以这也正常。但史青云的信息在这里查到，实在让陈晓感到意外之喜，按说，史青云也是少年离家，但不知哪个粗心的工作人员竟无意保留了他的信息。陈晓想，原来，错也有错的用处，虎桥镇居委，陈晓记住了这个居名。

范围越来越小，又让陈晓内心升起了几丝希望。虎桥镇居委距离县城不到一个小时车程，陈晓把同样的理由给工作人员说明后，一个五十岁左右的中年妇女很热情地帮她联系到几个人的电话。按照电话里人所指，陈晓首先来到一栋陈旧的居民楼前，电话里那个阿婆住二楼，给陈晓开门的人是阿婆的孙子。阿婆今年八十岁，非常瘦小，算起来和史蓝玉年龄相仿。陈晓问她认不认识方妍，阿婆想了好久，说她不晓得这个人名，但是对她们镇出过一个上燕京大学的女学生有些记忆。听人说那女学生长得很好看，学问也好，家里有阿妈和阿弟。后来不知啥事，那女学生在北京没有了。她阿妈天天哭啊，后来眼睛都哭瞎了。没几年，她阿妈就死了。

"那您还记得她阿妈是哪年去世吗？"陈晓问阿婆，"好像不是1958年就是1959年，反正那年头天天挨饿，都能饿死人噢。"陈晓记起史青云曾于1959年被下放，除了这些，这个家庭在那些年还遭受了多少不为人知的重创？

陈晓又问阿婆有没有认识这家人中的其中一个，阿婆说，她都是听人说的，一个不认识。

谢过了阿婆，陈晓去往下一个联系人家。这个人姓张，年纪也快80岁了，据他自己说小学曾和史青云在一个班读过两年书，小学毕业他就去了木匠铺当学徒，而史青云去了县城读初中，后来的事他就都不知道了。张姓老人抬起头眯着眼，努力又回忆了一会说，他模糊记得史青云家好像并不是地道的芜湖人，应该是从外县迁来的，史青云学习好，家教严，但和他们不入群，所以他才会对史青云留下印象。最后，他又回忆起一个情况，史青云妈妈是一位小学教师，但他从没见过，也不知道史青云还有没有姐姐。

辞别了张姓老人，陈晓继续去往最后一个联系人家。

最后一个联系人住在一个独院里，院子种满了花草，收拾得非常整洁。院子的主人是个六十多岁的老年妇女。她把陈晓领到客厅倒上杯茶后，直截了当地说："我很惊讶方奶奶去世五十年后竟还有人来打听她家的情况。"

陈晓简短说明来意后，老人沉默了片刻，她告诉陈晓她的奶奶曾和方虹共过事，同在一所小学教学。如果她的父母还健在的话，可能知道的会较多，可是，1949年她才九岁，在家里曾经影影绰绰听奶奶跟爷爷说过方虹奶奶家里的一些事。随着方奶奶家在北京读大学的女儿莫名消失，方奶奶的精神在几年之中全然垮掉，眼睛也坏了。1959年去世时，儿子刚被下放，竟然是在死后几天他才得到信的。唉，那情景太凄凉了，唉，真是无法说。老人低着头连声悲叹。

"那您知道方奶奶家女儿是因为什么失踪的呢？"

"都不清楚。我奶奶也问过方奶奶，恐怕连方奶奶都不会晓得具体原因吧。"

"您知道她家在芜湖还有什么亲戚吗？"

"不晓得，其他的都不晓得了。"

看看老人已没有再说话的意思，陈晓从她家告辞出来。

比较这三个联系人的说法，第一个和第三个的价值较大，已印证了史蓝玉的真实存在。比起当初来之前的犹疑和没把握，这几天的获得已经超出了陈晓的预期。

回家的返程火车上，陈晓长时间躺在黑暗中，"哐当哐当"单调的铁轨摩擦声周而复始地震响在她耳边。史蓝玉一家的命运，也像这"哐当"铁轨声不停撞击着她心膜。她年轻的心就在几天间，骤然生出太多历史沧桑感，这是她当初百感交集写作史蓝玉人物纪实时也不曾有过的。

13

上班第二天，陈晓满怀兴致跑到主编办公室，向他汇报前几天去安徽芜湖寻访史蓝玉家庭踪迹情况，主编听她说了几句就笑了，然后轻描淡写地说："原来休假是为这事，我以为你们去准备结婚用品呢。范小坚那边其实也没什么，我跟她已经谈过话了。史蓝玉那篇稿子现在可以放下了，我们的轰动效应不是已经实现了嘛。对了，是不是下半年要请我们喝喜酒？"

陈晓听见说要喝喜酒，脸不禁红了："主编，我们还没定结婚时间呢。"

主编笑得更厉害了，"工作家庭两不误嘛，你是聪明女子，该知道怎么做。"

陈晓正要再给他说说史蓝玉家里的事，主编突然话锋一转，"新的任务又来了，你准备去采访一位传奇企业家。这个人物还是你准公公推介的呢。"

陈晓走出门，在嗓子眼叹息了一声，声音微弱得只有自己听见。

下午下班时，陈晓去车棚推车，一扭头看见范小坚也正向外走，就跟她打了个招呼，范小坚不自然地一笑。陈晓很想和她谈谈史蓝玉一家，也想对她说其实我要谢谢你，但范小坚没表现出丝毫要停留说话的表情，飘然而去。

此时天光一片昏黄，空中飞沙走石，一场暴风雨将至，陈晓快速向家赶去。到家没多久，一个灰黑色的巨大罩子就从天到地罩了下来，豆大的雨点噼里啪啦砸下来。胡乱吃了几口饭，陈晓早早在床上躺下来，窗外风雨雷电，窗内沉闷室息。陈晓想，在报道史蓝玉这件事上难道我做错了，大家为什么不想听我谈谈史蓝玉一家？难道媒体应该关注的只是报道本身？陈晓越想心里越闷，这半年来，她的史蓝玉情结并没因史蓝玉去世有所减少，特别是此去芜湖，另一种无形的东西又将她们联结在一起。

泪水从陈晓的脸颊滑过，滑进头发里，她渐渐睡着。梦一夜无休无止，一个片段连着一个片段，梦里她遇见了史蓝玉母女，却不知是在哪里。她非常激动地发现史蓝玉很年轻，一身女大学生的装束，漆黑的齐耳短发，面容娟秀。母亲也还是清瘦儒雅的中年女教师。母女俩好像要去参加一个宴会，喜气洋洋坐上了一辆黑色的吉普车。陈晓在对面的街边看着她们，使劲向她们招手，车上的人只顾着说笑，没人留意到陈晓，汽车在陈晓着急、留恋的眼神中一溜烟开远。后来梦的场景又转换到一片郊野战场，对方不知是什么军队。枪声激越震天，陈晓时而飞速窜逃，时而躲在壕沟里隐蔽。在她又一次窜逃时，一粒子弹向她飞来，眼看逃无可逃，陈晓闭上了眼睛。她倒了下来，就在片刻之间，她又能站起来了，看看身边，却躺倒着另一个年轻女性，她认得那女子是史蓝玉。鲜血从史蓝玉胸口不断涌出来。一股复仇的烈焰激荡着陈晓的大脑，她端起一柄机枪朝对面猛烈发起射击……

这个夜晚之后，陈晓决定不再以任何方式和别人谈起史蓝玉。

自从8月中旬一天任青松一家约陈晓一家吃过定亲饭后，两家就都开始准备婚礼事宜了。婚礼定在10月22日，对选择哪种仪式陈晓既不懂也不擅长操心，就乐得让任青松大胆去做主，她只准备女方家里的陪嫁用品。

一年前任青松就把新房装修好了，家具、家用电器一应准备齐全，只有婚纱和结婚礼服没置办。国庆假期前几天陈晓嫌外出人太多，就把去苏州选婚纱的时间定在了 10 月 9 号，专门避开黄金周。这几年陈晓身边的女孩选购婚纱大多是去苏州虎丘，在那边不仅花样繁多、款式新颖，而且价格很便宜。他们先去苏州，选了非常漂亮的一款粉色婚纱和一款白色礼服。然后继续南下杭州，想再去选些花色、质量上乘的蚕丝被及其他蚕丝家纺。一天傍晚他们从西湖边边走边逛走到了楼外楼菜馆跟前，任青松拉着陈晓就往里进。服务生过来，把他们领到一个雅致小巧的房间。点的菜都是杭州特色，任青松给自己要了一大瓶花雕，给陈晓点了一瓶果醋。任青松喝得尽兴，根本不听陈晓劝阻，把一瓶酒灌下肚后，眼神就直直的了。

　　打车回到宾馆，陈晓把任青松拉到床上，自己原本想着躺一会再给任青松弄些水喝，没想到刚躺下她也睡着了。半夜不知几点，陈晓口渴醒来，晃了晃任青松要他坐起来喝水。任青松侧着身子喝了一大杯水，又迫不及待歪到了床上。

　　"晓晓，晓晓。"他嘴里喃喃喊道。

　　"我在这里，你胃里难受吗？"

　　"我不难受，我高兴啊。"

　　陈晓也不知他到底有几分清醒，对他说，"如果不难受你就继续睡吧。"

　　"晓晓，你放心，我会一直疼你爱你的，我爸妈也会对你好的。"

　　陈晓听他这种告白，觉得好笑，推了他一下，"好了，我知道了，你接着睡吧。"

　　他的鼾声很快响起，但没过几分钟又说话了，"晓晓，杂志社里也没人敢欺负你。上次评选首席记者，社长、主编可能曾在你和范小坚之间犹豫过，所以迟迟定不下来。说来也巧，我爸那两天做主陪邀了社长、主编还有几个企业家喝闲酒，结果第二天名单就定下来了。"

　　陈晓听了，心里猛地一惊，连忙问他，"我怎么从未听你说过这事，你爸都给人家说了些什么？"

　　"我爸只说了一句：我们莲城中小企业局上千家企业一定会成为贵社的强大后盾。"

　　"你爸真的没说别的？"

　　"真的没说什么。回家后，我爸对我说，儿子，你老爸当局长二十年跟什么样的人没打过交道？"

陈晓拍了一下自己的额头，表情烦闷地说，"唉，这事你怎么没早跟我说呢？怪不得范小坚表情总是怪怪的……"

任青松这时把头转了过来，"这件事说不说都一样，我爸可一句为你讲情的话都没说过啊，是你们那社长主编太精明太厉害了，你不这样认为吗？"

陈晓顿时无语，是，他们太厉害了，她承认。只是，她心里有种说不出的不舒服，这感觉她不能对人说，包括对任青松。

14

陈晓决定推迟婚期是在10月15日，此时距离举办婚礼只有一周时间。推迟的理由是她必须到北京办一件事，如果办不好，她就永远不会安心。任青松无可奈何地接受了。

直到这时，陈晓才确切相信，史蓝玉并没真正离开她。

陈晓在北京的寻找并不顺利。她对燕京大学的历史了解一些，知道那曾是一所教会大学，1952年初撤销，原来的一些院系被划归到其他几所大学里，例如文理科被并入北京大学，社会、历史系被并入中央民族大学。现在的北京大学就建在原先燕京大学的校园。按照史蓝玉自己所说，她当时学的是历史系，应该去中央民族大学查找档案。但是在中央民族大学档案室，陈晓并没查到史蓝玉或方妍的资料。她问档案员，即使一个肄业生，也总该留有资料吧。档案员做出一个遗憾的表情，对陈晓说，很抱歉，没有你要找的人。明知没有什么可能，陈晓还是通过北京大学她的一位学姐，找到学校的档案馆，同样没有。陈晓把最后的点滴希望放在了和史蓝玉同届毕业生身上，但这无异于大海捞针。她在论坛上几次发出帖子，想试试运气，但是发出的帖子没得到任何有价值的回应，只有几个旁观者零星发表了几句感慨。至于史蓝玉曾经发表过的那些历史随笔，也同样找不到任何下落。

对于蔺子祥，陈晓查了好几座图书馆档案馆关于北平解放初期我共产党公安局抓获的国民党残留特务名单，也都没有蔺子祥的名字。

心灰意冷地回到莲城时，陈晓的脑子里反复跳着两句话：一座城把一个人的痕迹都抹掉，学历史的人原来被历史干掉。后来，这两句话就一直停在她脑子里，再没离开过。

　　陈晓的重头稿越来越少，后来发展到一两期都不发一篇稿子。面对主编的劝说，她好像也无动于衷，杂志社里谁都不知她整天在忙什么。

　　任青松知道她在忙着复习准备考研，并且知道陈晓只准备考北京大学历史系研究生。这段时间，他发现自己越来越不懂陈晓了，他问她："如此执拗，真的有必要吗？"陈晓坚定地说："有必要。"两人的婚姻就这样无限期拖了下去。

　　第二年年初，陈晓没想到自己竟然还真考上了北京大学历史系研究生。杂志社一片哗然，连范小坚也觉惊诧。陈晓知道在她转身之际，她的背影上会刻下多少道胡乱猜测的目光，她不再回头，心里只有"燕园"在召唤着她。

　　当陈晓在燕园里往来穿梭，常常想象另一个人会怎样在这里穿梭，当她漫步未名湖畔，常常觉得另一个人也在以同样的步子逡巡。渐渐的，她的许多同学老师都知道了史蓝玉的故事。

　　只是，史蓝玉到底是谁？有时陈晓也会被这个问题迷惑住。一股冷风从门缝里伺机掠进，北方的夜真冷啊，陈晓打了一个寒战：难道她是从我幻觉中生出的一个人物？不，怎么可能？在这之后的很长时间，陈晓感觉自己都生活在与这场幻觉的对抗之中。

　　临近毕业，陈晓在写作毕业论文之际，想另写一篇考证文章，题目就叫《史蓝玉是谁》，但是除了这五个字的题目之外，整本稿纸上再无一字。

　　拿到研究生学位证的那个晚上，陈晓再一次也是最后一次溜到未名湖边。和以往的风雨晦暝大为不同，夏夜的一弯新月斜挂在遥远的天幕上，身边的湖水粼粼波动，碎影重重，在黑暗中依然闪烁出光亮。陈晓想到史蓝玉的一生，又想到自己几年间因寻找"她"出现的一连串生活变故，不禁感叹，人生不过就是多米诺骨牌，随意挪动任何一块，都会对整体或后面的局势产生人力不可控的逆转。对史蓝玉是这样，对她陈晓不也如此？

　　为什么几年寻觅毫无结果？也是那天晚上，陈晓第一次发现了史蓝玉的聪慧，就在一瞬间，陈晓好像被电光火石击穿般恍然大悟：其实"史蓝玉"和"蔺子祥"都仅仅是个代号、代称、化名而已，连同她发表过的那些历史随笔的标题。老人当然会料到在她身后不仅是陈晓还会有别人，要去继续挖掘她的历史。自己的私人叙事既已完成，她只想给这个世界给活着的人开个小小的玩笑，这是她一生中唯一一次任性了一小把，她为什么不可以呢？

就这么简单！陈晓嘴角泛起一丝苦涩的笑，笑自己竟如此愚钝，还有那个范小坚。但心里却是几年来从未有过的释然。

后来，陈晓去了南方一所大学教书，这本只有五个字的稿纸她也不知被丢到哪里了。

15

我是《史蓝玉是谁》小说版本的作者。在燕园读研究生时陈晓是我的室友。由于陈晓的缘故，我竟然也对史蓝玉产生了极大好奇，你们可以不相信我，但是这篇小说完全可以证明。在陈晓搬离宿舍后的墙角，我偶然间发现了一本卷曲泛黄的稿纸，上面只有《史蓝玉是谁》一行标题。我知道陈晓一直想写部考证之书，但既然直到毕业都未开工，看来，以后可能性就更微乎其微了。

陈晓后来的事情我略知二三。预知自己不可能再回莲城，陈晓给任青松写了一封长信，叫他不要再等，还劝他重新选择恋爱对象结婚，以此宽慰父母，但任青松并没回信。按照我的猜测，任有两种可能性，其一是想给自己再保留一点幻想，不回复即是不答应，为以后假如能复合增加了一些弹性。其二是灰心透顶，什么也不想说不必说了，一切随你吧。陈晓在做了几年大学教师后考托福到墨尔本去了，现在，我们都没有她的音讯。

陈晓不能进行下去或者不准备进行下去的考证文章，却被我写成了一部中篇小说，这是她无论如何都始料未及的吧。假如这个小说能幸运地发表或者更幸运地获奖，这其中最大的功劳都应归于陈晓。

迷 村

后来，当我面对即将来到人世的儿子，心中想要为他写部小说的意愿，日复一日强烈。因为这部小说在我个人历史和家族史上的意义，将和儿子诞生一样重要，甚至比后者还要重要。这么写我毫不担心会被日后长大的他看到，事实上，他的诞生和小说里的人物与故事有着直接关系，或者可以换句话说，是小说里的人物故事直接催生了他，而不是我这个生理意义上的父亲。如果他能读懂人世，想来就是从读懂这部小说开始的吧。

苏 醒

不知睡了多久，睁开眼我最先看到的，竟是迎面向我散射过来的夕阳余晖。这让我产生了一种幻觉：金黄色的余晖好像只为我一人倾洒，要不然眼睛怎么看不清别的事物，只有这光线？又仿佛沉沉昏睡中，有一个如这金黄色余晖般的吻流连在我唇上，想到这，我感到脸上一片燥热。

我在哪里？把头转了转，避开炫目的光，我想支起身子看看周围的环境。上身刚抬起几寸，就觉得胳膊上的皮肤撕裂般地疼痛起来，我只得把身体放倒在床上。

顾不上身体的疼痛，我将头扭向右方，用眼角余光打量着这个其实昏暗的房间。我看到了两张一模一样的窄床，床边一模一样的吊瓶架，显得比较干净的白色床单，看到离我约两米远的一张床上，躺着一个不知道年龄的人，间歇的呻吟声应该就是从他嘴里飘出的。他的呻吟声并没引来医生和护士，这时间大概是她们一天中最清闲的时刻了，她们或许正在医务室里想着孩子的晚餐，或开个并不可乐的玩笑，根据我的狭隘印象医生中少有幽默之人。在我的斜对面，一个年纪不轻的女人靠着一把椅子，打起了瞌睡，这是我猜的，因为她的头不时抬起又落下。当她的头再一次抬起时，我终于辨认出，老妇是我的母亲。除她之外，我对自己怎么住进医院，得了什么病一无所知。

我没唤醒她。儿子住院，她这个做母亲的都经历了什么，我大概能猜到，但事实上，我能猜到的也很有限。直到第二天范小乙来看我时，我才知道自己一周前遭遇的偶然事故，对于母亲是怎样的一场心理摧折。

不知谁打开了病房里的灯，我听到一阵轻微向我这边挪动的脚步声。闭上眼，感觉有人站在我床边正盯着我的脸看，随后，一只有些凉的手敷上了我额头。我悄悄从薄被里移出右手，然后突然抓住那只依然发凉的手，睁开了眼睛。我的举动把母亲吓得不轻，她惊惶地看着我，随后不相信似地哭了。终于，她止住了哭声，"儿子，你醒多久了？为什么不叫我一声？"

我故作顽皮状地向她伸了伸舌头，"刚醒一会吧，看你困得不行坐那打盹，就没叫你。只是，我怎么会住到医院了呢？我得了什么病？"

母亲不想给我多说病情。她说，"这事几句话说不清楚的，以后慢慢说。你刚醒，脑子估计还昏昏沉沉吧。你知道自己昏迷多少天了吗？整整十一天，快吓死我了。现在好了，肚子饿了吧，想吃点什么？"

母亲这一说，我还真觉得有些饿了，"弄碗绿豆粥就行了，别太麻烦。"

母亲满脸含笑地出去给我买绿豆粥了。这时从我对面西边窗户射过来的余晖已是淡淡的了，天色已暗，黄昏即将退幕，而夜晚很快就要登场。一阵凉风从窗子里吹过来，我觉得好爽利。根据天气凉爽程度我做着判断：眼下不是九月，就是五月。可是为什么我连自己怎么住进医院、进医院前都发生了什么却一无所知，甚至连现在是春天秋天都分不清？我的大脑原先应该是满满的，塞满各种过往、各种欲望、各种各样的信息、经验、印痕、情绪，却在几天间被不知从哪伸过来的一双神手一概抹去，只留下少年时期有限的东西。我的记忆出现问题了？也就是失忆了？想到这，心里被涌上来的懊恼、焦虑占满了。

母亲用小勺给我喂了大半碗绿豆粥，看我神色不复刚才活泼，问我是不是身上伤痛厉害。

我摇摇头，问她今天是几月几号。母亲把手机放到我脸前，指给我看："今天是十月四号。明天让医生好好看看你的伤，估计半个月也出不了院，就安心在这养着吧，妈妈天天都陪着你呢。"

我眼神无力地看着她说，"为什么除了小时候的事情还记得，十八九岁之后的所有事我都不知道了？一定是我的脑子出问题了，我的脑子坏了。"

母亲不以为然地笑了，"胡说，我不信。你脑子出问题了怎么还能认得你妈！你昏迷这么久，身体又虚弱，这会儿就别再伤着脑筋了。好好休养一段时间，等范小乙得空来跟你好好聊聊，你的病就快好了。你这个发小真不错，天天询问你有没有好转。我一会就打电话告诉他你醒过来了。"

说到这，她停顿下来，看着我欲言又止，我对她说，"妈，你继续说，我听着呢。"

她皱了皱眉头，凹进去的脸颊显得老态明显。"其实林郁那孩子还真好，你住院后她来照顾了好几次，把我赶回家让我去休息。如果不是春天你非要从报社辞职，说不定她明年就成我儿媳妇了。"她的语气里有几分明显的埋怨。

范小乙我倒还记得，我们从小学就是同学，关系一直亲密。但她说的林郁是谁？和我有什么关系？我努力去想，努力克制着心里的茫然不流露到脸上。母亲现在还沉浸在我刚苏醒过来的喜悦中，算了，现在不能对她说太多，况且我也不能确定，自己是不是因损伤过度导致的暂时性失忆。

不管怎么说，我现在毕竟醒了。决不能就这么一直躺下去，就算脑子没事这样躺下去人也会发疯的，我得尽快治好身体的伤，只有能站起来走路了，才能找到自己突然受伤住院的真实原因。

我，范小乙

我是马长智苏醒后第二天下午来医院的。

对他现在的形象我毫不意外，因为他昏迷不醒甚至刚被送到医院的情形，至今刺我眼目。那时他满身血迹，脸上眉目不清，我们都以为他不行了。但就算真是那样，我们也不会放过最后一丝努力。我通过同学关系，会同莲城市中心医院，从省立医院请来一位最好的烧伤外科医师来给马长智会诊。医师说他的生命体征还比较明显，暂时没有生命之虞，但治疗过程会很漫长，甚至可能伴有更复杂病情出现。

马长智的母亲几乎不停地哭泣，我劝慰她，"阿姨，长智心跳正常，只是头部受到外伤，苏醒还需要几天时间罢了。"刚说完，我就立即想到了二十年前，长智父亲心脏病突发从自行车上栽下来的旧事，身上不禁打了个寒战。心里暗自祈祷，这种不幸千万不要再降临马长智头上。

马长智在重症监护室躺了七天还没有醒来，省城来的医师建议将病人挪到相对安静的普通病房。因为根据他的临床经验，有了亲人的絮语和陪伴，病人或许可更快清醒。他交代长智的母亲不要总是哭泣，而要轻声呼唤他名字，跟他絮语话家常。老人很快就掌握了医生交代的方法，没想到，仅仅调出监护室4天，马长智就在亲情呼唤中醒过来了。听到这消息后，我激动得半夜两点都没睡着。

马长智见到我说的一句话是，"你想法把我弄得坐起来吧，总躺着难受死了。"

两分钟后，我和一个女护士一起进来。"医生说，你的胸背骨头没受伤，可以适当坐坐活动一下。"护士抱了两床被子垫在他背后，他试了试，斜倚在被子上，说这感觉比躺着可好多了。

护士出去后，我在马长智身边坐下来说，"你受的伤都是皮外伤，没伤着骨头。以后身上会留下疤痕，除了有碍观瞻，不会有大事。你知道，这些对男人是无所谓的。"

他苦笑着说，"小乙，这几天多亏你了，要不我妈一个人哪能应付过来。你知道我是怎么来到医院的吗，在我身上究竟发生了什么？"

马长智的话让我深感意外，因为昨晚他母亲给我打电话时并没说他丧失记忆。我疑惑地看着他说，"长智，你真的不知道自己怎么被送到医院？对以前发生的事也都不记得了？"

他摇摇头，"真不记得了。小时候的记忆还在，比如我认得你和我妈，大学以后到出事前的就都不行了。全是空白。"

我说，"别急，复原的过程可能会慢点，要有信心。是这样的，九月二十四日凌晨六点，有一辆货运车在马兰镇公路边发现了你。当时你还昏迷着，身上烧伤、摔伤严重，但心跳正常。好心的司机就把你送到莲城最大的这座医院——莲城中心医院，幸亏在你身上发现了身份证，及时联系到你母亲。刚被送到医院时，我们差点认不出你了。在重症监护室待了七天，才转到这个双人病房四天你就醒了。小子，大难不死，必有后福！不过这些天可苦了你母亲了，你天天昏迷她就天天惊惧流泪。好在你苏醒了，要不，最苦的还是你母亲。"

"但是我们真不明白啊，马长智，那天你怎么会一身烧伤地出现在马兰镇？不，是昏迷在那里。你干什么去了？"我接着问道。

"正因为我什么都不记得了，所以才急着问你们啊。原来你们也都不知道。"他脸色沮丧，一副苦苦追忆的样子，见状，我就没再说什么。

短暂沉默一会后，我想到了一些什么，对他说，"我倒有一个办法。这段时间我会替你尽量收集齐全你的资料，包括你原来在《莲城晚报》上采写的新闻、人物专访，还有你以前写的诗歌、小说，相信这些对你尽快复原会有较大帮助。"

他也认为这主意不错，并且向我道谢。

我故作轻松地调侃道，"你什么时候这么客气过？一场意外事故让马长智变了个人。等到你寻找回来全部记忆，再谢我吧。其实，我比你更想知道你出事前到底发生了什么。"

回到单位加了会班，和同事吃过加班餐已是晚上九点多钟。前年家里老房子拆迁补偿了两套三居室，我家特意选了上下楼，父母在楼下，我的那套在楼上。

现在我是一个独居男子，虽然父母同属莲城的知识阶层，但男子到了二十九岁若仍未娶亲的话，再开明的父母也少不了经常在耳边唠叨几句，我的父母也不例外。和父母分开住的优点当然是有的，我常常以单位加班为由尽量少在父母家里吃饭。事实上房管局督查科的工作的确很忙，以今年上半年为例，从未休过一个完整的周末，更不用提带薪休假了。

烧了壶开水，我给自己泡上一杯生普。这样静下来之后，我才能重新让思维回到马长智身上。

马长智部分记忆并且还是最重要的记忆丧失，在我是始料未及的。他是那么随性的一个人，今年春天大概四月份的一天，他拉着我一起去钓鱼。在水库边一片非常幽静之处我们停下来，身边桃树刚褪了残红，梨花开得正好，漫山遍野洁白芬芳。我说，你找的地方还真不错。他说自己经常一个人这里转转那里寻寻，好景致好地方自然不会错过。把钓竿鼓弄好后，他说，"小乙，我已经想好了一件事，我要辞职。"

我感到意外和不解，扭头盯着他棱角分明的侧面，"你说什么呢，你是晚报最好的记者、莲城才子，干得好好的，怎么会想到辞职？"

他脸色平静地说，"辞职和这些都没关系，主要是对这职业倦怠了，觉得再继续下去不过是在浪费时间浪费生命而已。"

"那你找到新单位了？"

"辞职一定要找新单位吗？以后的事情还没想。眼下要做的唯一之事就是辞职。"

我以为他只是说说而已，没想到，那次垂钓一周之后，马长智向我宣告他已正式辞职。其实听到这消息时，我内心最先闪过的竟是羡慕，因为我缺乏他那样的勇气，还因为我有了种要重新认识他的惊喜。

和马长智认识时我们俩都只有九岁，与我的审慎、条理分明相比，多年来他身上一直跳荡着才气、傲气，是典型的艺术家气质，虽然令我羡慕，却绝对学不来，但这毫不影响我们之间的情谊年年如斯。

马长智辞职后日子过得很悠闲，他丝毫不理会别人的诧异眼光，重新写起了诗歌和小说，没事就一个人出去闲逛。本来，他和女友林郁的恋爱关系已经稳定下来，却因为他的辞职受到极大威胁甚至崩塌。林郁的父母在这件事上的态度，现实得出乎所有人意料。以前林郁的单位不如晚报好，她的父母觉得脸上很有光，可是未来的女婿突然辞职，并且不务正业不思进取，他们想不通女儿怎么会看上这小子。既然做不通两人的工作，他们就强行阻拦，叫林郁立即终止和马长智的恋爱。林郁夹在中间左右为难，一方面身为长女也体谅父母的艰辛，一面还偷偷和马长智来往着。其实这几方中，林郁是最痛苦的，马长智看她越来越忧郁，也不忍心，对她说，"其实跟着我你真的得不到父母要求的幸福，我们分手吧。"失去了支撑的林郁猛地心冷了，她几次找我诉说苦闷。

马长智对此事的平淡态度令我吃惊，原先他跟我说过是很爱林郁的，为什么遇到一点阻力就轻易放弃？甚至连我也一度不能理解他了。几个月后，他神情露出黯然之色，说和林郁两个多月没见面了，或许以后就这样了吧。痛苦吗，人人都会经历体验，可是对艺术家来说，酒神精神却是唯一又必须的。既然如此，对痛苦的超越就等同于对幸福的超越。那是我第一次听到他对爱情的夭折发出悲壮之音。

马长智突遭不测被送进医院后，我在医院见到过林郁，不知是谁告诉了她信息。她的眼睛越发幽深忧郁，我从没见过一个人的名字和她的形象如此吻合，除了林郁。

现在她是否知道马长智已丧失记忆，尤其是丧失和她有关的记忆？假如她知道了，能就此释然地远离，投进另一段感情另一个男子怀抱？还是……我的思绪有些混乱，决心放下猜测，着手搜集马长智从前的资料。

发　小

我看着范小乙消失在病房门口，白色的T恤衫一尘不染，瘦劲的身躯里似乎裹着无穷的决心，小时候他就如此，现在依然是。这或许就是我们能保持二十年友谊的主要原因吧。

范小乙的探望勾起我对童年、少年生活无尽的回望。在我目前有限的记忆里，那些生活就是我的全部了。就像一只冬天里被饥饿和寒冷驱迫的鼹鼠，我贪婪地寻找每一粒可以温暖肚腹的粮食，决心将那些有限的记忆无限度挖掘占有。

我家并不是土生土长的莲城人家。小学三年级时，父母因工作调动，举家搬迁到莲城——鲁西南最大的一个城市。那年姐姐读初三，马上面临中考。她是我见过的最适合考试学习型女孩，这么说好像她并不太聪明似的，相反，她非常聪明优秀，她在平时对自己约束甚严，纹丝不乱，越是重要考试越能显出她极好的心理素质和知识储备。转学到莲城时仅有半年时间，她就以全校第二的成绩考上莲城一中，这也是全省的一所重点高中。后来姐姐考大学、读研一路绿灯，就连到澳大利亚读博继而被墨尔本的大学聘任也是顺利得让人妒忌。我姐是我家的骄傲，但我注定走不来我姐的那条路，我不是走那条路的人。

我转过去的那所小学叫红星小学。初来乍到，加上水土不服，我身上脸上长满了疙瘩，使本来清秀的面容变得难看。学校离家比较近，所谓的家不过是我们暂时租赁的两间西厢房，那时我母亲单位还没分房子，等我们搬到真正属于自己的新家时，已是两年以后了。

红星小学很小，我们整个三年级也就四个班。我班的那些同学在我上了一年后仍然叫不全名字。学校就隐藏在两条巷子中间，被浓重的市井气息包围着。每天放学几乎都有一个俊朗的男孩和我同路走，其实我俩的交往是他主动给我打招呼开始。"以后我们天天搭伴一路回家吧。你从哪里来？你的普通话说得很好听。"男孩叫范小乙，比我小几个月，一看就是那种聪明孩子。范小乙对我的热情是我来到莲城后收到的第一份情谊，事实证明也是最持久的情谊。范小乙家比我住的几乎远一倍，每当走到要拐向租赁房的路口时，我俩便挥手告别，但我从来不主动邀请他去我家玩。即便我没有女孩子的诸多敏感，仍觉得我们狭窄幽暗的出租屋实在不好意思接待同学。

我不邀请范小乙，却不影响范小乙邀请我去他家玩。范小乙的母亲是莲城市图书馆的管理员，父亲是体校校长。他家里书很多，既有母亲从图书馆拿回来的书，也有专为他买的童话、神话书，常常看得我眼花缭乱。我最羡慕他母亲图书管理员的工作，有几次，范小乙带我去图书馆阅览室看书。阅览室安静极了，我在极虔诚的心情中打开自己心仪的书籍，并用随身带来的小本子摘抄下喜欢的句子、段落，窗外栀子花的清香随风四散，令我在品咂书香的同时还能享受花香，那感觉美好而又深刻。我对图书管理员工作的神往就是从那时悄悄滋生的，直到现在情结仍在。后来读高中时我读到了博尔赫斯的小说，尽管读得似懂非懂，但对他图书馆馆长的身份尤觉亲切。甚至后来我痴迷写诗写小说，追溯起来，都应是那时撒下的种子，而所有这些都跟范小乙关联密切，换句话说他既是这一切的搭建者也是见证者。但这些我从没跟范小乙说过，他也从来没提过。

范小乙并不像我一样喜爱文艺阅读，他慷慨地一本本将他的书借给我，我看完几本后还给他再借别的。他最喜欢的运动是打乒乓球，五年级时他代表我们学校参赛就拿到过小学组全市冠军，一时成为全校风云人物。范小乙有个姐姐叫范小坚，只比我们高一级，从小就是个冷美人。我每次去他们家，范小坚从没正眼看过我。在那时，范小坚的妈妈就给她专门找了个小提琴老师，每天她都雷打不动地挺直腰背练半小时琴。后来直到高中时她听说我有诗歌发表才主动跟我说几句话。

在那两年里，假如不是后来我上五年级时出现了一件事，它的确可以称得上无忧快乐。那件事和我父亲有关，准确说是父亲出了事。这个喜欢打篮球个子高高脾气温和的男人，在初冬的一天早晨骑自行车上班的路上，突然一头从车上栽了下来。那天并没下雪路上也没结冰，是他心脏突然出了问题。等我母亲接到信赶到医院时，我父亲已没有了气息。母亲被这突如其来的噩耗打懵了头，在医院哭得死去活来，后来还是我姐从医院把她扶回家。家里乱糟糟准备丧事，没有人顾得上我，范小乙的妈妈就把我叫到她家里吃住了三天。发丧那一天，干旱已久的天空飘下了细碎的雪花。我被换上了一身孝服走在送葬人群的最前面，吹鼓手奏出的哀乐一曲接一曲，我红着眼眶木然地按照主事人的安排行着各种礼仪。范小乙在旁边一直跟着，我看见他投向我的目光里充满了深深的悲悯，那眼神我一直记得，那是少年时单纯的友爱。

父亲的遽然离世在当时对我的影响，远不及对我母亲和姐姐造成的影响大，但是多年之后，这种状况却出现了变化。或许因为当时我还懵懂心智未开，而年龄越大，这种因父爱早早离席导致的心理憾恨就越多。我父亲去世时姐姐读高二，半年后，母亲单位的新房子就分下来了，又过了一年，我姐考上复旦了，这两件事放到哪个家庭里都是值得庆贺的大喜事，而我父亲却一件也没看到，母亲怎能不抱恨？想来，由于女性特有的细腻敏感，在这件事上母女俩肯定少不了经常相互倾诉相互劝慰，因为我好几次回家时看见她们相对无言，暗暗垂泪，看见我赶紧把头扭过去做擦泪的动作。姐姐去上大学后，母亲没有了倾诉对象，她偶尔也会在我面前流露出对自己的怨恨自责：假如当初不是她坚定主意要来莲城地质队，假如不是租赁了那样两间狭长阴暗很难见到阳光的西厢房，父亲也不会在43岁华年过早离世。那时我已读了初中，已学会用简单语言安慰别人了，我能轻易感觉到，母亲的自我谴责是缓慢的、漫长的，没有人能阻止得了，或许唯有在自责中，她才能长久保留对逝者的绵绵思念，而不至过早忘怀。不啻说，这是一个既折磨又有快慰的过程。

小学毕业时，我和范小乙按家庭所在地分到了不同的初中。虽然我们节假日还不时去对方家，但距离的阻隔和越来越繁重的课业却已不允许我们再像小学时那样亲密。我有遗憾他也未必没有，莲城一中高中录取榜单张贴出的那天，我在榜单上看到我的名字和他名字都赫然在列。我随后就给他打电话道贺，他也抑制不住兴奋地说，"马长智，好样的，我们终于又在一个学校了。"临近开学时，高一年级分班，这一次是范小乙告诉我的信息："马长智，你别不相信自己的耳朵，我们竟然分在了一个班。"那一刻，我觉得命运是如此善待我。

高中学业虽然紧张，也没耽误我忙里偷闲阅读文学书籍，并且迷上了写现代诗。范小乙把他家所有的现当代诗人诗集悉数奉献了出来，他说这些诗集放在自己家里也没人看，送给最合适的人才能发挥书籍的应有价值。艾略特、洛尔迦、米沃什、普拉斯的诗我都是第一次读到，几年间，有些诗篇不知被我读了多少遍，并且对我产生了难以估量的影响。既然写了不少诗，肯定会想到投稿。高二时，我试着往《诗神》等诗歌类刊物投稿，竟然有采用的，虽然只是十几或二十多行，也足以令我极度兴奋。面对终于邮寄过来的几十元的稿费，我的解决办法是请范小乙去肯德基吃一顿，共同分享我的小小成功。我豪放地许诺，等将来我若获了什么诗歌大奖一定请他坐飞机去海南潜水，坐飞机去大海潜水，在当时的少年心中，是个很奢侈的愿望，我这么慷慨，范小乙的表情比他自己获奖还要兴奋。但是我的写诗之路也并非如开始时设想的那么顺利。我写了很多，但发表的又总是很少，并且有些我一直仰望的诗歌杂志对我投过去的诗，总是毫无回应，极大挫伤了我的积极性，又加上高三时冲刺高考精力严重不够用，我的诗歌写作就此停滞了下来。

高考发榜时，我刚过二本线，被本省一所大学新闻专业录取，范小乙过了一本，考到了上海。他比我考得好原本就在预料之中，但我从来也没后悔过高中时沉迷写诗。

想到这里，我的思维不得不终止，因为再往前就只有黑洞了，就是那种把一切吞噬连点泡沫都不留下的黑洞，万劫不复的黑洞。

值得庆幸的是，昨天发生的事，说过的话，都还清晰地储存在大脑中。如果等到明天我还能记得今天和范小乙的对话……这让我多少对自己又有了点信心。

我是林郁

接到他母亲的电话，我心里一阵慌乱，但老太太告诉我的却是个好消息：他醒过来了，令我顿时转忧为喜。

可我又算什么呢？他的前女友？前女友三个字让我非常不舒服，然而这不是事实吗？我原本以为我们的恋爱已经成熟了，很快就会开花结果，却没想到如此脆弱，潦草收场。他已不爱我了，是我父母的市侩刺伤了他的自尊，而我还能像以往那样爱着他吗？这些我真说不清，但自从听说他出事被送进医院后，我几乎日夜担忧他的生命。我多么希望横亘在我们之间的阴影从没存在过，那样我就可以理直气壮地去医院照顾他，不在乎在人前暴露自己的焦虑和伤心。

十月初的夜晚本是温凉悄然、最舒适宜人的，墙角的一棵金桂多年不变地将它的芬芳洒向院落，洒向它周围的空气。它的芬芳千古以来为无数人赞美、神迷，我也不例外。如果在这个院落里还有什么能真正让我留恋的，就只有这棵桂树了，它是我家唯一诗意而不是现实的存在。但在这个被桂花清香浸润的美好夜晚，我却要强忍孤零感，向现实低头，向能让父母露出笑脸的事物低头。以这种不屑的口吻提到我的家人，你们尽可以说我不孝好了，可假如这件事不是落在我身上而是落在你们身上，我真不知你们是否还能轻松笑得起来。

好了，现在我就以尽量简短的篇幅谈谈我的家庭，为的是别败坏了你们的阅读兴趣。我的父母几年前从同一家工厂沦为下岗工人，关于这家工厂多年前的辉煌，我在这里就不再说了，那曾经的辉煌我没亲身感受过，只有我的父母还不时地会沉溺于那遥远过去的荣耀里。而一旦思维被拉回现实，两人就开始互相埋怨、争吵，因为他们当中的一个以前在事业单位上班，只是因为当年工厂效益好奖金多，就在另一个的劝说下进入同一家工厂。为了全家生计，还有我和弟弟的学业，两人用仅有的存款在一所小学门口租了间门脸，经营日用百货、学生用品。小店利微，但总算让生活得以继续下去。

我在父母的唠叨声、埋怨声、争吵声中，战战兢兢考上了一所师范大学，幸运的是我赶上了毕业生分配工作，不幸的是，由于家里在教育局没亲戚没熟人，被分到了离城较远的一所中学教语文。每天早晨不到六点，我就得顶着还没睡醒的困意赶往公交站台去等车，车行半个小时到学校。这样每天周而复始的简单循环适应过来后，我渐渐喜欢上了乡村中学单纯简单的教学环境。乡村孩子虽然学习基础较差，但为人真诚、朴实，老师和他们很好沟通。在乡村中学教学五年，我自认为收获了许多学生的信赖和尊敬。就在我要继续实践我的教育理想时，最先给我浇冷水的竟是我的父母。其实早在一年前，他们就给我挑明了，要我想办法尽快调回城里。我的意见是在乡村中学也没什么不好，再说了这调动工作的事哪有这么简单说走就能走的。

父亲说，"小马不是在晚报当记者吗，他认识人多，肯定能想办法把你调回城里中学。"

我觉得他的想法很可笑，就反驳道："他就是一个普通记者，能有多大能耐，这事就先别想了。"

我的话不知怎么激起了父亲的恼怒，"没能耐，那找他干什么？我们都以为他能耐大着呢。"

听到他这样说话，我也来气了，"是我在谈恋爱不是你们啊，我的事不要你们管行吗？你们也太势利了吧。"

父亲还没说话，母亲在一边接上了茬，"势利又怎么样？真金白银就是管用，我和你爸要不是开小卖部，一家人连西北风也喝不上，你又怎么上得了大学？现在倒教训起我们来了。"

我被她噎得一句话说不出来，呜呜哭着跑回自己屋里。

这两个人平时几乎天天争吵，但在面对我的问题时却出人意料地高度一致。说到这里，我已开始脸红，但这还仅仅只是开始。今年春天，马长智从《莲城晚报》辞职的消息不知怎么传到了父母耳朵里。我本来想瞒着他们，实在瞒不住了，只得承认。

父亲问我，"小马辞职是不是要考公务员？"

我说，"不是。"

"是不是他嫌报社工资低，想投资做生意？"

我说，"不可能吧，他没那想法。"

"那他好好的辞职干什么？"

"不为什么，在那干得厌烦了，不想干了呗。"

他沉思了片刻然后昂起头，"小马辞职我管不着，但是我要知道，他和你结婚后拿什么养家养你？"

我也很认真地对他说，"爸，我是现代女性，自己有收入，我不要别人养。马长智有自己的想法，他不至于让我过得太穷。"

没想到父亲竟然勃然大怒，"你不至于过得太穷？可你想过这个家吗？你弟弟今年就上大学了，原本指望你找个条件好的对象帮帮家里，供你弟弟读完大学和研究生，你倒有出息，找了个无业游民。"

......

原谅我，我不想向你们详细描述当时我的愤怒、伤心了。就是从那时起，父母开始明确禁止我和马长智继续往来，并且托熟人给我介绍教育局机关的公务员。我再三推托，最后碍不过熟人的面子，匆匆跟那个公务员见了一面。之后的一段时间，我都活在对马长智的愧疚中，好像自己已经背叛了他似的，渴望见他又害怕见到他。我和马长智的关系出现拐点也是在这时，上一次见面他还意气风发，相当自信，没想到再见他时，他对我变得异常冷漠，客观分析了他的生活现状和我们的关系现状，认为自己没有能力给我父母认定的幸福，决定与我分手。

我向你们承认，这是我二十七年里遭遇到的最大一个挫折，往日的爱人，认识四年，相恋三年，山盟海誓要与我共度此生，却在一点阻力面前轻易放弃了自己的诺言。

我不怨恨他，只是心里充满了对自己的悲怜。不记得是怎么回到家的了，我把自己关进了房间，任父母拍破门也不理会。两天一夜中，我几乎是睁着眼睛任眼泪向外流，一分钟都没睡着。这样到了第二天晚上，我支撑自己从床上爬起来，对守在门外担心我自杀的父母说，"你们大可放心，我不会死，我还要养你们老呢。"门外的人听见我说话，掩饰不住高兴，大声说，"好闺女，你终于想通了，谁还能没失恋过一回呢？咱该吃就吃该喝就喝。妈这就给你做饭去！"

我坐到梳妆台前，看着镜子里的自己。连日来的摧折，单薄的身体薄如一张白纸，只有两只眼睛越发幽深，像两只看不见底的黑洞，我甚至感觉自己的身体也能被这黑洞吸进去。就是从那个夜晚起，我疯狂地迷恋上了写现代诗歌。以前偶尔写过几行，被马长智夸赞感觉很好，现在是自发在写。由于相似的情感挫折，最合我口味的是美国自白派诗歌代表人物普拉斯。我几乎每天都写，幸好有诗歌陪伴，我度过了今生最难熬的一段日子。

现在你们可以看明白一些了吧，我家人固然令人愤恨其实也挺可怜的。我无法选择自己的父母，我们每个人都无法选择，最后只能选择改变自己。后来我又去见了一次马长智，因为我对他突然间的冷漠一直不理解，直到和马长智的发小范小乙谈过话后，才知道原来我的父母曾经去找过他。但我父母到底对他说了什么，他没告诉范小乙。我找他就是想问问他们究竟对他说了什么，马长智同样也没告诉我。他神色淡然，眼睛却并不看着我说，你是个很好的姑娘，应该得到幸福。幸福？我反问他，那么你理解的幸福是什么？他并不回答，只一味苦笑着闷头吸烟。

从那次见到他后，我渐渐沉静了下来。两个多月间，我把空闲的时间都用来写诗了，再想到马长智，竟有恍如隔世之感。直到几天前，马长智的母亲突然给我打电话，说他突遇事故被送进莲城中心医院，几天过去了还人事不省。我这才意识到，我和这个人的联系其实并未消失。我心急如焚，希望立刻飞身赶到医院。想到假如这个人即将死去了，那么，之前我的所有伤心绝望又算得了什么？第一次去医院，他还在重症监护室，我们都进不去，只能在门外盼着有医生出来，好探听里面的情况。第二次去，他就被移到了一间双人病房。他依旧没醒来，头上缠着厚厚绷带、左臂打着石膏，他一动不动地躺着，眼睛也一动不动地闭着。除了头和左臂受伤严重，其他部位皮肤擦伤不太厉害。我惊恐地望着他，不愿相信短短两个多月他会变成这样，那么他都经历了什么？他母亲也不知道儿子怎会遭此不测，只道被一个好心人在路上搭救送来医院。我看她疲累惊惧不堪，就把她劝回家休息一会，说这里由我照看，他母亲才露出一丝欣慰的表情。

　　晚上的病房只剩下了我和马长智。我趴在他脸旁，仔细搜寻着他脸上看有无细微反应，轻声呼唤了一阵，他仍旧一点声息都没有。我抚摸着他干裂的嘴唇，这个动作我以前经常做。一会儿后，我不能自抑地将自己的唇印在了他唇上。我轻柔地咬着他的唇，也像以往那样。在以往，这个动作会令他爆出更大的激情来回应我，可现在他一动不动，沉睡在另一个我所不能了解的世界里，任我以这种方式回到从前。

　　第三个晚上，我又去了医院，又重复了第二个晚上做的那些动作，他依旧在昏迷中。我把手放到了他胸口，心跳比较平稳。我那时不知怎么有个预感，预感过不多久他就会醒来。甚至想，假如他突然醒来，发现前女友的手正在抚摸自己的身体，他的眼神里会是欣喜还是惊讶？天哪，我的脸一定羞得像块红布。

　　当然去医院所有这一切都是瞒着父母的，好在他们也没过问。第四晚原想早早过去的，因学校有急事需要加班结果没去成医院。没想到仅仅隔了一晚没去，他就苏醒了。我无法形容自己的心情，兴奋之余，却不知如何去医院面对醒来的他。

　　这一夜我失眠了，直到凌晨天色朦胧泛白之际，才感觉困意像山一样向大脑压下来，我沉沉睡去。

失　忆

　　今天是我苏醒后第四天。

　　上午九点多钟，照例是医生查房时间。一个戴眼镜的年轻女医生在查看了我的伤口后，说复原情况很好，然后交代我和母亲一些注意事项。我向她询问失忆问题，她解释说，根据你的描述，你应该属于脑部受到碰撞引发的间接性失忆。这种病症也有治愈的先例，至于需要多长时间复原，很难说，也许几个月，也许几年，因人而异。当然也有很多人，终生都记不起遗忘的人和事。

　　为了锻炼自己的记忆力，我刻意将这几天的谈话一遍遍在脑子里过滤，发现记住它们没有问题。母亲对我现在的情形还比较乐观，按照她的说法只要她的儿子没变成傻子、呆子，她觉得一切都过得去。

在这之前，她心里唯一觉得不舒服的是我的婚事，今年我二十九，过完年就三十了，但眼下，我身体复原才是最大的事。也正因如此，她对林郁肯主动来照顾我表现出非凡的热情。据母亲说，林郁是我的女友，但自从春天时我从《莲城晚报》辞职后，她就在父母的高压下，被迫与我分手了。最近几天听说我出了事，她几次跑到医院照顾我，令母亲非常感动。

在我现有的记忆库里，林郁这个人没有一丝一毫存留过的印迹，就更不要说我和她的过往情感了。仅有的一点信息都来自母亲想到哪就说到哪的叙述，但无论母亲如何描绘，我都想象不出林郁的容颜。

十点半，刚刚换上一瓶输液，从门口走进来一个年轻女性，因为身材单薄，看上去只有二十露头的样子，眼睛大而幽深，有种天生的忧郁气质在里面。她径直走到我身边，露出惊喜的表情，"你醒了，太好了。"说完对我母亲微微一笑。虽然我并不认得她，但仅凭她的表情和母亲的表情就不难猜测，她就是林郁。

她在我面前显得有些窘迫和不自然，母亲借故回家拿东西离开了。她问我身上伤痛还那么要紧吗，我说痛感一天天在减轻，右手已能自由活动，左手现在还是不能动。腿上的外伤几天换一次药，过几天就能下床轻微活动一下，现在算是好多了。她的表情松弛下来，露出浅浅一笑。

我说，"听母亲讲你来医院辛苦了好几天，谢谢你了。"

她微微吃惊的样子，低声说，"你对我未免太客气了吧，就算不是那种关系，作为朋友也应该过来照顾一下吧。"

我没作声，她迟疑地看了看我，旋即低下头。我从她羞怯的眼神里，不难判断，有着这双令人过目难忘的幽深眼睛的女子，定会为自己的良善所累。

我凭感觉断定母亲肯定没告诉她我失忆的事，无论基于哪种考虑我都不应对她隐瞒实情，"我母亲可能没告诉你我已经失忆了吧，大学之前的还行，大学之后到我住院前的所有事和人，我都没记忆了，当然，这也包括你。"

听到这话后她惊恐地看着我，像盯着突然出现的猛兽似的。"这么说，你现在不仅把我们的过去都忘了，甚至还根本不知道我是谁？"

我点点头，"可以这么说吧，这十年间所有的记忆都是空白了，或者叫黑洞也可以，反正意思都差不多。如今我也算是个残疾人了。"

"你难道不想找回遗失的记忆？马长智，在你被送进医院之前到底发生了什么？你真的连一丝一毫都想不起来吗？"

她苦痛的神情一下触动了我心底的消沉，"我又何尝不想找回记忆，但这种病症能不能康复谁说也不算，据医生讲有些人终生都忆不起来。"

　　看我的神色越发黯然，她沉默下来。过了一会，她语气坚定地说，"无论如何，我们都要帮你找回记忆，哪怕不是为我，也得找到你不明不白遭劫难的原因。你知道吗，这对你很重要，非常重要。"

　　我诧异刚才那个忧郁的女生，突然之间变得有力量了。我对她点点头，心念在快速转动：她就是我以前爱上的女子？看来我的眼光不错。

　　一周之后，我真的如医生所说，可以下地活动一下腿脚了，但也仅限于从病房到卫生间十来米的距离。好在我右手没问题，可以自己吃饭、上厕所，仅仅这些就足以令母亲欣慰了。姐姐从澳大利亚邮寄来一大堆改善脑循环的药物、保健品、皮肤外伤药膏，由于她即将临盆生产第二个孩子，虽然心急如焚，终究不能赶回莲城。

　　就在大家为我的日渐康复而欣悦之时，只有我感觉到事情不妙，因为我对自己现在的记忆能力未免估计过高了。而实际情形是，刚过去几天的事情还能记得，但相隔时间超过一周以上，记忆就明显模糊，有些谈话内容彻底遗失。那么超过一个月以上呢，超过一年以上呢，我的记忆岂不又是大段大段空白？像从未有任何事物来到大脑一样？这个发现以及由此产生的推测令我十分沮丧。

　　我溜到医生值班室，从窗户看到那个年轻女医师在里面，就敲门进去。我告诉她自己最新的不好感觉。她说，临床上各种情况都会出现，像我这种情况她以前也遇到过，目前比较可行的方法是随时记录自己的生活细节，包括和人的交流对话内容等，越具体越好。对以前遗忘的时间段，可以通过翻看以前的书籍、日记、资料，听先前熟悉或喜欢的音乐，多到曾经熟悉的地方、生活环境中，在视觉、味觉、嗅觉、听觉等各种感官上刺激触觉神经，从而唤醒潜意识，激起回忆大脑电波。另一种因突发事故造成的失忆者，可在经过一段时间的护理后到事发地（失忆的产生地）重新体验，直接刺激他的感官神经，看看能否生效。但是医学上对这最后一种试验历来争议很多，有专家认为此举不仅不能唤醒病人记忆，还有可能适得其反，加重病情。

　　她说前几种方式都是有益的，等你出院后应该多试试，把它们作为一种生活习惯来适应。另外还有很重要的一条：注意保持达观平和的心态，放松心情，过于忧虑只会恶化病情。我问她何时可以出院，她说，你头部缝针还没拆线，腿部外伤伤口也未愈合。治疗一周后看恢复情况再定吧。

十天后范小乙为我办理了出院手续。在莲城市中心医院住了一个月，现在我要回家了。站在医院门口，我骨折的左臂仍打着厚厚石膏，一个月之后才能卸下；带着满身只有自己知晓的伤疤，我就像从另一个世界来的人。十月末依然温煦的阳光，把我照得脚下一阵阵发软，街市上的喧嚣显得多余而又不真实。半小时之前医生对我说得很明白，以后家就是我养病的主要地方，言外之意我不能外出寻找工作。他们不知道，对我来说，最不重要的就是工作单位了。

母亲两天前专门请家政工把家里彻底打扫清理了一遍。走进亮堂堂的居室，摸摸被阳光晒得蓬蓬松松的被褥，看看书橱里那些从前属于我现在也属于我的各类藏书，我的心瞬间变得柔软。在盥洗室的镜子面前，右手抚摸着下巴上的一条伤疤，我对自己说：马长智，你已没有过去，也无能力设想未来，你只有当下。

迷　雾

国庆假期的最后一天，我坐上了上午九点从莲城发往马兰镇的汽车。

此去马兰，是我一个人独自行动，马长智毫不知情。对他这两天的记忆现状我深感忧虑，他的记忆库大概只能存放几天时间，超过一周，脑袋里的东西就要自动模糊清空，很难想象他今后如何工作和生活，而对他究竟能否复原，不瞒你们说，我心里一团茫然。

据将马长智拉到莲城医院的那个司机讲，他是在莲城市马兰镇的公路边发现马长智的。马长智在从《莲城晚报》辞职后，为了大量搜集小说素材，经常一个人坐车到莲城属地各镇遛遛逛逛，与人聊得兴致高时，当晚回不来，就在某镇某村将就着住一夜。这些情况我都是知道的。本来他打算买辆二手车，方便自己外出采风，没想到短短几个月就出了事。马长智出事的前一天也就是九月二十三日，他母亲刚从徐州他大姨家回来，她在徐州过了五天。因为对儿子的牵挂她提前结束了徐州省亲之行。这件事我们之所以都备感棘手，因为我和他母亲都不知道他是哪一天离开家，离开家几天时间。

马兰镇是莲城市最东面的一个镇，过了马兰镇再往东就是康水县地盘了。既然他是在那里出的事，那么马兰镇我是非去不可了。

这辆半新不旧的班车一路走走停停，行进得非常慢。待汽车驶出城区，转而又驶出城乡接合处的清平镇后，车速明显快起来，我把头扭向车窗外，完全是一幅金秋的乡村风景画。刚刚收获过果实的果树们，枝叶依旧青翠茂密，带点骄傲的神情，或挤挤挨挨在大片果园里，或三五棵散落在田间地头。远处的一条河流，在淡淡秋阳下散射出缥缈的白光，我想起那条河的名字就叫白河，因河床聚积无数白沙而得名。它从东向西一路迤逦而行，穿过莲城后，最后向西汇入一个大淡水湖。若放在平日，我很可能会非常闲逸地品味这秋天的野外，而今天却心不在焉，只盼着车开得再快些。

马兰镇在莲城最东部，属于半山区，是莲城经济发展比较贫困的几个镇之一。当汽车终于抵达写有"马兰镇"的站台时，我看了看手表，差五分钟不到十点。

镇政府大院里静悄悄的，因为还在假期，院子里偶尔能看到几个留守值班的工作人员。按照事先的约定，我直接去找镇政府办公室。办公室在主楼一楼，一进大楼我就看到一间办公室里坐着一个小伙子。进去一问，果然就是我要找的小刘。小刘是我们房管局服务大厅袁敏主任的准未婚夫，省委选调生，两年前被派到马兰镇挂职。今天正好该他值班，昨天我们约好了在马兰镇见面。

小刘之前并不知道我来马兰的真实用意，听我大致说了马长智受伤在马兰镇被发现的情况后，随即把宣传科和派出所的两个小青年叫了过来，当然我隐瞒了马长智现在已经失忆的事实，和以前做晚报记者的经历，因为，我不想让更多无关的人胡乱猜测我朋友在马兰镇的所作所为。

他们三人都在回忆或查找九月二十三日至二十四日，在马兰发生的所有重大事件。过了一会，宣传科的小青年说他想起来，九月二十三日，马兰镇五柳乡有一位一百零五岁、马兰最长寿的老人去世，老人远在台湾的儿子专门赶来参加发丧仪式。就在老人过生日时，《莲城晚报》还有记者过来拍照呢。我说这件事和我朋友不会有关联，还有吗？他又说到二十四日发生在庆云村一件稀奇事，有一户人家定在那日娶亲，可婚礼当天新娘却不见了。新娘有一个妹妹也到了适婚年龄，在父母和亲戚的劝说下，同意取代姐姐嫁给姐夫。那天好热闹啊，庆云村的村民为此兴奋了好几天。有好事者把电视台的摄像师也请来了，却被女方家人顾及面子硬硬地给撵走。小青年说得眉飞色舞，我不好意思打断他，做出有兴致倾听的样子，等他终于讲完了，我才轻描淡写地说了句：这个新闻还真稀罕，不过好像也看不出和我朋友有多大关系。我转头问派出所的小民警：九月二十三日至二十四日凌晨，派出所辖区内有没有发生纵火类暴力事件，有没有抓获的不法分子。小民警一边还在查询那两天的记录簿，一边说，二十三日深夜，值勤民警倒是在一个小卖部附近抓住两个偷手机的窃贼，是两个未成年人，退还赃物后，对他们管教了两天就让家人领走了。整个九月份，马兰镇都未发现纵火案和严重的刑事案件。

看看他们都一副再也发现不了什么的表情，我脑子里快速转动向他们问了最后一个问题：九月二十四日前几天有没有作家来马兰镇采风搜集写作素材？宣传科小青年抢先说，前年省里有几个作家来过，镇里还负责了接待，近两年没听说有人来采风。

我向他们道谢后起身告别。路过汽车站台，我想了想，决定暂时不回去，先在镇驻地闲遛一会。马兰镇地属半山区，该镇多以种植花生、地瓜为主，果树则以枣、板栗、柿子为主。路旁的柿子树上挂着不少黄澄澄的灯笼柿，站在树下，向东望去，青山的形状已清晰在目，可那毕竟不属于莲城了。将马长智送到医院的司机只说是在马兰镇发现了他，却没说出具体位置就匆匆离去，现在到哪才能找到那个司机？

已是中午时分，路两旁的小饭馆、店铺明显忙了起来，看着一个个过往的路人，我仔细搜寻着他们脸上的表情，好像他们每一个人都可能是知情者。我明显感觉到自己心底的焦灼，与此同时胃里还伴随着强烈的饥饿感。找到一家比较干净的面馆，我让老板给来一碗手擀面，老板是个五十多岁的中年女人，自称在这已经营了十几年。我很随意地问她马兰的社会治安怎样，痞子流氓多不多。她一边麻利地给我下着面，一边说，马兰镇上的治安总体还不错。当然，镇里有几十个自然村，小偷小摸哪个村都少不了，大的刑事案件她听说的还真不多。我又问她马兰从事货运行业的村民多吗，她说自己不了解，但是她知道从康水县那边倒有不少去莲城做生意的人，他们有时赶到吃饭点会在她这吃碗面。听了女老板的话，我心头又隐隐升起一丝希望。我说有一位好心司机曾救过我兄弟一命，为表达感激我们正在寻找这位司机，希望她能帮忙打听着。我把手机号留给了她，说如有信息请尽快拨打这个号码。

在站台等汽车的间隙，我反复看看东边望望西边，明知什么都看不出来。从在医院看到马长智的第一眼到现在，我始终有种被迷雾裹挟的感觉，来到马兰这种感觉更加强烈，可是这团迷雾究竟从何而来？

一无所获地离开马兰镇后，我唯一能做的，是帮马长智收集他以前在《莲城晚报》发表过的各种采访报道，以及他写过的诗歌、小说，想让这些以前他最看重的文字资料，带他回到过去熟悉的语境中，唤起似曾相识的感觉。我把自己能找得到的全都复印了一份，最后装订出几大本交给了马长智。他显得很惊讶，说我像变戏法似的怎么弄出这么多东西来，他要好好研究一下，为什么自己以前会那样写东西。他出自无心的话让我感到心酸不已。几个月过去了，虽然身上的外伤在他持续地涂抹药膏后大部分复原，可下巴上的一条伤疤却非常顽固地保留着，依然醒目，令他的相貌比实际年龄要沧桑许多。并且他的失忆症状也没有好转的迹象，虽然他每天都大量阅读，但基本上结果都一样，就是最后什么也没记住。但是，他说即使这样，阅读的当下依然给了他不少快乐。

他不知道，我几乎每天都在等待一个能让自己有意外惊喜的电话，可我始终都没等到。

他和林郁，算了，我还是不说了吧，他们之间那些隐秘的事情与心理，我作为旁观者是说不清的，还是由林郁自己说给你们听吧。

忧郁的林郁

秋天的最后一场雨时歇时落，断断续续，一直持续了三天。这阴沉的天空人究竟看多少眼才能把它看穿？我不知道，就像我此刻的心，又有多少人能看穿？这场雨之后，冬天就要来临了，它的寒冷萧瑟在树木、草花身上打下多少烙印，就会在我心上打下多少烙印。每天上下班都经过的一大片银杏林，我目睹它们在金秋时节披上一身金装，然后再看着它们一天天脱落掉金发，显露出只有老年才有的那种衰颓。这怎能不令我哀伤？

自从在范小乙那里证实了马长智失忆的事实后，我能明显感觉痛苦又增加了新的成分，这新增加的成分对我的摧折变得更全方位。说到这，我的心不禁加紧了收缩，一时不知先从哪开始说起。容我缓两口气，放慢一下说话的节奏。对马长智的失忆我最先感到震惊，但我用女性特有的坚定告诉马长智，我要帮他恢复记忆。这些情节你们以前也都看到了。我的确是这样想的，也这么做了。每隔几天我总要瞒着父母去医院看他，后来他出院回家了，我每周去他家一次，给他送去他以前喜欢吃的食物、喜欢的音乐、诗集、小说，他过去写给我的诗歌。但令我不解并不安的是，他对过去曾经最喜欢的东西，如今竟表现得毫无兴趣和感觉。

并且他还当着我的面嘲笑自己以前的品位，令我羞愧极了。我的信心在他面前大大受挫。这是第一重摧折。

第二重摧折我想你们都已经猜到了。作为一对相爱几年的恋人，即使分了手，那些过往的相爱经历，爱情细节都有值得珍存的理由吧。在他出事之前的许多个夜晚，我坚信很多时候我们应是在两地同时陷入回忆的，也就是说，我那时的痛里其实还包含着隐秘的甜蜜，只不过是在我的叙述里被故意漏掉了。或者还可以说，那时的痛是两个人共有的痛，实际算来，我个人的那份充其量就是百分之五十的痛。而他失忆了，等于直接对我宣判，我的回忆毫无理由更无价值。现在他连我这个人是谁都不知道，更进一步说，我们的爱情只是我一个人的事，和现在的他毫无关系。按照这个逻辑，我的思维继续陷啊陷，陷进一个可怕的怪圈：既然和他现在毫无关系，那么就等于爱情从没进入过我的生活、我的身体，就从没存在过，它比空中的飞尘、指尖的流水更虚无缥缈。我常常对着镜子里的人，问自己：你是谁？

巨大的虚无感横亘在我胸中，有时已经影响到我的工作，听着嗓子里发出的说话声，觉得就像是从另一个世界发出的声音。有时我站在讲台上，尽管背对着学生，却感觉他就坐在最后一排，用充满探究的眼神看着我上课。我真恨自己的大脑，看，现在我又开始回忆了。三年半前春天的一个下午，他像天兵下降般来到我的校园说要听我讲课。他的到来令我在经历了少许慌乱后很快镇定下来，结果，那节课比往日讲得还要好。我知道他是《莲城晚报》的知名记者，还是诗人、小说家，但对他突然来学校看我没有丝毫准备。当然，我在这又卖了个关子，在那之前我们就是朋友了，一对尚未捅破窗户纸的朋友。下课后，我陪他在校园外田野边的小路上散步，已经长成的青麦吐出醉人的清香，扑入眼帘的，全是绿色：小麦的绿，青草的绿，杨树、柳树的绿，一行行整齐菜畦的绿……我笑着对他说，我喜欢这里，我想永远留在这里教孩子。他在我前面停了下来，转过头，看着我说，很好，林郁，我支持你，以后也会支持你。我隐约明白了他话里的意思，觉得脸上腾起了一片羞红的云。他有点诡秘地眨了眨眼睛说，你今天别坐班车回家了，机会难得，坐上我的摩托车好好感受一下这个春天吧。就是那个下午，拉开了我们相恋的序幕。爱情的美好，相信恋爱过的人都有体验，人生若只如初见，假如减损我的寿命什么的就能让爱情继续保持美好，我都一百个愿意。接吻时满世界皆忘的沉醉，躺在他怀里听他心跳时的沉稳笃实，还有那无数甜蜜的情话，这些早已经变成我生命的一部分，现在让我相信它们从没存在过，不就如同割去自己身体一部分似的难以忍受？而最最难忍的还不是这些，是马长智对我的痛苦却毫无知觉。

一天，我在相册里翻到一张相片，是在一个春天里照的。我站在一树洁白的梨花下，过于明媚的阳光照得我微微眯起了眼睛，他站在我旁边，低头侧脸含笑看着我。当时他就说这张照片拍得好，还专门冲洗出来。我拿出相片给他看，他接过去端详了一会，脸上看不出任何表情。过了一会，他把相片放在桌上，语气平淡地说，再好的事物都会消失，以后你也不要再费什么心思了，对我而言看与不看都没区别。他话刚说完，我的眼泪就刷地冲上了眼眶，我转过身，偷偷抹了一下眼睛，然后把相片收起来。

上一次，我去看他时，他还在睡中。我蹑手蹑脚踱到他面前，长时间凝视那张已现沧桑的脸，下巴上的一道疤痕依然清晰惊心。他醒了，见我站在床前，露出惊讶的神情，问，"我的伤疤是不是很可怕？"我慌忙说，"不，不是的。"他不知道，我怎会对他的伤疤感到害怕呢，他睡着那会儿，我多想像以前那样趴在他胸前，小心抚摸那道伤疤，亲吻那道伤疤。但是他不会知道，因为我也不会说。

至于对我的第三重摧折，在这里我不准备向你们隐瞒，它就来自对马长智暗下黑手的人。那可能不仅仅是一个人，而是几个人，甚至一群人，我也不知自己从哪得来的这种预感。我把自己的预感说给范小乙听，他也这么认为。但是那些人如今藏在哪里？是暗自得意还是良心有一点点不安？范小乙告诉我他已经去过马兰镇探寻线索，但一无所获。其实我也找过一个在《莲城晨报》工作的同学，让他写了封感谢信登在报上，寻找那个好心司机，但很多天过去也没有任何音信。但是，无论我怎么猜测都猜不出，有人为什么会对马长智下如此狠手。可怜马长智竟然不知道自己是如何遭害、被什么人所害，假如他永远恢复不了记忆，是否害他的人就终生逍遥法外、不受到任何惩罚？而我们这些和马长智情感亲近的人，却要终生活在不能获知真相的煎熬之中？

第四重摧折，唉，到这时我不得不继续往下说了，难道它能离开我可怜、可气的父母吗？他们从别的地方已听到了马长智的事情，可是一反常态，并没像以往那般不可理喻地跟我吵，而是小心翼翼看着我脸色，从来不在我面前主动提起。我估计这是我那足够聪明的姑妈给他们出的主意。此外，他们悄悄加紧了给我物色男友的步调。直到有一天，他们明确告诉我周末要安排一次见面，对方是教育局督导室公务员时，我才不得不主动对他们说了马长智出事后的现状。

我母亲故作惊讶地说，"哎呀，还有这样的事情，我可是第一次听说。可怜他母亲了，不仅没福享受儿子的孝敬，恐怕还要伺候他一辈子。"我瞪了她一眼，她讪讪笑着不作声了。

过了一会，她又换了一种可怜天下父母心的语气说，"郁郁，其实你这段时间对他也算是尽心尽力了，他这病能不能看好是一回事，什么时候看好又是一回事。你过了年就二十八岁了，不为我们考虑也得为你自己考虑吧。你姑说这个小伙子相当不错，他上你们学校检查时见过你对你很中意。就去见见吧，兴许见了面你就相中了呢。"

我厌烦地从客厅躲进自己房间，撂给他们一句话，"我的命是你们给的，你们爱干嘛就干嘛。"尽管这样说，第二天我还是以感冒不舒服为由把相亲向后拖延下去，事实上感冒也是真的。

我已有一段时间没去马长智家了，因为我的思绪很乱很乱，不知道自己能为马长智带去什么，更对自己安抚别人的能力深深怀疑。他母亲敏感地好像捕捉到了什么，一天下午给我打电话，问我这段时间没去是不是感冒了身体不舒服，我说是的，觉得好疲累，等过几天好些就去看你们。放下电话，发现办公室里就剩下我一人了。我半个身子伏在桌子上，胸口一阵阵发闷。我在心里呼喊着：上天啊，你为什么要让我承受这么多痛苦！马长智，你正在干什么，我的痛苦你能感受得到吗？能吗？

墨尔本

十二月初，莲城已经是真正的冬天了。房间里已通上暖气，对于我这个基本不出门的人，室内的温暖令我觉不着季节变换。早上起来时，晴天朗日映得房间到处是明亮白光，到午后就看不到阳光了，天色越来越阴沉。天气预报说今天有雪，母亲说，这段时间天气太干燥了，下点雪也好。下午四点多钟，我坐在窗前正看着书，抬头向外一望，细小的雪花从遥远天空飘飘洒洒旋舞着下降，不知它们已这么悄无声息飘了多久。我站起身，打开一扇窗，一股沁凉潮湿的空气夹杂着点点雪花顺势钻进鼻孔，令我精神为之一振。一个多小时后，再看窗外楼顶和地面，已积起了薄薄一层细雪。

吃过晚饭，我对母亲说想出去走走，母亲叮嘱我就在小区院子里蹓蹓就好不要走远。

雪花这会儿比下午又大又急，已经变作鹅毛大雪。松软的新雪踩在脚下咯吱咯吱作响。不远处几个小屁孩顶着大雪堆雪人，不时发出一阵嬉闹声。记得自己小时候也喜欢玩雪，一入冬天就开始像盼年一样盼着下雪。好多天没出门了，满世界白茫茫一大片，突然感觉天地间竟是如此洁净、静谧。雪覆盖了一切，覆盖了嘈杂、肮脏，也覆盖了不安、惊悚，我深深呼吸着清冷的空气，能感到此刻自己的心里非常安静。

这段时间，我已经习惯于随时记录日常生活、瞬间思维感受，以及与人谈话的内容，并且越发感觉到这种方式对我的益处。范小乙和林郁都在努力通过让我阅读以前自己写作的文字，来实现对大脑皮层的刺激。我理解他们的苦心，也希望能有效果，但是到目前为止还未奏效。他们对导致我现状的突发事故怀有不可更改的看法：都认为那是一桩蓄意谋害，因此必须要设法弄清真相。倒显得我自己对此漫不经心了，然而我知道破解这件事不是取决于经不经心，而是我能不能恢复记忆。

下雪的这个夜里，我在上半夜睡得非常安稳，下半夜，许久不曾做梦的我竟然做起了断断续续的梦：是在一个下雪天，我和一个身形单薄的女子并肩而行，女子不知因何悲伤，边缓缓移步边嘤嘤而泣。我诧异地问，你怎么了，为什么突然哭了。女子并不回答，还是嘤嘤地哭。我心里陡然升起一股怜爱，将她搂在自己怀里，吻她冰凉苍白的额头安抚她。过了一会，她抬起头，脸上的泪水依稀可见。她幽幽吐出一句话，你都不认识我了，还为什么吻我？你不知道这样我会更悲伤吗？我警醒地向后退了一步，想仔细看清女子究竟是谁，就在这瞬间，女子突然身姿轻盈地飘远了，留下我呆呆地站在大雪中……

梦醒的刹那，那些细节异常清晰。我披衣走到窗边，雪依然在静静飘落，满世界皆是白色。那个嘤嘤而泣的女子，不就是林郁吗，我从前的恋人。这个梦带给我的除了朦胧、暧昧、无法说清的情境，还有不安宁感。这个梦暴露出的隐秘，令我担心自己更担忧林郁。现在的我已远非出事前的我，和原来在晚报做记者更是天壤之别。而她应该有个正常的丈夫、正常的婚姻，她不应该再到这里来。想到这里，我的心意坚定下来，不安宁感也随之消失了。

融雪后的第二天，我们正吃着晚饭，母亲突然想起了什么，看着眼前的汤碗说，"我烧的鸡蛋汤总归不如林郁做的好喝。"我端起碗喝了一口说，"我觉得挺好啊，没尝出有什么区别。"她看了看我，叹口气："林郁有段时间没来了，听说前些时间感冒发烧了。现在也该好了吧。"我心里一惊却没吭声。母亲继续一个人在说，"我觉得我们娘俩有缘分，要不我怎么就看着那孩子好呢。其实你的病也没嘛，能有多大影响？"我对她笑笑，"汤都凉了，快趁热喝吧。"

其实这几天，母亲都在有意无意地向我提起林郁，甚至委婉地向我暗示，以前林郁来这里夜深时也会留下不走。我知道母亲喜欢林郁，舍不得我们分开，可我现在是什么情形？有时母亲说她的，我只是听，却不顺着她的话往下说。但是母亲暗示我和林郁有过同居之亲还是对我产生了一些影响，当天夜里，我觉得心里有点烦乱，那个要命的部位肿胀得厉害。虽然我无从记忆之前我们的恋爱细节，但也不妨碍我胡乱想象一番。这样的结果是，到了白天，我非常害怕林郁过来，因为我担心自己不再像以往那样淡漠，担心自己控制不住冲动，会突然把忧郁的她抱在怀中，亲吻她苍白冰凉的脸庞、幽深的眼睛。还好，她有将近一个月没来了，但会给我发电子邮件，有时是她在杂志上、书里看到的好诗，有时是她自己写的诗歌、随笔，我通常是简短地回复几句看法。

临近圣诞节时，姐姐打来电话，说宝宝已两个月了，她准备回莲城来看我。我和母亲坚决打消她这个决定，因为她第二个宝宝实在太小，哪能经受长途奔波，何况家里还有个上小学的男孩需要照顾。我和母亲的坚决阻拦，倒令姐姐又生出一个主意，她说，墨尔本的环境幽静非常适宜疗养，她想法帮我办个过去的手续，当然我过去后可以上学也可以不上学。我当即同意，但让她再缓几个月办理，等她宝宝稍微大些我再过去。

去墨尔本的时间终于确定在了四月底或五月初。随着时间的推移，母亲最初的喜悦越来越少，她的心事明显增加。我劝她和我一起过去，她说吃不惯洋餐，哪也不去，就在家守着。

范小乙知道这个信息后，认为我换个环境也不错，但随即又流露出伤感表情。他问林郁知道吗，我说，现在还不知道，不过早晚会知道。

林郁最终还是从母亲嘴里知道了我要去墨尔本的事。她给我写了封长信，说她对我感到愧疚，不该在我还没复原时去跟教育局督导室公务员见面，如果这件事刺激到了我，她宁愿什么都不发生，让自己一直单身下去。我给她回复道：你如此善良美好令我更加不安。你应该有新的生活，不该在我这里继续浪费时间。

我去墨尔本不是因为你，而是觉得想要换个环境换种生活，另外也想感受一下西方文明。

在这里我向你们坦白，我不是因为害怕再次爱上以前的恋人才决定远去墨尔本的。但是对于我的坦白，聪明的你们会相信吗？

从上海飞往墨尔本的飞机是在四月三十日，那天范小乙一人送我去上海浦东机场。临登机时，范小乙用力拥抱住了我，"多保重，不用担心你母亲，有我照应呢。如果不想在那待了就回来，这里才是你的家。"我点点头，感觉到眼眶里有了湿意，赶紧扭头向登机口走去。

五月初墨尔本的气温比莲城还要低。姐姐一家住在墨尔本市郊，住房面积足有三四百平方米，有个非常漂亮的花园。她在莫纳什大学任教，我姐夫在墨尔本大学任教。姐夫是华裔第二代移民，他出生在新加坡，在墨尔本上大学后到美国读博又回到墨尔本大学任教。我第一次见他还是在他们结婚回国之际，现在他已经是百分之百的西方思维。他对我的事情知道一些，大方地说，其实部分失忆也算不上病，你在这里怎么高兴怎么过。姐姐的大儿子九岁，小女儿半岁，因为还在哺乳期，半年后她才去学校工作，所以现在有时间带我熟悉墨尔本环境。

初来乍到的新鲜感过后，我也不怎么往外跑，除了比较喜欢开车去海边转转，大多数时间都待在家里，帮姐姐照看一下婴儿，或是跟着园艺工人边晒太阳边做园艺。出国的时候专门带来一箱书，足够我慢慢看了。

范小乙经常给我发电子邮件，告诉我莲城发生的一些新闻，比如我们都认识的某副市长，在带小三去海南考察时遭遇车祸双双死在高速路上；还有我原来晚报社里的一个社长也在高速路上出车祸了等等。有时他也会说到林郁，说林郁隔段时间就会去我家看望我母亲，并且教会了母亲发电子邮件、视频聊天。我给他回信说，你难道担心我在墨尔本乐不思蜀把莲城把你们都忘了？姐姐给我找好的英文老师都被我给请回去了。我在墨尔本只是个暂时寄居者，在这里找不到文化归属感。

我没告诉范小乙林郁也给我发邮件但我从没回复过，这是事实。在开始半年里，虽然我从不回复她还是照旧给我发，好像这本来就是她一个人的事情一样。又半年后，邮箱里看不到她给我发送的邮件了，其实这一两年我已经习惯了天天晚上打开邮箱，看有没有我熟悉的汉字。看不到她的邮件我心里有些空落，说不出的怅惘。一次我跟母亲视频聊天时，委婉地问林郁还经常去看她吗。母亲说，她也有一个月没见林郁了，不知在忙什么。

在我来到墨尔本一年多的一天，我非常清楚地记得是五月二十五日。母亲在跟我聊天时告诉我，林郁几天前结婚了，对象在莲城市教育局。虽然在这之前我也有过诸多猜测，但真到亲口听母亲说出这个事实时，我还是有了种头皮发懵的感觉。我半天愣在那里没动静，母亲连声问了几句你没事吧。我说没事，过了一会就匆匆结束了聊天。

我开了车几乎是无意识地朝自己熟悉的一带海岸线驶去。把车停下，沿着长长的海岸线我走了很久很久，往日的蔚蓝海水细白沙滩此时觉得不过尔尔，胸口闷得隐隐有些疼痛。直到走得双腿发酸，我在沙滩上重重躺下来。这片荒僻的海域平时极少有人长久逗留，因此才更适合我。下午的阳光灼热，奇怪的是我竟像失去感觉似的。就在此时，我才承认，以前自己用意志支撑起来的世界，终于坍塌了。我在对自己的懊恼与自虐心理中沉沉睡去，仿佛睡了很久很久，几次觉得自己快要醒了翻一个身后又继续睡下去。

直到感觉有人在使劲拽我、拉我，大声用英文说话，我才睁开眼睛。一个五十多岁的澳大利亚人正用两只手用力拉动我身体。见我睁开眼，他表情惊恐地用手指着我身后让我看。我扭头一看，原来天色已暗，海水涨潮了。我的身体早已被潮水打湿，却睡得没有一点知觉。我爬起来，向他道谢后，腿脚麻木地向后退去，十几分钟后，我找到了自己的汽车。

如果不是那个澳大利亚人偶然间发现我去拖动我，估计我很快就被海浪卷走了。海滩上的危险一幕，我没告诉任何人。自那之后我很少外出，主动承担起了教两个孩子汉语和古典文学的任务。当初那个半岁的小婴儿如今已快两岁，粉嫩娇憨，汉语说得非常好，会背多首唐诗，而我小学五年级的外甥，在跟我下象棋时我稍有不慎就会被他杀得稀里哗啦。我跟我姐开玩笑说，这基因好了就是不一样，不服不行哪。我姐带我去看过几个神经科医生，服用一些药物后记忆力似乎比以前好了些，但没有根本改观。她也带我去见过澳大利亚的催眠大师，但那种方式对我也没起到什么作用。消失十年的记忆，对我仍旧是大片空白或者说是黑洞。倒是下巴上的那道疤痕，在持续用上好药膏涂抹后已淡得几乎看不出来了。

莲城离我似乎越来越远，有时想起那座鲁南小城，竟有恍如隔世之感。很多时候，我会忘记自己失忆病人的身份，对造成自己失忆的偶然事故也已忽略不计，甚至觉得现在这种不需要回忆的状态没什么不好的。

姐姐几次要给我介绍女朋友，被我拒绝了。我说我忘了自己是个病人你怎么也忘了呢？姐姐说，我看你一切正常嘛，这不影响交女朋友。我说，现在还不想，以后再说吧。姐姐无奈地笑笑：好嘛，随你吧。在这不久后我接到了范小乙要结婚的喜讯。他说你不能参加婚礼我会很遗憾的，我说人虽不能去，但心意肯定要寄去。我和姐姐一起帮他选了一对情侣表作为贺礼给他邮寄过去。

小乙终于喜结良缘我为他开心，而我的生活在墨尔本。假如不是后来家中突然发生了一件意外，我以为自己还会继续享受澳大利亚的艳阳和滋润海风。

母　表

六月末的一天，范小乙打来一个电话把我吓出一身冷汗，是母亲出事了。她在大街上骑电动车时不慎摔倒，膝盖大髌骨骨折，现在住进医院，急需家属签字做手术。

我赶紧收拾行李，姐姐向学校请了假。我抱起小外甥女，回望着这个我待了两年零两个月的城市，心想下一次再来不知是何年何月了。

回到莲城我们直奔医院。见到在病床上痛苦呻吟的母亲，姐姐伏在她床上失声大哭。医师示意我把姐姐叫过来，他说从CT片看，我母亲的骨折情况不是太严重，他建议不必做内部钢爪手术，而从外部用石膏固定，中西医结合治疗，大多数病人在几个月后就能痊愈，风险系数比较低。听过医生这番分析，姐姐的情绪终于平息下来。

腿部打上石膏后，母亲的疼痛一日日缓解，但活动严重不便又给她带来烦恼，得知终于可以出院回家静养，她马上又高兴起来。我笑说两年不见母亲她越发像小孩了，而姐姐眼看假期将近脸上明显焦虑不安。母亲回家第二天，姐姐就叫我联系家政公司请个钟点工过来帮忙。我说，"不用了吧，有我照顾咱妈呢。"姐姐说，"不行，你一个人哪忙得过来。等咱妈以后好了，生活能自理了，你想把人辞掉随你便。"母亲不到两个月就卸下了石膏。我在医生的指点下，帮她逐渐活动腿部，四个月后，她的腿基本痊愈，在家里她又恢复了以前的幽默。

自从经历了母亲的摔伤事件后，我才突然发觉她已经是个身边不能没人陪伴的老人了，而我在去墨尔本之前还把她看作中年人。对这两三年无所事事的日子，我觉得有必要改变一下了，虽然母亲对我没有过任何要求。我跟范小乙说想做点现实性的工作，最好不要坐班，时间要灵活机动。范小乙说，"你有这个想法就不错，容我仔细想想，看什么工作适合你。"几天后，范小乙说给我联系了为几家房地产公司写文案、软文的工作，这工作的好处是不用坐班，房地产公司会把相关材料、沙盘效果图发给我，我按照他们的要求在规定时间内把写好的文章发给他们。我说这样的活难不住我，我喜欢。第一个月给几家公司分别试写了一篇，对方单位都表示挺满意。我把这份工作持续了下去，算起来每个月也有几千元收入，赶上广告文案评奖什么的，还会有一小笔奖金。

母亲对这种现状很知足，跟我姐聊天时，说到我的变化，两个女人颇多感慨。偶尔她还会提到林郁，说她上次在医院门口，遇到林郁抱着三个月大的婴儿去打疫苗。我不置可否地"嗯"了一声继续忙我的。过了一会，她又说，"我告诉她你回来半年了。"我从电脑屏幕上扭过头来，"妈，不要再打扰别人了，好不好？"她看我一脸郑重表情，便像个小孩子似地点点头，"好，我知道了。"

生活回归平静之后，我准备写作有生以来的第一部中篇小说，以前发表过的七八个都是短篇。通过这几个月写房产软文，我发觉人的脑力运作必须持续加强，否则只会退化，尤其是对我这样的人。三个月之后，这个中篇才艰难地完成，我把它寄给几家比较喜欢的杂志社，没想到两个月后有一家杂志社来信说准备采用。突如其来的兴奋持续了一段时间后，我又开始了新的中篇写作。

我的写作状态越来越好，三年后，刚刚获得一个全国性知名度较高的小说奖，就有一家出版社主动要为我推出一部中短篇小说集。范小乙比我更兴奋，"怎么样，我以前就说过大难不死必有后福，应验了吧。不过你这样更显出我们平庸了。"与此同时，他告诉我林郁已离婚，儿子给了男方。男方提出要把她调到市直中学，被她拒绝了，她现在住在乡镇中学的单身宿舍里。我心里震动了一下，语气却很平淡，"哦，没想到。"

就在事业刚刚向我展露出新鲜的玫瑰色，就在我以为可以稍稍弥补母亲因这个不省心的儿子带给她的诸多心理缺憾时，她却毫无征兆地在一个初秋的夜里，因心肌梗塞去世了。这时距离我当年突遭横祸几乎六年整。自成年后再没掉过一滴泪、哪怕在与死亡博弈命悬一线时也没为自己悲伤过的我，心中大恸，眼泪一次次流下来。

丧仪举办得比较简单，母亲原先单位的人和范小乙负责主持、接待，我一一通知了几个外地的亲戚，母亲生前的好友同事。下葬头一天的夜里雨持续下了几个小时，天气阴冷。参加追思会的人群从我面前一队队缓缓走过，当一个一身黑衣的清瘦身形在我面前停下时，我从低垂的眼睑下认出黑衣人是林郁。她握住我冰冷的手，其实她的手比我的更凉，稍稍用力地握了几下她松开手，后面的人向前移过来。

怀抱亲人骨灰走向墓地，眼看黄土一铲铲盖住了骨灰盒，那种与亲人从此生死两茫茫阴阳相隔的悲与痛，只有经历过的人才会明白。墓里的父亲终于等来了母亲的陪伴，这二十多年中，她很少在我们面前表现出她的孤独，对父亲的思念，以前我还偶尔感到诧异，现在才知道不是那样的，是我完全忽略了她的感受。而她突发心肌梗塞，也是平日心神劳损过度所致，我却麻木不觉。当现在才明白这些时，亲人已不在了，我内心越发沉痛。

丧事结束后，姐姐姐夫因假期太短不得不赶回墨尔本。他们想让我和他们一起走，我说母亲刚去世，家中不可无人，我要守着这老房子。

只剩下我一人的家里冷清萧条。姐姐走后的第二天下午，我觉得头疼欲裂，浑身无力。量了一下体温果然是发烧，找了几片药吃下后躺到床上没多久就睡着了。我陷入一种奇怪的昏迷状态，身体一会滚烫燥热，一会冷得发抖，眼睛想睁睁不开，却有一分意识存在，好像始终能感受这些变化。朦胧中，感觉我的头好像被轻轻抬起，靠在一个温暖柔软的怀里。咽喉有了水的滋润后，我觉得舒服了一些，只想躺在这温暖柔软的怀抱里继续睡下去。不知过了多长时间，梦开始闪现。我睡在旅馆模样的房间里，夜半时分，一股浓重的烟呛味把我憋醒，我睁开眼，突然发现面前火光一片。慌乱中我大声喊："失火了，快救火，救火。"火苗继续蔓延，不行，不能等人来救火了，我赶紧跑吧。我摸到了晚上放在床前的一杯水浇到自己头上，抓起一件外套就向门口跑去。火光中我冲出一条路，仓惶下只知道往黑暗无火的地方跑。我没命地跑，一路跑一路摔倒，在身后传来隐约的人声。我爬起来继续跑，跑出漆黑田野，又沿着一条公路继续跑。直到再跑不动一步，我栽倒下来，嘴里发出微弱的两个字音："救我。"

醒来后，我发现已经是第二天中午了，然而昨夜昏沉时的梦境还依稀记得。心里有一种怪异的感觉，这感觉不仅仅来自那个让人留恋的温柔怀抱，我顺着梦境仔细地回味、搜寻，随后发现了一个令自己不敢相信的事实。

我从床头摸过手机，就在这时，范小乙的电话先于我打了过来。

迷雾或许就要散去

早上刚到办公室没多久，林郁打来电话。她的语气是少有的急切，一反平日沉缓。我对她说，"别急，你慢慢讲。"

"不好意思，"她说"是这样的，昨天晚上因为不放心马长智我就去了他家。敲了一会门没人应，从门孔看进去亮着灯，我就开始找原来他妈妈给我的一把钥匙，幸亏以前没把钥匙弄丢。到了他房间，见他躺在床上不动，以为他睡着了，怎么唤他都不醒。摸摸额头滚烫，原来发烧烧迷了。他在昏迷中仿佛还做着梦，嘴里先喊着，'失火了，快救火，救火。'后来又喊，'救我。'他说话口齿很清晰，在梦里好像经历了生死逃亡，无数挣扎。我给他喂了药和水，看着他渐渐平稳，烧也退了才离开。从我听到他的梦话就感到奇怪，你不会忘了吧，六年前他昏迷时身上不就有大量烧伤吗？我总觉得和这事有联系。所以一早就想给你说说。"

听到林郁这样说，我也觉得意外，马长智失忆六年了，因为他现在状况良好，我们常常忘了他失忆这回事，可我们始终被迷雾缠绕着这不也是事实？我问林郁，"后来你没再向他核实一下他做的梦和梦话吗？"刚问完我就后悔了。

她却毫不在意地说，"他一直在昏睡，我守到凌晨天亮了才回去。估计他现在还没醒。"

我说，"你放心吧，我晚会给他打过去，中午去看他。别说是你，我也感觉此事重大。"

林郁的电话其实让我有两个意外，首先是马长智的梦话隐约向我透露出一些信息，甚至可能就是我们一直想寻找却苦苦不得的信息。另外林郁照看马长智一夜后的坦然态度也令我想不到。我曾一度想问问她离婚的原因却不好意思开口，今天似乎明白了一点什么。

迷雾或许就要散去了呢，我对自己说。

中午快十二点时，我拨打马长智手机，只响一下铃他就接通了。

"猜，我要对你说什么？"他的声音恢复了往日的活泼。

"我猜迷雾就要散去了。不过别在电话里说，等会再说。我弄两个菜带过去。"

由于母亲去世，马长智这几天不吃不睡，加上发烧，消瘦了不少，见面后他对我说出"迷雾就要散去了"感到惊讶，"你怎么知道的？"

我说，"是林郁。你发烧昏睡有人在这守了你一夜，难道你还能装作什么都不知？"

他一脸疑问，"林郁？我真不知道她来过。"

"不是她还能是谁？你以为还有仙女下到凡尘专门来侍候你？"

他不好意思地笑笑，脸上现出努力寻思的表情。

正如我所猜测的，马长智向我较为清晰地描述了他昨夜的梦境，然后他说，这也是导致他最后昏迷在马兰镇路边的直接原因。

就在刚才醒来后，他发觉自己记起了一些东西，关于他出事前几天的活动，关于他从《莲城晚报》辞职，以及他和林郁的恋爱。当然，还有一些比较模糊，一时想不起来。有了这个发现，他欣喜若狂，急不可待要给我打电话，没想到我竟然先于他打过来。

我说，"太好了，你又创下一个奇迹。你的记忆正在逐渐恢复阶段，不可能把所有遗失的在一瞬间都找回来。慢慢想，想到什么就记下来然后再梳理。最重要的还是你出事前几天的内容，越详尽越好。"

苹果树的诱惑

母亲去世，我却因一场高烧获得记忆，这匪夷所思之事原以为只会出现在小说中，没想到竟真实发生在了我身上。可我宁愿这不是真的，好以此换回母亲十年寿命。

过去遗失的记忆一片片一段段飞回大脑，这六七年来发生的一系列变故令我心绪难平。我一连吸了几支烟，时而情绪激昂，时而陷入深深悲伤中。那一夜，我彻夜未眠。

范小乙让我用文字记录下那些至关重要的内容，我知道他一直都想寻找它们。现在，在我笔触尚未到达那个导致一切变故的源头之时，让我用文字先领你们来到我准备辞职之时。

我辞职的理由说出来你们可能都不相信，我是为了能自由地写小说和诗歌才辞职。在此之前，我在《莲城晚报》当了七年记者，七年中写过的消息、通讯、人物专访无数，但若要问我这些新闻作品有哪几篇具备保存价值，我一篇也说不上来。当然，最重要的还是，写作这些易碎品耽误了我宝贵的青春年华。我最终决定给自己十年自由时间为限度，假如十年中我远远达不到自己的小说写作目标，再找一份工作糊口也不迟。母亲对我的所有决定永远都是爱莫能助，她虽然心里并不支持，却从不会强行阻拦。这一点我比你们也许都要幸运。

没想到辞职后最先受到冲击的不是我母亲，而是林郁的父母。我不理解他们就如他们不理解我一样，我企图让他们明白没有工作并不意味着会挨饿受冻，但显然他们对未来女婿的要求和我不在同一水准。他们强行命令林郁同我分手，同时还双双找到我，说了一些甚至不惜贬低自己女儿的话，让我主动向林郁提出分手。出于自尊，我无法忍受这样的父母，只是可怜我那恋人林郁两头为难。她的忧郁和伤悲都落在我眼里，但为了自由，虽然痛苦，我也只能继续放弃。

辞职后除了读书写作，我还有一项重要内容：离开家无目的游逛。这样说也并不完全准确，我游逛不是为了其他什么目的，是为了搜集故事素材，而乡村是产生故事的生活沃土。在我辞职之前就开始做过这项工作了，因此我得出的结论是：生活中的真实和戏剧化远超过小说所虚构的，即便是我在饭桌上听来的一些生活段子，不客气地说，其生鲜性没几个小说家能编得出来。

我很快就品尝到了去乡村采风带来的甜果，接连写了几个短篇，两三个月之后，那几个小说都顺利通过杂志社终审，即将刊发。我信心大增，写作速度也快得惊人。有时到某个乡村采风，还真能遇到擅讲故事的神人，他能连讲几天都不枯竭。逢到这时机，我便奉上一盒好龙井，老人立刻又提起了精神，恨不得把此地几百年间发生的故事都抖给我。而我也常常在乡村人诧异不解的目光中，就在讲故事人的床上凑合着迷糊几个小时。条件好的乡村有临时招待所，花十块钱就能住一晚。

时序很快就到了秋天。中秋节过完，母亲对我说她想去徐州看看我大姨，在那过几天，嘱咐我一个人在家要按时吃饭。九月二十一号那天天气很好，天空现出初秋特有的澄碧和缥缈云彩，是个非常想令人出门的日子。吃过午饭后，我又来到汽车站。正好一辆从莲城发往周边康水县的汽车即将发出，我想也没想便一脚登上车。康水县距离莲城虽然只有一个多小时车程，我以前统共却只去过几次，都是跟着朋友一起去春游踏青。康水县虽以水命名，实际却以山闻名，全县二十多个乡镇多半都靠山。

班车因停靠站点太多，开得比较慢。当汽车行进到莲城最东部的马兰镇，就用了一个多小时，过了马兰镇往东就是康水县地盘了。视野里，山脉满目青翠，一会儿出现在汽车左侧，一会又横亘在汽车右方。山顶上的云层已和平原上空有了明显不同，山岚缭绕，雾气氤氲，很有几分仙气。我暗自庆幸自己来对了地方，仅仅是坐在车上观景，已经很受用了。我想既然是随兴而行，那就跟着感觉走吧，喜欢哪里便在哪里下车。

汽车继续向东，但给人的感觉却是在山里曲折迂回。当车驶过一个村子时，村头一片结满红彤彤果实的苹果树一闪而逝，红艳的苹果嵌在油亮绿叶间，异常强烈地吸引了我。我赶紧问旁边乘客，这是什么村，乘客说是早村。我对司机说，师傅，我想在这村下，麻烦你停停车。

下了车，往回走，我去找那片诱惑我下车的苹果树。几分钟后，红得耀眼的苹果出现在我眼前。按说这片苹果树也就是几十棵的样子，但就给人一种惊艳的感觉。它们神奇地出现在一个普通山村的村口，就像一个初解风情的山姑，带着纯朴而野性的力量，冷不防扑进你视线，不经意间撩拨你的心一阵颤动。走到苹果树近前，我发现苹果就是富士的一种，虽然个头不是很大，但它们红艳饱满匀称到沉沉欲坠的样子非常容易令男人引发联想。

顺着村口我向里走去。这个叫早村的山庄背靠着青山，村里人家看上去不是很多，土地也比较少，从叶子的形状，我辨认出田里一畦畦种着的是花生和地瓜。

我正疑惑看不到村里人呢，前边不远处路边出现了一间小屋，房屋很普通，但屋子上方写有一个大大汉隶"酒"字、迎风飘扬的白旗非常有古风，它无声招引着我大步向小屋走去。屋门前站着一个个子矮小、和颜悦色的老人，看见我突然出现，笑眯眯地问我，"这位客人，请问你是来找人还是买酒？"

我一听也乐了，问他，"难道你们还造酒吗？"

"呵呵，我们不仅会造酒，还会造好酒呢。客人请里面坐，我给你倒一碗尝尝，也好解解乏。"说着，将我请进屋。

屋子不大，收拾得却干净利索，大坛小坛的酒摆了满地。一个小伙子正在专注地看电视。他拿过一盏粗瓷小碟，从一个小酒壶里倒了大半盏递给我，"客人请品酒，这酒的度数只有三十五度，绵软爽口，不容易喝醉。是我们的招牌酒。"

我端过酒盏，尝了几口，果然味道和其他酒不一样。我夸赞道，"虽然我不擅喝酒，却也尝得出是好酒。可我不是来买酒的，我来找人，找那种会讲故事的人。"

老人问，"你到俺村就是专门来找能讲故事的人？"

看他脸上一团不解神色，我向他解释道，"大爷，我是一个专门写小说的业余作家。平时经常到不同村里蹓蹓逛逛，看有没有好的有意思的小说素材。刚才坐在车上路过你们村时，被村口一片结满果实的苹果树吸引，就顺便下了车。"

"噢，写小说的，你这年轻人挺有意思。行，我领你去村里看看，要找会讲故事的得去问问村长。"老人又恢复了刚开始的热情，一张瘦脸被山风吹得干燥黧黑。

老人安排了小伙子两句，带我向村子深处走去。越往里，感觉地势明显升高。两旁的民居越来越密集，有石头房屋，也有泥草小屋、砖木小屋，不少房屋上方都飘着一面旗，上面都有"酒"字。浑圆的落日悬在西方的天空，余晖映得眼前一片暖橙色，而街上却很少见到悠哉晒着太阳、闲聊的人。我对老人说，"大爷，真没想到你们这么小的村还是个造酒专业村呢。"

老人一边跟我说着话，"说是有二十几家造酒作坊，不过规模有大有小，有的一年产量超过万斤，有的只有几百斤。差远了。"一边又加快了脚下的步子。

我无意地向他恭维道，"大爷家酒销量一定很高。"

老人听了脸上露出得意的神采，"俺家酒销量是很高了，但还不是最高，"说到这，他扭头往四下看看，放低声音说，"村长家销量最高。"

拐了两条街后，他领我来到一个齐整的养了不少花的小院子，这就是村两委办公场所了。他在一间屋前敲敲铁门，随后带上门进去了，两三分钟后，他打开门招手让我进去。进到室内我发现办公条件相当不错，真皮沙发、格力空调、书架、彩釉大花瓶、发财树一应俱全。靠东墙办公桌边站起来一位五十来岁的中年人，看上去非常干练，他向我伸出手，笑容可掬地自我介绍，"我是早村的村长翟爱民，欢迎作家来早村采风。"

我听后连忙摇头，"太惭愧了，我只是个业余小说家，收集故事素材是我的一大嗜好。可能这几天在这要给贵村添麻烦了。"然后，我又把刚才给那位老人说过的被苹果树吸引下车寻村的缘起，又给村长讲了一遍。

村长爽快地说，"怎么能说是麻烦呢，早村一贯欢迎社会各界人士莅临指导工作，尤其欢迎文化人士。我一会就安排人领你去招待所，条件简陋了点，你别嫌弃。至于你要找的擅讲故事老人，会有人带你去的。"

我看他太客气，就忙向他解释，"村长，我来这里只是随意地想听听故事。住招待所和吃饭的费用我自己掏，可不能因此增加你们的负担。"

村长打断了我，不由分说，"来到早村都是客，有酒喝酒，有肉吃肉。作家更应该不拘小节是不？"他正说着，进来一个三十多岁的人，叫了声，"叔，叫我有事啊？"

村长把我介绍给来人，安排带我去招待所。临走时，村长又专门叮嘱我一番，"今天晚上吃过饭你就早点歇着吧，明儿一早带你去听故事。夜里山风大，村民养的狗也多，你别自己出去，当心被狗咬着了。"我谢过村长跟着来人去村招待所。

所谓的招待所也就是一排平房，距离村长办公小院没多远，从外面看房屋很普通，进去后发现却是标间样式，两张床，电视机，一张桌子，单独卫生间，还算干净。我的要求本来不高，看看这房间已经超出我预期了。领我来的男青年也姓翟，是村长的侄子，在村里做会计多年。他介绍说这招待所是专门为来村里订购"早村香"的客商建的，中秋节前是订货旺季，现在刚过完中秋节，招待所就都空着了。过段时间，客商还会陆续过来。他又领我看看吃饭的地方后就离开了。

晚饭时，村长捎话过来说他有事不陪我吃饭了。在我的坚决要求下，厨房大嫂把四菜一汤改为两菜一汤一酒。架不住她热情劝说，我喝了二两早村专门用来招待客人的"早村香"。这酒入口甘甜，没有一般白酒的辛辣气，让人有点上瘾的感觉。

山里的夜来得格外早，山风果然如村长所说在夜里刮得凶猛，即使关紧了门窗，"呜呜"的风声还是从窗缝里漏进来。如果不是这山风，和远远近近几阵狗吠，山村之夜还是相当寂静的。

只看了几页出门时带的书，酒劲就上来了，我觉得又困又乏。想着今天下午的经历，这个不可思议的山村和它的苹果树，觉得非常有意思，当然，我更希望第二天在村里听到的故事更有意思。

瘾君山庄

第二天早晨我醒得比较早，推开门，一股清凉的空气扑面而来，抬头望天，深邃湛蓝的天空如一块蓝玉般宁静端庄，淡淡的云丝似有若无地飘在其上，一颗晨星还在骤然闪烁。这样的时刻很适合环村散步，于是我沿着一条土路小街向西走去，走到头向北拐，假若继续向北就能到达山脚下。站在我的位置远望山上，茂密的山林中一些红的、黄的果实在远远地召唤着我，我心里有了一个登山计划，不过是在明天，今天我要环村一圈，观赏整个村子的地理环境和容貌。

这时，村子一栋栋房屋里相继飘出炊烟，鸡鸣狗吠声从不同方向传来。这一天的开始温凉而悄然，炊烟散后，村子里的人们就要开始一天的劳作。月月年年，年年月月，莫不如此，然而太阳底下能有多少新事？都市人引以为豪的奢靡和醉生梦死里，又有多少人性沉沦不知归处？我甚至激动地设想将来要在山脚下建一间房，可以写作，可以待友，还可以教喜欢文学的孩子写作。在美好的想象中我不知不觉绕村子走了一圈，仅用了一个多小时，一个名副其实的小山村。

回到招待所餐厅，厨师大嫂惊讶地问我哪去了，我说起得早围村子转了一大圈，山村的早晨真美。大嫂笑着说，看把你激动的，我们天天看也看不出个好来，山里生活单调，哪像你们城市里热闹啊。快吃早饭吧，一会有人领着你去找万四爷爷讲故事。

半小时后，一个叫万会的小青年来接我去他爷爷家。我一边走，一边问万四爷爷今年多大高寿，万会有些结巴地说他爷爷九十九岁，明年是老人百岁大寿。走了几分钟就到了老人的小院里，是典型的石板房，由于窗户较小，房子里比较阴暗。一个老态龙钟的老人坐在靠门口处，看来是专门等着我。我向他问了好，聊了会家常。说着话老人不断地咳嗽，万会说真不凑巧爷爷昨天感冒了。我说没关系，不急，让老人慢慢讲。除了咳嗽之外，老人还耳聋，我对万会说，你跟爷爷说我想听听咱这个小山村的历史，以及有名的历史人物、稀奇故事。于是老人说一会就不得不停下来歇上好一会。还好，我总算知道了这个早村的大致来历。原来，这个村子在20世纪二三十年代是很有名堂的，出过数代土匪，但在土匪阵营中也分为好几拨，有只劫官兵奸商的义匪，也有杀人越货什么事有利就干什么事的积匪，还有流落多地无处安身只好就地落草的流匪，不一而足。土匪除了要与官斗与各种剿匪的部队斗，还要随时准备与驻扎在同一座山上的其他帮派土匪斗。经过二三十年的消耗，到20世纪40年代后期时，土匪就所剩不多了。随着共产党的招安态度越来越明显，许多土匪就下了山，娶了村里的女子过起平常日子。现在村里还有不少人都是当年土匪的后代。

为方便我们交谈，厨师大嫂亲自把午饭送到万四爷爷家来，四菜一汤。万会一副诚惶诚恐的样子，而他爷爷却淡然得很，盛了一小碗汤泡了一块饼吃，其他的菜一动没动。

我对早村的土匪历史很感兴趣，问老人土匪里有没有比较有名的人物和故事。老人说，有个姓曹的土匪原先在张作霖警卫营当过兵，后来他辗转流落到这一带入了匪行。抗战时他与共产党联合杀了不少鬼子，但在后来"文革"时被整得上吊自杀。他的儿子孙子辈现在香港经商，三十年没回来过了。老人说完咳嗽了好长时间，爬满皱纹的脸上神情黯然。他说自己累了，需要上床歇歇。我抱歉地说今天打扰了您太多时间，这盒杭州龙井送给您，不成敬意。老人说什么也不肯收，我只好交给万会，让他替爷爷收下。

老人无意中的话触动了我：早村不少人是当年土匪的后代，那么这些人现在是什么样子？都在干什么？对此我非常好奇。我让老人再为我介绍一个故事唠，他给我介绍了住在早村最西头的陆大爷，我准备明天上午去拜访他。

晚上，村长邀我喝酒，就在招待所餐厅的包间内。包间经过了精心装修，在小山村里称得上豪华了。村长一一给我介绍作陪的村民，有他当会计的侄子，有第一天领我来见他的精瘦老者，还有两个中年人一个小青年，看样子和他的关系都非同一般。

村长给我斟满了酒，问我早上围着村子蹓达感受如何。我稍微有点吃惊，还来不及想，忙回答说非常好，本人都有想在山下盖间房的计划了。村长哈哈大笑，又问我今天在万四爷爷那听故事听得怎样。我说挺好的，唯一遗憾是老人年纪太大并且耳聋，和他说话有困难。不过老人又给介绍了村西头的陆大爷，我明天上午去他家。我一扭头，看见村长脸上愣了愣，随即恢复正常，他说，是老陆啊，这个老倔头，我差点把他忘了。明天让人带你过去，他用手指了指我旁边的小青年。

菜一道道上来，我推说酒量差，提议把酒规矩简化，大家都少喝点。村长说，"早村香"是纯玉米酒，度数低、口感好，来到早村的人没有不喝醉的，喝醉了也不会难受，过会就好了。可是过了两天要是没酒喝才会难受。几圈酒下来，我的脸开始发热，而程序酒还没进行完。这时我想起万四爷爷所说早村不少人是当年土匪后代一句，就顺口问村长，那些土匪的后代现在干什么，桌上的其他人面面相觑一阵，好像不知怎么回答。村长不慌不忙地说，"我是八年前从外面调过来的，说实话对早村的历史知道的还真不多。"他率性地指了指我对面一个老人说，"不过我知道得叔就是，看他慈眉善目的样子谁能想象他爷爷以前做过土匪？"我接过话说，"我只是上午听到这话好奇，随便问问而已，没别的意思。再说，以前的土匪也是被乱世给逼出来的。"

酒桌上气氛又热烈起来。现在我才知道，早村的男人大多数都擅饮，并且酒量出奇地好，这个传统据他们说还是来自于早村的土匪年代。早村人自己酿酒已经有上百年历史，山里冬天冷得早，多喝酒除了可以很好抗寒外，还能打发漫长四季的寂寥。更何况多酿出些香甜玉米酒不仅可以供自家随意喝，还能对外销售，增加收入，可谓一举数得，村里不少家庭，都是靠酒坊才得以发家致富。说到这，他们不约而同端起酒杯共同敬村长，说如果没有村长这些年带动他们经营酒坊，联络销路，哪有今天他们的好收益。村长端起酒杯，豪爽地一饮而尽。我也被他们的热情所感染，一圈圈地同他们喝下去。

酒酣耳热之际，村长对我夸赞道，"我第一眼看到你就知你是个文化人，我最崇拜文化人了。不过你除了写小说还干啥，写小说能吃饭吗？"

我打了个酒嗝，慢慢对他道来，"我现在是个专业的业余小说家。这话怎么理解呢？中国的专业作家由国家发工资养着，而我自己靠写小说养自己。从前，哦，在今年春天之前还不是这样，从前我在《莲城晚报》当记者，春天时从报社辞职了。"说到这，我又顿了顿，怕他们误会似的补充道，"我当记者可不是干得不好才辞职，我是为了有自由时间写小说才辞职的。不是我吹牛，我干记者时非常敬业，曾经跟着检察院参与他们办案审理全程，也在法庭上采访过特大诈骗案件当事人，还帮领不上血汗钱的农民工去向黑心老板讨薪……"我说得忘乎所以，全然不顾别人的惊讶表情。村长一边给我端酒，一边对另外几个人说道，"看看人家，年纪轻轻就有这样不凡的阅历和胆略，你越说我就越敬重你了。这杯酒是我个人敬你的，你得起了它。"我也豪气地一仰头，整杯酒就倒进了嗓子里。

后来我又和他们喝了多少杯，说了些什么话都记不太清了，只记得离席时他们一边一个架着我走。把我放到床上躺下后，他们就带上门离开了。

不知道自己睡了多久，是胃里一阵阵涌上的灼热将我激醒。只觉得天旋地转，但意识却命令我移向卫生间，一阵阵呕吐过后，感觉胃里轻松了不少，但晕眩感依然强烈。我倒了杯水，喝了一半又困得躺倒了。醒来后，晕眩感大半退去，我一看时间才两点多，就披了件夹克出去走走透透气。

山村之夜的寒气很明显，风一吹，我打了个寒战，这酒就醒得差不多了。四周全是大团大团的黑暗，只有夜空中的星子投来闪烁不定的星光。我慢慢踱着步，世界那么静，似乎只有土路上我脚下发出的轻微声音。我一直向东面走去，路过左边一座矮矮的房子时，看见从里面隐约透出一点光亮。这么矮的房子怎么住人，我心里疑惑起来，遂放缓了步子。走到房子近前，我明白了这原来是一座两层地窖，上面一层看着很矮的不是住房，是用来储物的，下面一层是地窖。原来光就来自这地窖下层。地窖门半敞着，也许刚有人走进去或有人刚出来。

　　我被好奇心驱使着，慢慢挪向地窖门。进去后里面漆黑一片，我站着适应了一会才辨出一点方向。刚想移动脚步，却听见从我下面地窖里传来轻微的说话声，把我吓得不轻。"玉米怎么成这样了，还能用吗？""能用。以前用过这样的不也没事吗？""不知咋的，这几天我心里老不稳当，不会出问题吧。""就你胆小，有什么不放心的，能出什么事？""我以前给你说过多次了，不要随便让人在早村过夜。即便来了客商除非很远的留宿外，其余的一律当天把他们打发走。""好，我记住了。他没事吧。""睡得像只死猪，我刚才让人看过了。一看就知不能喝，不过这也好。""嗯，你们别磨叽了，料弄好了，就准备加吧，按比例啊，别多也别少。当心点不是坏事。""另外，我安排你的那件事别忘了，一定不能让他觉察。""知道了，你放心。"天，尽管压低了声音，我也能分辨出有不同的声音在说话，什么玉米能用不能用？什么睡得像死猪，能喝不能喝的？什么出不出问题的？对这些不同的声音越来越觉得耳熟。我心里起了巨大的疑惑，难道是他们？他们要干什么？下面暂时没有了声音。我担心他们快要上来了，便轻轻抬动脚步离开。走了一会，我在黑暗中又观望了下地窖四周的环境，怕明天再来时找不到它了。

　　回到招待所，我悄悄打开门，发现房间里没有被动过。我拉过被子躺了下来，经过刚才出去一番经历，我又乏又惊，并且出了一身冷汗，现在好想在被窝里暖暖。我终于又沉沉睡去，天蒙蒙亮时，我在翻身的间隙，似乎看见窗外有身影快速一闪，又好像只是我的瞬间幻觉或梦寐。

惊魂骤起

　　早上醒来时头还有些昏沉，看看时间已不早，不能再去爬山了。

　　吃早饭时，厨房大嫂关切地问我为什么早晨没出去散步，我伸了个懒腰，说"早村的酒太好了，所以才贪杯喝多了。昨天一夜睡得像死过去似的，哪还有力气去爬山？"

　　村长派昨天指定的矮胖青年陪我去村西陆大爷家，我说你们都忙就别陪了，我自己转悠过去。小青年说，那可不成，你是村长尊贵的客人，陪不好你，村长可要骂我失职了。

据青年在路上介绍，陆大爷家的条件比万四爷爷家好了不少，两个儿子都在县城政府机关做事，早想把陆大爷接到城里住，他说什么也不去。因为老伴走得早，以前他没事就一个人跑到山上，摸摸这棵树，跟那棵树说说话，一个人在山上一待就是大半天。现在因为年纪大了，就不常上山了。他脾气比较古怪，跟村里人几乎不来往，也因此常常被人遗忘。

听说是万四爷爷介绍我过来的，陆大爷表情冷淡的脸上露出一个顽皮的笑容。他用眼角飞快瞥了一眼站在边上的罗姓青年，开门见山地问我，"想听什么样的故事，是古代的，近代的，还是现代的，荤的，素的，还是不荤不素的？"罗姓青年捂着嘴偷笑。

我说，"不管什么样的，只要好玩、有意思、稀奇古怪，哪怕是鬼故事也想听。"

陆大爷白了我一眼，"你以为你是蒲松龄？"

"不瞒您说，那是我尊师。"

陆大爷歪着头狠狠看了我几眼说，"别说，我跟你这小子说话还真得劲。"

"所以，我来找你就是正确的，不来呢，就是错的。"我也耍起了嘴皮。

陆大爷哈哈大笑，喝了几口水，说，"你听仔细点，我说话比较快噢。"

罗姓青年见我俩说话像斗嘴，大概觉得有意思，老是咧着嘴笑。我心里却在想，陆大爷啊，你先说点无聊的没意思的吧，把这个一脸傻笑的小子快点支走。

也许是我和素昧平生的陆大爷果真有几分心灵感应，罗姓青年越听越没意思，正好他的手机响了，有人找他有事。见他一脸为难的样子，我便善解人意地笑着对他说，"你快去吧，耽误了正事可就是我的罪过了。对了，下个月我请你去莲城吃烧烤，不能不给面子啊。"他连忙说，"那是自然。不好意思，我先过去一趟。"

见他走远了，陆大爷若有所思地说，"没脑子的偏要跟着太有脑子的混。"

我问陆大爷，"您说什么？"

他并不接我话，直截了当问我，"你来早村干啥？"

我就把之前说过几次的话又给他重复了一遍。

他沉默了一会又问我，"你在早村都看到了什么？"

我说，这是个很美的小山村。本来想今天早晨去爬山呢，昨晚喝多了起得晚没爬成。

陆大爷脸上露出几分柔和的神情，他说你既然看到了山村的美好，就该带着美好的记忆尽快离开，这样当你以后再想到它的时候，回忆里全是它的好。

我说，"没看到什么并不代表它就真没什么。您对早村早年的土匪经历怎样看待？"

没想到他很坦率，"我爷爷以前就做过土匪。但是过去的很多土匪有匪道，现在的很多官却没官道。"

我说，"您是智慧老人，可否直言，解我迷惑？"

他轻轻摇摇头，"你既看到小村的美好，何来迷惑？"

我暗自佩服他的机智，向他拱了拱拳，然后说道，"我看到的小村之美美在自然地理。但有人群的地方就有各种欲望。譬如对待酒，适量的酒能让人放松怡情，但若成瘾就会误人误己，甚至害人害己。欲望更是这样，若对欲望上瘾超过了正常范围，就极有可能滑向邪恶。"

他打断了我还想继续说下去的话，"既如此，你就更应该趁早离开，最好今天下午就走。"

我还想再同他深谈下去，但他毫不客气下了逐客令，说自己今天说得已太多，希望明年还能见到我。说完，他不再看我，手里自顾摆弄着一个从山上捡来的树根。

回招待所的路上，我越发觉得陆大爷是个高人，他的话里充满玄机，明显在暗示我，又不肯对我说出太多。想到昨夜外出时无意间发现的地窖谈话，我对早村到底藏着什么秘密更加惊疑。多年记者生涯练就了凡事追根究底的习惯，即使现在已不做记者了，可这对小说家也是必需的。无论这是个什么秘密，我决定今夜继续一探究竟。

直到吃晚饭前，我才发觉夹克衣兜里的记者证没有了。关于这个记者证我有必要向你们解释一番。春天我从晚报社辞职时，就把国家出版总署颁发的正规记者证上交了。丢失的这个证是《莲城晚报》自己订制的证件，当时翻来覆去没找到，单位说，等你找到再上交吧。前天出门时，我顺手从衣橱里拿出件夹克，没想到证件原来在夹克衫的暗兜里。记者证丢失，我心里叫了一声不好，是不是昨夜外出时不慎弄丢？但是衣兜里的钱和身份证并没少，这个猜测似乎就不能成立了。今天去陆大爷家时我只穿了衬衣，夹克就搭在床前的椅子上。难道有人进了我房间偷走记者证？这个想象令我全身打了个寒战。

晚上依旧是村长做东。我对村长说计划明天就回去，早村人民的热情早村香的味道我会记一辈子的。不过昨晚喝大了，今天不能再喝了。村长不依，说昨天喝昨天的，今晚就当给你送行。喝酒前我留了个心眼，吃了两个馒头利于渗酒。

为了让对方多喝，我一轮轮敬他们，说了很多肉麻得不得了的话。当我发觉自己有三分酒意时，谎称自己醉得不行了，站不起来了。村长说，你们两个年轻的好好架着马作家回去休息吧。

回到招待所，我就势躺到了床上，做出一副不省人事的状态。两人在我跟前站了一会，轻轻地喊着，"马作家，马作家。"我故意不理，等他们喊了好几声以后才含混不清地回应一声，"嗯？"然后我向内翻了个身，就再不作声了。他们过了片刻，把窗户关严，就带上门出去了。我清晰听见他们在门口的说话声，"看这小子醉的，明天早晨能醒就算他本事大。"另外一个说，"兜里揣着记者证还说自己辞职了，这小子来早村恐怕就没安好心。"听到此，我心里暗暗叫苦，看来他们对我的身份一直在怀疑，唉，这个不合时宜的记者证为什么偏偏出现在这里？而他们到底惧怕什么？我对自己说，事已至此，就更要谨慎应对了。

摸着黑我倒了杯水慢慢喝下去。一个小时后，我悄悄溜了出来，看看四周无人，遂向着昨夜看到的那个地窖潜行过去。地窖里微弱的光亮还在，不知怎的，看到那光亮，我心底竟然升起一股兴奋感，因为我知道由于它的存在，距离我解开早村的秘密就不远了。

听了一会，我辨认出地窖里至少有五个人：村长，我来到早村见到的第一个老者人称侯叔的，村长侄子，还有两个人得叔和老旺也都是酒桌上的，看来这几人都是村长的心腹。侯叔说，"广华镇那边打电话要订点酒，但是订量远远不如去年。说是有人喝酒后浑身不舒服、心里难受，问我怎么回事。还好，我心里没慌，对他说可能是吃了别的东西和酒精一起产生了反应。不过，放下电话我可是吓出了一身汗。是不是上次那批货酒精加得有点多了？"我听得心里猛地一惊：昨夜虽然有疑惑，但没料到这么严重。村长侄子说，"侯叔，你回答得有水平，哪种酒不含酒精？咱这酒卖了好几年了，也没见出事，上次那批玉米发了霉咱不照样用，买酒的不照样喝？"他刚说完，村长开始训斥他，"你懂什么？这真要出事了，你我还能在这里？你们都千万不能大意，不能有一点差池，明白吗？"另外几个人纷纷响应，"是的，明白了，村长。""那个作家怎么样了？""他像一摊烂泥睡着呢，我们白天把他记者证偷来了。"村长说，"我让你们偷偷去看看他是不是有这类证件，并没让你们把证偷出来呀。你偷了他的证他能没有警觉吗？你们真是聪明的傻瓜啊。"那两个人一边骂自己蠢，一边把话题扯开了。原来他们不仅用发霉玉米造酒，还用酒精勾兑，他们的胆子也太大了，难道不知道工业酒精里的乙醇和甲醇会致人命吗？我越听越恐惧和愤恨，想不到自己误打误撞竟然蹓进了一个风光秀丽的假酒专业村，真可惜了这么美的村子。

我悄悄退出了地窖，瞧瞧身后没人，便快步朝招待所走去。刚走了大约五十米，从旁边突然窜过来一个东西，是只狗。狗看见有人就向我扑来，凶猛的叫声震荡在寂静的村子里，格外刺耳。我低头看见地上有一截树杈，就捡了起来一边驱赶着狗，一边快速向招待所跑去。在我身后骤然响起很多人的脚步声、说话声"怎么了，出什么事了？"我始终没回头，一路疾跑，心想反正天黑应该不会有人认出我来。

回到房间我快速躺到床上。过了一会，听见门口有极轻极轻的脚步声，但是没有人说话。度过了刚才惊惶的一刻后，我感觉异常疲累。想着明天早上要不要跟村长告别，回到莲城后该怎样面对在早村的经历，是去举报还是把它放下从此不想不提、尽快忘记？或者更冒险一些，干脆向他们摊牌，并感化他们，让他们以后实实在在酿酒，干干净净做人？心里的纠结无法解决，这样想来想去就睡着了。

直到一股浓重的烟呛味憋得我喘不过气，睁开眼，突然发现面前门口处火光熊熊。愣了几秒我才明白过来这不是梦，慌乱中我跳起来大声喊："失火了，快救火，救火。"火苗继续向我这边蔓延，不行，门已被火封住，不能等人来救火了，何况也不会有人来救我，赶紧跑吧。我摸到了晚上放在床前的一杯水浇到自己头上，把水壶里剩的水都倒在夹克上，包上头就向门口冲去，火光中我冲出一条路。裤子着火了，衣袖也着火了，我用湿夹克一边扑打，一边不停地往黑暗无火的地方跑。幸亏那天我围着村子转过一圈，知道大致方向。我没命地跑向村口，一路跑一路摔倒，在我身后传来隐约的人声。跑出漆黑田野后，我又沿着一条公路继续跑，后面早已没有人声了，但还不敢停下。这一路不知摔倒过多少次，甚至丧失了对疼痛的感觉，直到再跑不动一步。我踉踉跄跄立在路边，急跑中手机早不知被甩到了哪里。浓黑的夜幕里，只能大致看见近旁的几间房屋几棵树，不知是何时更不知是何地。我感觉自己如一棵连根拔起的树，顷刻间栽倒下来，与此同时，再没有了知觉和意识。

春来山花烂漫

范小乙看了我写的长达两万字的回忆笔记，表示非常受震撼，同时也很迷惑。在反复读过几遍之后，他做了一件在我看来比自己写出迟到的笔记更有意义的事情。

范小乙有个大学同学在康水县宣传部工作，得知我的情况，他让范小乙速将我的笔记发给他看看。两天后，小乙的同学给我打来了电话。他首先对我在早村的遭遇深表抱歉和敬佩，我说这都是过去的事情了，况且我现在也已复原了，要说最大的遗憾，就是母亲看不到这一切了，她终于没有熬到儿子恢复记忆的一天。他在那边也感慨唏嘘了一阵，然后告诉了我一件事，这件事既令我惊诧想想又在意料之中。五年前的秋天，康水县营山镇白村两村民因酒致命，家人报案。经查，两人所喝白酒系早村的酒坊合作社所产。随即又有邻县其他村民相继投诉早村生产销售的"早村香"白酒以劣充优、假酒泛滥且有毒害。公安部门联合工商、质检合力清缴早村酒坊合作社，在全村查获几万斤有毒假酒。因出现人命，情节严重，村长等几名直接责任人被提起公诉，分别被判以五年、三年不等刑罚。假酒全部销毁，二十多家酒坊关门歇业，曾经红火多年的早村酒业顷刻间土崩瓦解，臭名昭著。村里无人敢再经营酒坊，大多数青壮年男性都去了外地打工，只剩下老弱妇孺的小山村冷清寂寥了好几个年头。当时此案震惊了省长，十几家报社包括新华社的记者进驻早村调查采访。

他说，"原来在早村假酒事发的一年前，你就潜入村子，直到身份被发现。他们怀疑你是前去卧底的记者，干脆纵火想将你烧死。这帮人太恶劣了，幸亏已经受到了惩罚。如果不是失忆，相信你早就是我们的打黑英雄了。"

虽然看了我的笔记，然而他对有些问题理解有偏差，我觉得有必要向他解释一番："首先，当年我去早村完全是兴之所至的随意之举，不存在卧底记者一说，自己也从未想要成为打黑英雄。至于纵火一事，我因不能确定他们是真的想要烧死我还是把我吓走，所以在写回忆笔记时都留下了余地。既不夸大自己的'壮举'，也不放大他们的恶。"

他听了连声夸赞，"还是作家，境界的确不一般。"

随后他又邀请我去早村做客游玩，说如今的早村风景秀丽，民风淳朴。我想了想对他说等到春天吧，我还真想看看早村的春色。

第二年的四月初，春意已渐深，范小乙开车带上我向早村方向开去，同样的路途，却是不同的景色不同的心情。汽车驶过马兰镇进入康水县地界，山像一道道绿色屏障，在视线里铺陈开来。苍翠间映着皎洁的梨花粉红的桃花，山色异常迷人。我让范小乙把车开得慢一些，当车路过一个似曾相识开满梨花的村口时，我的心提了起来。我说，可能就是这里吧，只是原先的苹果树都没有了，现在全是梨树，你看花开得多美。范小乙摇下车窗，问了一个过路人，说这就是早村。范小乙扭头看着我，探寻地问，"想怎么看？"我说直接沿着村子外围开到山脚下，我想爬山。

　　汽车缓缓沿着村路向山脚前行，六年多前的一幕幕又浮上了脑海，清晰如昨。眼前的灿烂春色驱散了过去的浓重阴影，我像第一次见到它似的打量着这个小山村。山并不如我想象中那么高，植被却很丰富，栽满了桃树、梨树、核桃树、栗子树等等。站在山顶，俯视环望周圈尽是绿海、花海，而早村就掩映在其间。在我们上方，则是一片湛蓝澄澈的天空。范小乙说，真美啊，怪不得当初你来到这里就不想走了。

　　我们在山上转悠了近两个小时，下山时遇到一拨拨前来赏春、拍照的游客。经过陆大爷家紧闭的院门时，我的脚步顿住了。门前一棵老梨树开得肆意蓬勃，不知老人是否还健在。以他的智慧肯定会预测到，早村假酒事发只是时间早晚问题，那么这几年中他又是如何打发在早村的寂寞时光？还记得我这个听他讲故事的年轻人吗？但我也只是顿了几分钟就离开了。村子里随处可见坐在墙根晒太阳的老人，他们眼神谦卑、安静。来春游的行人抱着相机，满眼新奇，对着这里那里一阵狂拍。老人们平和地看着游人，他们知道游人在想什么，游人却未必知道他们在想什么。经历过重大劫难后的村民，依托山区优势，发展林果业和旅游业，并且学会了享受山居岁月安闲时光。他们必须开启一种新的生活，其实我何尝又不是如此？

　　围着村庄转了一圈，临近正午的阳光暖洋洋地环抱着山村，环抱着我们，我承认它比几年前我看到的还要美。

　　范小乙问，"现在还恨那些人吗？"

　　我摇了摇头，反问道，"如果我说恨，你会相信吗？走吧，不必打扰任何人了。"

　　当然，我还要告诉你们一件事情，林郁终于又回到了我怀抱。

有时闲谈还会提到六年前我在医院如何苏醒一事，林郁刚开始总说是亲人的呼唤将我唤醒，但是我坚称有人趁我躺在病床上不能动偷吻了我，还不止一次。林郁羞红了脸，随即像个小母兽一样扑到我身上，用她的小嘴堵住我的嘴，"是这样的吗，吻了就是吻了，那又怎么样。"

　　像所有久别重逢的恋人一样，白天黑夜，我们恨不得所有的时间都厮磨在一起，倾己所有地取悦对方，又毫无羞惭地向对方索取。在度过了最初一段情欲癫狂的日子之后，林郁发现自己怀上了小生命，而我也终于可以欣喜地对你们说，我会在三十六岁本命年当上父亲。

　　林郁的肚子越来越大，我常常一边把耳朵贴上去听听里面小东西的踢打声，一边想着要为他写一部什么样的书。

　　可以说，这部《迷村》将是我所有小说中虚构度最低、想象力最弱的一部，我惊诧小说也可以写得这样原生态。但假如我把他母亲写得过于忧郁，将他父亲夸张成一个冷硬汉子，将爱情过程描述得太漫长迂回，相信他终有一天会明白，那只是小说家的一点最小计谋在指使，丝毫不影响真实。

你欠我一场葬礼

卢大青是被护士叫醒的。

她睁开眼，护士小秦正弓着腰给她拔针头。小秦把一块消毒棉球摁在她的手背针眼处，对她说，阿姨，你用力摁一会再松开哦。小秦20岁，长着一张圆圆的脸蛋，圆圆的眼睛，脸上一年四季都呈现出健康的粉红色，是卢大青喜欢的女孩类型。

卢大青应了一声。她右腿的关节病又犯了，今天她是第四天来这个社区诊所挂吊瓶，每次打完针小秦总要这样交代她一声，她在心里感叹，这样的孩子眼下真不多了。

卢大青一边向外走，一边唤着她的爱犬"黑珍珠"。黑珍珠没像前几日那样乖乖趴在角落里等她召唤，那一定是在院子里了。诊所院子不大，晒太阳的地方却是有的。昨天她就让黑珍珠在院子里多晒会太阳，可它只待了半个小时就偷偷溜进诊所，找个角落趴下来。它从不招诊所的医生护士厌烦，否则也不准它进来了。小秦说，黑珍珠安静的样子让人心疼。是啊，卢大青心想，它的确让人心疼。

院子里没有黑珍珠的影子，卢大青觉得有点奇怪：它从不乱跑的，今天怎么了，是不是今天自己身子不舒服没给它弄肉吃，它嘴馋跑去找肉了？

卢大青出了院门向东走去，她家其实在诊所西边，距离诊所不过几百米远。但她家那一片没有餐馆，而向东这几百米中就汇聚了七八家低档小餐馆。餐馆大都开了多年，老板们和卢大青也都熟。以往只要卢大青带着黑珍珠出门路过，这些小老板们总要或多或少让她带回一份客人吃剩的肉食，黑珍珠吃得尽兴，也省了卢大青（她食素多年）专门弄肉伺候它，她觉得这样挺好。

卢大青一家家问过去，见我家黑珍珠了吗？一家家都摇摇头说，没啊，这几天没见它了。

仅走了几百米，卢大青觉得右腿膝盖又疼了，而她的左脚在二十年前的一次车祸中落下病根，一直跛了二十年。虽然并不影响走路，她也知道自己走路的姿势一定有碍观瞻，但又能怎样呢？

她坚持问到最后一家餐馆"好味道"，女老板比卢大青要年轻许多，她关切地对卢大青说，大姐，你快回家吧。如果见到你家黑珍珠，我立刻差人送到你家去，再说，它怀着孕能跑到哪去呢？说不定它是累了自己先回家了呢。

卢大青觉得女老板的话有道理，就道了谢，慢慢朝自家方向走去。她从女老板的眼神里感觉到了同情，是的，她十五年前离婚，没有丈夫没有孩子，脚有残疾，更重要的是她还不年轻了，再过几个月，她就五十岁整了，这些或许都能成为他们同情自己的理由吧。当卢大青想到这些时，反而不难过了，甚至还觉得可笑：他们看上去活得都比她光鲜，可哪家的破事烂事能少了？少了那些破事烂事还叫活着吗？

自家院门半开半掩，租房客回来了，锅盆铲勺丁丁当当传出做晚饭声音。卢大青在自己的几间屋里转了个遍，唤了半天，没唤出黑珍珠。她问西厢房的魏明，黑珍珠回来了吗？魏明右手正炒着菜，左手擦了把汗说，卢姨，印象中下午没见黑珍珠啊。

卢大青"噢"了声，走到院子里朝楼上喊着：小李，小白。魏明探出头说，卢姨，别喊了，楼上那两人还没回来呢。我炒完这个菜去看看黑珍珠上去了吗。

卢大青看看西边的天，红艳一片，天色尚早，于是说了声"那好"就回自己房里了。挂了一下午吊瓶、去找了趟黑珍珠，卢大青的确觉着累了，何况又是在她腿关节犯病期间。她用电壶烧开了水，给自己倒了杯碧螺春。所有茶类中，卢大青最喜欢碧螺春，温润的香，温润的绿。心情好和心情不好时，卢大青都会泡杯碧螺春，它会让自己的好心情更好，也会让坏心情变好。这样的东西，叫她如何不欢喜。

卢大青和老夏结婚那最初几年，老夏也宠她这个新妇。那时两人都在同一家企业，工资也都不高，可每到春茶新上市时节，老夏总要从工资里拿出相当大的一部分给她买斤上好的碧螺春，给自己的却是最便宜的龙井。结婚第七年，两人终究还是分了，老夏说他受不了家里的压抑。卢大青那时也年轻气盛，她说分就分吧，只要有一口气人怎么不能活。后来她一次次地想，你老夏的压抑再大还能大过我的？那时，他们所在企业的效益已越来越差，老夏去了广州投奔做生意的表哥，把唯一的家产——这栋带院的房子留给了卢大青。卢大青用楼下三间，楼上三间可以出租，西厢两间也能租出去，这是老夏临走时的安排，租金加上卢大青的工资维持生活也可以了。卢大青十五年中未动过再婚的念头，不是嫁不出去，她是真的不想，像老夏那样的好人两人都走不下去，何况再婚不知嫁个什么样的？她猜测老夏肯定也知道自己一直单身，又或者他在广州混得不错，他曾给卢大青的卡上打过几次款，每次两万或三万。这些钱卢大青没舍得花，一分没动都存了起来。

卢大青刚喝下第一杯碧螺春，魏明端着一碗菜走进来，是卢大青喜欢吃的芸豆炒海米。他刚才去楼上也找了一遍，没有黑珍珠。也许天黑它就回来了呢，魏明劝慰她几句就回去吃饭了。

这些年中，卢大青的房客来了走走了来，要说最合她心意的还就是魏明。他在卢大青这租房快四年，刚来时还是毛头青年，现在对象已谈好，很快就要结婚了。卢大青家房租不贵，魏明工作的酒厂离这儿很近，他图着上班方便，当然这几年他们相处得也不错。对楼上那一男一女卢大青却是说不出的感觉。那两人不是本地人，听魏明说他们来清平镇是跟人做生意。他们很少在这里做饭吃，一早出去，天黑回来，这里仅仅作为旅馆存在，和卢大青也没多少交流。但房子有人租总比空着强，十年前，她虽然退养在家，可那点工资少得可怜，幸亏有房租撑着。

卢大青煮了一小碗西红柿面，就着魏明送来的菜，直到吃完，天才缓缓黑下来。

在睡着之前，卢大青一拐拐走到自家院门前不下十次。每一次都想着：见到黑珍珠非要好好训它几句不行，可每次她都没这机会。她去找魏明商量，说今夜不销大门了行不，我怕黑珍珠万一回来进不了家。魏明说，那也成，反正院子里也没什么值钱东西，现在又是夏天都睡不沉，只要听见有响声我就赶紧起来，卢姨不用太焦心。

卢大青点点头，她觉得自己又有了一点信心，最后一次她到门外看了看然后把门虚掩上。小李小白看完电影刚回到楼上自己房里，卢大青看看表，十一点了，在往常这个时间她早就睡着了。睡眠断断续续，梦里总是黑珍珠的身影晃来晃去。不知道是夜间几点，卢大青听到仿佛大门被撞开的声音，猛然警觉地坐了起来。抓起床头的一把手电筒，她把院子里的灯一个个打开，快步向门口走去。院门的确是大敞着，可是门里门外哪有黑珍珠的身影？她不甘心地又唤了几句，院门外是一条小巷，一盏灯在十米开外处的电线杆上昏黄的亮着，除了风，什么也没有。

魏明也起来了，他在院子里转了一圈后，对卢大青说，门是被风刮开的。

卢大青突然觉得疲倦透顶，她没看魏明，一边向自己房间走去，一边对他说，把大门销上吧，风大。

第二天上午，黑珍珠还是没露面。卢大青有点跟它赌气的意思：以前走了个老没良心的，现在小没良心的也走了。我就不去找你，看你自己知道回来不。

下午，卢大青继续去诊所打针。小秦问了句：卢姨，今天黑珍珠怎么没跟来？卢大青板着脸说，昨天打完针就不见它了，我等了大半夜，直到现在也没露面。可能跑了，既然我这儿留不住，它跑就跑了吧。

小秦面露疑惑，说，看黑珍珠的日常行为不像会随便跟人跑的，何况它现在有孕身体那么笨重，您还是应该多找找，万一出现别的情况呢？可别冤屈了它。

听完小秦的话，卢大青心里顿时"咯噔"一下，特别是"万一出现别的情况呢"这句，像一把锤子砸在她心上，令她神魂不宁。两瓶药水今天输得格外漫长，她催小秦给输快点，小秦说，卢姨，这种药不能输快，快了你难受。

滴完吊瓶，卢大青决定还是先去东边那一片餐馆找，找不到的话再向南边的巷子、北边的巷子去找。这天下午，清平镇长乐街的许多人都看见了卢大青拖着一只坏脚、逐户逐门寻找她家怀孕母狗的身影。贴烧饼老王家的在她走过去后嘀咕着，她家那只黑狗也不是稀罕品种，谁偷它干嘛，看把她宝贝的。老王用胳膊肘捅了他老婆一下，小声点，别让她听见。卢大青还真听见了，她在心里唾弃那女人：你懂个屁啊，孩子不都是自己的好吗？你看自己那两个歪瓜裂枣，还不是整天大宝二宝地叫着，没文化的人就这样恶俗。其实狗是人最好的伴，甚至有时比人还懂事贴心，像她的黑珍珠。

黑珍珠的确不是什么名贵品种，就是普通的土狗。刚到卢大青家时，它才三个月大，小小的身体全身黑色，只有鼻头和爪子是浅褐色。刚换到个陌生环境，它圆圆的眼睛里流露出怯意，卢大青见到它，不知怎的，心里顿时漾起怜惜。卢大青原来的工友张丽红要同丈夫到苏州儿子家帮忙看孙子，托管一只小狗成了个问题。问了身边几个人，都以住高楼为由不愿意养，其实她们是嫌小狗不名贵。正在犯头疼时，张丽红想到了卢大青，卢大青家不仅是平房还有院子，她又孤身一人，有这么个小东西不正好跟她作伴吗？当即，她抱上小狗来到了卢大青家，令她没想到的是，卢大青一口答应，并且第一眼就喜欢上这个小东西。张丽红笑着说，它真是和你有缘分，从现在起它就归你了。

当然，黑珍珠是卢大青给起的名字，从那天起，黑珍珠成了卢大青嘴里出现频率最高的词汇。黑珍珠和卢大青一起生活了四年零三个月，这期间它几乎与卢大青形影不离，乖巧懂事得有时让卢大青都要掉泪，她很久都没这种感觉了。她经常想，能够为喜欢的东西付出的确有幸福感。一个月前，卢大青发现黑珍珠怀孕了，她既喜又怕。几年来她一直盼着黑珍珠做妈妈，可黑珍珠总是情窦不开的样子，连卢大青都一度为它着急。这是它的第一胎，含糊不得，她对黑珍珠照顾得更细微了。估计还有十八天临盆，卢大青提前联系好了一个有经验的大姐，到时帮忙看护黑珍珠顺利生下宝宝。

卢大青一直找到天黑也没看见黑珍珠，这时她才真正恐慌起来。魏明看出她的心思，说，卢姨，晚上还是给黑珍珠留着门吧。她不置可否，对魏明说，现在我是真的走不动了，我要上床歇着去，任何人都别叫我。卢大青说自己腿走不动了是真的，让人不要打扰她更是真的。她想到了黑珍珠的各种可能：误食了老鼠药，被人打死，跟别的狗跑了……然后再一一否定，然后再重想可能，反反复复无数次，后来她终于睡着了。第二天早上八点，她做了丰盛的早餐，要让自己吃得饱饱的好有力气去找黑珍珠。

这次卢大青要找的目标地是从她家向西一带，有十几户住家，几家卖水果的，两个小超市，超市西边是一个十字路口。卢大青这些年从不过这个十字路口，即使必须要去那条街，她宁愿往前走一段绕过去。她绕开这个路口就像要绕开多年前遭遇的倒霉晦气。但是现在，为了黑珍珠，她不得不缓缓向那靠近。

问过的都说没看见黑珍珠。卢大青到了第二家超市，女老板正忙着给顾客找东西，看都没看她一眼就说，不知道。卢大青扭头向外走，刚走了两步，一个年轻女店员喊住了她。

卢大青惊喜地问，你看见我家黑珍珠了？快告诉我，它去哪了？

女店员迟疑地看着卢大青说，也不知道那是不是你家的小狗，它是全黑的，身体笨重好像怀孕了。卢大青急切地说，是啊，没错。

不是我最先注意到它。昨天大概四点半多点，有个顾客说，快看，那只跑到路中间的小黑狗，好像怀孕了。我顺着她的视线看去，路上真有一只怀孕的黑狗慢慢走着。不一会，从马路对面开过来一辆黑色轿车，只一闪，黑狗不见了。汽车开走了，我们只远远看见地上有一摊血迹。

卢大青觉得脑袋要炸裂了，看她脸色煞白，女店员吓得赶紧拉她坐下，给她倒杯水。卢大青努力让自己镇定下来问，那狗的尸体呢？女店员摇摇头，也许被车挂住，也许被撞飞了，总之没看到尸体。

卢大青感觉自己又回到了二十年前相似的情境中，但和原来不同的是，她现在要坚强得多，也只能坚强。喝了几口水，她向女店员道声谢，就往外走。店员问，阿姨，你这是要去哪里？交警队。她头也没回地说。

卢大青在街上拦了一辆出租车向交警二中队赶去。接待她的是一个小个子年轻民警孟进，她一进门就说，民警同志，我要报案，昨天下午四点半多点，长乐西街路口发生一起车祸，肇事司机逃逸。请你调出监控录像，追查肇事者。

孟进一听觉得事态严重，赶紧让卢大青坐下来。他说，如果是重大交通事故，昨天下午就该有人来报案啊。

卢大青说，这年月，不关自己的事，谁爱多操闲心呢？你还是调监控看吧。

孟进说了声好，就把长乐西街的录像监控从四点多到快五点这一时间段的看了一遍，却没发现交通事故。您记错时间了吗，没有事故啊。孟进扭头对卢大青说。

没记错，你再仔细看。

孟进这回干脆从下午三点多一直看到五点多的，仍没看出问题。卢大青坐到了他身边说，你就从四点半那会回放，我来帮你指认。说这句话时，卢大青的语气里带了明显的情绪。四点三十八分，一个小小的黑影出现在镜头里，它缓步向十字路口移去，卢大青的心跳加快、呼吸急促。三十九分，它似乎很茫然，在路上停了一会，又向前走去。四十分，一辆黑车从对面开过来，车左侧紧贴着那团黑影拐过弯向北开走，几乎没什么迹象，但是车过去之后，地上出现一片流淌的污迹，那团黑影却不见了。卢大青的心猛地抽搐了几下，她叫停，问孟进，看明白了吗？孟进摇摇头。

卢大青反问道，你说没有事故，那么黑车过去后那团血迹是怎么回事？

孟进觉得头都蒙了，是啊，地上的确有血迹，但是没有人被撞上啊。

卢大青简直是愤怒地说，没有人被撞，那么这只小狗呢，它被撞得连尸身都没有了还不算交通事故？

孟进明白过来后觉得有些可笑，他忍住笑对卢大青说，那团血的确是小狗的。不过在交通事故范围内，没有明文规定撞死一只小狗算违法肇事。

旁边一个年轻女警员听着嗤嗤地笑了。卢大青闻声站了起来，把脸转向她，厉声道，你觉得很好玩吗？人有生命，一只狗就不是生命？年轻人，你缺乏爱心啊。女警员面红耳赤地低下头。

卢大青又看着孟进说，我神经没问题，正常着哪，我只是想替一个小动物讨回公道，想当面和肇事司机对质。如果你坚持认为这不算违法，那我去找你们领导好了。

孟进刚参加工作两年，还是第一次见到为一只被撞死的狗来报案的。他对这件棘手事一时没想好对策，就拉着卢大青坐下来说，您先坐会，我去向领导汇报一下，马上就过来。

孟进找到了分管的副中队长，副中队长明年就要到点退休了，他挠了挠稀疏的头发说，别说你没见过，我干了几十年也没见过为狗讨说法的啊。不过，狗好歹也算条生命，既然有人报案，咱也得处理一下。你去把那辆黑车车主信息调出来，通知他们两人见面，至于怎么赔偿，让他们自己商量。

卢大青回到家，一上午紧绷的劲头瞬间崩坍，浑身散了架，眼睛湿了干干了湿。她的眼泪是为黑珍珠而流，也是为自己而流。卢大青就是想不透，为什么，在同一个路口，二十年后再次上演同一个版本的惨剧。唯一的区别在于，当年的受害者在医院住了一个月后，活了下来，一只跛脚就是那次车祸的证据，还有，她和老夏五年后的离婚也是那次车祸的直接结果。而现在，她的黑珍珠再也回不来了。

吃过饭，她躺到了床上想小睡会再去打针。这一睡却梦到了老夏，把卢大青再次拉回到过去。

最近几年她很少梦见老夏，但在他刚离开时卢大青几乎夜夜梦见他。老夏当然不老，他离开清平镇离开卢大青时才三十六，卢大青比他小一岁。卢大青叫他老夏，他叫卢大青"青青炉火"，两人都是高中毕业没考上大学，一前一后招工进入印刷厂。老夏喜欢研究技术，卢大青喜欢设计，两人都喜欢看书报，曾经坚持订阅了许多年《读者文摘》《齐鲁晚报》。她和老夏就是在这院子里举办的婚礼。

老夏不好吗，当然不是，他们的问题不是谁好不好的问题，而是孩子的问题。

卢大青怀孕五个月时，在一次意外中流产。她住了一个月院，老夏也在医院住了一个月伺候她。出院时她一只脚跛了，不仅如此，后来他们再怎么努力卢大青也怀不上了，全国各地看了几年后，卢大青彻底绝望，并且性情变得和以往迥异，暴躁且多疑。但老夏并没太在意，他说，不少革命前辈都没自己的孩子，领养一个吧，养时间长了那不跟自己生的一样吗？卢大青说，那可不一样。她坚决不同意领养。老夏说，你不乐意领养，咱就两人过吧，没孩子一样过得好。他是这么说，卢大青却不这样理解，她时常觉得老夏把自己的真实想法隐藏起来了。一次，她对老夏说，你还是得有个自己的孩子，我有一个办法，找个年轻外地女人，只要给她合适的钱她会同意的。你让她怀上孕，等她生下孩子，就让她拿钱走人，我会像疼自己生的一样疼那孩子。老夏皱着眉头，生气地说，你开什么玩笑？简直是疯了，能不能别再提孩子话题了。老夏刚说完，卢大青就嘤嘤哭了，他再过来想法哄好她。后来，她悄悄跟踪老夏很多次，都被他发现了。

最终还是老夏先提出分手，他对卢大青说，并非我不爱你才离开你，我是受不了这个家里的压抑了，说到底是我亏欠你，你怎么骂我都可以。直到五年后，卢大青才明白，老夏是被自己的神经质逼走的，再相爱的人也无法忍受对方没完没了的考验。后来，她常常回忆自己当年有孕的样子，那是她性情最温柔的一段时光。想明白了她就不再恨老夏了，但没有什么能阻止得了她不恨另一个人。

黑珍珠出事，往事的疮口再次被揭开，卢大青知道自己的痛点在哪里。二十年前，在黑珍珠出事的同一个路口，她被一辆拐弯摩的从后面撞倒。她下意识地护住自己的肚子，还没顾得上抬头，肇事车辆已飞速逃离现场。那时的路口没有摄像头监控，这一切像从未发生过一样，肇事者逍遥法外二十年。当卢大青在医院苏醒过来，发现肚子里的孩子没有了时，哭得天昏地暗，声声凄厉，老夏怎么劝都止不住她的眼泪与控诉。所以，卢大青坚持认为她后来的一切遭遇，当然也包括性情的改变，都是车祸带来的问题，肇事者引发的问题。

曹洪海接到一个自称是交警二中队民警孟进的电话时，正和几个朋友练地摊喝扎啤。孟进的语气不太好，他说，曹洪海你怎么搞的，下午我给你打了好几个电话都没人接。

曹洪海有点莫名其妙：孟警官，下午我睡觉手机打到静音了，不好意思，您找我有事啊。其实下午他和罗四几个人一直打麻将，中午赢钱的晚上请客练地摊。

当然有事了。上午我们接到报案，称前天下午在长乐西街路口发生一起交通事故。据我们调出录像监控核验，肇事车辆系你所有。明天早上九点，你务必到交警二中队一趟，和报案人协商处理事故问题。

曹洪海越听越迷，自己好好的，哪来的车祸？这几天他也没把车借给别人开啊。他正要开口，可能对方听到电话里太吵就挂断了。

尽管不明不白，曹洪海还是心里直打颤，他开始仔细回忆前天下午的行动。那天中午他是喝了白酒，但是喝完他睡了将近两个小时，睡醒后酒劲也散了。要是真发生车祸，他能一点没觉察？况且是下午不是夜里。他把电话给孟警官打过去想问问清楚，那边占线了。曹洪海想，算了，反正过一夜就到明天了，明天什么就都知道了。

曹洪海心不在焉地又喝了两杯扎啤后，对罗四说觉得不舒服想回家。他被出租车一直送到家门口，爬上几步楼梯，他突然想到什么，转头奔车库而去。先看车头和车尾，没发现撞痕，他又看车两侧，当曹洪海转到车左侧时，呆住了，脑子一片空白，这团紫黑色的凝物不是血又是什么？他蹲在地上，手哆哆索索点了一根烟。

进到家，老婆黄爱珍正在看电视剧。曹洪海接连喝了两杯凉开水，对老婆说，困了，我早睡会。黄爱珍怪异地看了他一眼，说，又喝酒了？跟谁？

跟罗四他们，喝的啤酒。

还没走到床边，曹洪海又返回来，问老婆：前天下午我睡午觉时，没人借我的车开吧？

没有啊，怎么了？

你弟弟黄爱平真没借？你能确定？

没人借就是没人借，这点事我值得骗你？曹洪海一屁股坐到沙发上，垂头丧气地说，完了，完了。

黄爱珍走到他跟前问，你今天这是怎么了，出什么事了？

曹洪海抬起头对老婆说，坏了，咱倒霉了。刚才我接到交警队民警电话，说我的车在长乐西街路口发生了事故，可是我明明记得没撞到任何人啊。但蹊跷的是，上楼之前我在车库看见车左侧的确有一片血迹。

黄爱珍想了想也觉得怪异，她安慰道，真是有事也没办法，赔钱呗，只要没出人命，也赔不多少。

那要真出了人命呢？曹洪海反问道。

黄爱珍也被吓住了，她愣了一大会才说，也不一定有你想的那么严重。明天你一定要亲自看清监控录像，可别让人栽赃你！对了，明天，你宝贝闺女就放暑假回来了，想想高兴不？

的确，听到闺女曹明灿明天就回家了，曹洪海脸上不由的露出笑容。他和老婆都不是文化人，自己做的小主意不好也不坏，但是有个好闺女让他脸上着实骄傲。曹明灿现在北京人民大学读大二，连续两年拿一等奖学金了，并且这孩子虽是独生子女，身上却没一点娇气。他朋友常说，你老曹是什么命啊！要在往常，曹洪海一准乐得不停哼歌，可今晚，他只笑了几下，脸上立即恢复了愁闷。

曹洪海几乎一夜没睡，好不容易挨到了早上。黄爱珍说，要不我今天请假不上班了，陪你去交警队，也好多个人应付。

曹洪海赶紧摆摆手，这又不是去吵架，你去我压力更大。

黄爱珍走了后，曹洪海吸了两支烟，刮刮胡子。端起老婆盛好的稀饭，只喝了两口他就喝不下去了。他准备早走会先去洗洗车，可是当他又看到那团血迹时，遂改变主意不洗了，直接去交警二中队。

曹洪海找到民警孟进时，卢大青已经先到了，一看就是个普普通通的中年妇女，她报的哪门子案啊。所以曹洪海一进门就要求看录像监控。孟进一边回放录像，一边给他叙述案情。叙述完，孟进看看他俩说，剩下的事情你们自己商量吧。最后两人都签上字，执行赔偿，这事就算了结了。

曹洪海这才明白过来是这么回事，比起昨夜的惊吓，他简直有种雨后天晴般的爽意。他呵呵笑了几声对孟进说，这事太简单了，好商量。我说呢，自己没撞人就是没撞人，害得我白白一夜担惊受怕。

他转过脸笑着问卢大青，大姐，您家的宠物狗是什么品种呢？当然，不管名贵不名贵，我一样赔偿。你觉得五百块怎么样？

卢大青一直压抑着怒火，这会儿控制不住了：你觉得只有人才算生命，一只狗就没有生命？从生命本身来说，碾死一个人和碾死一只狗性质是一样的，都是犯罪，你明白吗？

曹洪海没想到这个看上去普普通通的女人会说出这种话，但他了解女人，跟女人吵的结果只会让事情更乱更糟。他脸上仍旧挂着笑说，大姐，这事好说，我赔偿你一千。

卢大青摇摇头。

两千。

卢大青摇摇头。

三千。

卢大青仍是摇头，一句话不说。

曹洪海咬咬牙说，五千。

卢大青还是摇头。

曹洪海笑不出来了，他看看卢大青无动于衷的样子，心想这个女人真贪，竟然拿一只死狗来要挟我。他狠狠心说，那就八千吧。

女人一动不动地看着他，仍旧摇摇头。

曹洪海被气坏了，他说，我再最后说一次，一万。一分钱都不能再多了。

孟进办公室里的三个民警看呆了，谁都不敢说话，空气紧张地凝结在一起。

卢大青眼睛紧紧盯着曹洪海说，你觉得一万块钱很多了？你觉得我用一只狗勒索你。这样好吧，我给你一万块，你让我的黑珍珠死而复生行吗？你能做到吗？你当然做不到，因为你根本就不懂得，鲜活的生命有多宝贵，那是用多少钱都买不回来的。

卢大青喉头哽咽，她这几天的焦虑抑郁一旦连接上二十年前的伤痛，顿时化作一行行眼泪，肆意向外流淌。

曹洪海原本准备跟这个女人吵一架，然后扔下钱走人，现在看到这番场景却发作不起来了，准确说是被这个中年妇女震慑住了。他不知说什么好，一时愣在那里。

卢大青掏出纸巾擦擦眼睛，对曹洪海说，我不要你的钱，但是你要记住，你欠我的黑珍珠一个葬礼，欠对一个母亲的忏悔。

在几个人的面面相觑中，卢大青目不斜视，脚一拐拐地走出交警中队。

草色岁月

1

十八岁的大学新生方儒，拖着一只笨重行李箱，走出火车站。九月初的正午，阳光从四面八方射过来，变身为无数亮白刀片，飞舞在他眼皮上下。他的脚步越来越慢，在一条大街边停下来。来来往往的汽车飞驰而过，与此相比，他觉得自己幼年、童年的时光消失得简直太慢了。眼睛里的疼意似在提醒他，这座城市既不是他记忆中的莲城，也非他想象中的莲城。

莲城于他是个过于大而含混的概念。他在这个城市短暂停留的次数，总共不会超过六次，就在这六次里，应该还包括幼时突发腮腺炎，被村里的车送到莲城医院就诊。还包括几年前他从这里的火车站上车去云南。

四年前一月末的一天，怀着一份和天气相似的冷清心意，他登上一列开往昆明的火车。当他好不容易才在车厢里找到自己的座位时，身上已被挤出了汗，因为他还推着一架轮椅。那是他第一次出那么远的门，坐那么长时间的火车。在那之前，他唯一一次坐火车的经历是去徐州，虽然只是两个小时的车程，却给予他无限新奇、满足。云南于他是个全然陌生的省份，他只通过地理教科书对它有一星半点的粗浅了解。是一股同样陌生的力量推动他内心的火车向云南驶去，但他不清楚那力量源自何处，同样不清楚那力量为何越过茫茫人群，单单只推动了他一个人。那时他坚信，只要列车启动，告别和终结就算完成。只是当时的心情里既没有对终点的新奇热切，也没有对出发点的留恋不舍，只有一份与年龄远远不相称的冷静、漠然，渗透在他单薄的身体里、苍白的皮肤下、眼角、嘴角，甚至牙齿。的确，那年他只有十四岁，通常家庭里的少年还在撒娇、任性，或留下斑斑劣迹由父母收拾打点的年龄。

　　站在这条从来不知名的大街上，方儒觉得莲城对他就像当年的云南一样陌生。它怎么会是自己记忆中的莲城呢？他的记忆只和仙桥有关，仙桥是夏月镇的一个村，夏月镇是莲城的一个乡镇。他的记忆没长出翅膀，只会围着仙桥的方圆打转，顶多和夏月镇沾点边。它更不会是他想象中的莲城，他的想象里常常是一眼望不到边的柔软青草，这样他家的几只白羊就永不会饿肚子。他想象一个家庭的组合，有温柔健康的母亲，幽默和善的父亲，一个比他调皮会说笑话有很多书读的男孩。这些想象都和莲城无关。莲城没有那么多的青草，即使有点估计也是从外国进口，很昂贵很奢侈的品种，他家的羊儿是没福气消受的。他想到了自己，本是一根仙桥的草，现在主动移进了莲城大学校园里。莲城没有他一个亲人，他对它毫无挂念，但他却在云南坚定选择了莲城大学，并将在这里一待四年，或许还会更长。

　　在街边恍惚了一阵，方儒又继续拉动行李箱，去找站台坐公交。他从心底不喜欢出租车，不喜欢它高出公交不知多少倍的价格，不喜欢它们满街急窜缺教养的样子。一个多小时后，方儒置身于莲城大学的校园里。他惊讶于校园怎会如此阔大，疾走了二十多分钟后才找到校务处办理新生报到手续。在填写亲属关系栏时，他犹豫了一会，先填写了外祖父的名字，当写到"父"字时，手突然抖了一下，将字明显写大了并且还歪着，他看着刚写完的一行字，遗憾地摇了摇头。然后写了外祖母和姨妈两条信息，这一次，他格外小心用力，每一个字像刻在钢板上似的。

　　他去找自己的宿舍，在四楼，房间挺新，因为莲城大学建校才八年时间。有两个早到的学生在收拾东西，他朝他们点点头，算是打过了招呼。宿舍里共有六张床，他选了靠墙角的一张，并没急于从箱子里往外掏东西，而是站到了北面一扇玻璃窗前。窗外还是莲城校园，最近的是一处塑胶跑道田径场，偏过去一点是一个篮球场。田径场北面有一片小树林，植栽了数种小型树木，现在它们的叶子还是森森的绿。树林的地面上也覆盖着一层绿色，即使隔得很远，方儒还是一眼就看出它们青草的本色，它们应该不是人工种植的吧。突然之间他就对这间宿舍产生了亲近感，因为它有一个能让他看到树林青草的大窗户。如果天气晴好心情合宜，他就能看到更远的地方。

宿舍里的六个新生分别来自六个省份，他们只知道方儒是云南来的，因为好奇，便闹着让他介绍云南好玩的地方好吃的特色。他红着脸如实说，他对生活小圈子之外的地方了解很少，很多景点他都没听说过更不要说去过了。室友就不再闹他了，但私下议论说他木讷，性格闷，不合群。

方儒觉得这样也挺好，他从小就孤僻惯了，不适应前呼后拥貌似热闹的群体生活。初中有一两年他也曾试着让自己融入集体，但集体给他带来的羞辱感从四面八方撕扯他，割裂他，最后，他不得不承认，只有当一个人时，他才是完整的，强大的，没被分裂的。高中阶段，没人知道他的身份他的过去，有过一段时间短暂的放松。他把所有的精力都用于补习提高以前在乡村学校落下的学业，此外便是自由阅读，所谓自由阅读就是他从家里学校里尽可能搜索到文学、哲学类书籍，并一页页一本本吞下它们。对某些书有时他也看不明白懵懵懂懂，但仍旧迷恋于暗藏在书页中朦胧散射出的一缕微光，他认为那微光应该就是思想的光芒。相比而言，他对一些现代主义作品觉得陌生，更喜欢俄罗斯文学的宽广博大。高一暑假他读到了《复活》，高二暑假读了《罪与罚》，高考之后读了《卡拉马佐夫兄弟》《安娜卡列尼娜》《日瓦戈医生》，俄罗斯文学作品中的救赎与忏悔意识令他内心大为震撼。

母亲去世之后，方儒唯一的谈话对象、倾听者也消失了。心里的疑惑、对命运的诘问不断升级，他无法从别人那里获取答案，只有加倍将自己埋首于书页间，企图从书里寻求到一丝丝能够救赎他的启示。他似乎找到了一些，又似乎全无所获。失眠加上从幼年起就长年吃素营养不良，令他从外表看上去像十五六岁的少年，苍白，瘦弱，腿细得让人担忧。

高考之后的一个月圆之夜，他半卧在外公庭院里乳白醇厚的月光中，想到两个月之后就将离开这里，他突然从木椅上跳下来，回房间去整理母亲的东西。

母亲有一个放贴己之物的小木箱。小时候，他最喜欢腻在母亲身边，那时她还没用上轮椅，要么坐在床上，要么用双拐挂着缩在一个藤圈椅里。他一样样从木箱里往外拿，一个小圆镜，一把木梳，几本旧杂志，一把纸扇，发卡，几块碎布头，小婴儿的虎头鞋，红肚兜，一把玻璃球，一副军棋……摆弄够了后再一件件放进去。母亲在一边含笑地看着他说："都翻了一百遍了也不厌。等你张叔回来让他再给你捎两样新玩具好吗？"他说，"我想要孙悟空和唐僧的小人书，行吗？"母亲腾开一只手抱住他："当然行了。"

那时他还没上学，"草孩"最初是母亲叫出来的，后来奶奶邻居们也都一直叫他"草孩"。母亲说"草孩"名字的由来有两个原因，首先是她的名字叫方草，他是母亲的孩儿，当然就是草孩了。二是他从一岁多后就不吃肉蛋等荤腥之物，这些东西喂到嘴里他就吐出来，但是吃青菜瓜果就没问题。无数次吐过之后，母亲和奶奶就确信他真是个吃草的孩子了。

母亲说的张叔，是他邻居张林叔叔，在镇上的洗煤厂上班。有时草孩需要的东西村里买不到，母亲就让草孩把钱交给张林帮忙捎过来，但这样的请求并不多，有时张林叔叔主动过来问需要捎什么。几天后，草孩手上就有了两本崭新的《西游记》画本。张林叔叔把钱塞进草孩兜里说："今天是儿童节，小朋友都应该有礼物，这是叔叔送你的礼物。"回家后，草孩把十元钱交给母亲，就迫不及待坐在小板凳上开始翻看画本。母亲在一边连声说，"本来要请人家帮忙的，这怎么行呢。家里没什么好送的，要不明天我用鸡蛋和面烙几个葱油饼，你给张叔送去吧。"

第二天，母亲真的烙了几个葱油饼让草孩给张林送去。母亲烙的葱油饼，是草孩一辈子也忘不掉的美食，外酥里软，咬开一口，零散的几片葱花夹在层层叠叠的面层中，香气扑鼻。张叔和他女儿美美两人趁热吃了一个，都说"真香"。看到母亲的手艺被人由衷赞美，草孩心里非常满足……那个夏天草孩六岁，心疼他的奶奶刚去世。再过三个月，他就要和张美美一起去村南头的小学读一年级。

他如小时候一般，把木箱放到床上，一件一件往外拿，每一件都牵涉一段回忆。与以前不同的是，他发现母亲的箱子里多出几样东西。一把淡黄色透明的牛角梳，是他以前从没见过的。一本植物花卉图谱，是母亲在一个人的寂寞时光里绣花的样图。由于经常翻看的缘故，书有些显旧，不是他买的，应该就是张林叔叔给她买的。一块白色的棉质手绢，略微泛黄，上面绣着两只黑色飞燕活泼传神，格外醒目。高二时的某一天他回家，闻到院子里有浓浓中药味，母亲坐在炉子边用筷子正在砂锅里搅动，旁边的小筐里放着一块白手绢，他记得上面绣了一只燕子，当时他还赞叹了一声："真是好手艺。"母亲微微笑着说，怕闲得久了手就笨了，还得经常练练。说完，她就把手绢叠了起来。原来他那时看到的还是一幅未完工产品。他用手轻轻抚摸着飞燕身上光滑的丝线，突然想起以前在张林叔叔手上见到过一块手绢，和这一块一模一样。

想到母亲这几年抑郁得病，他顿时明白了许多。他继续再找母亲有没有留下来的日记本或信件之类，他非常想看看母亲的字迹、她写信的口气，然而翻了几遍也没发现。把手绢专门包好放起来，那夜他几乎未眠，凌晨天色熹微时他在心里做出了一个决定。

那天晚饭过后，方儒告诉外公外婆他想填报莲城大学，老人感到非常意外：外孙曾说不愿再回莲城那伤心之地，想就读云南大学，这是怎么了？方儒在老人面前跪下来，语气坚决地说他要知道母亲被拐卖的情形。两位老人疑惑地相互看着对方，谁都没说话，外婆的眼泪涌出了眼眶，小声抽泣起来。方儒说："外公外婆，我马上就是大学生了，对发生在母亲身上的悲剧有必要知道，对存在于社会中的黑暗力量有必要了解。另外，我之所以要去莲城大学，心里还有点放不下我们过去生活了十四年的小院，那里有母亲生活的痕迹，也有我的童年记忆。要是想她了我还可以到那院子里转转。"

其实，他心底更隐秘的想法没说给外公外婆。

头顶一轮硕大的圆月，其真实身份却是个偷窥者，它窥见命运的巨轮碾压过方儒脆薄的心胸，听到大地之上一个瘦弱青年发出野兽般时高时低的哀号。

2

早春一轮满月从楼宇间洒下清寒的光。九点，梅冬再次来到城河岸边的小路上，开始夜跑。城河曲折蜿蜒在居处的北面，步行五分钟她就能走到河南岸的这条僻静小路。三五个散步或遛狗的中老年人，不是与她擦肩而过便是被她的脚步落在后面。她跑步不是为了健身，更不是为了长寿。假如这些追求健康和长寿胜过一切的人们知道，跑步对于这个女人，是一种心理需求而非身体需要，眼睛会在暗中投射出怎样的表情？这样的猜测让她觉得有意思。

夜跑是最近一段时间来的事情。

为了写一个和夜跑有关的命题专栏，梅冬决定亲身体验。说得再细点，是在夜跑时都想到了什么，而想到的什么就有可能成为该女性专栏的内容。最初她对这个专栏并没兴致，但是《新女报》的约稿编辑循循善诱，他说，你在跑步尤其是夜晚跑步时，能想到生活及世界中存在或不存在的无数事物无数问题。白天跑步，人把视线注意力都放在了周围环境、人群、景物上，而夜晚跑步，因为你不需要观察路人、风景，反而将所有心思都放在了对人内在的探究。你想象一下，幽暗时刻，各种诡异的灵感如影随形，这时你只需将它们捕捉住，固定住就行了。这是个敬业的编辑，当然，他的分析也很有几分道理，她被说动了心。

经历过刚开始时的种种不适，梅冬总算把夜跑坚持了下来，到今晚算起来已经4周。专栏一周一篇，令她有较充足的时间筛选过滤跑步时的所想。

写了多年情感小说、女性专栏，遇到的女性数不胜数，她们的情感状态及故事，在为梅冬提供了丰富的写作素材的同时，也令她对这职业有了些许倦怠。正因听惯了很多女性的倾诉，她从不向别人倾诉。她唯一的倾诉在书写里，在一篇篇报纸专栏和一本本杂志上。

她把用两个小时完成的专栏，稍微修改一下，准备发给责任编辑。

打开邮箱，收到一封刚发过来的邮件。

> 梅冬老师，请原谅我的冒昧打扰。一年前，曾在学校里听过您的讲座，印象颇深，也在网上看过您的多篇专栏文章。这几年一些情感问题始终纠缠在脑中，令我饱受痛苦。我不知能向谁说，想来想去，也唯有您最合适了。我想通过电子邮件方式给您写信，一封、两封，或许还要多，又或许比您之前接受的所有故事都更长。方儒。

梅冬略感惊讶，迅速回忆一年前在莲城大学会议厅做讲座的情形，那时她对面是三百多张未脱稚气的青春面孔，现在却一张都不记得了，这个叫方儒的学生当时坐在哪里？讲座结束之后，热情的大学生们纷纷向她索要联系方式，她留下了手机号、邮箱。后来，也陆续接到几个大学生的电话，大多是咨询一些写作问题，有时中午午休时间还会响起冒失的电话铃声。最近半年多，倒是没学生给她联系过。这个方儒不直接打电话而是发了封邮件，猜想应该是个性格内敛、谨慎的孩子。

她给他回复道："好吧，梅冬愿意听听你的故事。"

又一个倾诉者，又一种情爱困扰。她喝了一口茶，苦笑了一下。

半个小时之后，当她又回到电脑前，邮箱里有了一封最新来信。

这封信其实是在一年前的一个雨夜写的。因为犹豫究竟要不要发给您，或担心您会不会有兴趣看下去，就耽搁了下来。直到两天前，我再一次感受到心胸即将爆裂开来的那股能量。同周围同学老师关系相处平淡，也就绝无向他们交出真实惨烈心迹的可能。于是找出搁置一年的信，决定无论如何要发给您。

　　一年半前我从云南考到莲城大学，今年读大二。看到这儿您或许以为我是云南人，其实我只在那里读书生活了四年多时间。十四岁我带着母亲回到了她在云南的老家楚雄县，那是她出生长大的地方，我外公外婆和一个姨妈都还在那里。在十四岁之前，我和母亲一直生活在莲城的夏月镇仙桥村，一个从名字上看似浪漫其实贫困闭塞的村镇。在很多年里我无比憎恨这个小村，以为它是导致我和母亲受屈辱的源头，所以执意带她回到云南，希望离开夏月镇后，她的生活里可以增加少许快乐和几丝暖色。但她在去了云南的第四年就去世了，那时我正读高三。曾经我非常困惑不解，历经多年磨难终于回到了父母身边、自己的出生地，她为何还快乐不起来？直到高考之后的一天夜里，我重新收拾她的遗物，才找到答案。也是在那天夜里我决定填报莲城大学志愿，那意志非常强烈。但我在莲城读大学至今什么也没为她做过，不知能做什么。仅有几次，我悄悄在傍晚时分，蹓到夏月镇仙桥我们生活过的小院里待一晚。长久空置的院落如一个乏人照顾的老人，只会加快衰老的速度，看着它破败的样子想起往昔种种，我愁肠百结。

　　长到二十岁，我在世间没一个真正意义上的朋友。如同一颗草种，我偶然落到人世，多年后，我孤独地拖拽着自己的影子行走，发现在自己的影子里还有另外一个影子，那个影子的孤独比我的深重得多，只是我以前从没认真去想过。那个远比我孤独的人，是母亲。

　　她的名字叫方草，一个很好听的名字吧，但这个名字本应给予她的美好曼妙，与她毫无关联。我在十四岁之后就有杀人的念头了，躺在黑暗中的小床上，握紧拳头，眼泪像门前的小河水般汩汩流淌……我的小名叫草孩，直到现在我还很喜欢这个名字，我本来就是一颗孤零零的原上草。方儒是到了云南之后自己改的名，很显然是随了母亲的姓，我原先的姓名自己都忽略不计了，所以也不准备再向您提及。

世间再无方草，而草孩还活着。最近两年，苦痛丝毫没减损，我愈发明白，在她短暂一生中，曾遭遇到数个杀手，而我也是其中一个，只是我参与杀她的方式是以少年的无知和蒙昧，却最终殊途同归。

这是第一封信，仅仅露出冰山一角，今后会陆续把她和我的故事写下来，直到可以无言可以就此沉默时，或许我将消失。这是我唯一可以为她做的。这个故事素材您当然可以自由使用，连同草孩这个名字。

这是个特殊访客，其简短信件令梅冬震惊。见惯了深陷各种情爱关系无力自拔的男女，草孩的文字在这深夜里格外刺目。她站起身，有一刹那，她觉得草孩好像就站在窗外，拖着瘦长的身影徘徊在昏黄路灯下，敏感忧郁的眼神长久地凝视着暗沉夜空。

对他人的隐秘从未有意探寻，但倾诉者还是接连不断地向梅冬走来。对他们来说，或许要说出的只是某些被压抑被囚禁的心绪心结，故事本身反倒是其次或不甚重要了。

而草孩的信，则是一个孩子在世间发出的孤独之声，在这声音之外是另一个女人的声音，细微，缥缈，断续。梅冬觉得自己已隐约接收到了这声音，它和她以前听到的悲伤都不一样。

3

国庆节放了七天假，学校里百分之九十九的学生都回家了。方儒不准备回云南，想趁这段时间，把从图书馆里借来的《俄罗斯白银时代书系》全部看完，另外也出于节省路费考虑。大部分时间他待在寝室里，早晨和傍晚，他喜欢带着书到操场后面的小树林去看，看一会，发会呆，再看。假期第四天早晨睡醒后，他不知做什么好，过了一会终于明白，原来焦虑的原因是想回仙桥，这念头一出就不可遏制地生长。但他一直忍耐着，直到下午五点多钟才去汽车站坐车。汽车走走停停，到达夏月镇时已是六点多钟了，从夏月镇再到仙桥搭辆三轮还得半个小时。这样，等他到村时天已昏暗了。这正是他所希望的。

迈上村子里那座小时候不知走过多少遍的石桥，方儒的心一阵剧烈跳动。石桥残破不堪，原先桥下小河这时节还水量充沛，有鱼有虾，现在干涸得只剩下河底的一汪水。灰沉沉的天幕罩在村子上空，草丛下发出稀落的几声虫鸣，这情景将方儒瞬间拉回到童年少年属于草孩的时光。

从记事起草孩就很好奇，这座小桥为什么叫仙桥。母亲不知道，叫他问奶奶，他依稀记得奶奶给他讲过一个关于仙桥的神话传说。他还记得自己一度曾非常迷恋这个故事，但是当他稍大些后，就断然否定了故事的美丽与浪漫，它就是一座普通的石桥。

八岁那年的夏天，他看别的小朋友去河里摸鱼，也趁母亲不留意跑到河边捉鱼虾。有天黄昏刚下过一阵雨，小鱼小虾都从水底冒上来透气。等候在河边的他兴奋坏了，一只手拎着小桶，试探着踩进水边浅滩，弓身用另一只手抓鱼。他自己不吃任何荤腥，抓鱼是为了给母亲吃。小鱼看上去三五成群，可真要碰见人躲得却飞快，好一会他才逮住几只小虾。他想再捉住几条鱼，这样，有了收获他就不怕母亲训斥了。他继续向鱼多的地方走过去，凉凉的河水亲吻着他的小腿真舒服。当他再一次试图向前移动时，一只脚陷进一片淤泥中，随即人也整个栽了下去，手里的小桶被甩出老远。在那个时刻，草孩八岁的脑子里还没有形成死亡的概念，是本能的恐惧令他大声呼喊起来。他被救了，救他的是邻居张林叔叔。那天傍晚，张林从镇上骑自行车下班，路过河边听见有小孩呼救，等他心急火燎把孩子救上来，才发现是草孩。

那一夜，草孩在发烧和噩梦中断断续续醒来，感觉母亲一直抱着他，却不知母亲流了一夜泪。从小他就习惯了母亲的跛腿，甚至天真地以为她的腿生下来就是这样。第二天，他原以为母亲会把他训骂一顿，但母亲一句没说他，只是望着墙那边张林叔叔家说：幸亏了你张叔叔。从那次之后，草孩再也没一个人去河里摸过鱼。

村子变化不算太大，拐过两条街，方儒远远就看到自家那条小街。天色已暗，身边偶尔路过几个人也没人留意他。他快步向自己的院子走去，看看四周没人，从衣兜里掏出一把大钥匙开门。钥匙数年没用过已经生了一层锈，转了好一会才打开。在开锁的过程中，他侧头看见旁边的院门也上了一把大锁。

轻轻移动脚步，唯恐踩破脆薄旧梦似的。院子里还是那样的陈设，羊圈，鸡笼，灶间，打开三间主房，一股尘土味迎面扑向他，有一些飞到了他嘴里。眼睛开始酸涩，他试着在墙边找到一个电灯开关，一按，竟然还有电，简直让他惊喜。他从这一间走到那一间，曾经无比熟悉的一切一件件呈现在眼前。还是那几样简陌的家具，或许母亲已预料到他还会回到这里，执意没把这几件家具变卖处理掉。

他希望听到隔壁传来熟悉的开门声，但一直没有。直到深夜，隔壁院落里还整片漆黑。

他擦了几把椅子拼在一起就拼成一张床。他对生活环境无从挑剔，因为从小生活就没向他敞开挑剔的条件和可能。椅子太硬，硌得骨头疼，他并没奢望睡着。躺倒之后，脑子里的旧人旧事更多了，杂乱无章。迷迷糊糊间，明明还有意识，一片片浅梦却从他脑子里飞了出来，一会是仙桥，一会是云南，母亲，张林叔叔，张美美虽然大了几岁却还伶牙俐齿。还有一个矮个子男人的模糊身影，面目不清，他在梦里问母亲：那人是谁？母亲一直沉默着，还没等到回答，他就醒了过来，抬头一看，窗外天色已经迷蒙泛白。走出屋门，他重新打量昨晚没看仔细的院落。

墙脚和墙头长出了很多荒草，唯有院子里的两株石榴树枝叶油绿，枝头还悬挂着几个赭黄发硬的石榴，令他惊诧，几年中无人照料，它们的生命力也可以这样强。母亲常常在石榴开花时节坐在树下，缝补衣服，或笑眯眯看着他玩耍、听他朗诵课文。在十三岁之前，他总是觉得母亲身上有诗意，虽然他并不真正懂得"诗意"的内涵，就是模糊认为母亲怎么样都是好的：她从不大声跟他说话训斥他；她说出的话语腔调和村子里的人都不一样，被别人称作"普通话"；他十岁那年母亲终于用上了轮椅，坐在轮椅上的她细眉白肤还像个女学生；母亲明明一个人偷偷掉泪，扭头看见他立即笑眯眯的；她扑朔迷离和别的母亲不一样的身世……这是十三岁之前。十三岁之后，他开始用一种复杂的眼光看她，他的眼神中有痛苦，有屈辱，有不解，有恨意，甚至有了他自己也不知从何时初露端倪、来自男权社会里的权威。

那时，他在镇上中学已经读初中了。虽然他能感觉到自己家和别的孩子家不一样，比如他没有父亲，并且自己的母亲也和其他同学的母亲不一样，但他不明白为什么不一样。学校里一些老师同学看他的眼光异常，他也不能明确那异常是为什么。有一次，草孩去老师办公室交完作业出去，两个女老师一直盯着他看，走到门口时，两个老师小声说话："这孩子真可怜，你知道吗，听说她妈妈被拐卖过多次。她的残疾不知是在第几次拐卖逃跑时被打断的。孩子的父亲在外面打工早又有了老婆孩子，现在也不回来了。"另一个说："难怪哦，这孩子这么瘦，肯定是营养不良啊。真是什么样的苦命人都有……"对话都落在了草孩耳朵里。初中生对拐卖人口已经有所了解，他只觉得脑子里顿时"轰"的炸开了，腿却是麻木的，家庭真相经由别人之口泄露出来，让他的屈辱感倍增。

本来他住校是到周五下午才回家，那晚却非常强烈地想回去看看母亲。母亲正坐在轮椅上绣花，对他回家感到奇怪，问他是不是身上没钱了，他说不是，就是想回来看看她，有点不放心她一人在家。母亲看着他笑得很恬美，说草孩的确长大了，会心疼妈妈了。他背对着母亲，努力克制着不让眼泪掉下来说："那当然，草孩长大就是要保护妈妈不再受欺负的。"那一夜，他的眼泪长流不止。早晨，天还蒙蒙亮，他就悄悄关上门骑上那辆外公给买的自行车去上学。

草孩就是从那时起变成敏感冷峻少年的，在那之前他只是个小草般瘦弱的小孩儿。

当眼睛扫过空荡荡的羊圈，他耳边出现了几只大白羊的咩咩叫唤声。除了上学，他最喜欢的事情是去放羊。那几只羊是母亲的宝贝，也是他多年的玩伴。他喜欢在午后赶着羊走得远一些，再远些，离所有人都远些。他能分辨出坡上许多草的类别：小青草、地茅、狗尾草、马齿苋、灰灰菜、灯芯草、荠菜、蒲公英、苜蓿。有些草还是天然的好野菜，早春时他天天带着只小篮子挖荠菜。回到家母亲把荠菜洗干净凉拌了吃，或者烙荠菜豆腐素饼，他吃得津津有味。羊在青草茂盛的土坡上悠闲吃草，他躺倒在被太阳晒热的草地上，仰头看上空变幻不定的天光云影，这时他心里有一首快乐的童谣流动。有时看着看着就睡着了，也不知睡了多久，脸上觉得一阵痒，他睁开眼，原来是一只白羊的长胡子轻轻蹭到了他脸上，他亲昵地抱住了白羊的头。两只奶羊的奶量很充沛，母亲教他挤出羊奶，给某某家送去，换来几块钱当作家用。那些年，母羊为他家献出了不朽的功劳，草孩记不清羊奶给他换来了多少支铅笔、钢笔、作业本、画书。临去云南之前，母亲每天看着白羊的眼神充满眷恋与伤感，他又何尝不是。

他要趁着村人未醒时离开。悄悄锁上大门，他退后几步，远看那两座并排上着锁的大门，就像两座相互隔离的沉默岛屿。

十一月份的一天方儒又去了一次仙桥，也是傍晚去凌晨回来。那一次也不例外，邻居张林家依然大门紧锁。他们去了哪里呢？方儒的心里陡增了几分疑惑。进入冬天后，他没再去过仙桥，寒夜太长，没有一丝炭火的老屋能把人冻僵的。

方儒感觉自己的心也进入了冬天，他在教室里宿舍里说话更少了。在同学眼里他越来越神秘，谁也不了解他的家庭状况，也没人知道他心里到底在想什么。他也不去揣测别人，阅读量大得惊人，一本几百页的小说四五天就能看完，但这也并没影响他的正常学业，学期结束，他拿到了全A。一个关心他的老师说，如果暑假前他继续保持这样的成绩，拿到国家奖学金应该没问题。他算了一下，那等于替外公节省了一年学费钱，他没理由不去挣奖学金。

等到过完寒假他再次回到莲城大学时，莲城已是花木蓄势待开、绿色重返人间的春天了。这也是他第一次见识莲城的春天，他从不知道它竟是这么美。

世界读书日前一天，一位本城的女作家梅冬走进了校园，给方儒和其他喜欢文学的同学做了一场文学讲座。这是方儒第一次听文学讲座，他的主要目的是想验证一下自己几年来的私人阅读思路是否正确。结果，他在梅冬的讲课中得到了共鸣，因此印象深刻。讲座结束后，许多同学跑到台上去跟作家合影，方儒没去，他随手在笔记本上记下了一个邮箱号和一个手机号。

他在很久之前就想要写信了，似乎无数话语早已酝酿成熟，藏在他身体的某处，只等合适的时机就翩然飞出。但是写给谁，他自己并不明确，也许是一个虚拟的人物，也许是母亲，也许就是他自己。直到女作家出现，令他顿时看到了一个明晰的方向。他在一个雨夜写下一封信，却因为一些难以言明的心绪搁置了下来，直到一年后才把信发出。

4

继那个月圆之夜后，梅冬在两月之内又收到了草孩的几封信。

梅冬发了封邮件想约他见面谈谈。但草孩的回复让她略感意外：

> 梅老师，实话说，我对面对面谈话这种方式有恐惧感，我好像说过，自己不善与人交往，更何况我要向您讲的故事绝不适合从嘴上说出来。原谅我不能见您，写信是唯一的也最适合的方式。草孩

随着回复同时到来的还有一张照片，在一棵开满红艳石榴花的树下，一个眉清目秀穿素色偏襟上衣的女人，坐在轮椅上微微笑着，身边站着一个穿细格衬衫的十来岁清瘦男孩。因光线太强，男孩有点眯眼。两人的表情都很恬淡。画面上有一种消弭了时间的久远之感，如果不是下角显示出2001年6月1日，很难判定照片的具体时间。

在这之后有较长一段时间梅冬没收到他的信，而她对这对母子的故事越来越感兴趣，算起来，方草和她应该是20世纪70年代出生的同龄人。再一次对着照片看了许久之后，她迫不及待想去趟仙桥村。促使她去仙桥的原因，除了想印证一下他的来信，还有一个疑问：草孩在信中从没提过他的亲生父亲，是他对父亲所知甚少还是有其他隐情不愿讲？

　　第二天早晨，梅冬一路导航把车开到了仙桥，总共用了不到两个小时。下车走了两步，梅冬想这样去村委找人不被轰出来怪了，于是给夏月镇认识的一个副镇长联系上，副镇长又给村书记打了电话。即使这样，村书记和村妇联主任也不无狐疑地问她，是来采访写这件事的吧？她给他们解释说，方草已经去世了，她是受人之托来了解方草生前的一些情况。不是来做采访的。

　　村妇联主任看了一眼村书记，瞪圆了眼睛，"去世了？怎么死的？她顶多40岁吧。"

　　梅冬说："听说是病逝。看来你很熟悉她的情况。"

　　村书记对妇联主任说，"你跟梅作家慢慢聊，我去伙房看看，准备几个中午的菜。"

　　只剩下两个女人的小会议室里，妇联主任打消了顾忌，打开了话匣——

　　"如果没记错的话，方草比我小五岁。要怪就怪仙桥太穷，这几年算是好多了，你想不出来二十多年前有多穷。如果不花钱买媳妇，这个村估计一半成年男人都娶不上亲。方草是李有发三十多岁时买来的，至于花了多少钱，我们也不清楚。她来的时候腿就跛得很厉害，听说在这之前她被拐卖过两次。她的腿就是第二次被拐卖想要逃走被主家打断的。你一定会问我她为什么被拐过这么多次，听说两次她克了两个男人，所以又被卖到了仙桥。李有发见花钱买了个跛子，气得骂了好几天。好在方草细皮嫩肉，眉眼不差，只要能给他生养儿子他觉得还划算。第二年，方草还真生了个儿子。那时李有发的老娘还在，反正家里有人，他看别人都出去打工发财也跟着去了，福州、广州、珠海什么的，哪都去。刚开始他一年回来一次，后来两三年、三四年回来一次，一年给他老娘汇两次钱。我们都觉得奇怪，李有发的娘什么也不说，后来我们还是从和他一起出去打工的人嘴里知道，李有发早在外面找了个湖北女人，又生了两个孩子。从他老娘死后他就基本不回来了，湖北女人厉害，不让他回来。"

　　"那后来呢，方草的父母找到她后为什么没把她带走？"梅冬问。

妇联主任咽了口唾液："您别急，让我喘口气接着说。方草的父母通过公安部门找到仙桥时，她的儿子小草孩十岁，草孩的奶奶也去世好几年。当我们领着她父母进到她家院子，一家人抱头痛哭，那场景谁看了都受不了，我在一边也掉泪。那会儿草孩上学去了，我心想幸亏孩子不在，要不他见了会多难受啊。记得我还劝过方草，她的买卖婚姻现在就可以终止，何况李有发犯重婚罪早已不回家也是事实，她可以带着草孩跟父母回云南。方草满脸是泪地对我摇摇头，我们那时也不明白她为什么不跟父母走，当然几年之后她和草孩还是去了云南。你刚才说她去世几年了，这我可没想到，苦命人哪。"

梅冬递给她一张纸巾擦脸，问方草在仙桥有没有特别要好的姐妹什么的。

妇联主任摇摇头说，"方草腿脚不好几乎不出门，都是草孩和他奶奶进进出出。没听说她在村里有特别要好的。"

刚说完，她又想起了什么，"刘四柱的媳妇原先经常买草孩家的羊奶给孙子喝，你喝口茶等一等，我去把她喊来给你聊会，或许她知道的情况更多呢。"

妇联主任大步流星地走出去，不到十分钟就带了个五十多岁的中年妇女进来了。

刘四柱家的坐下来没说话，先抹了会眼泪："草孩他妈在仙桥不还好好的吗，怎么回云南没几年就没有了呢。您别见笑，我是有点想不通，苦命人为嘛就不长命。"

"你听说过她来仙桥之前的情况吗？"

"遭了那么多罪，不得病就怪了。之前的事都不清楚，我跟草孩奶奶有点亲戚，所以和他家走动得多。方草刚来时，整天愁眉苦脸，闷闷不乐，什么都不说。有一次夜里拖着跛腿想偷偷跳河，被婆婆发现拦住了。婆婆是真心疼她，给她说了许多话，她不再有轻生念头了。一年后方草怀孕，后来生下了草孩。她跟婆婆的关系没得说，像亲娘俩似的。倒是她婆婆想起来就把那个没良心的儿子骂一顿。骂有什么用？儿子在外面打工又找了，还生了两孩子。她婆婆死了后，男人就更不回来了。"

"听说云南的女子都贤淑能干，那么方草怎样呢？"

"有了草孩，她总算安心多了，脸上也有了笑容。虽然男人长期不回家，方草在她婆婆面前也不提不问，好像家里本来就没有这个人似的。她对孩子的细心耐心，在仙桥没有比得上的。虽然残疾，却把家里老人孩子收拾得干干净净。她婆婆去世时，方草哭得死去活来。草孩还只有六岁，这娘俩以后咋过呢？她婆婆在世时养了几头奶羊，下的奶雪白雪白，原本是想给草孩喝，可那孩子从小不沾任何腥膻。不瞒您说，我也有心帮方草，就发动了两家有婴儿母乳不足的妇女买她家的羊奶，两块三块的，她也很知足。后来，突然听她说要和草孩一起回云南，以后不回来了，准备把家里的奶羊送给我们。我很吃惊，问她，原先你父母来接你都没走，现在怎么突然又想回去了呢，有什么原因吗？她支支吾吾说没原因，叹叹气又说主要是草孩想走。孩子长大了自尊心又强，她得尊重他的想法。你说我怎么可能让她把奶羊白白送人呢？就帮她联络了几个人，变卖了她家的部分家具、几只羊。然后，从那我们就没她的信息了。"

"你觉得她突然要回云南还有其他原因吗？"

"不知道。估计是这边婆婆也没有了，她想自己父母了吧。"

梅冬谢别了妇联主任的挽留，开车赶回莲城。草孩之所以从未提过父亲，是因为他对父亲没有任何概念，那个位置形同虚设，所以对他忽略不计。但是草孩为什么执意要带方草回云南，这仍是她迷惑的。

5

他清晰记得是十岁那年春季里的一天，放学回到家，他看到院子里多了两个陌生老人。母亲红肿着眼把他推到老人跟前，让他叫外公外婆。他看着老人，怯怯地叫了两声。外婆一把抱住他哭了起来。

夜里起来尿尿，他迷糊着眼，听见母亲房里还有轻微的说话声，他听不清。外公外婆在家里住了十来天就回云南了。听母亲说云南离他们这里很远很远，坐火车都得两天时间，但是非常美丽。他就在心里想，云南到底有多美丽？可我连一次火车都没坐过，又怎能知道呢。

两个月后，外公外婆带着他姨妈再次来到草孩家。这次，他们给母亲带来了一副崭新的轮椅，母亲坐在轮椅上可以随意走动，给草孩买了一辆自行车，置办了几件新家具，还送给母亲一个存款折。母亲把存折锁好，对他说，这钱不能动，得留着以后给你上大学用。

有天晚上，他做完了作业准备上床睡觉，听到母亲和姨妈坐在院子里说话，姨妈说，"姐，你现在是自由人了，跟我们回去吧。你们这孤儿寡母的，连个帮衬的人都没有，怎么行呢。以后草孩上了初中高中，回家的次数就少了，等他读了大学你就更难见到他，那时你一个人怎么过？在云南毕竟咱是一家人在一起呀。"

母亲半晌没出声，过了一会她说，"妹子，你看我现在这样咋回去呢？回去也是拖累你们。再说草孩在这生活习惯了，到了云南怕不适应。爹娘以后就全靠你照顾，这辈子别想指望上我了。"

姨妈说："草孩终究会长大成人，我们是担心你呢。你再考虑一下。"

"只要草孩能好好长大，我就没什么可担心的了。"母亲说完，两人一时都沉默下来。

草孩悄无声息地蹿回自己屋里，他有很多迷惑，母亲的家为什么在云南？她不是总说云南美丽吗，那她为什么不带上自己跟姨妈回去呢？他把他的迷惑都写在了一个薄薄的日记本上，放进了抽屉里，才去睡觉。

这年暑假刚开始，母亲就给了草孩一个天大的惊喜：张林叔叔要带他和张美美去徐州游玩。母亲说，他马上要成大孩子，该到外面长长见识了。那天草孩起得很早，其实他激动得一夜没睡几个小时。他们赶到莲城火车站，从没坐过火车的草孩从进入车站，两眼就不够用似的四处张望，不停地问这问那。张美美撇撇嘴，有点不屑地回答着他的问题，其实她总共也只坐过两次火车，但这足够令她在同学草孩面前保持高傲。火车扬着汽笛威武地向他奔驰呼啸而来，在他们身边又慢慢停下时，草孩简直要惊呆了。看着许许多多人往车门里挤，他小心翼翼跟在张美美身后，最终也被挤进车厢。他心里想火车原来是这样的。他们刚坐下没几分钟，火车开了，他竟没感觉到。张林叔叔指着外面对他说，"草孩，感觉到火车开动了吗，你看看外面的房子是不是都在向后退，因为火车是它们的参照物，看明白了吗？"他点了点头，眼睛长时间盯着窗外飞速退去的风景，觉得这一切是多么不可思议。

可惜只在火车上待了两个小时就到站了。在徐州，一切事物在草孩眼里都是新鲜的，看动物园，每种动物他都看不够。在游乐场里他第一次玩冲浪船，第一次开碰碰车、跳蹦极，开心得远远超过他的预想。张美美玩得也够疯，她好像以前什么都玩过的样子，但实际上动作也很笨拙。在徐州，草孩还第一次吃到了自助小火锅。他经历了从未有过的神奇的一天。晚上回到家，他累得倒在床上动弹不了，脑子里却仍旧兴奋得睡不着。今天他还知道了张叔叔原先在徐州当过兵，怪不得他和村里别的男人不一样。母亲抚摸着他的头，一直看着他笑，说一看就知道玩得很好，玩得特别高兴，是吗？他心满意足地点点头。他还想对母亲说，自己很羡慕张美美也很崇拜张林叔叔，但他实在太困太累了，还没等说出来，就睡着了。

　　大学后的第二个暑假，尽管外公外婆提早给他打来了回云南的路费，方儒还是告诉他们假期不回去了，准备打两个月暑期工。为了供养他上大学，两个老人已经节俭到极点，他希望自己能尽早有所承担，减轻老人的压力。这两年，他如愿挣得了国家奖学金，但这还是第一步，接下来他想通过帮小学生或中学生补习功课挣点家教费。没想到这时一个比较欣赏他的辅导员主动找到了他，辅导员想组织几个大学生组成一个辅导班，由他负责联络需要辅导的学生，方儒他们负责给学生教课。一个学生家长打电话来要求去他家辅导，价格当然可以高一些，如果辅导效果好，他家愿长期合作。那几个大学生都不愿去，方儒说，那我去吧。

　　方儒到了他家才知道学生不去辅导班的原因了，这个十二岁的六年级男孩几个月前出过一次车祸，现在半个身子活动不便，所以情绪就不好，经常在家里摔砸东西宣泄情绪，他父母吓得不敢说他一句。方儒跟他父母了解了学生以前的学习情况，发现他的基础还不错，主要是那场事故破坏了他的自信，于是制订了一份特殊的辅导计划。

　　方儒并没急于给学生补课，而是有针对性选择一些名著的段落章节读给学生听，比如适合这个年龄段的《鲁滨逊漂流记》《基督山伯爵》《三个火枪手》等。刚开始，学生还表现得烦躁甚至排斥，但方儒坚持读，语调抑扬顿挫，渐渐地，方儒发现学生开始能安静下来了，尽管还有点满不在乎的样子，但其实已经听进去了。在这之后方儒再给学生讲解整部书的故事情节、人物命运、思想内涵，学生听得津津有味，入迷乃至痴迷。这种读书的效果是方儒原先没想到的，他只是想做种尝试，而他在给学生分析作品中人物性格特点，讲述故事时的激情也是自己没想到的。初试成功，极大鼓舞了方儒，学生对文化课补习也乐于接受，家长的脸上渐渐多了笑容。这时候方儒才真正体会到文学名著的作用。第一个月，学生家长支付给方儒2000元钱劳务费，还送给他一件品牌衬衣。

　　八月份的一天，方儒刚来到学生家补习了半个小时，有人在外面敲门。他以为是学生的家长忘带钥匙了，去给开门。门外进来一个二十岁左右的女孩，正要把手里拎着的一大兜水果交给方儒，突然愣住了。方儒碰上她的视线，也不觉一愣，眼前的这个女孩不是张美美吗？女孩脱口而出："你是草孩吗？我听舅舅说有个叫'方儒'的大学生正给表弟补课，没想到舅舅夸赞的大学生就是你草孩啊，怎么这么巧！我还以为这辈子再也见不到你了呢。"说起来，这几年张美美除了长高了长胖了，其他的基本没变。

方儒无论如何也没想到，竟然在这个学生家见到张美美。他同母亲离开仙桥一年后，为方便张美美在镇上读高中，张林也搬家到夏月镇。但张美美的成绩一年比一年差，最终没考上大学。反正她也不愿再上学了，就在莲城一家规模最大的美容护肤中心做美容师，当然她的愿望是最终拥有自己的美容院。张美美的母亲在她8岁那年因病去世，父亲张林对她倍加疼爱，当然也助长了她的大小姐脾气。即使高考落榜，他也没流露出一句抱怨。她说父亲这几年老得很厉害，自己现在很忙也不常回家，倒真是希望能给父亲物色个脾气相投的伴，但父亲好像对此并不热心，总是说，不急，等过几年再说吧。说到这她看了一眼方儒，问他的母亲还好吗？方儒苦笑一下说，她已经去世三四年了。张美美"噢"了一声，不再说话了。

自始至终，张美美都没回忆提及他们的童年少年生活，方儒也没提。他原先是恨过张美美的，在离开仙桥之后他曾经以为自己还会恨下去，甚至永远不想再见到她。然而这天，他在事隔数年后又看到了她，却发觉心中对她的恨已消失了。他一时没想明白是为什么。

6

进入初二年级，草孩的成绩一次比一次好，他已经成了老师们眼中公认的尖子生，对他抱以厚望。与此同时，他的性格也越发孤僻。张美美刚开始对草孩还很不服气，这个她从小熟识瘦得像根草的男孩怎么就比她的成绩高出二三百分呢？她父亲张林越是要求她把草孩当成学习榜样，她就越是厌烦草孩。刚读初一时，按照张林的嘱咐，两人早上一起骑自行车去学校，下午再一起结伴回家。到了初一下学期，张美美就开始找很多理由不想和草孩路上同行。草孩却不多想，他还是个懵懂少年，没有太多心眼去猜女生的心思。

从镇上到家的路并不近，班里已有不少同学住校，草孩算了一下，如果把用在路上的时间省下来，每天至少可以多读近两个小时的书。他跟母亲商量了一下，母亲知道他喜欢读书完全同意，他就办了住校手续。但考虑周一至周五五天不回家时间太长，担心母亲一个人孤单，他就选在中间的周三回家住一晚。这样一来，他和张美美的距离就越来越远了。

张美美厌烦草孩的理由不仅仅是草孩比她学习优异得多，还因为她看出父亲张林对这对母子不一般的关切。她早在四年级就看出来了，她不明白为什么过儿童节她有什么礼物草孩也同样有，不明白父亲为什么对草孩家的事情那么热心帮忙，不明白每次草孩的外公外婆来了之后，父亲为何反而忧虑重重。等到她13岁进入青春期后，脑子突然开窍，她全都明白了。于是，她进入一种全副戒备的状态，敏感地、焦虑地注意着父亲的一举一动，同时也仔细留意着隔墙的草孩母亲。终于，她等来了中秋节前一天的情绪爆发。

那天下午，张林从镇上买来一些过节的食品，让张美美把一只还热乎乎的烤鸭和几斤月饼给草孩送去，她坐着不动。张林催了她一遍，她还是不动。张林有点急了，说你这孩子怎么了，没听见我说话吗？张美美眼睛直直地瞪着父亲说："要去讨好人家自己去就行了呗，干嘛非要让我去？"张林愣了一下，也有点动气地说，"我去就我去，都是平时把你惯坏了。"等张林从草孩家回来时，张美美已经把自己反锁在卧室里，对着她死去母亲的相片一边号啕大哭一边诉说委屈。张林摇了摇头，唉声叹气地在客厅里一直坐到深夜。

草孩开始感觉到张美美对他的敌意，是在校园里。有时草孩明明看见她正迎面向自己走来，突然偏过头去，装作没看见他。有一次张美美和几个女生在一起正有说有笑，扭脸一看旁边草孩经过，立即变了一副表情。她神秘兮兮地拉住几个同学，小声给她们说着什么，尽管她把声音压低了，还是飘进了草孩耳中："别看他学习这么好，其实心里自卑得很。你们知道为什么吗？告诉你们一个秘密，他的残疾妈妈是被拐卖到我们村的，听说拐卖过三次。他爸爸在外面又结了婚生了孩子不要他们了，恐怕他连爸爸长什么样都不知道。我爸爸对他们好，其实就是特别可怜他们……"

那天的晚饭草孩一口也没吃，他觉得自己喉咙里堵了一个大疙瘩，什么也吃不下。夜幕垂下来将世界吞没之后，他在学校操场的僻静处长久地踟蹰，胸口处隐隐发疼，愤懑还在心里燃烧着。他抬头望着沉沉夜空，一颗星孤独地嵌在空中，他觉得那颗星很像一滴明亮的眼泪。他想着母亲，然后一次次尝试让自己平静下来。

在那之后，草孩更加孤独。走到哪，都会有同学用异样的眼光打量他，他知道这都是张美美宣传的效果。一天夜晚他在校园里待得较晚，回去时寝室已熄灯。他摸黑躺到自己的床上很久却睡不着。同屋里有窃窃私语声飘到他耳边：不管他妈怎样，我倒是佩服他的淡定。另外一个声音响起：我不相信他是真淡定，如果他妈妈真跟张美美她爸好上了，或许是他求之不得的呢，只是以后他俩怎么称呼啊。要知道，张美美可是个母老虎。说到这，一个声音嗤嗤笑起来……他用被子将自己的头严严裹住。

回家时他几次想开口问问母亲这是为什么，也想问问那些年她究竟经历了什么，可是看到母亲宁静的面容，他就把想问的话又咽了下去。

草地上又冷又湿的露水出现之后，冬天也快要到来了，乡村的冬天比别处的冬天来得格外早。周六，草孩按照母亲的安排去村里一户贩煤的人家买过冬的煤炭。刚出门拐过街口，迎面碰上了张美美。他对她点点头算是打过招呼继续走路，却被张美美张开手臂拦住了。他轻声问，有事吗？张美美面带挑衅的微笑说，"当然有事了，不过不会过多浪费你时间。我只是想告诉你：我爸的单位在镇上给我们每家买了房子，明年我们就要搬走了，你们母子还是好自为之吧。我爸是不会随便娶哪个女人的，他在我妈病床前发过誓，在我没上大学之前他不会再结婚，即便他能结婚也得征求我同意。我爸是同情你们，可你们千万别想得太多，否则最后痛苦的还是你们。相信你能听得明白。"

草孩没说一句话，从她身边绕了过去。他只想远远地躲开她，永不见她，永不再听她说一句话。

他决定和母亲严肃谈谈。他直截了当把回云南的主意说给了母亲，母亲感到很意外，问发生了什么事。他说没有事，就是不想再在仙桥待下去了，满心向往云南，并已告诉了外公外婆，他们都非常高兴。

母亲忧虑地盯着他说，"你心里肯定受了委屈。但是这样中途转学会影响学业，不要一时意气行事耽误了自己。"

他心里突然涌起一阵烦躁，脱口而出："学习上的事我自己有数，转学也不会有影响。有影响的是别的，我不明白你究竟留恋什么，是甜言蜜语的欺骗还是廉价的同情？我现在就告诉你，在仙桥没有任何值得你留恋的人和东西。为了咱们俩都好，就必须回云南。"

他以为母亲还会继续规劝他，没想到她呆呆地看着他，好一会没说话。

他见她这样，稍微有点慌神，不过很快镇静下来说："我已经十四岁了，不再是需要你保护的小孩。以后让我保护你吧，其他男人不是混蛋就是伪君子，没一个可信的。"

母亲垂下眼睑几乎是闭着眼说："好，你现在长大了，我听你的。"但她的声音在草孩听来有说不出的悲伤和虚弱。

几天之后，草孩在回家路上的河边遇到了张林。他装作没看见想躲开但已经不行了，看来张林是专门在这候着他的。

张林开门见山地问，"听说你想回云南，为什么？"

他稍微一点心慌后，说，"不仅是我，还有我妈，毕竟，云南是她的故乡。我对它充满向往，那里阳光明媚，四季如春，对她的腿大有好处，或许还能让她渐渐淡忘这里的残酷记忆。"

张林露出痛苦的神情，"那些残酷都已结束了，现在能不走吗？"

他觉得自己突然恢复了自信："必须要走。我们的亲人都在云南，仙桥没我们可留恋的东西了。你现在应该祝福我们。"

张林狠狠地瞪着他说，"草孩，你以前不是这样的，这样说太残忍了。平心而论你在仙桥难道没有一丝一毫快乐，只有痛苦委屈？"

看着张林叔叔健壮挺拔的身躯，想着以前他的好，草孩心想假若这个男人肯真心保护母亲，也是不错的吧，但这念头仅仅一闪就过去了。他的语气客气疏离，"是啊，谢谢您过去的关照，以后不会麻烦您了。"说完，他转过头蹬起自行车。

张林无奈地长叹一声，对着他的后背大声说，"草孩，你还是个孩子，有些事情现在你不懂，以后总有一天会懂的。这里也是你的家，我不相信你会把它忘记。草孩，别急着做决定行吗？"

他害怕再听下去，其实是怕自己会更改主意，于是拼命地向前骑去。但他回到家一句没跟母亲提及，甚至是他们到了云南之后，更甚至直到母亲离世，他都没对她说过一句和张林对话的内容。

这个暑假结束，方儒挣到了3000元家教费，学生的家长非常满意，说以后若有困难尽管来找他们。这是他第一次用劳动换来了这么多钱，是他半年的生活费。

站在暑气还没消退尽、人身攒动的街头，他试图望向过去清寒的草色岁月，但是那个他最想与其分享的人，为什么就等不到这一天呢？方儒的心里又漫上来无边荒芜。

　　高三上学期的一天，十二月的窗外绿色依然浓酽。姨妈去学校接他，并向老师请了几天假。他感到惶然，问去哪里，姨妈说，"去医院，你妈病了，你得去看看她。"

　　"什么病？厉害吗？"他问。

　　"去了你就知道了。"姨妈戴着一副大墨镜，快步走在前面。他看不见她的表情。

　　他紧张地跟进病房，靠窗的窗前站着外公和外婆。他发现两个老人满脸憔悴和悲凉。母亲头上插着氧气管，呼吸微弱，紧闭着眼。即使身上搭着被单，只有手臂露在外面，他也能看出那副熟悉的身躯已经瘦得只剩下一把骨头。

　　眼泪瞬间冲出眼眶，他颤抖着问外公，"我妈得了什么病，她怎么会变成这样？上个月我回家她虽然很瘦精神还不错，这一个月到底发生了什么？"

　　外公拉着他走到病房外面的走廊里。"你妈住院半个月了，现在不再瞒你，你妈是乳腺癌晚期。这两天输氧输血不知能不能挺过去，医生说这些都是最后非常不好的征兆，草孩，你要有心理准备。"老人声音哽咽地说。

　　他如遭雷击似的呆呆站着，随即捂着脸哭出了声，"你们为什么都瞒着我，为什么不早点告诉我，我也多回家几次陪陪她啊。"

　　外公脸上也淌下了一行老泪："草孩，你妈八个月前查出乳腺癌晚期，她明白这种病晚期做手术是浪费钱，何况我们也拿不出那几十万。她坚决拒绝借钱做手术，采取保守治疗，在自家天天熬草药喝。她还反复叮嘱我们千万别告诉你，你刚升入高三，如果知道肯定心情大变影响学业。"

　　自从上了高二后他都是一个月回家一次。他想起最后几次回家每次都闻见屋里有中药味，他有点奇怪，就问母亲，"家里谁病了，怎么总在熬中药呢？"

　　母亲不在意地说，"是你外婆的气管病又发作了，熬了给她喝。"

　　他也曾注意到母亲越来越瘦，脸色发黄，问她，她只说最近帮他姨妈做手工活睡眠少，多休息会就好了，没什么。随后就询问他在学校的学习情况。

　　他为自己的粗心懊悔不已，问外公，母亲有没有特别交代什么。

　　外公说，"你母亲最惦记的当然是你，她恳求我们无论如何要让你读完大学，这是她最大的也是唯一的心愿。老天爷啊，保佑她醒过来吧，她的草孩来看她了。"

　　他坐在母亲身边，一直握着她的手，总不见她醒过来，内心焦虑如焚。晚上九点多钟，母亲睁开了眼，看见她的草孩在身边坐着，脸上露出欣喜笑容。草孩紧绷的心稍微放松一些，问母亲饿了吗，想吃什么。

母亲像个小孩似的认真想了一会说，"你这一问，我还真有想吃的东西，想吃用红豆馅做的糯米团。哎，你怎么来了，我没事，你明天赶紧回学校。"

他柔声说，"好，我出去给你买。你等着我。"他刚走到门口，被姨妈拦住。姨妈说，"我去买，你哪也别去，就在她身边和她说会话，明白吗？"他点点头。

母亲问他想报考什么大学，他说还没怎么想。母亲说，"能考到首都最好，我最大的梦想是去一次北京，可惜呢。如果考不上在云南读也不错。"

他强忍着泪说，"你放心，以后我一定会考到北京的。你要好起来，我还要带你去北京呢。"

母亲微笑着说，"嗯，我放心，我有个这么好的孩儿。"

他的心抽得更紧了，对自己说，我不好，我算什么好孩子，到现在才知道她有病。

晚上十一点多，母亲叫他把医生喊来再打支杜冷丁，医生打完止疼针，又挂上了输血瓶，她渐渐睡着了。凌晨四点半，她醒了过来，嘴里轻声说着什么，他听不清。姨妈端来一只盆，刚把她上半身抬起来，只见血一股股顺着她嘴角向外流。惊惶的草孩一边给她擦着，一边低声哭泣。血不停地向外流，母亲神智开始昏迷，她的嘴角轻轻动着，但是他一句也听不清她说什么。他始终握着她的一只手，感受她脉搏的轻微颤动，那只手冰凉僵硬，他怎么暖都暖不热。五点半，医生宣告病人的心脏已没有了跳动，周围顿时响起家人和亲属的一片哭声。

这时，草孩还不相信，母亲就这样走了，她的右手还在他掌中，还有微微的脉搏。他不信，她怎么能舍得离开他呢。他还有太多的话没来得及给她说，有太多想为她做的事没来得及做。

8

母亲去世后的两个月，草孩神思恍惚，本来就瘦弱的身体更让人看了担心。学业上他从来未有地懈怠下来，他一遍遍地只想一个问题：母亲不在了，我学这些还有什么意义？

百日忌那天，他的悲痛心情达到了顶峰，跪在母亲墓前一度昏厥。晚上，头疼欲裂的他早早上床躺下，脑子里塞满了各种东西又好像空无一物。半梦半醒之间，他有一种灵魂脱壳似的感觉，这感觉很新鲜很奇特，他似乎看到他的灵魂离开痛苦的躯壳，一意孤行，冲出房屋，冲出小院。

他尾随在一个叫方草的女婴身边，她清脆的哭啼和笑声，于他前世般熟悉又陌生。女婴在他眼里变戏法似的不断长高，变成女童。看着她和同伴在彩云之南的天空下玩游戏、结伴上学，度过快乐自由的童年，他的心情也如放飞般轻快。他跟着羞涩的她走进中学，几年后又参加了一场意义非常的毕业典礼，因为毕业后她就不再继续上学了。成绩一般的她有自知之明，当然更想早点挣钱减轻父母肩头的生活担子。他懂，他怎能不懂这些呢？

十七岁的云南姑娘方草和另外一个女同学商定好一起外出打工。到了约定的长途车站，那个女同学却没来，方草在等待了一个多小时后，最终一个人迈上了那辆将她引往未知的汽车。他在长途车上同样颠簸八个小时后，看到她来到外省的一个繁华工业城市，站在车水马龙的城市街头，茫然不知所措。凭着仅有的一点常识，她找到一家中介公司，花去她整整一百块钱，被介绍去了一家服装厂做机工。每天十二小时白班夜班轮番转的劳作，很快让方草脸上褪去了鲜艳活泼。她并无抱怨，做机工虽然工资并不太高，可她天天在厂里花销也很少，还是存下了一些积蓄。

半年后，工厂效益不佳开始大裁员，第一轮她就被裁掉，然后再一次来到中介公司。一个嘴里镶金牙的胖男人问了她的年龄和家庭情况，豪气地向她许诺，她的工作包给他了，让她一周后去一个指定地点会面。八天后，他眼看着她跟金牙男人上了一列开往山东的火车。预感到情况有些不妙，他心里开始发急，想要阻拦但来不及了，方草已经被引进一个她从未听说名字的县里一户破败农家小院。她天真地问胖子：这里能做什么工作？回头一看，胖子消失了，一个六十多岁的女人和一个四十多岁一脸病色的男人，笑眯眯地站在她身后。男人上前就去抱她，嘴里一边喊着：花媳妇，花媳妇，我要花媳妇。惊惶的方草这时才意识到她被人贩子拐卖了。她没命地喊着，跑着，摔倒着，却始终没能跑出这家院子。

不到半年，病男人莫名死亡。方草被冠以"灾星"之名，被这家的老主人以抵销买亲成本的精明算盘，卖给了另外一个村的光棍。这个男人每天外出劳作时，就把她锁在家里。有一次，她难得看见门没上锁，就欲伺机逃走。刚跑出百把米，她迎面碰见在村子小卖部买烟的男人。男人有点意外的一愣，然后冲上去抓住她挥舞拳头，一边打嘴里还喊着，"你再跑，我今天就打断你的腿，看你怎么跑。"方草看到周围聚拢过来一些人，趁他不留意，就钻出人群向村外疯跑。男人顺手抄起地上的一根木棍，朝她追打过去。发出一声凄厉的尖叫后方草扑倒在地，男人打红了眼，最后还是周围的几个妇女看不下去了将他的木棍夺下来。一年后的一天，男人早晨起来像惯常一样喝了半斤酒，然后晃晃悠悠骑上他那辆烂自行车，刚出村口到大路，就被一辆大货车卷进了车底。

他目睹她经历了两次劫难后，又被卖到莲城最穷的一个村子仙桥。那是他心里最痛的时间，可他只会跟着她的踪迹跑，心里悲伤有痛却发不出声，身上有力却无能为力，因为他只是灵魂。这次是一个叫李有发的光棍男人买了方草。他知道这个名字，也知道这个名字和他有某种关联却相互陌生。比起前两个男人，李有发算是有点品性了，他不喜欢打女人。一年后，一个叫作草孩的男孩在这个贫寒的院落里降生，他看见方草的脸上终于有了笑容，属于母亲的笑容。又一年，李有发逃离了这个贫家，去城市里挥舞剩余的荷尔蒙和体力。他看着草孩一点点长大，草孩放羊的地方，草孩喜欢的小河边，草孩上学时天天经过的羊肠小路，他都熟悉。草孩第一次溺水被救，第一次坐火车的兴奋，第一次对张林生出崇拜之情，第一次评上三好生，第一次见到外公外婆，他都了如指掌。草孩被母亲的命运惊住，被张美美嘲弄刺伤，被自己的强烈自尊驱使，强制母亲回到云南，这些他怎能不历历在心？但他拉不住草孩的脚步，暖不热草孩的心，只是看着他越走越远。直到母亲病重离世，草孩惊觉人世如此荒芜，而自己又何其荒唐，在母亲墓前昏厥过去。现在，草孩的躯体还躺在床上，而他，去到人世沿着草孩和母亲所有存在过的痕迹，重新跑了一遭后又回到这里。

突然，他听到草孩发出一声喊叫，就在瞬间，他和床上的草孩合为一体。

草孩一直睡到第二天中午。醒来后他说的第一句话是："外婆，我要吃饭，我要上学。"

9

清冷月光涂亮了小小的阳台，再透过阳台的窗户洒落在梅冬身上，又是一个月圆之夜。

她一度以为草孩不会再写信了，突然收到他的邮件令她感到意外惊喜。看看时间，距离上一封信已近一年了。

梅冬老师，时间过得真快，很长时间没给您写信了。这一年说自己太忙那是托词，而不知写什么才是真的，但我还知道自己的倾诉并没完成，也对您不得不读我冗长来信表示歉意。

这将是我在莲城大学就读的最后半年。过去的三年多，我从没忘记自己来莲城读大学的初衷。我怎么会忘呢？我不就是想和她靠得近一点吗？我害怕时间荒芜了思念，害怕地理空间抚去本该属于我的伤悲，所以需要莲城这地方来不断地提醒自己。我选择了如此自虐的一种方式。

我经常叩问自己：和她共同生活了十四年的仙桥，除了不堪回首的记忆之外，难道就没有一点温柔的记忆？如若不是我强行带她回云南，她会不会过早地患病去世？在云南的几年，我为何没早点窥见她心底的抑郁和隐忍？直到看见那块绣着双飞燕的手绢，我才明白，如果她心里还有一点点火花，那火花也是被我浇灭的。原先，我痛恨人贩子，后来恨过张美美，再后来，我无法原宥自己。

这几年每年我都会去我们的老宅里待几次，给她说说话，好像又回到了过去清贫但也不乏温情的旧时光。我从未在老宅遇见张林，他家总是大门紧锁，我还是从那次偶遇张美美时知道了他的一些情况。在我过去给你的信里，提到他的笔墨并不多。正如你所猜测，我终于要在这封信里重点写到他。

在遇见张美美的一年后我终于决定去找张林。之所以一直刻意推迟着与他见面，其实还有一层更隐秘的心理：这几年，我始终处于想见他又不敢见他的矛盾之中。最终决定去，是因为在莲城要停留的时间已没有太多，担心自己一旦离开有些事情就再无法完成。从上初二尤其是经历了与张美美间的不愉快之后，我对张林的感情也悄然变化，不再像小时候那么依恋崇拜，而是用一种审视的眼光去辨别甚至去推测他的用心，但在心里又不愿承认这是真的。这两年我曾多次回味那天他在河边和我的谈话，确信他是对的。

我在夏月镇的一条狭长街巷里找到张林家。张林叔叔的鬓角一片花白，过去高大健壮的身体因为微驼看上去矮小了很多。当他仔细看清对面的青年是草孩时，嘴里一遍遍咕哝着："真是你吗，草孩，我一直在等你来。"

听到"我一直在等你来"这句话，我顿时觉得鼻子一阵酸涩，对张林说，"我从没忘记八岁溺水被您救起，也从来没忘记您那年带我坐火车去徐州的情景，那是我有生以来第一次坐火车。"

张林摇摇头说，"记得你们临走前，我问你母亲，能不能不回云南，你母亲说草孩需要换个环境，这孩子从小就心思多，这样闷下去会得病的。只要草孩高兴，她自己怎么都可以。"

我对张林说，"事实上后来我已经后悔了。"

张林低下头，"我也是事后才从张美美她同学嘴里听到一些事情，她对你的刺伤是促使你离开仙桥的直接原因吧。去年听说你母亲有病去世后，我就更不能宽谅自己了。"

"请恕我直言，您过去对她许诺过什么吗，或者你们有什么约定吗？"

张林抬起头看了看我，眼神无奈又复杂，他说，"我知道你想问什么，你问这句话是不是等好几年了？你这孩子心思细密，什么不说只闷在心里，这很容易压抑自己。张美美和你正相反，口无遮拦、无心无肺，把别人伤完了自己还一点没觉着。实话说，我和你母亲对婚姻都没敢抱有奢望，只想隔着一面墙，感受来自对方的关怀暖意，守着你和张美美健健康康长大成人。然后，等你们都不再需要我们的时候，等我们老了的时候，她还可以给我烙个油饼，我能推着她出去晒晒太阳。就是这么简单，如果我们有什么约定的话，就是这样子了。"

我心里一阵难以平复的震动，也升起对张林叔叔的歉疚。原来他们的情感方式只是隔墙相望，隔墙取暖。这么简单的一点愿望，被我和张美美分别以不同的方式曲解、戕戮。

一时说不出话来，愣了好一会，我才想起从衣兜里掏出一件东西，是母亲的那块白手绢。我把它放到张林手上，"这只手帕是母亲在病中所绣，把它交给您才最合适。"

张林的手不停地颤抖，我看到了，赶紧转过头去。

那次之后，我决定接受张林叔叔的建议：宽容自己，放下过去。

前几天，我又去了一次仙桥老宅。这一次和几年前重返莲城后第一次回仙桥已有了明显不同。这样说并不显示我现在多么成熟，而是具备检视自己思维的能力了。这也直接影响到我对今后学业、职业的规划，我已考虑好，准备选择人类学作为以后的研究努力方向。

母亲的境遇或许不是被拐卖女子中最悲惨的，但因为有了我这样一个儿子，也具有了典型性。在下决心倾诉之初，就做好了充足的心理准备，即交出我最真实无欺的心迹，所幸，我做到了。世间已无方草，而草孩还在以草的方式活着。草孩的故事或许还有续篇也或许就到此为止了。

梅冬很久难以抑制内心的情绪起伏，走到阳台上，初冬的一轮满月升至中天，照亮了无数抬头仰望的人。她在想，草孩是否也正看着这同一轮明月内心悲欣交集？

10

毕业前一个月，方儒再次前往张林家，算是最后辞别。他的心情是几年中从未有过的轻松喜悦，但当他再次站到了张家门前，看到的却是白纸挽联封门的凄清景况。他的心迅速下沉，竭力不往那个坏结果想，急急敲开了张林邻居家的门。一个中年妇女告诉他，张林一年半前查出了肝癌，没做过任何手术，数月前死在了医院病房里。

他不记得自己是怎么回到学校的了。这么说，上次来这里时，张林就是重病在身了，他恨自己没早点看出征兆，更恨自己来得这样晚。随着张林的离世，方儒感觉仙桥离他越来越远，却始终说不上这是好还是坏。他把所有时间和心力都用于准备毕业考试，结果成绩比他想象的还要好。

经一个老师指点，七月初，他终于抵达藏在母亲梦想中一个热浪滚滚的北京城。这时，不仅是仙桥，整个莲城也离他越来越远。说起来自从张林遽然离世后，他最后一丝倾诉的欲望就荡然无存，那个专门用来向作家梅冬倾诉的信箱，由于早已不用，连密码也丢失了。

11

除了整理草孩陆续发来的信件，梅冬还查阅了相当数量的书籍资料，去公安局了解拐卖女性案例。考虑了一段时间后，她准备根据草孩母子的素材写作一部小说。但在写了几个章节后，她又停下了笔，觉得有必要去找张林谈谈。等她经过一番周折打探，终于站在张林家门前时，看到的是门上被风雨剥蚀的白纸挽联。梅冬不无诧异地询问了旁边的住户，却被告知张林患肝癌已经去世了。

梅冬一直犹豫要不要把张林去世的消息告诉草孩，纠结了数月后最终决定不向他透露。半年过去，她将几易其稿、部分章节修改无数遍后完成的小说稿发给了草孩，希望他能看看或者提些建议，但是直到一年后小说出版，她也没收到他的信件。又过了半年，一家影视公司偶然间看到这部小说想把它改编成电影，便联系到了梅冬。她把这件事发邮件告知草孩，同样没接到任何回复。

深秋一个阳光深邃的上午，梅冬决定去趟莲城大学。到了校务处查询方儒的信息，得知他一年半前就毕业去了北京考研，最终考上中央民族大学人类学方向的硕士研究生。站在草孩无数次流连过的校园草地上，梅冬恍然明白，对于草孩，倾诉既已完成，剩下的事情就和他无关了。她唯一想知道的是，午夜梦回之际，梦与醒的边缘，缭绕在草孩脑中的是一个什么色彩的世界。

风吹雾散人愈谜

——散读陈融小说

◎ 卡尔·怀特

一

在经过《不一样的飞翔》，《和文字一起私奔》多年，并沿着《交叉向上的河流》划行之后，在《薄暮微凉》中伫足之际，作家陈融或许在不经意中，发现了从前疏漏掉的不一样的风景——独属于自己的"莲城"，并在这里偶遇《捕风的人》，至于此人是否"另一个自己"，我们无从得知，但从散文作家到小说家的身份转换之中，不难看出，陈融已然退至幕后。

正如她在《草色岁月》中借言所说，"你在跑步尤其是夜晚跑步时，能想到生活及世界中存在或不存在的无数事物无数问题。白天跑步，人把视线注意力都放在了周围环境、人群、景物上，而夜晚跑步，因为你不需要观察路人、风景，反而将所有心思都放在了对人内在的探究。你想象一下，幽暗时刻，各种诡异的灵感如影随形，这时你只需将它们捕捉住，固定住就行了……"

捕捉、固定，是文字对现实、事实和真实的接纳，转身，则是作家对自我的选择，在别人的视角里变得陌生，甚至成了谜，但同时给予了自己最大限度发现的可能，从这一点来说，离去，难道不是为了更好的回归？

陈融放弃了娴熟的散文创作，在发表了一系列小说之后，辑成《捕风的人》，作为小说家的陈融，或许早已发现"前置自身"的缺憾，于是，开始了"对内在的探究"，将自己藏匿起来，隐身在小说文本里……

二

因为隐身，才有了足够"捕捉"的空间，这让陈融发现了更多秘密，"伍月知道，自己之所以成为一个身怀秘密的人，是因为那个梦，而不是藏香阁里的舞女卖唱经历，那经历她努力在忘却遗弃。而秘密，是一条幽暗的河流，河流无论多么宽广浩渺，终究能循着方向找到河岸。秘密是可以开出花的枝干，给它一点水分，就能等到花开的那刻。"（《伍月的渡船》）

将秘密写于纸上，装进行囊，带回莲城，《行囊如纸》中的"她"背回来的是沉重，也是轻松，文本承载了作家对爱、对承诺的看法和理解，如果《行囊如纸》看上去是一篇藏匿不深的情感散文的话，毕竟是选择的一个结果，无论这结果是喜是悲，也无论文本最终给予"她"或者读者一个"臆想"的希望，但毕竟是一个结果。同样是回归，《带上佛经去罗马》的远行似与"莲城"无关，但莲城更像在心里。

峻带着对母亲临终前的承诺，在起的陪伴下，去罗马寻找父亲，到罗马后，峻深得国王信任，与芬达结婚生子，起则过上了奢靡生活。不想国王和王子被杀，新国王黑带继位，而起则成了新国王的重臣。峻因想家离开妻儿，渡船时被海盗劫掠，经过一番周折，终又回到清源寺，剃度从佛。单就峻和起的经历来看，二人恰好相反，佛之渡人，为有缘，无缘，渡也为不渡，或许《带上佛经去罗马》早已暗合了作家之与"莲城"的不解之缘，是回归，还是起点，也许只有作家本人知道。

无论是秘密、回归，还是逃离，其承转过渡都离不开寻找。寻找的介入，使陈融如鱼得水，寻人，寻狗，寻找真相……成为陈融小说的基本色调。在《伍月的渡船》中，因家中变故，寄人篱下的伍月与阮秋在码头登船时邂逅，自此认定"他是一个渡我的人，也是我要找的人"，在梦的干预下，一再出现的渡、船、岸的意象，让她开始了对这场邂逅的寻找，也由此开启了寻梦之旅。当伍月再次见到"阮秋"的时候，他已死于汉奸的枪口之下，邂逅瞬间变成永别。之后，伍月为给"阮秋"报仇，加入军统，结婚生子，当她见到真正的阮秋，才知道那个激起她复仇欲望的人是阮秋的孪生哥哥阮君。在阮秋的感召下，她又做了共产党的卧底，直至被捕……

　　伍月为了一个梦，为了那个邂逅，不停追索，人生之路在一个个时间节点上，一次次发生改变，是偶然，还是必然？就像作家之与文本，创作之初如混沌，而光的到来，犹如灵感，在文字与灵感的一次次偶合中，文本得以诞生。

　　正因此，佩索阿说，写下就是永恒。

<h1 style="text-align:center">三</h1>

　　小说的魅力在于将隐秘的未尽之语藏匿于文本之后。

　　陈融常常不惜笔墨，为寻找营造氛围。在层层剥开，达至小说内里时，阅读者会在不知不觉中，深入文本，直至结束，当真相揭开，醒悟之时，方才有所回味。无疑，这些未尽之语，为小说留下了更大空间。

　　这在林林（《鹦鹉》）和卢大青（《你欠我一场葬礼》）两个女人身上可以窥见，二人皆为孩子早夭腹中，林林因为鹦鹉的一句"薇儿"，对死去的丈夫心生猜忌，在经过内心的纠结、挣扎，并找寻之后发现，"薇儿"原是其怀孕时，丈夫为女儿起的名字……

　　卢大青把对孩子的爱和渴望倾注在黑珍珠这条和她朝夕相处的狗身上，当怀孕的黑珍珠因和自己同样经历的车祸死亡时，肇事者所欠的葬礼，是为黑珍珠，还是为了儿子，或者仅仅只是为了心理的慰藉？

　　真相一旦被找到，谁又能抵抗渴望和失望之间的落差？

　　《史蓝玉是谁》中，史蓝玉的等待又何尝不是另外一种寻找？就像戈多也在寻找一样，直到杂志记者陈晓的出现。

　　潜伏的国民党特务蔺子祥被杀之后，爱和失落成为史蓝玉的失忆诱因，而揭开史蓝玉的身世之谜，也一再影响到陈晓，致使历史让现实脱轨，陈晓的生活也迷失在"蝴蝶效应"中，以致婚期推迟，最终离开杂志社，考入历史系，连同自己也身陷谜团之中……

　　失忆？历史的，还是现实的？或是对失忆"断层"的寻找？我们无从知晓，但可以想见，陈晓在寻找、切近的过程中，正一步步走向另一种失忆……正如林郁在《迷村》里的追问："我的思维继续陷啊陷，陷进一个可怕的怪圈：既然和他现在毫无关系，那么就等于爱情从没进入过我的生活、我的身体，就从没存在过，它比空中的飞尘、指尖的流水更虚无缥缈。我常常对着镜子里的人，问自己：你是谁？"

四

陈融不仅以其擅长的散文笔法，为谜团营造氛围，在《史蓝玉是谁》《草色岁月》《迷村》的叙事中，还娴熟地变换视角，不断切换镜头，在叙述人和作家之间再次转述，使叙述更加丰盈，使谜团在雾中更愈神秘。

当然，《草色岁月》因用力过大略显生硬，《迷村》的包袱似乎抖得太大或显空荡，但瑕不掩瑜，到《云水缥缈书》时，人物只有职业，名字也只以符号代替。她是一个女性杂志的周刊记者，丈夫因生意失败而失踪，她去岛城度假，在"遇巧"旅馆，与沈从文的神交，和302室男子的邂逅，以及写给W的笔记，甚至连W也都不再确定，在周遭不确定的游走中，在二人的缥缈交流中，唯一确定的是改变……

难道我也曾经去过岛城？去年，我也曾来过马里安巴？

相信，当一个谜底解开的时候，很多人都会或多或少地有所失落，但无论是文字所创设的空间里的时间，还是时间给予文字的空间，都无疑是想象的坐标，就此来说，位移不需要时间，也同样不需要空间，如果陈融之前的散文是一个坐标的话，小说集《捕风的人》又何尝不是另外一个坐标？

五

或许，谜只存在于谜之中，而雾也在以它独有的方式寻找支点……